一辈子做女孩

[美] 伊丽莎白·吉尔伯特（Elizabeth Gilbert） 著　　何佩桦 译

E@t Pray Love

懂得放弃和改变的女人，即使不再漂亮，
不再年轻，仍然可以一辈子做女孩！

湖南文艺出版社
HUNAN LITERATURE AND ART PUBLISHING HOUSE　　博集天卷
CS-BOOKY

eat
pray
love

一 辈 子 做 女 孩

目 录
CONTENTS

"第一〇九颗珠子"

━━━━━━━━━━━━━━━━━━━━━━━━❧❧━━━━━━━━━━━━━━━━━━━━━━━━

　　在印度旅游的时候——尤其在圣地和道场游览之时——你会看见许多人脖子上戴着念珠。而你也能看见许多老照片里的赤裸、瘦削、令人望而生畏的瑜伽士（或有时甚至是肥胖、和蔼可亲、容光焕发的瑜伽士）也戴着念珠。这些珠串称为"念诵謦"。数个世纪以来，这些珠串在印度被用来协助印度教徒与佛教徒禅坐默祷时保持心神集中。一手握着念珠，以手指一圈圈捻弄——每复诵一次咒语，即触摸一颗珠子。中世纪的十字军朝东方推进、进行圣战时，目睹朝圣者手持这些"念诵謦"祈祷，颇为赞赏，于是把这个构想带回欧洲，成为玫瑰念珠。传统的"念诵謦"串有一百零八颗珠子。在东方哲学家的秘教圈子里，认为"一〇八"是最吉祥的数字，这三位数是三的完美倍数，其组成部分加起来等于九，而九又是三的三倍。而"三"这个数字，自然代表了至高平衡，只要研读过三位一体或审视过高脚凳的人，都深明其理。由于本书写的是我为追求平衡所做的种种努力，因此我决定赋予它以"念诵罄"的结构，将我的告白分为一百零八个故事，或珠子。串联而成的这一百零八则故事，又分成三个段落：意大利、印度与印尼——即我在这一年自我追寻期间所造访的三个国家。这样的划分，意味着每个段落有三十六个故事，就个人层面而言很得我心，因为我正是在三十六岁时写下了这些文字。

趁我还未深入讨论数字学这个主题，容我下个总结：将这些故事以"念诵罄"的结构串联起来，这个想法也颇让我开心，因为这很……结构化。真正的心灵探索，往往致力于建立系统化的原则。追求"真理"，并非某种在场人士皆可参加的愚蠢竞赛，甚至在这种人人皆可参加什么的伟大时代亦不是。身为追求者与写作者，我发现尽可能抓稳珠子不无助益，这让我的注意力得以更为集中于我想达成的目标。

每一串"念诵罄"都有一颗特殊、额外的珠子——第一〇九颗珠子——悬荡在第一〇八颗珠子串成的平衡圆圈外头，有如缀饰。我以为这第一〇九颗珠子是为了应急备用，就像漂亮毛衣的附加纽扣，或是皇家幼子，但它显然是为了一种更为崇高的目的。

当你的手指在祈祷时接触这个标记，你应当暂停专注凝神的禅坐，而感谢你的老师们。因此，在本书开始之前，我在自己的第一〇九颗珠子这儿暂停一会儿。我向我所有的老师致谢，他们以各种奇特的类型出现在我这一年的生命之中。

我特别感谢我的印度导师，她是慈悲的化身，宽大地容许我在她的印度道场中学习。我也要借此机会说明，我所描述的印度经验，纯粹出自个人观点，而非以理论学家或者任何人士的官方发言人的身份发言。因此我在本书中将不提及导师的名字——因为我无法为她代言。其实来自她的教诲言语，本身即最佳代言。我亦不透露她的道场名称与地点，这是为了让这所学校免于它不感兴趣、亦无力掌控的机构宣传事宜。

最后我要感谢的是，本书从头到尾零散出现的那些人物，因为种种原因，都非以原名示人。而我也决定更改我在道场遇见的每一个人——印度人与西方人——的名字。这是为了尊重多数人之所以从事心灵朝圣，并不是为了往后成为书中人物之故（当然，除非他们是我）。关于这项自订的匿名政策，只有一个例外。来自得州的理查的确名叫理查，也的确来自得州。我想要采用他的真名，因为他是我在印度生活期间的重要人物。

最后，当我询问理查能否让我在书中提及他从前吸毒、酗酒的往事……他说有何不可。他说："反正，我一直在想方设法如何告诉大家这件事。"

不过，首先让我们从意大利开始吧……

意大利

——『像吃东西那样说出来』

三 十 六 则 追 求 享 乐 的 故 事

1

![ornament]

　　但愿乔凡尼可以吻我。

　　哦，不过有太多原因表明，这是个恐怖的念头。首先，乔凡尼比我小十岁，而且，和大多数二十来岁的意大利男人一样，他仍和妈妈住在一起。单凭这些事情，他就不是个恰当的恋人人选。尤其因为我是一位三十岁过半的美国职业女性，在刚刚经历失败的婚姻和没完没了的惨烈离婚过程后，紧接着又来了一场以心碎告终的炽热恋情。这双重耗损使我感到悲伤脆弱，觉得自己有七千岁。纯粹出于原则问题，我不想把自己这样一团糟的可怜老女人，强加于清白可爱的乔凡尼身上。更甭说我这种年纪的女人已经会开始质疑，失去了一个褐眼年轻美男子，最明智的遗忘方式是否就是马上邀请另一个上床呢？这就是我已独处数月的理由。事实上，这正是我决定这一整年都过独身生活的原因。

机敏的观察者或许要问："那你干吗来意大利？"

我只能回答——尤其隔着桌子注视着俊俏的乔凡尼——"问得好"。

乔凡尼是我的"串联交流伙伴"。这词听来颇具影射意味，可惜不然。它真正的意思是，我们每个礼拜在罗马此地见几个晚上的面，练习对方的语言。我们先以意大利语交谈，他宽容我；而后我们以英语交谈，我宽容他。我在抵达罗马几个礼拜后见到乔凡尼，多亏皮亚扎-巴巴里尼广场的一家大网吧，就在吹海螺的性感男人鱼雕像喷泉对街。他（这指的是乔凡尼，而不是男人鱼）在布告板上贴了张传单，说有个操意大利母语的人想找以英文为母语的人练习语言会话。在他的启事旁边有另一张传单，上面是相同的寻人请求，逐字逐句、连打印字体都一模一样，唯一不同的是联络资料。一张传单列出某某乔凡尼的电邮地址，而另一张则介绍了某个叫达里奥的人。不过两人的住家电话则都一样。

运用敏锐的直觉力，我同时寄给两人一封电子邮件，用意大利文问道："敢情你们是兄弟？"

乔凡尼回复了一句相当挑逗的话："更好咧。是双胞胎。"

是啊，好得多。结果我见到的是两位身材高大、肤色浅黑、相貌英俊的二十五岁同卵双胞胎，他们水汪汪的意大利褐眼使我全身瘫软。亲眼见到两名大男孩后，我开始盘算是否应该调整一下今年过独身生活的规定。比方说，或许我该全然保持独身，除了留着一对帅气的二十五岁意大利双胞胎当情人。这有点像我一个吃素的朋友只吃腌肉。然而……我已经开始给《阁楼》杂志写起信来：

在罗马咖啡馆摇曳的烛影下，无法分辨谁的手在抚摸——

但是，不行。

不行，不行。

　　我截断自己的幻想。这可不是我追求浪漫的时刻，这会让已然纷乱不堪的生活更加复杂（会像白日跟着黑夜而来一般）。此刻我要寻找的治疗与平静只来自于孤独。

　　反正，十一月中旬的此时，害羞向学的乔凡尼已和我成为好友。至于达里奥——在两兄弟中较为狂野新潮的那一个——已被我介绍给我那迷人的瑞典女友苏菲，至于他们俩如何共享他们的罗马之夜，可完全是另一种"串联交流"了。但乔凡尼和我，我们仅止于说话而已。好吧，我们除了说话，还吃东西。我们吃吃说说，已度过好几个愉快的星期，共同分享比萨饼以及友善的文法纠正。而今天也不例外，这是一个由新成语和新鲜奶酪所构成的愉快夜晚。

　　午夜此时，雾气弥漫，乔凡尼陪我走回我住的公寓。我们穿过罗马的僻静街巷，这些小巷迂回绕过古老的建筑，犹如小溪流蜿蜒绕过幽暗的柏树丛。此刻我们来到我的住处门口。我们面对面，他温暖地拥抱我一下。这有改进，头几个礼拜，他只跟我握手。我想我如果在意大利再多待三年，他可能真有吻我的动力。另一方面，他大可现在吻我，今晚，就在门口这儿……还有机会……我是说，我们在这般的月光下贴近彼此的身体……当然，那会是个可怕的错误……但他现在仍大有可能这么做……他也许会低下头来……然后……接着……啥也没发生。

　　他从拥抱中分开来。

　　"晚安，亲爱的小莉。"他说。

　　"晚安，亲爱的①。"我回道。

　　我独自走上四楼公寓。我独自走进我的小斗室，关上身后的门。又一个孤零零的就寝时间，又一个罗马的漫漫长夜，床上除了一叠意大利成语手册和词典之外，没有别人，也没有别的东西。

　　我独自一人，孤孤单单，孤独无偶。

---

① 此句原文为意大利文：Buona notte, caro mio。

领会到这个事实的我放下提包，跪下来，额头磕在地板上。我热忱地对上苍献上感谢的祷告。

先念英语祷告。

再念意大利语祷告。

接着——为使人信服起见——念梵语。

2

既已跪在地上祈祷，就让我保持这个姿势，回溯到三年前，这整则故事开始的时刻——那时的我也一样跪在地上祈祷。

然而在三年前的场景中，一切大不相同。当时的我不在罗马，而是在纽约郊区那栋跟我先生才买下不久的大房子楼上的浴室里。寒冷的十一月，凌晨三点。我先生睡在我们的床上，我躲在浴室内。大约持续了四十七个晚上，就像之前的那些夜晚，我在啜泣。痛苦的呜咽使得一汪眼泪、鼻涕在我眼前的浴室地板上蔓延开来，形成一小摊羞愧、恐惧、困惑与哀伤的湖水。

我不想再待在婚姻中。

我拼命让自己漠视此事，然而实情却不断地向我逼来。

我不想再待在婚姻中。我不想住在这栋大房子里。我不想生孩子。

但是照说我应当想生孩子的。我三十一岁。我先生和我——我们在一起的时间已八年，结婚已六年——一生的共同期望是，在过了"老态龙钟"的三十岁后，我愿意定下心来养儿育女。我们双方都预料，到时候我会开始厌倦旅行，乐于住在一个忙碌的大家庭里，家里塞满孩子和自制拼被，后院有花园，炉子上炖着一锅温馨的食物。（这一幅图画是对我母亲的准确写照，是一个生动的指标：它指出要在我自己和抚养我的女强人之间作出区分，而这对我而言是多么困难。）然而我震惊地发现，自己一点都不想要这些东西。反而，在我的二十几岁年代要走入尾声，将面临死刑般的"三十"大限时，我发现自己不想怀孕。我一直等着想生孩子，却没有发生。相信我，我知道想要一样东西的感觉，我深知渴望是什么感受。但我感受不到。再说，我不断想起我姐姐在哺育第一胎时告诉过我的话："生小孩就像在你脸上刺青，做之前一定得确定你想这么做。"

但现在我怎么能挽回？一切都已定案。照说这就是那一年。事实上，我们尝试怀孕已有好几个月，然而什么事也没发生（除了——像是对怀孕的反讽——我经历了因为心理因素产生的害喜，每天都神经质地把早餐吐出来）。每个月"大姨妈"来的时候，我都在浴室里暗自低语：**谢天谢地，谢天谢地，让我多活一个月……**

我试图说服自己这很正常。我推断，每个女人在尝试怀孕的时候，都一定有过这样的感受。（我用的词是"情绪矛盾"，避免使用更精确的描述："充满恐惧"。）我试着安慰自己说，我的心情没啥异常，尽管全部证据都与此相反——比方上周巧遇的一个朋友，在花了两年时间，散尽大把钞票接受人工受孕，刚发现自己第一次怀孕后，她欣喜若狂地告诉我，她始终梦想成为人母。她承认自己多年来暗自买婴儿衣服藏在床底下，免得被丈夫发现。她脸上的喜悦我看得出来，那正是去年春天在我脸上绽放的那种喜悦：那一天，我得知我服务的杂志社即将派我去新西兰写一篇有关寻找巨型鱿鱼的文章。我心想：

"等到我对生孩子的感觉像要去新西兰找巨型鱿鱼一样欣喜若狂的时候，我才生小孩。"

我不想再待在婚姻中。

白天的时候，我拒绝想及这个念头，但到了夜幕降临，这念头却又啃噬着我。好一场灾难。我怎么如此浑蛋，深入婚姻，却又决定放弃？我们在一年前才买下这栋房子。我难道不想要这栋美丽的房子吗？我难道不爱它吗？那我现在为何每晚在门厅间出没时，都号叫得有如疯妇？我难道不对我们所积聚的一切——哈得孙谷的名居、曼哈顿的公寓、八条电话线、朋友、野餐、派对、周末漫步于我们选择的大型超市的过道、刷卡购买更多家居用品——感到自豪吗？我主动参与到创造这种生活的每时每刻当中——那为什么我觉得这一切根本就不像我？为什么我觉得不胜重担，再也无法忍受负担家计、理家、亲友往来、遛狗、做贤妻良母，甚至在偷闲时刻写作？……

我不想再待在婚姻中。

我先生在另一个房间里，睡在我们的床上。我一半爱他，却又受不了他。我不能叫醒他要他分担我的痛苦——那有什么意义？几个月来，他见我陷于崩溃，眼看我的行为有如疯妇（我俩对此用词意见一致），我只是让他疲惫不堪。我们两人都知道"我出了问题"，而他已渐渐失去耐心。我们吵架、哭喊，我们感到厌倦，那是只有婚姻陷入破裂的夫妇才能感受到的厌倦。我们的眼神有如难民。

我之所以不想再做这个男人的妻子，涉及种种私人、伤心的原因，难以在此分享。我们的困境绝大部分涉及我的问题，但也很大程度和他有关。这并不奇怪，毕竟婚姻中总是存在两个人——两张票，两个意见，两种相互矛盾的决定、欲求与限制。然而，在我的书中探讨他的问题并不妥当，我也不指望任何人相信我能公正无私地报道我们的故事，因此在此略过讲述我们失败婚姻的前因。我也不愿在此讨论我真的曾经想继续做他的妻子、他种种的好、我为何爱他而嫁给他、为何无法想象没有他的生活等一切的原因。我不想打开这些话题。让我们这么说吧，这天晚上，他仍是我的灯塔，也同时是我的包袱。不离开比离开更难以想象，离开比不离开更不可能。我不想毁了任何东西或任何人，我只想从后门悄悄溜走，不惹出任何麻烦或导致任何后果，毫不停歇地奔向世界的尽头。

这部分的故事并不快乐，我明白。但我之所以在此分享，是因为在浴室地板上即将发生的事将永久地改变我的生命进程——几乎就像一颗行星毫无来由地在太空中猝然翻转这类天文大事一般，其熔心变动、两极迁移、形状大幅变形，使整个行星突然变成长方形，不再是球形。就像这样。

发生的事情是：我开始祈祷。

你知道——就是向神祷告那样。

3

这对我来说可是头一遭。既然我首次把这个沉重的字眼——神——引进本书，既然这个字眼将在本书中重复出现多次，请容我在此停顿片刻，原原本本地解说我提及这个字眼时意指为何，以便让大家能立刻决定自己会被触怒的程度。

把神是否存在的论点留待稍后（不——我有个更好的主意：干脆跳过这一点），容我先行说明使用"神"这个字的原因，而我原本是可以使用"耶和华""阿拉""湿婆""梵天""毗湿奴"或"宙斯"等这些名称的。或者我可以把神称为"那东西"，在古梵语经文中正是如此称呼的，而我认为这很接近自己时而体验到的那种无所不包、不可名状的实体。然而"那东西"让我觉得没有人味——一种非人的东西——而就我个人而言，我是无法对一个"东西"祈祷的。我需要一个确切的名称，以便能完全感觉到一种随侍在侧、属人的气质。同理，在我祈祷时，祷词的对象并非"宇宙""太虚""原力""至高者""全灵""造物主""灵光""大能"，或选自诺斯替教福音书中的、我认为最富诗意的神名：

"峰回路转的阴影"。

我并不反对使用这些词。我觉得它们一律平等，因为它们既适用、亦不适用于描述无可名状的东西。不过我们每个人都需要一个功能性的名称来指称这无可名状之对象。而"神"这个名称，让我觉得最温暖，于是我用它。我也得承认，基本上我把神称作"他"，这对我并不费事，在我脑海里，这只是一种方便的个人化代词，并非某种确切的解剖学描述或革命的理由。当然，若有人把神称作"她"，我也不介意，我能了解想这么称呼的冲动。我还是要说，这两者对我来说都是平等的词，既恰当，也不恰当。不过，我认为两个代词大写是不错的表示，是对神的存在略表敬意。

就文化上而言，虽然并非从神学上来说，我是基督徒。我生为盎格鲁—撒克逊白人的新教教徒。我虽爱名叫耶稣的和平良师，虽然我也保留了在身处困境之时自问他能做什么的权利，但我却无法忍受基督教的既定规则，坚称基督是通往神的"唯一"途径。因此严格说来，我不能自称基督徒。我认识的大部分基督徒都大方豁达地接受我这种感受。不过我认识的这些大部分基督徒，他们关于神的说法也并不严格。对于那些说法（和想法）严格的人，我只能对自己造成的任何情感方面的伤害表示遗憾，并请求他们的原谅。

通常，我响应每一种宗教的超然神秘仪式。只要哪个人说神不住在教条的经文中或遥远的天边宝座上，而是与我们比邻而居，比我们想象中更接近，在我们的心中生息，向来都令我屏息热切响应。我深深感激那些曾经停靠在那颗心旁，而后返回世界，向我们报告神是"至爱体验"的所有人士。在世界上的一切宗教传统中，向来有抱持神秘主义的圣徒与仙人，他们所报道的正是这种体验。不幸的是，他们许多人的下场是被捕、丧命，然而我仍认为他们很了不起。

最终，我对神的信念很简单。类似这样——我养过一条大狗，它来自动物收容所，它是十个品种的混种，但似乎遗传到每个品种的最佳特点。它是棕狗。每逢有人问我"它是哪种狗"的时候，我总是给出一样的回答："它是只棕狗。"同样的，当有人问我"你信哪种神"时，我的回答很简单："我信仰至高无上的神。"

4

当然，从在浴室地板上首次直接与神说话的那晚以来，我有许多时间可以阐明我对神的想法，尽管在那黑暗的十一月危机期间，我并无兴趣探明我的神学看法。我只想拯救我的生活。我终于留意到，我似乎已经来到某种无可救药、危及生命的绝望状态之中。我想到，处在此种状态下的人，有时会尝试向神求援。我想我曾在什么书中读过这样的例子。

在我喘息的呜咽中，我跟神的对话类似这样："哈啰，神啊。您好吗？我是小莉。很高兴认识您。"

没错——我和造物者打招呼，就好像在鸡尾酒派对上刚刚由人介绍认识。我们总是从我们这一生学会的事情开始做起，而我向来在一段关系开始的时候这么跟人说话。事实上，我尽量克制自己不说："我一直很迷您的作品……"

"很抱歉这么晚打扰您，"我继续说道，"但我面临严重的麻烦。对不起，我从前没直接跟您说过话，但我希望我对您赐予我的一切，可以一直表达万分感激之意。"

这样的想法使我呜咽得更厉害。神耐心地等待我恢复镇定。我振作起来，继续说下去："您知道，我不是祈祷的能手。但能不能请您帮个忙？我非常需要协助。我束手无策。我需要答案。请告诉我如何是好。请告诉我如何是好。请告诉我如何是好……"

于是祷告词缩减至简单的一句——"请告诉我如何是好"——一遍又一遍。我不晓得自己求了多少次。我只晓得我像请命般乞求，始终哭个不停。

一直到，突然间，我停止哭泣。

突然间，我发现我不再哭了。事实上，我在呜咽当口上停止哭泣，我内心的痛苦完全被抽空。我从地板上抬起头，惊讶地坐了起来，心想此刻能否看见带走哭泣的伟大神灵。可我却看不见任何人，只有我独自一人，但也不全然是独自一人。我的四周围绕着某种我只能称作一小块寂静的东西——此种寂静十分罕见，我不由屏住呼吸，以免吓跑它。我一动也不动。我不知道自己何时曾感受过此种寂静。

而后我听见一个声音。别慌——不是好莱坞老片中的那种磁性男声，也不是那种叫我在后院建棒球场的声音。那只是我自己的声音，从自己内心发出的声音，是我过去未曾听过的自己的声音。那是我的声音，可听起来却很明智、平静、悲天悯人。倘若我在生命中曾体验过爱与坚定，听起来正是这种声音。该如何描述那声音所流露的温暖之爱呢？它赐予我的答案，永久地决定了我对神的信仰。

这声音说：**回床上去，小莉。**

我叹了口气。

我立刻明白，这是唯一可做的事情。我不会接受其他任何答案。我不会信任任何一副声如洪钟的嗓音说："你得跟你先生离婚！"或"你不能跟你先生离婚！"因为，那并非真正的智慧。真正的智慧，无论何时仅提供唯一可能的答案，而那天晚上，回床上去是唯一可能的答案。**回床上去**，无所不知的内在声音说道，因为你无须在十一月某个周四的凌晨三点立即获知最后的答案。**回床上去**，因为我爱你。**回床上去**，因为你现在只需要休息，好好照顾自己，直到你得知答案。**回床上去**，以便风暴来袭时，你有足够的力量去应付。而风暴即将来袭，亲爱的。马上就要来袭，但不是今晚。因此：

回床上去，小莉。

从某种意义上来说，这段小插曲的种种，都标示出典型的基督教版依体验——灵魂的黑暗之夜、求援、回应的声音、脱胎换骨的感觉。但我不想说这是一次宗教皈依，这不是通过传统方式获得的重生或拯救。我把那天晚上发生的事称作宗教"交谈"的开始，它开启了一段开放式、探索性的对话，而这终将带领我靠近神灵。

5

倘若有办法知道情况会比变得更糟还要糟上许多倍的话，我无法肯定那天晚上我会睡得怎么样。然而在七个艰苦的月份过后，我确实离开了我先生。我最后下这个决定时，以为最坏的景况已经过去，然而这只表明我对离婚所知甚少。

《纽约客》杂志曾刊载过一幅漫画。两个女人在讲话，其中一个人对另一个人说："若真想了解一个人，就得跟他离婚。"当然，我的经验正好相反。我会说，你若想"停止"了解一个人，就得跟他或她离婚。因为这正是我跟我先生之间的情况。我相信我们彼此都惊恐地发现，我们从世界上最了解彼此的两个人，迅速成为史上最不理解对方的一对陌生人。在这种陌生感的底层，存在着一个糟透了的事实。我们两人都在做对方意想不到的事情：他做梦也没想过我会真的离开他，而我也从未料想过他会如此刁难我，不让我走。

我确信当我离开我先生的时候，我们能够在几个小时内用计算器、一些判断力，以及面对我们曾经爱过的人所表现的诚意来解决实际事务。我最初提议卖了房子，平分所有财产，我从没想过以其他方式解决。他觉得这个提议不公平。于是我更进一步，甚至建议一种不同的平分方式：财产归他，过错归我，如何？但即使这样的提议，亦未能达成和解。如今我手足无措。想想看，一切都已交付出去，该如何继续谈判？如今我无能为力，只能等候他的回复。离他而去的罪恶感阻止我考虑保留过去十年内所赚得的任何一分钱。此外，新发现的心灵信仰也使我不愿让我们彼此作战。因此我的立场是——我既不抵抗他，也不去攻击他。很长一段时间，我完全不听从所有关心我的人的劝告，甚至抗拒找律师商量，因为我甚至认为这是一种交锋之举。我想和甘地一样和平地解决这一切，我想当曼德拉。可我当时却没意识到，甘地和曼德拉都是律师。

几个月过去了，我的生活悬而未决，等待解脱，等待知道自己的刑期。我们已经分居（他已搬进我们在曼哈顿的公寓），却未解决任何事情。账单成堆，事业耽误，房子破败不堪；我先生的沉默，只有在偶尔联系时提醒我是个可耻的混账时，才被打破。

而后大卫出现了。

那几个难堪的离婚年头，因为大卫——我在告别婚姻之时爱上的家伙——的出现而更节外生枝，倍增创伤。我是不是说我"爱上"了大卫？我要说的是，我钻出婚姻，一头钻入大卫怀里，就像卡通片里的马戏团演员一样，从高台跳下，钻入一小杯水里，消失得无影无踪。我缠紧大卫以摆脱婚姻，仿佛他是撤出西贡的最后一架直升机。我把自己所有的救赎和幸福都投注在大卫身上。是的，我确实爱他。但如果我能想到比"绝望"更强烈的字眼描述我对大卫的爱的话，我一定会用在此处，而绝望的爱向来艰难无比。

我离开我先生之后，立即搬去和大卫住。他一直是个漂亮的年轻人，他生在纽约，一个演员兼作家，一双水汪汪的意大利褐眼（我是否已提过这件事？）令我全身瘫软。他机智，独立，素食，满口粗话，充满灵性，诱人。他是一个来自纽约郊区的反叛诗人兼瑜伽信徒，神专用的性感游击手，大过于生活，大过于一切。至少这曾是我眼中的他。我的好友苏珊第一次听我谈及他时，看了看我脸上的高烧，对我说："天啊，姑娘，你麻烦大了。"

大卫和我的相识，是因为他在根据我的短篇小说改编的戏剧中担任演员。他扮演我捏造出来的角色，这似乎说明了问题的症结所在。绝望的爱情不总是如此吗？在绝望的爱中，我们总是捏造伴侣的角色性格，要求他们满足我们的需要。而在他们拒演我们一开始创造的角色时，我们便深受打击。

然而，我们在头几个月里一起度过了多么美妙的时光啊！那时他仍是我的浪漫英雄，我仍是他成真的美梦，我从未想象过能够如此兴奋与协调。我们创造我们独有的语言；我们出游，我们上山下海，计划一同到全世界旅行；我们在监理所一同排队的时候，比度蜜月的大多数佳偶更快乐；我们为了不分你我而为彼此取相同的绰号；我们一起设定目标、立誓、承诺、做晚餐；他念书给我听，而且——他洗我的衣服。（头一次发生这事时，我打电话给苏珊，惊奇地报告这项奇迹，就像我刚才看见骆驼打公共电话。我说："刚才有个男人洗我的衣服！他甚至手洗我的内衣！"而苏珊又说了一次："天啊，姑娘，你麻烦大了。"）

小莉和大卫的第一个夏天，看起来就像每一部浪漫电影中坠入爱河的蒙太奇，从海滩戏水，到携手跑过黄昏时分的金色原野。当时的我依然认为我的离婚进展顺利，尽管我跟我先生为了让彼此冷静下来而没在夏天谈它。不管怎么说，在这样的幸福当中，不去想到失败的婚姻是很容易的事。然后，那个夏天（亦称"苟安时期"）结束了。

二〇〇一年九月九日，我跟我先生最后一次面对面——这时的我们尚未意识到未来的每次会面都不得不请律师介入调解。我们在餐馆吃晚饭。我试着谈我们的分居，却只是争吵。他告诉我，我是骗子、叛徒，他恨我，再也不想跟我说话。过了两天，我在苦恼难眠的一夜后醒来，发现两架遭劫持的客机撞上城里的两栋最高的大楼，曾立于不败的一切，如今成为一堆冒烟的废墟。我打电话给我先生，确定他安然无恙，我们一同为这起灾难痛哭，但我没去见他。那个星期，每个纽约人都放下仇恨，对眼前更大的悲剧表达尊重，而我却依然没去找我先生。于是我们两人知道，一切都已结束。

接下来的四个月我没再睡过，这说法并不夸张。

我以为之前我已粉身碎骨，但现在（为了配合整个世界的倒塌），我的生活真正彻底粉碎了。如今想起我和大卫一同生活的那几个月里——在"9·11"事件以及我和我先生分居之后——所加之于他的一切，不由得使我摇头叹息。可以想象，当他发现他所见过的最快乐、最有自信的女人竟然——当你跟她单独相处时——充满无底的哀伤，他是多么吃惊。我又一次哭个不停。此时他开始退却，这也让我看见我那热情浪漫的英雄的另一面——孤独如浪人一般，冷静沉着，比一头美国野牛更需要个人空间的大卫。

大卫突然间撤离感情，即使在最佳状况下，对我可能也是一大灾难，这还要考虑到我必须是世界上最乐观的生物（像是金色猎犬和北极鹅的混合物），但现在我却是在最糟的状况下。我失魂落魄，只想依赖，比被人抱在怀里的三胞胎早产儿更需要关爱。他的退缩只是让我更需要他，而我的需要只是更促成他的退缩。不久，他在我哀求的炮火下撤退而去："你要去哪里？我们到底发生了什么事情？"（约会小技巧：男人喜欢这一套。）

事实上，我已对大卫上了瘾（我自我辩护的说法是，这都是他这个致命男一手培育而成的），而如今他的注意力动摇，我便遭受了可以预见的后果。上瘾是每一个以迷恋为基础的爱情故事所具有的特征。一开始，你的爱慕对象给你一剂令人陶醉的迷幻药，你从不敢承认需要它——一剂强有力的爱情兴奋剂。不久，你开始渴望那种全副心思的关照，就像任何毒瘾者如饥似渴的药瘾来袭一样。不给药时，你会立即病倒、发狂、衰竭（更甭说对最初鼓励这种瘾头、而今拒绝再交出好东西的毒枭的愤慨——尽管你知道他把药藏到什么地方，但还是觉得他可恶至极，因为他从前是免费奉送给你的）。下一阶段，骨瘦如柴的你在角落里发抖，只能确定自己只要能再拥有一次"那个东西"，即使出卖灵魂或抢夺邻居亦在所不惜。同时，你的爱慕对象逐渐对你感到厌恶，他看着你就像看一个陌生人，可事实上你却是他曾热爱过的人。令人感到讽刺的是，你很难责怪他。我是说，瞧瞧你自己吧。你一塌糊涂，教人泄气，连自己也认不出自己来。于是，你达到了迷恋的终点——残酷无情地自贬。

今天我之所以能够平心静气地写下这些文字，都足以证明时间的治愈力，因为当事情发生时，我并未能接受事实。在婚姻失败、城市遭受恐怖袭击后，在难看的离婚当中（我的朋友布莱恩称此种生命经验为"连续两年，每天出一场悲惨车祸"），又失去了大卫……唉，这实在令人难以承受。

大卫和我在白天继续过我们的和乐日子，然而夜晚时分，躺在他的床上，我成了核冬天的唯一幸存者，而他显然一天一天离我远去，仿佛我患上了传染病。我逐渐恐惧夜晚，仿佛夜晚是施刑者的囚牢。我躺在大卫漂亮却遥不可及的熟睡躯体身边，卷入一阵寂寞的恐慌并有了精心策划自杀的念头。我的身体的每个部位都令我疼痛。我觉得自己像某种原始的弹簧机器，绷得比建造时的承受度还紧，即将爆裂开来，对站在附近的任何人都会造成严重的危害。我想象自己的器官飞出自己的躯体，只为了逃避内心猛烈的悲哀。大多数早晨，当大卫醒来时，多半发现我在他床边的地板上断断续续地睡着觉，缩在一堆浴室毛巾上，像一条狗。"又怎么回事？"他问——又一个被我搞得精疲力竭的男人。

我想，在那段时期，我大约瘦了三十磅。

6

但那几年也并非全是坏事……

因为当神把门往你脸上摔的时候，也会打开一盒女童军饼干（管它谚语怎么说）；在这些哀伤的阴影之中，我也遇到一些美妙的事情。首先，我终于开始学意大利语；此外，我找到一位印度精神导师；最后，一位老药师邀我去印尼同住。

让我依序说明。

首先，我在2002年初搬离大卫家，这辈子头一次找到属于自己的公寓时，情况开始稍有好转。但我付不起租金，因为我仍在支付郊区大房子的贷款，虽然房子里已无人居住，可是我先生不许我卖掉，此外还有诉讼费和咨询费……但拥有自己的套房公寓对我的存活至关重要。这公寓就像我的疗养院，一间使我康复的收容所。我把墙壁粉刷成我能找到的最温暖的颜色，每个礼拜给自己买花，仿佛去医院探望自己。我的姐姐送我一个热水袋作乔迁礼物（让我无须独自睡在冷冰冰的床上），让我每天晚上搁在心口上，好比护士照料运动伤害患者。

大卫和我永远地分手了。或许也没有。如今已记不清那几个月来，我们分分合合多少次。但出现一种模式：我离开大卫，找回自己的力量和信心，而之后（他向来被我的力量和信心所吸引）他对我的热情又重新燃起。我们慎重、清醒而明智地讨论"再试一次"，总是实行某种合情合理的新计划，减少彼此明显的不相容处。我们努力解决这件事。因为两个如此相爱的人最后怎么可能不过着幸福快乐的日子呢？非行得通不可，不是吗？我们怀着新希望重聚，共享几天欣喜若狂的日子。有时甚至几个星期。然而最终，大卫再一次退避，于是我又一次缠住他（或者我先缠住他，于是他避开我——我们从来搞不清楚这些是怎么引起的），然后我又一次被摧毁。最后他离我而去。

大卫是我的猫草[①]，我的U形锁。

但是在我们分开期间，尽管艰难，我却学着独自生活。而此种经验带来了新兴的内在变化。我开始感觉到——尽管我的生活仍像是假日

---

① catnip，多年生的草本植物，因为猫喜欢吃，又名猫薄荷。

交通时段的高速公路上的连环车祸——我正颤颤巍巍地逐渐成为自治的个体。当我对我的离婚不再有自杀的念头时，当我对我和大卫之间的事件也不再有自杀的想法时，我居然对出现在生命中的时间和空间感到欢喜，让我得以在其中自问"小莉，你想做什么"这个全新的问题。

在大多数时候（我仍对自己逃出婚姻感到心神不安），我根本不敢问自己这个问题，只是私底下激动地发现其存在。而当我终于开始回答时，我十分谨慎。我只容许自己表达初级的需要。像是：

我想上瑜伽课。

我想离开这场派对，早点回家读小说。

我想给自己买新铅笔盒。

还有一个屡试不爽的奇特回答：

我想学意大利语。

多年来，我一直希望能讲意大利语——这语言的美让我觉得更甚于玫瑰——但我从来找不到实际的理由去学。何不去温习多年前学过的法语或俄语？或者学西班牙语，这更能帮助我和成千上万的美国同胞沟通？学意大利语干吗？又不是要移居那里。不如学手风琴实际些。但为什么每件事都必须是实用的？多年来，我一直是个勤勉的小兵——上班总是准时完成工作，照顾我的亲人、我的牙龈、我的信用纪录，投票等。难道我这辈子只是关乎尽到责任吗？在这黑暗的失落期，我还需要什么正当理由去学意大利语，除了这是我此刻所能想到的能给自己带来快乐的唯一一事情？而无论如何，想学习语言也不是什么罪不可赦的目标。这又不是像三十二岁的人说："我要成为纽约市立芭蕾舞团的首席女主角。"学习语言，是你真正做得到的事情，于是我报名参加某推广教育（亦称离婚女子夜校）的课程。我的朋友们觉得这很有趣。我的朋友尼克问："你干吗学意大利语？是不是为了——万一意大利再次侵犯埃塞俄比亚，而且这回成功的话——你可以夸说你懂得这两个国家的语言？"

但我喜欢得很。意大利语中的每个字对我来说都是歌唱的鸟儿、魔术、松露。下课后，我冒雨回家，放热水，躺在泡泡浴缸中高声朗诵意大利词典，暂时忘却离婚压力和头疼。那些词语使我欢笑。我开始把我的手机叫作"il mio telefonino"（"我的迷你电话机"）。我成了那些老是说"Ciao！"的讨厌鬼之一。只不过我还是超级讨厌鬼，因为我总是跟人说明该字的字源。（倘若你一定要知道的话，这是从中古世纪威尼斯人亲密问候的用语"Sono il suo schiavo！"缩写而成。意思是："我是您的奴隶！"）光讲这些字，就使我觉得又性感又快乐。我的离婚律师叫我用不着担心，她说她有个客户（韩裔）在不愉快的离婚后，把名字正式改为意大利名，只为了再一次觉得性感而快乐。

或许最终我会搬去意大利……

7

这段时期发生了另一件值得注意的事，是新获得的灵修体验。这当然是借助于介入我生命的一位印度导师——这我永远得感谢大卫。第一次去大卫的公寓，我就见到了导师的面。我多少有点同时爱上他们俩。我走进大卫的公寓，看见衣柜上的相片，是个光彩夺目的印度女子，我问："她是谁？"

他说："是我的精神导师。"

我的心怦怦跳，绊了一下，扑倒在地。然后我的心站起来，拍拍身子，深呼吸，宣告："我要一位精神导师。"我确切的意思是，我的心透过我的嘴巴这么说。我奇妙地感觉自身一分为二，我的大脑离开我的身体片刻，吃惊地绕到心的面前，问道："你确定？"

"是的，"我的心答道，"我确定。"

然后我的大脑问我的心，带着点挖苦的语气："从什么时候开始的？"

我已知道答案：从浴室地板的那天晚上开始的。

天啊，我要一位精神导师。我立即开始想象有个精神导师会怎么样。我想象着这位光彩夺目的印度女子每个礼拜会有几个晚上到我的公寓来，我们坐着喝茶，谈论神灵，她让我阅读作业，解释我在冥想时刻感受到的奇异知觉是何意义……

在大卫告知我这名女子的国际地位时（她的学生成千上万，但许多人都未曾亲眼见过她），这些幻想立即一扫而光。不过，他说，纽约这儿每周二有个聚会，让导师的追随者聚在一起沉思吟诵。大卫说："倘若跟几百人一起在房间里用梵语吟诵神的名字不会吓着你的话，哪天就过来看看吧。"

隔周的礼拜二晚上，我跟他去了。这些看上去很正常的人士在歌颂神，这并未把我吓着，反而让我觉得自己的灵魂随着吟唱轻盈飘升。那天晚上我走回家时，感觉空气穿透我，好似我是一条在晾衣绳上迎风飘扬的干净的亚麻布，好似纽约本身成了纸绢做成的城市——使我轻盈地跑过每一户人家的屋顶。我开始在每周二前去吟诵，我开始每天早晨沉思导师发给每个学生的古梵语经文〔庄严的"唵南嘛湿婆耶"（Om Namah Shivaya），意思是"我敬重内心的神灵"〕。而后我第一次聆听导师亲自讲道，她说的话使我全身发麻，甚至传到我脸上的皮肤里。而当我得知她在印度有个道场时，我知道我得尽快去那儿才行。

8

不过，我同时得去一趟印尼。

又是一个杂志社指派的工作。正当我为自己的崩溃和寂寞自怜自艾、被关在"离婚战俘营"的时候，一位女性杂志编辑询问能否出钱派我去巴厘岛写一篇有关瑜伽假期的文章。我用一连串与"豆子是绿色的吗？""詹姆斯·布朗①会跪着唱歌吗？"同类的问题回问她。我抵达巴厘岛（简而言之，一个很好的地方）时，举办瑜伽营的老师问我们："你们在这里的时候，有没有人想去拜访一位传承到第九代的巴厘药师？"（又一个明显用不着回答的问题。）于是一天晚上，我们全部去了他家。

到了那里我们才发现，药师是个瘦小、眼神欢乐、皮肤赤褐色的老家伙，几乎没有牙齿，说他各方面都像《星际大战》里的尤达并不夸张。他名叫赖爷（Ketut Liyer），讲一口零零碎碎、很具娱乐效果的英语，若碰上说不出哪个字的时候，则有翻译帮忙。

我们的瑜伽老师事先已告诉我们，每个人可以向药师提一个问题，他会尽力帮我们解决。我考虑了好几天该问他什么。我最初的想法很没用："能不能让我先生同意离婚？""能不能让大卫再一次迷恋我？"我真该为这些想法感到羞愧。有谁大老远跑来印尼见一位老药师，只为了要他调解情感问题？

因此当老人亲自问我，我想要什么，我找到了其他更真诚的话语。

"我想要和神有终身的体验，"我告诉他，"有时我觉得自己了解这世界的神灵，然后却因为一些小小的欲望和恐惧而分心，于是丧失了祂。我想一直与神同在，但我不想出家，或完全放弃世俗享乐。我想学习如何活在世上享受生活的乐趣，却同时能为神奉献。"

赖爷说他能用一张图片回答我的问题。他给我看一张某回他静坐时画下的草图。图上画个雌雄同体的人，合拢双手，站着祈祷。但此人有四条腿，没有头，原本是脑袋的地方，只有蔓生的花叶，一张微笑的小脸画在心脏处。

"想找到你要的平衡，"赖爷通过翻译对我说，"你必须变成这样。你必须坚定地踩在地上，就像你有四条腿，而不是两条。这样才可

---

① 灵魂乐教父，以其独特的舞台动作和舞步著称。

能待在世上。但你不能透过脑袋看世界，而要透过心去看才成。如此才可能了解神。"

而后他问我能否看看我的手相。我让他看左手，而后他将我组合起来，就像拼拼图那样。

"你是个世界的旅人。"他开始说。

这我认为未免也太明显了吧，毕竟我当时就在印尼，但我没怎么在乎这一点。

"你是我碰到过的最幸运的人。你活得很久，有许多朋友和许多经验，你能看到整个世界。你的生命只有一个问题。你过分焦虑，总是太情绪化，太紧张。假如我要你相信，生活中永远没必要去担忧任何事情，你信不信？"

我紧张不安地点点头，但并不相信。

"工作上，你是搞创作的，类似艺术家，工作让你赚了不少钱。你的工作永远能让你挣不少钱。你对钱很大方，或许太过大方。另一个问题是，你这一生当中，有一次会失去所有的钱。我想可能再过不久就要发生。"

"我想可能未来六到十个月内会发生。"我说，心里想的是离婚。

赖爷点点头，仿佛在说："没错，八九不离十。""但用不着担心。"他说，"损失所有的钱财后，你会再拿回来。你立刻就会变得很好的。你这辈子会有两次婚姻。一短，一长。你会有两个孩子……"

我在等他说"一矮，一高"，但他却突然沉默下来，看着我的手掌皱起眉头。然后他说："怪了……"你可不想听你的手相师或牙医师这么说。他要我移到悬挂的灯泡底下，让他看个仔细。

"我错了，"他说道，"你只会有一个孩子。晚年的时候，是女儿。或许吧，假如你决定……还有另一件事。"他皱着眉，然后抬起头，突然非常肯定地说，"不久之后，你会回到巴厘岛这儿。你不得不。你在这里会待上三四个月，成为我的朋友。或许你会跟我的家人住在这里。我能跟你学英语。我从没跟任何人练习过英语。我想你很擅长文字。我想你的创意工作和文字有关，是吗？"

"是的！"我说，"我是作家。我写书！"

"你是纽约来的作家，"他同意、认可地说道，"所以你会回巴厘岛来，住在这里，教我英文。我也会把我知道的一切教给你。"

而后他站了起来，拂拂双手，像是在说："就这么说定了。"

我说："您若不是开玩笑，大师，我可当真了。"

他以无牙的微笑望着我，说："回头见。"

9

我是那种当一位第九代巴厘药师跟你说你注定要搬到巴厘岛跟他住四个月的时候，会觉得自己应当尽力而为的人。最终，我这一年的整个旅行想法也因而开始瓦解。我必须让自己再回到巴厘岛才行，而这回我用的是自己的钱，这很明显。尽管如果考虑到我当时杂乱失常的生活，我无法想象自己应该怎么做，（不仅要解决一场昂贵的离婚以及大卫的问题，还有一份不容许我一次离开三四个月的杂志社工作。）但是我"必须"回到那里。不是吗？他不是已做了预言？不过问题是，我也想去印度，去拜访印度导师的道场，而去印度也同样是件花钱、花时间的事情。更为难的是，我最近想去意大利想得要命，除了可以实地练习讲意大利语外，我还渴望在一个崇尚享乐与美的国家住上一阵子。

这些渴望似乎互相抵触，尤其是意大利和印度的矛盾。什么比较重要？想在威尼斯吃小牛肉的我？或者黎明前在朴素的道场中起身、开始整天静坐祷告的我？伟大的苏菲主义者鲁米曾叫他的学生们写下他们人生中最想要的三件事，假若清单中的任何项目与其他项目发生冲突，鲁米就会告诫说这样注定不快乐。过单一目标的生活较好，他如此教导。那如果要在极端中过协调的生活，会怎么样呢？如果说，你能创造一种辽阔的生活，有办法把看似不协调的对立物整合成一种无所不包的世界观，那又如何？我的理念正是我告诉巴厘药师的话——我想同时体验两者。我要世俗享乐，也要神圣的超越——人类生活的双重荣耀。我要希腊人所谓的"kalos kai agathos"，即善与美合而为一。在过去痛苦的几年间，我失去了两者，因为欢乐与虔诚都需要在没有压力的空间中才能茁壮成长，而我却生活在一个充满无止境的焦虑的垃圾压缩机当中。至于如何在享乐的需要以及对虔诚的渴望之间求取平衡……这个嘛，总有方法学到诀窍。从我在巴厘岛的短暂居留看来，我似乎可以从巴厘人，甚至药师本人身上学到这点。

四脚着地，枝叶蔓生的脑袋，通过心看世界……

于是我决定不再选择意大利、印度或印尼。最后我只好承认，我通通都想去。每个地方待四个月，总共一年。当然，这个梦想比"我想给自己买新铅笔盒"稍有企图心，但这是我的愿望。我知道我想写下这些过程，倒不是为了彻底探索这些国家本身，这我已经做过，而是去彻底探索自己处在每个国家当中的自我面貌，因为这些国家在传统习惯上把那件事做得很好。我要在意大利探索享乐的艺术，在印度探索虔诚的艺术，在印尼探索平衡二者的艺术。承认了这个梦想后，我才留意到令人愉快的巧合：这些国家都是以字母"I"起头，似乎蹊跷地预示了自我发现的旅程。

请各位试想，这念头为我那些自作聪明的朋友提供了多少嘲弄我的机会。我要去三个以"I"开头的国家，是吗？那为何不在这一年去伊朗（Iran）、象牙海岸（Ivory Coast）和冰岛（Iceland）呢？甚至这样更好——何不去朝拜大纽约地区的艾斯利普（Islip）、I-95公路和宜家（Ikea）？我的朋友苏珊建议我成立一个非营利救济组织，名叫"无国界离婚人士"。但这些玩笑都处于假设阶段，因为我仍没有去任何地方的自由。那场离婚——在我从婚姻出走过后许久——尚未发生。我开始不得不给我先生法律压力；我从恐怖的离婚噩梦中使出可怕的手段，比方说送交文件，写恶毒的法律控诉（纽约州法律的要求），控诉他有所谓的精神虐待——这些文件没有斟酌的余地，也无从告诉法官：

"嘿，听着，这真的是一段复杂的关系，我也犯过许多大错，很抱歉，但我只想获准离去。"（在此，我停下来为我温文儒雅的读者们祷告：但愿你们永远无须在纽约办离婚。）

二〇〇三年春天，事情来到了决定性的时刻。在我离开一年半后，我先生终于准备讨论和解条件。是的，他要现金、房子和曼哈顿的租约——我在整段沟通期间提出的所有东西，但他还要我从未考虑过的东西（我在结婚期间写作的书的部分版税，未来可能改编成电影的我的作品的部分版税，我一部分的退休基金，等等），这使我终于不得不提出抗议。我们彼此的律师进行了数个月的谈判，某种妥协缓缓地浮上台面，我先生看来可能会接受经过修正的协议。我将付出高昂的代价，但是打官司肯定更花钱、更花时间，更甭说腐蚀灵魂。如果他签了协定，我只需要付钱走人，这现在对我来说并无不可。我们的关系如今已彻底摧毁，甚至已撕破脸，我只想夺门而出。

问题是——他会不会签字？他对更多的细节提出了异议，于是几个月又过去了。如果他不同意和解，我们就得上法庭。上法庭几乎等于把每一分钱都浪费在诉讼费上；更糟的是，这意指我将又要有至少一年以上的时间一塌糊涂。因此，我另一年的人生都将取决于我先生做的决定（当时他毕竟还是我的丈夫）。到底我是会独自去意大利、印度和印尼旅行，还是在预审期间待在法院的地下室里接受盘问呢？

我每天打十四通电话给我的律师——"有没有任何消息？"——每天她都向我保证她会尽力而为，如果对方签了协议，她会马上给我打电话。这段时期我所感受到的紧张，就像介于等着被叫进校长办公室与等待组织切片检查结果之间一样。我很想保持镇静，如入禅修之境，但我并未做到。有几个晚上，我在愤怒当中拿着垒球棒猛捶沙发。而大多数时候，我只是万分消极。

同时，大卫和我又一次分手。这回似乎是彻底结束，或者不然——

我们没办法完全放下。我依然经常有股欲望，想牺牲一切去爱他。但有时，我的直觉却恰恰相反——得与这男人保持十万八千里的距离，只希望找到安详与快乐。

如今我的脸上出现了皱纹，哭泣与烦恼在我的眉心刻下了永久的切口。

在发生这些事情的过程当中，我几年前写的一本书以平装本出版，我必须进行巡回宣传。我的朋友伊娃伴我同行。伊娃跟我年纪相当，却是在黎巴嫩的贝鲁特长大的。也就是说，当我在康涅狄格州的中学进行体育活动、参加音乐剧试演的时候，她则一个礼拜有五天晚上躲在防空洞壕里免于一死。我不晓得早期接触暴力的经验是怎样塑造出如今这般镇定的伊娃的，但她是我认识的最冷静的人之一。此外，她拥有我称之为"拨往宇宙的手机"，某种伊娃专属、昼夜不休的特殊通神频道。

我们开车经过堪萨斯，这时我仍处在对离婚协议感到紧张不安的常态之中——"他会不会签字？"——然后我告诉伊娃："我想我没办法再多忍受一年官司。我希望有神力帮助。我真想写一封请愿书给神，请他让这件事有个了结。"

"那为何不这么做？"

我向伊娃说明我个人对祈祷的看法。亦即，为特定的事向神请愿使我觉得别扭，因为我感觉这种信仰很软弱。我不喜欢要求："能不能请你改变我生活中的困境？"因为——谁知道？——神要我面对特殊的挑战或许有他的理由。我宁愿祈祷他给我勇气，沉着地面对生活中发生的任何事，无论结果如何。

伊娃客气地听着，然后问道："你这个笨想法是从哪儿来的？"

"怎么说？"

"你怎么会觉得你不该用祈祷向宇宙请愿？你是宇宙的'一部分'，小莉。你是当中的成员——你有权参与宇宙的行动，吐露你的感觉。所以，把你的想法放到一边去吧，提出你的论点。相信我——至少它会被列入考虑。"

"真的?"这可是我头一遭听说。

"真的!听着——如果此时此刻向神请愿,你会怎么说?"

我想了一会儿,而后抽出一本笔记本,写下这封请愿书:

亲爱的神:

请帮我了结这场离婚事件。我先生和我的婚姻没能成功,而如今我们的离婚也没能成功。不愉快的离婚过程给我们与关心我们的每个人都带来了痛苦。

我知道你还有比调解一对不和谐夫妻更重要的事要忙:战争、悲剧、更大规模的冲突。但据我了解,地球上每个人的健康都影响着地球的健康。即使只是两个人陷于冲突,整个世界也会受到污染。同样的,即便是一两个人得以摆脱混乱,也会增进整个世界的整体健康,一如身体内的几个健康细胞可以增进那个身体的总体健康一般。

这是我谦卑的期盼,求你协助我们结束冲突,多让两个人有自由健康的机会,让这个已经受苦太多的世界再减少一点敌意和怨恨。

感谢你的关照。

伊丽莎白·吉尔伯特 敬上

我念给伊娃听,她点头表示同意。

"让我签个名吧。"她说。

我递给她请愿信和笔,但她忙着开车,于是她说:"不,就说我刚签了名,在心里签的。""谢谢你,伊娃。谢谢你的支持。"

"还有谁会签名?"她问。

"我的家人,我父母,我姐姐。"

"好,"她说,"他们刚刚签过了。把他们的名字加上去。我真的感觉到他们签了名。现在他们已在名单上了。好——还有谁会签?开始指名道姓吧。"

于是我开始说出那些可能会签这封请愿信的人名。我点到了我的每个好友，而后是几个亲人和同事。我报出每个名字后，伊娃便会胸有成竹地说："对，他刚签了"或是"她刚签了名"。有时她会突然加入自己的签名人士，像是："我父母刚刚签了名。他们在战时养儿育女，他们厌恶没有意义的冲突，他们会很高兴看见你的离婚协议有个了结。"

我闭上眼睛，等待更多名字来临。

"我想克林顿夫妇刚刚签了名。"我说。

"我相信，"她说，"听着，小莉——任何人都能签署这份请愿书。你懂吗？号召任何人，活着或死去的人，开始征集签名。"

"圣方济各①刚签了名！"

"当然啰！"伊娃信心满满地伸手拍方向盘。

我开始编造：

"林肯刚刚签了名！还有甘地、曼德拉以及所有爱好和平的人士。罗斯福夫人、特雷莎修女、博诺②、前总统卡特③、阿里④、杰基·罗宾森⑤……还有我一九八四年过世的祖母，以及还在世的外祖母……还有教我意大利语的老师、我的治疗师、我的经纪人……还有马丁·路德和凯瑟琳·赫本……还有马丁·斯柯西斯⑥（你或许想不到，但他仍是个很不错的人）……当然还有我的印度精神导师……还有乔安娜·伍德沃德、圣女贞德、卡本特小姐、我小学四年级的导师，还有吉姆·汉森⑦……"

---

① 圣方济各又称亚西西的圣方济各，1182年生于意大利亚西西。他成立了方济会，又称"小兄弟会"。他是动物、商人、天主教会运动以及自然环境的守护圣人。
② 爱尔兰U2乐团的主唱，也是著名的社会活动家，曾多次获得诺贝尔奖提名。
③ 詹姆斯·厄尔·卡特，1977年出任美国第39任总统。
④ 举世闻名的拳击手，1998年被任命为联合国和平使者。
⑤ 1919—1972，美国职业棒球大联盟史上第一位黑人球员，被视为黑人的民权斗士。
⑥ 美国著名导演，被誉为"黑道教父"，其执导的《纽约黑帮》曾获得多项提名。
⑦ 美国木偶演员，曾创造出"大眼蛇"这个角色，曾担任电影、电视导演及制片人。

一个又一个名字从我嘴里奔泻出来，将近一个小时的时间里，我不停地脱口而出。我们开车横越堪萨斯，我的和平请愿书延展成看不见的一页页支持名单。伊娃持续确认——"没错，他签了名；没错，她签了名"——我逐渐充满一股被保护的感觉，四周环绕着许多伟人的集体善意。名单终于慢慢结束，我的焦虑也随之减缓。我开始昏昏欲睡。伊娃说："睡一下吧，我会小心开车的。"我闭上眼睛，最后一个名字冒出来："米高·福克斯①刚刚签了。"我喃喃自语，而后进入梦乡。我不知道睡了多久，或许只睡了十分钟，却睡得很熟。我醒来的时候，伊娃仍在开车，她正自个儿哼着小曲。我打了个哈欠。

我的手机响了起来。

我看着我那疯狂的"迷你电话机"在车上的烟灰缸里兴奋地振动。小睡让我还有点精神恍惚、迷迷糊糊，突然记不得电话如何运作。

"去啊，"伊娃说，仿佛已经晓得怎么回事，"接电话吧。"

我拿起电话，低声说："喂"。

"好消息！"我的律师从遥远的纽约通知我，"他刚刚签了！"

10

数星期后，我已经住在了意大利。

我已辞去工作，付清离婚财产和律师费，我放弃了我的房子，放弃了我的公寓，把仅剩的家当存放在我姐姐家里，收拾了两箱行李。我的旅行之年已经展开。而由于一个令人惊愕的个人奇迹，我负担得起这一年的旅行经费：我的出版社预先买下了我即将写作的游记。换句话说，

① 美国演员，曾主演过《回到未来》等卖座电影，后罹患帕金森氏症，之后成立基金会，全心投入相关公益活动。

结果如同印尼的巴厘药师所预料的一般。我损失了所有的钱，可钱却又立即被归还给了我——至少够我一年的生活。

因此我现在是罗马的居民。我找到一栋历史建筑里的小套房公寓，和西班牙阶梯相隔短短的几条街，被博盖塞花园典雅的阴影所笼罩，就在人民广场街上，古罗马人从前在这广场上举办战车比赛。当然，这地区不像从前住的纽约的家那样具有恣意扩展的气派，可以眺望林肯隧道，但是……

这已足够。

11

我在罗马的第一餐饭很平常，只有自制意大利面（奶油培根鸡蛋面），配上炒菠菜和蒜头。（伟大的浪漫主义诗人雪莱曾写过一封让人大感震惊的信给在英国的朋友，说起意大利食物："有身份的姑娘居然吃——你肯定猜不到——蒜头！"）此外，我还吃了洋蓟，罗马人对他们的洋蓟十分自豪。而后女服务生端来一道特别招待的惊喜小点心——炸节瓜花，中间一小团奶酪（烹调得如此精致，甚至花儿们可能都没留意到它们已脱离藤蔓）。吃过意大利面，我试了小牛肉。噢，我还喝了一瓶红餐酒，只有我一个人喝。我还吃了温热的面包，蘸着橄榄油和盐。甜点是提拉米苏。

吃完这一餐，走回家时约摸晚间十一点，我听见从我那条街的某栋建筑中传来的声音，听起来像是聚集了一群七岁的孩子——也许是生日派对？笑声、尖叫、跑跳。我爬上楼梯，回到公寓，躺在我的新床上，熄了灯。我等着开始哭泣或发愁，因为这通常是我熄灯后做的事情，却居然没事。我感觉很好，我觉得有心满意足的迹象。

我疲倦的身体问我疲倦的心："那么，你需要的就是这个？"

没有任何回应。我已呼呼大睡。

12

西方世界的每个大城市总有一些雷同之处。总有非洲男子兜售仿冒的名牌皮包和太阳眼镜，总有危地马拉乐手表演竹笛，吹奏"我宁可当麻雀也不肯当蜗牛"。然而有些东西只在罗马才有。比如卖三明治的掌柜每回跟我说话时都悠哉地唤我"美人儿"，"来个热烤或冷三明治吗，美人儿？"又比如到处拥吻的情侣，他们像参加竞赛似的交缠在板凳上，抚摸彼此的头发和裤裆，没完没了地耳鬓厮磨……

还有喷泉。老普林尼[1]曾写道："想想罗马众多的公共水资源，供给浴场、贮水池、沟渠、房舍、庭园、别墅；再考虑水流过的距离、耸立的拱桥、穿过的山、跨越的山谷——任何人都会承认，全世界最了不起的东西莫过于此。"

在数个世纪后，已有多座罗马喷泉竞相成为我的最爱。其一位于博盖塞花园。在这座喷泉的中央，是正在嬉戏的铜像家庭。父亲是半人半羊的牧神，母亲是一介女子，他们有个喜欢吃葡萄的宝宝。父母的姿势奇特——他们面对面，抓着对方的手腕，两人的身子后仰。看不出他们究竟是拽住彼此在争斗，还是因兴高采烈而摇摆，倒是都洋溢着活力。反正，小家伙趴坐在他们的手腕上，就在他们之间，对他们的愉悦或争斗无动于衷，大口嚼着他的那串葡萄。而吃的同时，脚下的分趾蹄晃悠着。（这遗传自父亲。）

---

[1] 古罗马作家、科学家，以《博物志》一书留名后世。

二〇〇三年九月初，天气暖和懒散。此时是我在罗马的第四天，我仍未踏进任何一座教堂或博物馆，甚至未读过旅游指南。但我一直在漫无目的地走个不停，最后还找到一位友善的公车司机告诉我的那家罗马最好的意大利冰店。它叫"圣克里斯皮诺冰店"（Il Gelato di San Crispino），我不确定它能否翻译成"香酥圣徒冰"①。我试了蜂蜜加榛果的混合口味。当天稍晚些，我又回来品尝了葡萄柚加香瓜。当天吃过晚饭后，我又一路走回去，只为了尝一杯肉桂与姜。

我每天尝试把报纸上的一篇文章从头到尾读一遍，无论花多少时间。我大概每三个字查一次字典。今天的消息很有意思。很难想象会有比"Obesit àI Bambini Italiani Sono i PiùGrassi d'Europa! "更具戏剧性的新闻标题了。老天爷！肥胖症！我想这篇文章是在宣称意大利的婴儿是欧洲最胖的婴儿！我往下念，得知意大利婴儿比德国婴儿胖得多，比法国婴儿更是胖上许多。（幸好未提及和美国婴儿较量的结果。）文章指出，较大的孩子近来的肥胖情况亦很严重。（面食工业为自己辩护。）这些惊人的意大利幼童肥胖症的统计数字，是昨日由一个国际专责小组所发表的。我花了将近一个钟头转译整篇文章。这期间，我吃着比萨饼，听着意大利孩童中的一位在对街演奏手风琴。这孩子在我看来并不太胖，但这或许是因为他是吉卜赛人。我不确定是否误读了文章的最后一行字，但看起来政府似乎谈到，解决意大利肥胖危机的唯一方式是课征"超重税"？……这是真的吗？这么吃了几个月后，他们会不会来找我麻烦？

每天通过看报来了解教宗的状况也很重要。在罗马，报上天天刊载教宗的健康状况，就像天气预报，或电视节目表。今天，教宗很累。昨天，教宗没有今天累。明天，预料教宗将不像今天这么累。

对我来说，这里是语言的仙境。对于一向想说意大利语的人而言，哪个地方能比罗马更好？就像有人为了配合我的需要而创造出一座城市，

①"crispy"（香酥）与"crispino"拼法接近。

城里每个人（甚至连儿童、计程车司机、电视广告的演员）都用这种神奇的语言在说话，就好似整个社会都在同心协力教我意大利语。他们甚至趁我待在这儿的时候印意大利文报纸，他们一点也不介意大费周章！他们这里有些书店只卖意大利文写的书！昨天早上我发现这样一家书店，让我觉得自己进了一座魔法宫殿。这里所有的书都是意大利文——甚至连苏斯博士[①]的作品也是。我逛遍整间书店，触摸每一本书，希望任何人看见我时都以为我的母语是意大利语。噢，我多么希望意大利语朝我开放它自己！这感觉让我回想起四岁时仍不识字，却渴望学会阅读时的感受。我记得和母亲坐在诊所的候诊室里，拿着一本《好管家》杂志摆在面前，慢慢地翻着，盯着内文，希望候诊室里的大人们以为我确实在读。从那以后，我从未感到如此渴望被理解。我在这家书店看见了美国诗人的作品，书页的一边印着英文版原文，另一边印着意大利文翻译。我买了一本洛威尔[②]的书，还买了一本格丽克[③]的。

　　随处可见自发的会话课。今天，我坐在公园板凳上的时候，有个身穿黑衣的小老太婆走过来，在我身边坐下，对我呼来唤去地说着什么。我摇头，无言而疑惑。我道歉，用完美的意大利语说："真抱歉，我不会说意大利语。"她的样子像是要拿木勺揍我似的，假如她手边有的话。她断然地说："你明明懂啊！"（有趣的是，她没说错。我确实懂这句子。）然后她想知道我是哪里人。我跟她说我是纽约人，并问她是哪里人。这还用说——她是罗马人。听了回话，我像孩子似的拍起手来："啊，罗马！美丽的罗马！我爱罗马！漂亮的罗马！"她听着我原始的赞颂，流露出怀疑的神色。接着她问我结婚了没。我告诉她我已经离婚。这是我第一次用意大利语告诉其他人这件事。当然啰，她继续问："Perché？"这个嘛……"为什么"是个很难回答的问题，无论

---

① 本名为"Theodor Seuss Geisel"，美国著名的儿童读物作家兼插图画家。
② 1917—1977，美国诗人。
③ 生于1943年，美国当代女诗人，曾获普利策新闻奖。

用哪一种语言。我支支吾吾，最后想出了"L'abbiamorotto"（我们婚姻破裂）。

她点点头，站起身来，穿过街道去等公车，然后搭上公车而去，甚至没回来再看我一眼。她是否生我的气？说来也奇怪，我就坐在公园那张板凳上等了她二十分钟，思索着她可能回来继续跟我对话的理由，可她没再回来。她名叫雀蕾丝特，发音如"雀"。当天稍晚些，我找到一家图书馆。天哪，我真爱图书馆。因为在罗马，这所图书馆是个美丽的古物，当中有个花园中庭，但若只从街上注视图书馆，你永远猜不到中庭的存在。正方形的花园点缀着橘树，中央有喷泉。我立刻知道，它将成为我最爱的罗马喷泉之一，尽管它跟我至今看过的都不相同。首先，它不是大理石雕刻的喷泉，而是一座绿色、长满青苔、接近大自然的小型喷泉，就像一株丛杂的蕨类植物。（事实上，它看起来就跟印尼的巴厘药师画给我的那尊祈神人像头上冒出的繁茂枝叶一模一样。）水从这丛盛开的灌木中央喷溅出来，而后洒回到叶子上，发出哀伤、优美的声音，充塞整个庭园。

我在一棵橘树下找到座位，打开昨天买的一本诗集，格丽克的诗集。我开始读第一首诗，先读意大利文，再读英文，在这一行顿住：

Dal centro della mia vita venne una grande fontana...
"从我的生命中央，冒出一股大泉……"

我把书搁在腿上，因欣慰而颤抖。

13

说实话，我不是这世上最佳的旅人。

我之所以知道这点，是因为我经常旅行，也遇到过精通旅行的人，真正为旅行而生的人。我遇到过身强体健的旅人，他们即使从加尔各答的水沟中喝下一大鞋盒的水，也永远不会生病。有些人很快就能学会新语言，而我们其他人却只会染上传染病。有些人懂得如何制伏边界警卫或利诱执拗的签证官僚。有些人有恰当的身高和肤色，无论去哪儿都是一种半正常人——他们在土耳其可能是土耳其人，在墨西哥就突兀地成了墨西哥人，在西班牙也可能被误认成巴斯克人，在北非有时可能被当作是阿拉伯人……

我没有这些特质。首先，我格格不入。高大、金发、粉红肤色。我不是变色龙，反倒是红鹤。除了去杜塞尔多夫之外，我到哪里都突兀地刺人眼目。我在中国的时候，妇女经常当街朝我走来，向她们的孩子指着我，仿佛我是从动物园里逃出来的动物。而他们的孩子——从没见过这种粉红脸、黄头发的妖怪——往往一见我就哇哇大哭。对于中国，我很痛恨这件事。

我不擅长（或者说懒得）在旅行前研究目的地，往往是人到了当地后，再看发生什么。这种旅行方式经常"发生"的是，会花很多时间站在火车站内不知所措，或者花太多钱住旅馆，因为我没概念。我这种不可靠的方向感和地理概念意味着，虽然我一生去过五大洲，却在任何时刻都对于自己身处何处一无所知。除了歪歪斜斜的内在罗盘之外，我还缺乏沉着冷静，这对旅行可能是一大不利。我从没学会如何把自己的脸调整为视而不见的面无表情，尽管这在危险的异地旅行时十分有用。你知道——那种超轻松、掌握一切的表情使你看起来像是属于那个地方，任何地方，所有的地方，即使在雅加达的一场暴乱当中亦然。噢，不。当我不清楚自己在做什么的时候，我看起来就像不清楚自己在做什么。兴奋或紧张的时候，我便露出兴奋或紧张的神色。迷路的时候——这经常发生——我就像迷路。我的脸是每个想法的透明发送机。大卫曾说："你和扑克脸孔正好相反。你像是……迷你高尔夫球脸。"

　　还有，哦，旅行对我的消化道造成了很大的痛苦！我不想把事情说得太复杂，一言以蔽之，我几乎经历过每一种极端的消化紧急事件。在黎巴嫩，某天晚上我突如其来地生了病，使我只能猜想自己恐怕感染上了某种中东版本的伊波拉病毒。在匈牙利，我罹患某种截然不同的肠胃疼痛，从此改变了我对"苏联集团"一词的感受。我还有其他的身体弱点。我在非洲之行的第一天弄坏了背；出了委内瑞拉丛林之后，我是我那团人里唯一一个因被蜘蛛咬伤而感染的成员；还有，请问有谁会在斯德哥尔摩被晒伤？

　　尽管如此，旅行仍是我生命中的一大真爱。打从十六岁我用打工存下来的保姆工资第一次去俄罗斯开始，我总觉得旅行值得付出任何代价或牺牲。我对旅行的爱忠贞不渝，正如我对其他的爱恋未必忠贞不渝一般。我对旅行的感觉，就像初为人母的快乐妈妈面对她那难以应付、罹患疝气、躁动不安的婴孩怀有的感觉一样——我偏不在乎自己必须经历的严格考验，因为我爱他，因为他是我的，因为他长得和我一模一样。他尽可以吐得我一身都是——我就是不在乎。

　　无论如何，对一只红鹤来说，我在世界上并非完全脆弱无助。我有自己的一套生存技能。我有耐心。我知道如何轻装上路。我什么都吃。但我的一大旅行才能是能与"任何人"交朋友。我能和死人交朋友。我曾在塞尔维亚跟一个战犯交朋友，他邀我和他一家人上山度假。我并不是很荣幸地把塞尔维亚杀人犯列为我的至亲至爱（我必须与他为友是因为一篇故事的缘故，而且这样可以免得他揍我一顿），但我要说的是——我做得到。假如身边没有人可以说话，我也许还能和堆了一米高的石膏板交朋友。正因为如此，我不害怕去世界上最偏远的地方旅行，即便没能在那儿遇上人类。我去意大利前，大家问我："你在罗马有没有朋友？"我只是摇头说没有，心里却想，但就要有了。

　　通常来说，你会在旅行的时候不经意地遇见你的朋友，比方在火车、餐厅或拘留所内比邻而坐。但这些只是不期而遇，而你不能永远完全依赖巧遇。一种较有计划的方法依然存在，即伟大而古老的"介绍信"系统（在今天电子邮件较有可能），这能把你正式介绍给熟人的熟人。假使你脸皮够厚，敢于主动自我推销，登门去吃晚餐的话更好，因为这是结交朋友的绝佳方式。因此在去意大利前，我问在美国认识的每一个人，有没有在罗马的朋友。而我很乐于告诉大家，我在出国的时候，带了一长串意大利人的联络资讯。

在我可能的意大利新朋友候选人名单中，我最想认识的人名叫……请做好心理准备……卢卡·斯帕盖蒂（Luca Spaghetti）①。斯帕盖蒂是我大学时代认识的好友麦克德维特的好朋友。而这的的确确是他的名字，我向上天发誓，我可没捏造。这太古怪了。我是说——你怎能想象一辈子顶着"斯帕盖蒂"这样的名字？

无论如何，我打算尽快与斯帕盖蒂联系。

14

不过，首先，我得料理学校的事。我在达·芬奇语言学院的意大利语课今天开课，每星期五天、每天四个小时。上学让我很兴奋，我是个毫不怕羞的学生。昨晚我把我的衣服摆出来，就像我在小学一年级开学前一天摆好我的漆皮皮鞋和新便当盒一般。我希望老师会喜欢我。

在达芬·奇的第一天，我们每个人都必须进行测验，按照能力分派到适当的意大利语班别。我一听，立即开始期望自己不要被分配到初级班，因为这是很不光彩的事，毕竟我已在纽约的"离婚女子夜校"上了一整个学期的意大利语课，背了一整个夏天的生字卡，而且在罗马已待

---

① Spaghetti 中文意为意大利面意粉，意式面食之一。

了一个礼拜，已实地练习语言，甚至和老祖母聊过了离婚。事实上，我根本不晓得这学校分多少级别，但我一听见"分级"，便立即决定至少得考进二级班才行。

那天倾盆大雨，而我早早就到了学校（我向来如此——怪胎！），做了测验。好难的测验！我甚至没办法完成十分之一！我知道很多意大利文，我认识成打的意大利单词，但我懂得的，他们都没考。接着是口试，情况更惨。给我面试的是个瘦削的意大利老师，依我看来，老师的话说得太快，我本该表现得更好，但因为紧张，明明早已知道的东西也出了错。〔比方说，我干吗不说"我要去上学"（Sono andata a scuola），却说"我上学"（Vado a scuola）？我明明知道的呀！〕

可结果却还好。意大利瘦老师检查了我的试卷，决定了我的级别——二级班！

课程在下午开始。于是我去吃午饭（烤莴苣），而后漫步回校，得意洋洋地从初级班学生面前走过〔他们肯定"molto stupido"（很笨）〕，我和程度与我相当的同学们一起走进第一堂课的教室。只不过，很快我就发现，他们不是和我程度相当的同学，我无权待在这个班，因为二级班的课程困难得令人难以置信。我觉得像在游泳，却游得很勉强，就像每换一口气就会喝到水。瘦个子男老师（这儿的老师怎么都这么瘦？我不信任瘦削的意大利人）讲话太快，跳过整章整章的课文，说："这个你们都会了，那个你们都会了。"……不断跟我那些对答如流的同学们连珠炮似的对话。恐惧紧抓着我的胃，我喘着气，祈祷他不会叫到我。下课时间一到，我就脚步跄跄地跑出教室，几乎泪眼汪汪地一路跑去行政办公室，用非常清晰的英语乞求能否让我换到初级班。他们这么做了，于是现在我就在初级班。

老师是个胖子，讲话速度慢。这好多了。

15

我所上的这个意大利语班，其有趣的地方在于没有人真的需要在这儿。我们共有十二个人，来自世界各地的各种年龄层，而每个人来罗马的目的都一样——只因为想学意大利语。我们没有一个人能讲出来此地的务实的理由。没有任何人的长官告诉他说："你学会讲意大利语对我们的海外事业经营至关重要。"大家，甚至连保守的德国工程师，都跟我有相同的个人动机：我们每个人都想说意大利语，因为我们喜欢它给我们的感觉。一位面容哀伤的俄国妇女告诉我们，她让自己学意大利语是因为"我想我应该得到美好的事物"；德国工程师则说："我要学意大利语，因为我喜爱'dolce vita'——甜蜜生活。"（只不过，生硬的德国腔听起来就像他说他喜爱"deutsche vita"——德国生活——这恐怕是因为他已拥有很多。）

接下来的几个月，我发现我确实有充分的理由证明意大利语是世界上最美丽诱人的语言，而且不止我一个人这么想。想了解原因，你得先了解欧洲曾经混杂着无数衍生于拉丁文的方言，在数世纪期间，它们逐渐变为数种独立的语言——法语、葡萄牙语、西班牙语、意大利语。发生于法国、葡萄牙和西班牙的，是一种有组织的发展过程：最知名的城市所说的方言逐渐成为整个地区公认的语言。因此，我们今天所称的法语，事实上是中古巴黎语的一种版本。葡萄牙语，事实上是里斯本语。西班牙语，基本上是马德里语。这些都是资本主义的胜利：整个国家的语言最终取决于最强盛的城市。

意大利则不同。其中一个关键性的差别在于，意大利有很长一段时间甚至不是一个国家。它在相当晚的时期才统一起来（一八六一年），而在此之前，一直都是由地方诸侯或其他欧洲势力所掌控的诸个敌对城邦所构成的一个半岛。意大利的部分地区隶属于法国，部分地区属于西班牙，部分地区属于教会，部分地区则属于地方要塞或城堡的占领者。意大利人民对这些统治时而感到屈辱，时而无所忧虑。多数人不太喜欢接受他们的欧洲同胞的殖民统治，却始终存在着漠不关心的群众，他们说："Franza o Spagna, purchèse magna."以方言来说，意思是："管他法国还是西班牙，吃得饱就好。"

这一切的内部分歧意味着，意大利未曾统一，意大利语亦然。因此有数世纪的时间，意大利人以彼此无法理解的地方方言说话与书写。一位佛罗伦萨科学家可能几乎无法和一位西西里诗人或一位威尼斯商人沟通（当然，除了使用不被认为是国语的拉丁文之外）。十六世纪期间，一些意大利知识分子聚集在一起，坚决认为这个情况荒谬可笑。这个意大利半岛需要一种意大利语言，至少必须有一种统一的书写形式，大家对此达成共识。于是这一群知识分子就着手进行一件欧洲史无前例的事情：他们亲自挑选出最美的方言，称之为"意大利语"。为了找到意大利最美的方言，他们必须回溯到两百年前，十四世纪的佛罗伦萨。这个集会达成决定：往后被认为是正统意大利语的语言，正是佛罗伦萨大诗人但丁的个人语言。早在一三二一年，但丁出版《神曲》，详述穿越地狱、炼狱及天堂的想象过程，他不以拉丁文书写作的立场，震惊了文学界。他觉得拉丁文是一种讹误的精英语言，用之于严肃的散文上时会让普遍的叙述转变成必须经由贵族教育特权才能阅读的，也就是必须用钱才能买得到的东西，"使文学成为妓女"。但丁转而回到街头巷尾，采撷他的城市居民们（包括同时代的杰出人物薄伽丘与佩托拉克）所使用的真实的佛罗伦萨语，以这种语言来讲述他的故事。

他使用他所称具有"dolce stil nuovo"（甜蜜新风格）特质的方言来书写他的杰作，而即便在书写之时，他也在塑造着这种方言，亲自影响着它，如同莎士比亚有朝一日也将影响伊丽莎白时代的英语一般。经过漫长的历史以后，一群民族主义知识分子坐下来，决定让但丁的意大利语言成为意大利的官方语言，这就像一群牛津研究员在十九世纪初的某一天坐下来决定，从今以后，让英国每个人说纯粹的莎士比亚语。而他们也确实办到了。

因此今日的意大利语并非罗马语或威尼斯语（尽管它们是强大的军事商业城市），甚至不尽然是佛罗伦萨语，基本上是"但丁语"。没有别的欧洲语言具有如此风雅的血统，或许也没有任何语言可以比这个由西方文明的伟大诗人之一加以修饰的十四世纪佛罗伦萨意大利语更天经地义地表达出人类的喜怒哀乐了。但丁以"三行体"书写《神曲》，每个韵脚每五行重复三次的连环韵诗，赋予他那漂亮的佛罗伦萨方言某种学者所谓的"层叠韵律"——此种韵律依然存在于今天的意大利计程车司机、屠夫、政府官员所说的抑扬顿挫的声调当中。《神曲》的最后一行——但丁看见上帝本尊——所表达的感情，任何熟悉所谓现代意大利语的人都能很容易理解。但丁写道，上帝不仅是令人目眩的光辉景象，最重要的是，他是"I'amor che move il sole e l'altre stele"……

"是爱也，动太阳而移群星。"

难怪我这么死命想学这种语言。

16

在意大利待了十天左右，"抑郁"和"寂寞"追捕到我。上了一天快乐的课之后，一天傍晚，我漫步过博盖塞花园，金色夕阳落在圣彼得大教堂上。我对这浪漫景象感到满足，尽管孤零零一个人，而公园里的其他人不是跟爱人亲热就是陪着嬉笑的孩童玩耍。然而我停下来倚靠在栏杆上，观看夕阳，开始想得太多了点，而后转为沉思，于是"抑郁"和"寂寞"在此时追查到我。它们像侦探似的，一声不响、满怀敌意地找上我，把我夹在中间——左侧是"抑郁"，右侧是"寂寞"。它们无须亮出徽章，因为我对这两个家伙了若指掌。尽管我们已玩了多年猫捉老鼠的游戏，但我承认，暮色中，在优雅的意大利庭园里见到它们，着实令我大吃一惊。它们不属于这个地方。

我对它们说："你们怎么发现我在这里？谁告诉你们我来了罗马？"

老是自作聪明的"抑郁"说："什么——你不高兴看见我们？"

"走开。"我告诉它。

比较善解人意的警察"寂寞"说："很抱歉，夫人，我可能非得在你旅行期间从头到尾监视你。这是我的任务。"

"我宁可你不这么做，"我告诉它，但它只是稍带歉意地耸耸肩，却靠得更近。

而后它们对我搜身。它们掏空我装在口袋里的喜悦。"抑郁"甚至扣押了我的身份，但它向来如此。而后"寂寞"开始盘问我，实在让我不寒而栗，因为它总是持续好几个小时问个不停。它虽有礼貌，却很无情，最后总让我泄漏真情。

它问我知不知道任何快乐的理由，它问我为何今晚又是独自一人，它问我（尽管这种盘问我们早已进行过数百次）为何无法持续一种关系，我为何毁了我的婚姻，我为何搞砸了跟大卫的关系，我为何搞砸了和每个曾跟我相处的男人的关系。

它问我三十岁生日当晚人在哪里，为何情况从此每况愈下。他问我为何不能做好该做的事，为何不待在家中，住好房子，生儿育女，像同年龄的正常女子该做的那样。它问我为何把生活搞得一团糟之后，依旧认为自己有权利来罗马度假。它问我为何以为像大学生那样逃到意大利就能让自己快乐。它问我如果我继续这种生活，觉得自己老的时候会有何下场。我走回家，希望甩掉它们，但这两个暴徒继续跟踪我。"抑郁"用一只手紧紧抓住我的肩，"寂寞"语调激昂地盘问我。我甚至懒得吃晚饭，我不要它们观看我。我也不想让它们上楼进我的公寓，但我知道"抑郁"持有警棍，我无法阻止它进门，如果它决定这么做的话。

"你们到这里来，这不公平，"我告诉"抑郁"，"我欠你们的已经付清。我在纽约已服了刑。"

但它只是朝我阴险地笑，在我最喜欢的椅子上坐下，双脚搁在我的桌上，点了一根雪茄，可怕的烟雾弥漫了整个房间。"寂寞"看着这一切，叹了口气，而后爬上我的床，盖上被单，穿戴齐全，鞋也没脱。今晚它又要逼我和它一起睡，我就晓得。

17

几天前，我才停止服药。在意大利服用抗忧郁剂似乎不太对劲儿。住在这里怎么可能会觉得抑郁？

一开始我并不想靠药物治疗。我长时间反对服药，主要因为一长串个人的反对理由（诸如，美国人用药过度；我们不清楚这些东西对于人脑的长期影响；近来连美国孩童也吃起了抗忧郁剂，这是一种罪过；我们治疗的是症状，并未根治造成全国心理健康危机的原因）。

尽管如此，生命中的过去几年间，毫无疑问，我陷入极度困境，而这困境短期内无法解除。随着婚姻瓦解，与大卫之间的戏剧性发展，我拥有了严重忧郁症的所有症状——失眠、食欲减退、丧失性欲、不能自已地失声痛哭、慢性背痛与胃痛、疏离与绝望、难以专心工作，甚至对共和党抢了总统大选一事无动于衷，等等等等。

你在森林中迷失的时候，有时得花一阵子时间才明白自己迷了路。很长一段时间，你可以说服自己只是偏离步道几米距离，随时都可能找到返回步道起点的路。而后夜幕一再降临，你仍不清楚自己的方位，此时你不得不承认自己已远离步道，甚至不再知道太阳从哪边升起。

我承担我的抑郁，就像它是我生命中的一搏，事实也确实是如此。

我研究我自己的抑郁经验，尝试解开原因。这一切沮丧源自何处？是不是心理上的原因？（父母的过错？）或只是暂时性的，我生命中的"倒霉时刻"？（离婚事件了结后，抑郁是否会随之而终？）是不是遗传？（有多种称谓的忧郁症在我的家族传了好几代，它还带着它哀伤的新娘：酗酒问题。）是不是文化原因？（一个后女性主义时代的美国职业女性尝试在紧张疏离的都市世界中求得平衡而导致的结果？）是不是星座的缘故？（我之所以如此哀伤，是不是因为我是敏感的巨蟹座，主宫全由反复无常的双子星座控制？）是否和艺术有关？（搞创作的人难道不都是因为超敏感且与众不同而为抑郁所苦？）是否和进化有关？（我身上是否带有远古人类试图在野蛮世界求生存而残存的恐慌？）是因果报应？（这些悲伤时刻是否只是前生作恶多端的结果，在解脱前夕最后阶段的阻碍？）是荷尔蒙作祟？饮食问题？哲学问题？季节性？环境造成？我是否也感染了全球对上帝渴求的症状？是内分泌失调？或者我只是需要性关系？

　　每一个人是由多少因素所构成的呀！我们在如此多种的层面上运作，而我们经受着来自我们的心理、身体、历史、家庭、城市、灵魂，甚至是吃下的午餐的多少影响呀！我觉得自己的抑郁或许来自这些变幻不定的种种因素，或许还包括我无从指名道姓的东西。因此我同时面临着每个层面的搏斗。我买了所有那些书名教人难堪的励志书籍（但我总不忘把书用最新一期的《好色客》杂志包起来，以免让陌生人得知我真正读的东西）。我开始接受治疗师的专业协助，她和蔼可亲而且具有洞察力。我像见习修女一样祈祷。我停止吃肉（反正时间不长），因为有人告诉我，我会因此"吃下动物临死前的恐惧"。某个古怪的新时代按摩师告诉我，我该穿橘色内裤，以重新调整性脉轮——唉！我竟真的做了。我喝了许多该死的圣约翰草茶[1]，其分量足以让一整团苏联劳改营开心

---

[1] Saint-John's-wort，欧美国家用来治疗抑郁的草药。

起来，却不见任何成效。我运动。我让自己接触令人振奋的艺术，小心避开哀伤的电影、书籍与歌曲〔倘若任何人在同一个句子里提及伦纳德与科恩（Leonard Cohen[①]）这两个字，我就得离开房间〕。

我极力抵抗永无休止的哭泣。我记得某天晚上，我蜷缩在同一个旧沙发相同的一角，因相同的悲哀思绪又一次泪眼盈眶时，我自问："小莉，这样的场景有没有任何你能改变的地方？"而我所能想到的，就是站起身来，试着在客厅中间单脚站立，虽然仍不时抽泣。这只为证明——尽管无法停止哭泣或改变内心的悲伤对话——我尚未完全失去自制力：至少，在我哭得歇斯底里的时候，还可以单脚站立。嘿嘿，这就是一个开始。

我穿过街道走在阳光下。我依靠我的支持网络，珍惜我的家人，培养最具启发性的友谊。在那些好管闲事的妇女杂志不断告诉我，低自尊无助于忧郁症时，我去剪了个漂亮的发型，买了时髦的化妆品和一件美丽的洋装。（一位朋友称赞我的新造型时，我只是狞笑着说："这是自尊心作战计划——他妈的第一天。"）

与哀伤搏斗将近两年后，服用药物是我的最后尝试。容我在此加入自己的意见，我认为药物应当是你的最后尝试。就我的情况而言，决定走上服药之路，是在某天晚上过后：那一晚，我在卧室地板上坐了几个小时，我跟自己说话，极力尝试阻止自己拿菜刀割腕。当晚我虽然战胜了菜刀，却只差之毫厘。当时我还有其他好主意——跳楼或举枪自尽以求解脱，但手握菜刀过了一夜却让我解脱开来。

隔天早晨太阳一升起，我打电话给我的朋友苏珊，求她协助我。在我的整个家族史中，我想没有哪个女子曾这么做过，曾这么坐在人生的半途，说："我一步也走不动了——哪个人来帮帮我吧。"这些女子停下脚步也没用，没有人愿意或能够帮忙她们。唯一可能发生的事情，就

[①] 加拿大民谣诗人。

是她们和家人饿肚子。我不断想起这些女子。

我永远忘不了苏珊冲进我公寓时的表情，当时大约是我打了紧急电话过后一个小时，她见我瘫倒在沙发上。透过她因担忧我的生命所流露出的表情中，我的痛苦反映到自己的眼中，此意象对我来说依然是那段恐怖岁月中最最恐怖的记忆。我缩成一团，苏珊打电话找精神科医生，让他当天给我诊疗，讨论服用抗忧郁剂的可能性。我听着苏珊和医生的单边对话，听她说："我担心我的朋友会严重伤害自己！"我也很担心。

当天下午去看精神科医生时，他问我为何拖这么久才寻求协助——好像这么久以来我没尝试自救似的。我对他说明我对抗忧郁剂的反对与保留立场。我把自己已出版的三本书摆在他桌上，说："我是作家。请别做任何伤害我脑子的事。"他说："假如你患了肾脏病，你不会对服药有所犹豫——却为什么对此犹豫？"然而，你瞧，这只能显示出他对我的家族一无所知：吉尔伯特家族成员很可能不会去服药治疗肾脏病，因为这家人将疾病视为个人、伦理、道德失败的表现。

他让我试着服用几种不同的药——"Xanax""Zoloft""Wellbutrin""Busperin"——直到我们找到不使我呕吐或把性欲变成遥远记忆的组合。很快地，不到一个礼拜，我感觉到心中开启了一线曙光。此外，我终于睡得着了。这真叫人欣喜，因为你睡不着的时候，便无法爬出阴沟——毫无可能。药丸使我重拾恢复体力的夜间时分，也让我的手不再颤抖，松开胸口的紧张和心头的恐慌。

尽管如此，服用这些药物从未使我安心，尽管它们立即奏效。无论谁告诉我服用这些药物是好主意，而且安全无虞，我也还是始终觉得矛盾。毫无疑问，这些药是我通往另一头的桥梁，但我却想尽快摆脱它们。我在二〇〇三年一月开始服药。到了五月，我的剂量已大大减少。那几个月是最艰难的时期——离婚的最后几个月，与大卫之间残破的最后几个月。假设我再撑久一点，我能否不靠药物度过那段时期？我能否靠自己存活下来？这就是人生——没有控制组，一旦更改任何变量，我们便无从晓得自己会变成什么样子。

但我知道这些药物稍微减轻了我的痛苦。我对此不胜感激。然而我对改变情绪的药物仍深感矛盾。我慑于它们的力量，却对它们的泛滥感到不安。我认为在我这个国家应由医师开立处方给药，应当更适可而止地使用，而且必须与心理咨询并行治疗。以药物治疗任何病状却未探勘其根源所在是轻率的典型西方想法，认为任何人都能因此好起来。这些药丸或许救了我的命，却是结合了我在那段时间内同时所做的其他二十种努力才得以奏效，而我希望永远无须再服用这些药。尽管有医生指出，我一辈子或许得断断续续地服用多次抗忧郁剂，因为我有"忧郁的倾向"。但愿他是错的。我打算尽自己所能证明他是错的，或至少用尽一切手段对抗忧郁倾向。究竟我的顽固是自毁或自保，我也还不知道。

不过我就在那儿。

18

或者该说——我就在这儿。我在罗马，陷入麻烦。"抑郁"和"寂寞"两个暴徒再次闯入我的生活，而我三天前才服了最后一次的"Wellbutrin"。我的底层抽屉还有药丸，但我不需要它们。我要永远摆脱它们，但我也不想让"抑郁"和"寂寞"赖在身边，因此不知所措，惊慌得原地打转：每当我不知所措时，总是原地打转。因此今晚我要做的事是伸手去拿我的私人笔记本，把它放在我的床边，以应付紧急时刻。我打开本子，找到空白页。我写道：

"我需要你的协助。"

之后我等着。过一会儿，回应来了，由我亲笔写下：

我在这里。我能为你做什么？

最奇特、最隐秘的对话就此再度展开。在这本最私人的笔记本中，我和自己展开对话。我跟那一晚在浴室地板上首次向神泣诉时遇上的同一个声音讲话，当时某个东西（有某个人）开口说："回床上去，小莉。"此后的几年内，我在极端悲痛的时候再度发现这个声音，得知与它联系的最佳方式即书面对话。我也惊讶地发现，我几乎可以随时取得这个声音，无论多么痛苦沮丧。即使在最糟的时刻，那平静、慈悲、友善、无比睿智的声音（可能是我，也可能不完全是我）总是在纸上与我对话，无论昼夜。

我决定让自己不去担心跟自己在纸上对话是精神分裂症的行为。或许这伸手可及的声音是神，或许是透过我开口说话的导师，或是分派给我的天使，或是我的至高自我，或只是潜意识中的某个概念，为了保护我自己免受折磨而被创造出来的。特雷莎修女将这些神圣的内在声音称为"叙语"——来自超自然的语词，自发地进入你的心灵，转译成你自己的语言，给予你天堂的慰藉。我知道弗洛伊德对于这种心灵慰藉会怎么说——毫无理性，而且"不该相信，经验告诉我们，世界可不是育幼院"。我同意——世界不是育幼院。但正是因为世界如此复杂，才偶尔需要跳出它的管辖寻求协助，吁请高层权威助你找到安慰。在心灵试验的初期，我并非始终对于这种睿智的内在声音坚信不疑。记得有一回，我既愤怒又悲伤地拿起笔记本，匆匆写下信息给我的内在声音——给我神圣的内在慰藉——以大写字母占据整个页面：

我他妈的不相信你！！！！！

过了一会儿，依然喘着大气的我，感觉有个清晰的光点在我内心燃起，而后我发现自己写下了这句顽皮而平静的答案：

那么你在跟谁讲话？

从此我不再怀疑它的存在。因此今晚我再次联系这个声音。这是我来意大利之后头一次做这件事。我在日记里说我感到软弱，充满恐惧。

我说"抑郁"和"寂寞"跑来了，我害怕它们永远不会离开。我说不想再吃药，却害怕非吃不可。我担心自己永远无法振作起来。

某种现已十分熟悉的存在降临在我内心某处，做出回应，给我肯定。在我遇上麻烦时，我一直希望另一个人能告诉我一切。我在纸上写给自己这段话：

我在这里。我爱你。我不管你是否必须彻夜哭泣，我会跟你待在一起。你若需要再度服药，就服吧——我还是一样爱你。你若不需要药物，我也会爱你。无论你做什么，都不会失去我的爱。我会保护你，至死不渝，在你死后，我仍会保护你。我比"抑郁"强大，比"寂寞"勇敢，没有任何事能让我精疲力竭。

今晚，内心里这个奇特的友善姿态——当身边没有人提供安慰时，我向自己伸出援手——使我回想起有回在纽约发生的事。某天下午，我匆匆走进一栋办公大楼，奔向等着的电梯。我跑进去的当儿，出其不意地在安全镜里瞥见自己的倒影。我的脑子在那一刻做了件古怪的事，瞬间发射出以下这则信息："嘿，你认识她啊！那是你的朋友啊！"而我竟然朝自己的倒影跑上前去，面带微笑，准备欢迎这个我忘了姓名、脸孔却很熟悉的女孩。当然，转瞬间，我意识到自己的错误，为自己像狗一样对镜子瞧感到困惑，尴尬地笑了起来。但由于某种原因，今晚在罗马，在我哀伤之时，这件插曲再度涌入我的脑际，于是我在页底写下这段勉励的句子：

永远别忘记很久以前，在一个没有防备的时刻，你曾把自己看成朋友。

我接受了这最新的鼓励，拿着笔记本按在胸口睡着了。早晨醒来时，我还依稀闻得到"抑郁"留下的烟雾，但他本人已不见踪影。他在夜间起身离开了。他的伙伴"寂寞"也滚蛋了。

19

奇怪的是，自从来到罗马，我似乎没办法练瑜伽。多年来，我持续而认真地练习，我甚至带来了我的瑜伽垫，而且毫无二心。然而在这儿就是做不到。我是说，我该在何时做我的瑜伽伸展？在我吃巧克力糕点和双份卡布奇诺的意大利早餐之前？或之后？刚来的头几天，我每天早上兴致勃勃地摊开瑜伽垫，却发现自己只能看着垫子发笑。有一回我甚至担任"瑜伽垫"这个角色，大声跟自己说："好咧，四味奶酪通心面丫头……让我们看看你今天怎么了。"我难为情地把瑜伽垫放进李箱最底层（结果从此再未摊开过，直到去了印度）。而后我出去散步，吃了开心果冰。意大利人认为早上九点半吃冰完全合情合理，我的确再同意不过了。就我看来，罗马文化和瑜伽文化就是不搭。事实上，我判定罗马和瑜伽根本毫无相同之处。除了两者多少都让你想起古罗马人所穿着的"托加袍"①这词儿。

20

我需要交些朋友。于是我忙着交友，现在是十月，我已交了各种各样的朋友。我在罗马认识两位除我之外的伊丽莎白。两人都是美国人，两人都是作家。第一位伊丽莎白是小说家，第二位伊丽莎白是美食作家。这第二位伊丽莎白，在罗马有间公寓，在翁布里亚有栋房子，先生是意大利人，还有一份让她周游意大利品尝美食并加以报道的工作，

---

① 托加袍是古代罗马市民穿的宽松、有褶皱的大袍。初期，各阶层男女都穿，后来成为国服，即国王和高级官员穿的袍服。

看来其前世肯定救了许多溺水孤儿。毫不令人讶异，她晓得罗马最好的餐厅，包括一家供应米制布丁的冰店（倘若天堂不供应这种东西，那我真的不想去）。前几天她带我出去吃午饭，我们吃的不仅包括松露羊肉薄片卷榛果慕斯，还吃了一种珍奇的腌制"lampascione"——众所周知——野生风信子的球根。

不消说，此时的我早已跟"串联语言交流"的梦幻双胞胎乔凡尼和达里奥成了朋友。乔凡尼亲切可爱，依我看来，他完全是意大利国宝级人物。他在我们见面的第一晚就赢得了我的喜爱，因为当我找不到想表达的意大利字而深感受挫时，他会握着我的手臂说："小莉，学新东西的时候，你得对自己'很客气'。"有时我觉得他比我年长，因为他威严的眉毛、他的哲学学位以及他严肃的政治观点等特质。我喜欢尝试逗他发笑，但乔凡尼不见得懂得我的笑话。幽默很难透过另一种语言捕捉，尤其当你是像乔凡尼一样严肃的年轻人时。有天晚上他对我说："在你戏谑嘲弄的时候，我总是落在你后头。我慢半拍，就好像你是闪电，我是雷声。"

我心想，是的，宝贝！而你是磁铁，我是铁！拿你的皮鞭来吧，解开我的系带吧！

但是他仍未吻我。

我不太常见到双胞胎的另一位——达里奥，尽管他花很多时间和苏菲共处。苏菲是我在意大利语班最好的朋友，而她的确也是你想花时间共处的人，假使你是达里奥的话。苏菲是瑞典人，二十八九岁，可爱得要命，倘使把她当作钓饵，可以捕捉到各种国籍、年龄的男人。苏菲有份在瑞典某银行的好工作，不过她请了四个月的长假，这使她的家人大为惊恐，同事们疑惑不解，只因为她想来罗马学习讲漂亮的意大利语。每天下课，苏菲和我去台伯河畔闲坐，吃我们的冰，一起念书。你甚至不能把我们做的事称为"念书"。还不如说是共同玩味意大利语，一种近乎崇拜的仪式，我们总是提供给对方奇妙的新短语。比方说，我们有天得知"un'amica stretta"是"密友"的意思。但"stretta"原意指"紧"，像是服装的紧身裙。因此意大利语中的密友，是让你能紧紧穿在身上、紧贴皮肤的人。我的瑞典朋友苏菲对我来说正是如此。

一开始，我喜欢把苏菲和我想成是姐妹淘。然后有一天我们一起在罗马搭计程车，司机问苏菲是不是我的女儿。各位朋友——这女孩不过才小我七岁。

我的脑子立即进入扭转控制阶段，试图为他的话进行解密。（比方说，我心想，或许这位土生土长的罗马计程车司机意大利语讲得不好，他打算问我们是不是"姐妹"。）但事实不然。他说女儿，意思就是女儿。噢，我能说什么呢？过去几年来我历经坎坷，一场离婚过后肯定看起来又老又丑。但正如得州乡村老歌所唱："我历经风吹雨打、人生波折，却仍然站在你面前……"

我还和一对很酷的夫妻成为了朋友，他们名叫玛莉亚和朱利欧，由我的朋友安——几年前住在罗马的一位美国画家——介绍认识。玛莉亚是美国人，朱利欧是意大利南部人。他拍电影，她为国际农业政策组织工作。他的英语说得不太好，她则说一口流利的意大利语（也说流利的法语和中文，因此这并不吓唬人）。朱利欧想学英语，询问我能否跟我练习会话。假如你想知道他干吗不跟他的美国老婆念英语，那是因为他们是夫妻，每回其中一人尝试教另一人什么的时候，就吵得如火如荼。朱利欧和我如今每周见两次面吃午饭，练习我们的意大利语和英语：这对于没惹恼过对方的两个人来说是件好事。

朱利欧和玛莉亚有间美丽的公寓，其中最让人印象深刻的，在我看来是一面墙壁。玛莉亚（用粗黑奇异笔）在墙上写满对朱利欧的愤怒诅咒，因为他们起争执的时候，"他吼得比我大声"，因此她想要有插话的机会。

我认为玛莉亚性感得不得了，而这瞬间迸发的激烈涂鸦更证明了这点。但有趣的是，朱利欧把这面涂鸦墙壁看成是玛莉亚的压抑迹象，因为她用意大利语写下对他的咒骂，而意大利语是她的第二语言，一种在她选用词汇之前必须思索片刻的语言。他说玛莉亚假使真的怒不可抑——这从未发生在她身上，因为她是中规中矩的盎格鲁新教徒——那她就会用她的英文母语写那面墙。他说所有的美国人都像这样：受压抑。这让他们在爆发之时更加危险而且有诱发致命的可能性。

"一群野蛮人。"他判断道。

我喜欢一面吃轻松的晚餐进行这样的对话，一面观看这面墙。

"甜心，再来杯酒？"玛莉亚问道。

但我在意大利最近期的好友当然是卢卡·斯帕盖蒂。顺便提一句，即使在意大利，斯帕盖蒂这姓也被认为是相当逗趣的事。我很感谢卢卡，因为他终于让我和我的朋友布莱恩打成了平手。布莱恩从小有幸跟一个名叫丹尼斯·哈哈（Dennis Ha-Ha）的美国原住民小孩做邻居，因此老是夸口说他有个名字最酷的朋友。我终于能和他一较高下了。

卢卡的英语说得很好，还是个老饕（依意大利语的说法是"una buona forchetta"——好叉子），因此对我这种"饿"狠狠的人来说是绝佳好伴。他经常在中午打电话说："嘿，我在附近——想不想见个面，快快喝杯咖啡？或吃盘牛尾？"我们在罗马后街那些肮脏小酒吧消磨了许多时间。我们喜欢那种用日光灯照明、外头没有店名的餐厅，塑料红格子桌布、私酿的柠檬甜酒、私酿的红酒，而卢卡称之为"小凯撒们"的侍者，总是端上分量惊人的面条。这些骄傲、有干劲儿的当地男子，手背有毛，头发照料得俊俏。有回我对卢卡说："依我看，这些家伙认为自己一是罗马人，二是意大利人，三是欧洲人。"他更正我："不——他们一是罗马人，二是罗马人，三是罗马人。他们人人都是皇帝。"

卢卡是税务会计师。如他自己描述，一个意大利税务会计师意味着他是个"艺术家"，因为意大利有数百条税法，而且全部相互矛盾。因此在此地申报所得税需要爵士乐般的即兴创作。我认为他是个税务会计师真滑稽，因为这对一个无忧无虑的人来说似乎是件艰难的工作。另一方面，卢卡认为我那个他没见过的另一面——瑜伽那一面——也很滑稽。他想不通我为何想去印度——而且还挑了个道场——干吗不整年待在显然令我如鱼得水的意大利。每逢他看着我拿面包蘸取盘里剩下的肉汁，然后舔舔手指时，就说："你去印度要吃什么？"

有时他语气嘲弄地叫我甘地，通常在我开第二瓶酒的时候。

卢卡经常旅行，尽管他宣称他只能住在罗马，离他母亲很近的地方，毕竟他是个意大利男人，能怎么样呢？然而让他留下的原因不仅是他的妈妈。他三十岁出头，从十几岁起就和同一个女朋友在一起（可爱的茱莉亚娜，卢卡亲热而恰当地形容她是"acqua e sapone"——"肥皂和水"，因为她既甜美又纯真）。他的朋友都是从小认识的，来自相同的邻里。他们每个礼拜天一起看足球赛——在体育场或酒吧（罗马队去外地比赛的时候）——而后每个人分别回到自己成长的家，吃母亲和祖母准备的周日大餐。

换作我是斯帕盖蒂，我也不想搬离罗马。

不过，卢卡去了几次美国，也喜欢美国。他觉得纽约很迷人，却认为那里的人工作太卖力，尽管他承认他们似乎以此为乐。而罗马人工作虽卖力，却痛恨得很。卢卡不喜欢美国食物，他说美国食物可以用四个字形容："铁路比萨"。

我第一次吃初生小羊的肠子是跟卢卡一起的，这是罗马的特产。就食物而言，罗马是颇为简陋的城市，以粗糙的传统食物知名，比方内脏、舌头——北方富人扔掉的动物下脚料。我的羊肠尝起来还行，只要我不去多想它是什么玩意。又浓又香的肉汁本身很棒，但肠子却具有一种……"肠"的黏稠度，有点像肝，但比较糊。我原本吃得很好，直到开始尝试描述这道菜的时候，我心想，这看起来不像肠子，倒像条虫。而后我把盘子推到一旁，要了沙拉。"你不喜欢？"卢卡问道，他喜欢这道菜。

"我敢说甘地一辈子从不吃羊肠。"我说。

"他可能吃过。"

"不可能,卢卡。甘地吃素。"

"但吃素的人可以吃这道菜,"卢卡坚持。"因为肠子甚至不是肉,小莉。只是屎罢了。"

21

我承认,有时候我不了解自己在这里做什么。

我来意大利是为了体验快乐,但我到这里的头几个星期却提心吊胆,不知该如何做。老实说,纯粹的快乐并非我的文化概念。我来自一个世世代代超级勤勉的家系。我母亲的家族是务农的瑞典移民,相片里的他们看起来像是,他们若看见任何令人快乐的东西,就用脚上的钉靴一脚踩上去(我舅舅把他们统称为"耕牛")。我的父方家族是英国清教徒,拙于吃喝玩乐。假使把我的父方族谱一路回溯到十七世纪,我确实能找到名叫"勤勉"和"谦恭"的清教徒亲戚。

我自己的父母有个小农场,我姐姐和我在工作中长大。我们学会可靠、负责,在班上名列前茅,是镇上最一丝不苟、最有效率的保姆,是我们那位刻苦耐劳的农人/护士母亲的缩影,一对年幼的瑞士刀,天生擅长多种任务。我们在家中拥有许多快乐与欢笑,但墙上贴满工作清单,因此我从未体验或目睹游手好闲,这辈子从未有过。

尽管一般说来,美国人无法放松享受全然的快乐。我们是寻求娱乐的国家,却不见得是寻求快乐的国家。美国人花费数亿元取悦自己,从色情、主题乐园到战争,却和平静的享受不相干。美国人比世上任何人工作得更卖力、更久、更紧张。正如卢卡·斯帕盖蒂所说,我们似乎乐此不疲。令人担忧的统计数字支持此一观察,数字显示许多美国人在公司比在自己家里的时候感觉更快乐、更满足。没错，我们无疑都工作得太卖力，而后精疲力竭，必须整个周末身穿睡衣、直接从盒子里拿粟米片出来吃，头脑呆滞地盯着电视看（没错，跟工作正好对立，但跟快乐可不算同一回事）。美国人不懂得如何无所事事。这是可悲的美国典型——压力过度得即便去度假也无法放松——的起因。

我曾经问过卢卡，度假的意大利人是否有相同的问题。他捧腹大笑，几乎把摩托车撞上喷泉。

"噢，没有！"他说，"我们是'bel far niente'的能手。"

这是个漂亮的措辞。"bel far niente"是"无所事事之美"的意思。听我道来——传统来说，意大利人自古以来一直存在着勤奋工作的人，尤其是那些长期受苦的劳动者，即所谓"braccianti"〔因为他们除了手臂（braccie）的蛮力能帮助他们幸存于世之外，别无所有，故名〕。但即使在艰苦劳动的背景下，"无所事事"也始终是大家抱持的一个意大利梦想。无所事事的美好，是你全部工作的目标，是你备受祝贺的最后成果。你愈是闲暇舒适地无所事事，你的生活成就便愈高。你也不见得要有钱才能体验其中的奥妙。另有一个美妙的意大利措辞："l'arte d'rrangiarsi"——"无中生有的艺术"。将几种简单配料变成一场盛宴，或是几个聚在一起的朋友变成一场喜庆的艺术。任何有快乐天赋的人都能上手，这并非有钱人的玩意儿。然而对我来说，追求快乐的主要障碍是我根深蒂固的清教徒罪恶感。我是否该拥有这种快乐？这也是很典型的美国态度——对于自己是否配得上快乐，感到惶惑不安。美国的广告系统完全环绕在说服拿不定主意的消费者：是的，你确实有权享受特殊待遇。这啤酒是给你的！你今天应该休息一下！因为你值得！苦尽甘来了，宝贝！缺乏安全感的消费者心想，是啊！谢啦！我就去买个该死的半打吧！干脆一打算了！而后开始反动式地狂饮。接着才懊悔不已。这类广告战在意大利文化中很可能起不了效用，因为人们早已知道他们有权享受人生。在意大利，面对"你今天应该休息一下"的回答可能是："对啊，不，废话。所以我打算中午休息一下，去你家和你老婆睡觉。"

或许因为如此，当我告诉意大利朋友们，我到他们的国家来体验四个月纯粹的快乐，他们对此并无任何心理障碍。"Complimenti! Vai avanti!"（恭喜），他们会这么说。就这么办吧。尽情玩吧。来我们家做客吧。从来没有人说："你完全缺乏责任感"或者"多么自我耽溺的享受"。然而尽管意大利人完全允许我好好享受，我却仍无法完全放松。在意大利的头几个礼拜，我的每根清教徒神经都在蠢动，到处找寻任务。我想把快乐当作家庭作业或庞大的科学研究来处理。我思索这类问题："如何以最有效的方式强化快乐？"我心想，或许我在意大利的全部时间应当待在图书馆研究快乐的历史。或者应当去采访在生活中体验许多快乐的意大利人，问他们快乐是什么感觉，然后以此为题写篇报告。（或许双倍行距、留一英寸边？周一一大早就把稿子交出去？）

当我明白手边的唯一问题是"如何定义快乐"，而当我真正待在这个人们准我放手探索此问题的国家时，一切都改观了。一切都开始变得……美味。有生以来第一次，我每天只需问自己："你今天乐于做什么事，小莉？现在什么东西能带给你快乐？"无须考虑任何人的议程，也无须忧心任何责任，这个问题终于变得纯粹而确定。一旦准许自己在这儿享受经验，而且了解自己在意大利什么事也不想做，对我而言是有趣的事。意大利有多种快乐的表现形式，而我没有时间全部尝试。你得在这儿宣告你的主修，否则会应接不暇。既然如此，我感兴趣的并非时尚、歌剧、电影、高级车，或去阿尔卑斯山滑雪。我甚至不那么想观看艺术。在意大利的整整四个月当中，我没去过任何博物馆，我承认这一点让我有些羞愧。（天啊——更糟糕的是，我得承认我的确去过一家博物馆：位于罗马的国立面食博物馆。）我发现我真正想做的是吃美好的食物，尽可能多地说美好的意大利语。就这样。因此事实上，我宣告了双主修——说话与饮食（专修冰品）。

这样的饮食与说话带给我至高无上却又简单朴素的快乐。我在十月中旬度过的几个小时，对旁观者来说或许没啥大不了，但我始终认为是自己生命中最愉快的时期。我在公寓附近发现一个市场，仅几条街之远，我先前不曾注意到它。我走近一个意大利妇女的小蔬菜摊，她和她儿子贩卖各式各样的产品——像是叶片丰润、绿藻色的菠菜，血红有如动物器官的番茄，外皮紧绷的香槟色葡萄。

我挑了一捆细长鲜艳的芦笋。我轻松地用意大利语问这位妇女，能不能带半捆芦笋回家？我向她说明，我只有一个人，分量无须太多。她立即从我手中拿过芦笋，分成两半。我问她每天能否在老地方找到市场？她说，是的，她每天都在这里，从早上七点开始。而后她俊俏的儿子表情诡秘地说："这个嘛，她尽量想在七点来这里……"我们全笑了。整段谈话以意大利语进行。要知道几个月前，我还无法用这语言讲半个字呢。

我走回公寓，把两个蛋煮嫩吃午餐。我剥了蛋壳，排放在盘子上，摆在七条芦笋旁边（它们又细又美，根本无须烹煮）。我还在盘子里放了几颗橄榄，以及昨天在路上的乳酪铺买来的四小团羊乳酪，还有两片粉红油嫩的鲑鱼。饭后点心是一颗漂亮的桃子，是那位市场妇女免费送我的：桃子晒了罗马的阳光，余温犹存。好长一段时间，我甚至无法碰这餐饭，因为这顿午餐像是大师杰作，真正表现了无中生有的艺术。最后，充分享受菜肴之美色后，我在干净的木头地板上一块洒满阳光的地方坐下，用手指头吃掉每一口菜，一面阅读每日的意大利语报纸。幸福进驻我的每个毛细孔中。

直到——如同头几个月的旅行期间，每当我感觉到此种幸福时，经常发生的那样——我的罪恶感警报便响起。我听见前夫的声音在我耳边不屑地说：**所以，你放弃一切就为了这个？这就是你把我们的共同生活一手摧毁的理由？为了几条芦笋和一份意大利语报纸？**

我高声回复他："首先，我很抱歉，这已不干你的事。其次，让我回答你的问题……没错！"

22

关于我在意大利追求快乐一事，显然还有件事得提提：性的问题怎么说？

为了回答这个问题，我只能说：我人在此地的时候，不想有任何性关系。

更彻底、更诚实的回答是——当然，有时我确实很渴望，但我已决定暂时不参加这项特定活动。我不想跟任何人扯上关系。我自然怀念亲吻，因为我喜欢亲吻。（有一天我向苏菲滔滔不绝地抱怨起这件事，最后她愤怒地说："看在老天爷的分儿上，小莉——假如情况太糟，就让我亲你吧。"）但目前我不去做任何事。近来我若觉得寂寞，我就想：那就寂寞吧，小莉。学学处理寂寞，为寂寞做计划。一辈子就这么一次，与它并肩而坐。接受这种人生体验。别再利用他人的身体或感情来抒发你未满足的渴望。

这是一种紧急时期的求生方针，尤甚于其他任何事情。早在人生初期，我即已开始追求性与浪漫之乐。我在交往第一个男友前几乎没有青春期，而打从十五岁起，我一贯有男孩或男人（有时两者）做伴。那大约是——噢，十九年前的事了。足足有二十个年头，我一直与某男子纠结于某场戏剧当中。情事彼此重叠，之间从没有一个星期的喘息时间。我不禁要想，这在我的成熟道路上多少造成了些阻碍。

再者，我跟男人之间有分界的问题。或许这么说不公平。照说有分界问题，理当一开始就有"界线"，对吧？但我却消失于我爱的那个人之中。我是可渗透的薄膜。我若爱你，你即可拥有一切。你能拥有我的时间、我的忠诚、我的屁股、我的金钱、我的家人、我的狗、我的狗的金钱、我的狗的时间——一切的一切。我若爱你，我会扛起你所有的痛苦，为你承担所有的债务（就每一种定义而言），我将保护你免于不安，把你从未在自己身上养成的各种优秀品质投射给你，买圣诞礼物给你的全家人。我会给你雨和太阳，假使没办法立刻给你的话，我会改天给你。除了这些，我还会给你更多更多，直到我精疲力竭，耗尽心力，只能靠迷恋另一个人才能再使我恢复精力。

我并非引以为傲地说明这些关于我本身的事实，但事情一贯如此。

离开我先生一段时间后，在一次派对上，有个我不太熟悉的男子对我说："你知道吗？现在你跟你的新男友在一起，似乎完全变了个人。从前你跟你先生看起来很像，但现在的你看上去活像大卫。你甚至连穿着、讲话都像他。你知道有些人跟他们养的狗看起来很像吧？我想或许你一向跟你的男人很像。"

天啊，我真该暂时摆脱这种循环，稍事休息，给自己一些空间去发现，在我不试着与他人融为一体时我自己看起来、说起话来的样子。还有，让我们都诚实点吧——暂时把亲密关系放在一旁，或许在我来说是一种慷慨的公共服务。当我回顾我的浪漫史，发现其看起来并不怎么好，甚至可以说是一个接着一个灾难。还能再有几种不同类型的男人让我继续尝试去爱，然后继续失败？这样想吧——你若连续出十场重大车祸，难道最后不会被吊销驾照？难道你不会希望驾照被吊销？

我之所以对卷入另一段感情有所迟疑，还有最后一个原因。我碰巧还爱着大卫，我想这对下一个男人来说不公平。我甚至不晓得大卫与我是否完全分手。在我动身前往意大利之前，我们仍常彼此消磨时间，尽管我们已有很长一段时间未同床共枕。但我们依然承认，我们俩都仍抱着希望，或许有一天……

我不晓得。

我只晓得——一生仓促的抉择和混乱的激情所累积而成的后果，使我心力交瘁。在我前往意大利时，已是身心俱疲。我就像某个绝望的佃农所耕种的土壤，负担过重，急需休耕。这正是我放弃的原因。

相信我，我知道在自愿独身期间来意大利追求快乐所蕴含的讽刺意味，但我认为禁欲是目前该做的事。那晚当我听见我楼上的邻居（一位很漂亮的意大利姑娘，收藏了一批令人吃惊的高跟靴），在她最近期的幸运访客的陪同下，经历着我所听过时间最长、声音最大、肉体撞击最剧烈、最床摇铺动、最粉身碎骨的做爱时刻。这场喧嚣之舞的持续时间远超过一个小时，伴随着超通风声效以及野兽的呼喊。我在他们底下仅一层楼，孤单、疲倦地躺在床上，只能想着：听起来真费劲儿……

当然，有时我确实充满欲望。我一天大约从平均一打能轻而易举想象跟我上床的意大利男人身边走过。对我的口味而言，罗马的男人美得可笑、有害、愚蠢。说实话，甚至比罗马女人还美。罗马男人的美就像法国女人的美，也就是说——巨细靡遗地寻求完美。他们像参赛的贵宾犬。有时他们看起来完美得令我想鼓掌叫好。这里的美男子迫使我不得不沿用浪漫小说的赞赏词语来描述他们——他们"极端迷人""英俊得无情"，或"强壮得叫人讶异"。

然而，容我承认对自己来说不怎么愉快的事吧——街上这些罗马人并未朝我多看一眼，甚至连第一眼也没有。一开始我发现这有点令人担忧。从前在我十九岁的时候，我来过意大利，记得被街上的男人不断骚扰。在比萨店，在电影院，在梵蒂冈，无休无止，恐怖至极。从前在意大利旅行是一大负担，几乎能破坏你的食欲。如今，三十四岁的我显然成了隐形人。当然，有时男人会态度友善地对我说："你今天看起来很美，女士。"但这不常发生，而且从未超过分寸之外。不被公车上讨厌的陌生人伸手乱摸尽管是件不错的事，但一个女人是有她的自尊的，她不禁要猜想：到底是什么改变了？是我吗？还是他们？

于是我到处问人，每个人都同意，是的，意大利在过去十到十五年间的确发生了变化。或许是女性主义的胜利，或许是文化的进化，或许是加入欧盟而导致的无可避免的现代化结果。或许只是年轻男人在这方面对父亲和祖父们恶名昭彰的猥亵之举感到困窘。无论原因为何，意大利整个社会似乎一致决定，这种跟踪、骚扰妇女的行为，不再能让人接受。甚至我年轻漂亮的朋友苏菲，也没在街头碰上这种事，可是从前这些白白净净的瑞典女孩总是被骚扰得很严重。

总而言之——意大利男人似乎已为自己赢得"最佳进步奖"。

这叫人松一口气，因为有一阵子我担心是"我自己"的缘故。我是说，我担心之所以不被人注意，是因为我不再是十九岁的美少女。我担心或许我的朋友史考特去年夏天说得对："啊，甭担心，小莉——那些意大利男人不会再骚扰你。这跟法国不同，法国人专找半老徐娘。"

23

昨天下午，我跟卢卡·斯帕盖蒂和他的朋友们去看足球赛。我们在那儿看拉齐奥队比赛。罗马有两个足球队——拉齐奥队和罗马队。

两队及其粉丝之间竞争激烈，足以将快乐的家庭和平静的街坊分裂成内战地带。无论是拉齐奥粉丝或罗马粉丝，都得自幼做出抉择，因为这大抵决定了你一辈子的周日午后将和谁泡在一起。

卢卡有一群十个左右的好友，他们像兄弟般相亲相爱，除开其中一半是拉齐奥粉丝，另一半是罗马粉丝。对此他们无能为力：他们所生长的家庭都早已确立其忠诚。卢卡的祖父（但愿他叫作诺诺·斯帕盖蒂）在卢卡还小的时候，就给了他第一件天蓝色的拉齐奥球衣。卢卡也将永远是拉齐奥粉丝，一直到死。

"我们可以换老婆，"他说，"我们可以换工作、换国籍，甚至改换宗教，但我们永远无法换球队。"

顺带一提，粉丝的意大利语是源自斑疹伤寒这个词。"粉丝""tifoso"换句话说，即严重发烧的人。

我和卢卡看的第一场足球赛对我来说是一场疯狂的意大利语盛宴。我在体育场内学到学校未教的各式各样新奇有趣的字眼。坐在我身后的一名老人，以堆积成串的华丽辞藻朝球场上的球员尖声诅咒。我对足球所知甚少，但我并未浪费任何时间去询问卢卡有关比赛进行当中的种种无聊问题。我不断要他告诉我："卢卡，我后面那家伙刚刚说什么？'cafone'是什么意思？"目光始终未曾离开球场的卢卡答道："王八蛋。王八蛋的意思。"

我写了下来。而后闭上眼睛，继续听老人咆哮，听起来像这样：

Dai，dai，dai，Albertini，dai...va bene，va bene，ragazzo mio，perfetto，bravo，bra vo！Dai！Dai！Via！Via！Nella porta！Eccola，eccola，eccola，mio bravo ragazzo，caro mio，eccola，eccola，ecco—AAAHHHHHHHHHH!!! VAFFANCULO!!! FIGLIO DIM IGNOTTA!! STRONZO! CAFONE! TRADITORE! Madonna...Ah，Dio mio，perchè perchèperchèquestoèstupido，èuna vergogna，lavergogna...Che casino，che bordello...NON HAI UN CUORE，ALBERTINI! FAI FINTA! Guarda，nonèsucess o niente...Dai，dai，ah....Molto migliore，Albertini，molto migliore，sìsìsì，eccola，bello，bravo，anima mia，ah，ottimo，eccola adesso...nella porta，nella porta，nell— VAFFANCULO!!!!!!!

我的译文如下：

来吧，来吧，来吧，阿尔贝蒂尼，来吧……很好，很好，好孩子，干得好，漂亮，漂亮……来吧！来吧！快！快！进球！很好，很好，我高明的孩子，我的好孩子，很好，很好，很 ——啊啊啊！干你自己去吧！狗娘养的！笨蛋！王八蛋！叛徒！……圣母娘娘……噢我的天，为什么，为什么，为什么，蠢，丢脸，耻辱……一塌糊涂……（作者注：

遗憾的是，意大利用语"che casino"和"che bordello"很难译成恰当的英语，按字面翻译是"真是卖淫嫖娼"，但基本上是"真他妈的一团糟"的意思）……**你狼心狗肺，阿尔贝蒂尼!!! 你这冒牌货！**瞧，没啥看头……来吧，来吧，嘿，对啦……好多了，阿尔贝蒂尼，好多了，对，对，对，很好，漂亮，高明，噢，棒，很好……进球，进球，进——**滚你妈的蛋!!!**

噢，能坐在这个男人的正前方，真是我这辈子的幸运时刻。我热爱出自他口中的每一个字。我想把自己的头往后靠，谛听他的责备，让他动人的咒骂注入我的耳中。不止他而已！整个体育场都充满了这种独白，如此激昂热烈！每当球场上发生严重的审判不公，整个体育馆的人便站起身来，人人挥动手臂，愤怒咒骂，仿佛有两万人正在进行一场交通争议。拉齐奥球员的戏剧性演出也不亚于他们的粉丝，他们在地上痛苦地打滚，好比《恺撒大帝》的死亡场景，完完全全夸张地演出，两秒钟后却又跃起身来重新攻击。

拉齐奥最后还是输了。

赛后，卢卡需要让自己快活起来，于是问他的朋友们："我们出去吧。"我以为这意味着："我们去酒吧吧。"美国的球迷在自己的球队输赛的时候都这么做，他们会上酒吧大醉一场。这么做的不止美国人——英国人、澳大利亚人、德国人……每个人都这么做，对吧？但卢卡和他的哥儿们并未上酒吧让自己快活起来。他们去了糕饼店。他们上罗马一家无名又无害的地下室糕饼店去。那个周日晚上那里挤满了人。但这家糕饼店在球赛过后向来都会挤满人。拉齐奥粉丝从体育馆返家途中一向在此停留数个小时，倚靠在他们的摩托车上，谈论球赛，一副男子汉的模样，一边吃着奶油泡芙。

噢，我爱意大利。欧大陆

24

我每天新学二十个左右的意大利词。我总是在学习：在城里漫步时，我常常是一边翻阅我的单字卡，一边闪避街头行人。我的脑子怎么有储存这些生字的空间？

或许我内心已决定清除旧有的负面想法和哀伤回忆，用这些闪亮的新字眼取而代之。

我用功学习意大利语，我不断希望有一天意大利语能完整而完美地展现给我，让我有一天张开嘴巴时口若悬河。那时我将是一位道地的意大利女子，而不是一个听见有人在对街叫朋友"马可"的时候，直觉想回喊"波罗"的彻彻底底的美国人。我希望意大利能在我内心定居，可是这语言有这么多变化，比方，为什么"树"（albero）和"旅馆"（albergo）的意大利用词如此相似？这使我不断在无意中告诉他人，我在"圣诞旅馆农场"长大，而不是较为精确、较不超现实的描述："圣诞树农场"。还有些用词具有双重、甚至三重含义。譬如，"tasso"的意思可以是利率、獾或紫杉。我想得视内文而定。对我来说最惹人烦的，是碰上——我很不情愿这么说——很难听的用词。我几乎把这当作一种个人的侮辱。很抱歉，我一路来到意大利，不是为了学怎么念"schermo"（荧幕）。

话虽如此，整体来说却很值得。大半是一种纯粹的快乐。乔凡尼和我教给彼此英语和意大利语惯用语时，度过十分愉快的时光。有一天傍晚，我们说起尝试安慰悲苦之人时所用的短语。我告诉他，在英语中，我们时而说："我到过那里。"（I've been there.）一开始他并不懂——"我到过哪里"？但我解释说，悲痛有时宛如一个特定地点，时间地图上的一个坐标。当你站在悲伤之林，你无法想象自己走出林子，去到某个更好的地方。但若有人告诉你，他们自己曾站在相同的地方，而今已走向新的生活，这有时会带来希望。

"所以悲伤是一个地方？"乔凡尼问道。

"有时，人们在那儿居住多年。"我说。

乔凡尼回过来告诉我，意大利人表示同情的时候说"L'ho provato sulla mia pell"，意思是"我的皮肤领教过"。其意味，我曾受过这样的伤或留下这样的疤，我完全清楚你内心的挣扎。

不过，到目前为止，我最喜欢说的意大利语是一个简单平常的用词：

"Attraversiamo."

意思是："我们过街吧！"当朋友走在人行道上、决定该换到对街的时候，经常对彼此说这句话。也就是说，基本上这是行人用词，没什么特别之处。但不知何故，它就是深得我心。乔凡尼头一次跟我说起这个用词时，我们正走在竞技场附近。我忽然听见他讲出这个好听的字眼，我突然站住，要求道："这词是什么意思？你刚刚说什么？"

"Attraversiamo."

他不明白我为何这么喜欢这个词。我们过街吧？在我听来，它完美地结合了意大利语音。起头是哀怨的"ah"，途经颤动、舒缓的"s"，结尾结合了萦回不散的"依阿莫"。我爱这字。现在我一天到晚讲它。我为了讲它而编造借口，这让苏菲抓狂。我们过街吧！我们过街吧！我经常拉着她来回穿越罗马疯狂的车潮。这字会让我俩丢了小命。

乔凡尼最爱的英文字是"half-assed"（不称职）。

卢卡则是"surrender"（投降）。

25

近来整个欧洲正在进行某种权力斗争。几个城市彼此竞争，看谁将成为二十一世纪的欧洲最大都会。是伦敦？巴黎？柏林？苏黎世？或是成立不久的欧盟中心布鲁塞尔？每一个都力求在文化、建筑、政治、财政方面胜过对方。

然而罗马却并未费心加入地位之争。罗马不去竞争。罗马只是冷眼旁观这些小题大做，全然无动于衷，表现出一副"随你们做什么吧，我仍是罗马"的姿态。这城市的从容自信令我感动，如此稳固而完美，如此有趣而不朽，知道自己被牢牢地握在历史之掌中。我年老的时候也想和罗马一样。

今天我在城里走了六小时的路。这并不难，尤其如果你不时停下来喝杯浓咖啡，吃些糕点。我从公寓门口出发，而后漫步于邻近街坊的都市商业区。（尽管我不太精确地把它叫作传统意义上的街坊，但此处的街坊邻居，可都是那些名叫华伦天奴、古驰、乔治·阿玛尼的凡夫俗子。这儿始终是高级区，鲁本斯、丁尼生[1]、司汤达、巴尔扎克、李斯特、瓦格纳、萨克雷、拜伦、济慈——他们都来过这里。我住的地区从前叫"英国区"，即上流贵族在欧洲长途旅行期间的休憩处。有个伦敦旅游俱乐部竟然叫作"半瓶醋社团"——真想不到，拿你是半瓶醋做广告宣传！噢，脸皮厚得如此理直气壮……

我走到人民广场去，壮丽的拱门是贝尔尼尼的雕塑作品，为了纪念瑞典女皇克莉丝汀的历史性访问（她确实是历史上的一名秀异人物。我的瑞典朋友苏菲如此描述这位伟大的女皇："她能骑马打猎，是位学者；她改信天主教，成了一大丑闻。有人说她是男人，但她可能是女同志。她穿长裤，从事遗址发掘工作，收藏艺术，拒绝留下继承人。"），拱门旁边有一所教堂，人们可以免费进入参观卡拉瓦乔[2]的两幅画作，其描绘着圣彼得殉道以及圣保罗皈依场景（蒙受恩典的圣保罗在神圣狂喜中扑倒在地，连他的马也无法置信）。卡拉瓦乔的画作向

---

① 丁尼生(1809—1892)，维多利亚时期代表诗人。
② 卡拉瓦乔(1571—1610)，意大利画家，对巴洛克画派的形成有重大影响。

来使我感动得想哭。为了让自己快乐起来，我走到教堂另一边，去欣赏一幅壁画，画中是全罗马最快乐、最傻头傻脑、笑得最开心的小婴孩耶稣。

我开始往南持续走去。我经过博盖塞宫，许多名人曾住过此地，包括拿破仑恶名远播的妹妹宝琳，她不知让多少情人住过这里。她还喜欢把她的侍女当脚凳用。（你始终希望自己误读《罗马随身指南》当中这句话，然而这却是千真万确的事。我们还得知，宝琳喜欢让"一名高壮的黑人"抱去洗浴。）而后我沿着宽大、泥泞、具有乡村风情的台伯河沿岸漫步，一路走到台伯岛，这儿是我在罗马最喜爱的僻静地区之一。这座岛向来与"治愈"的意象相连在一起。公元前二九一年，在一场瘟疫过后，这儿盖了一座医神殿；中世纪有一群名叫"行善弟兄"的修士在此处盖起了医院；即使是今天，这座岛上仍有一家医院。

我过河到达特拉斯泰韦雷区——此区声称是原汁原味的罗马人所居住，而且是在台伯河对岸建造所有历史建筑的工人聚居的地方。我在一家安静的小餐馆吃午饭，拖拖拉拉地吃饭喝酒，持续数个小时，因为在特拉斯泰韦雷，没有人会阻止你慢吞吞吃饭，只要你自己喜欢。我点了各式"bruschette"（面包）、"spaghetti cacio e pepe"（简单的罗马特色菜，添加奶酪与胡椒），以及一小只烤鸡。烤鸡最后我和一条盯着我吃午饭的野狗分享了。

而后我过桥往回走，经过犹太区，这历尽沧桑的地方存留了数个世纪，直到被纳粹扫除尽净。我朝北走回去，经过纳沃那广场。广场上的巨大喷泉是为了纪念地球上的四条大河（他们引以为傲地——尽管不完全正确—— 将台伯河列入名单之中）。接着我去观看万神殿。我一有机会就去看万神殿，毕竟我就在罗马。有句古老谚语说，去罗马不看万神殿，"回去的时候就是蠢驴"。

回家途中我绕道而行，造访我认为罗马最令人出奇感动的地点——奥古斯都庙。这座砖头堆建的巨大圆形遗迹最早是壮观的陵墓，由屋大维·奥古斯都所建，用以永生永世存放他的遗骨以及他的家族的遗骸。这位皇帝肯定不曾想象过罗马除了崇拜奥古斯都的强大帝国外，会有其他面目的存在。他怎可能预见帝国的瓦解？他怎会预知蛮族摧毁了罗马所有的水道桥，条条大道皆成废墟，市民净空，几乎在经过二十个世纪后，这座城市才得以恢复其盛世时期的人口？

奥古斯都的陵墓在黑暗时代惨遭毁坏盗窃。有人偷走皇帝的骨灰——盗者何人，并未可知。十二世纪时，这座遗迹经过翻修，成为科洛纳望族的堡垒，抵御各交战诸侯的袭击。而后奥古斯都庙不知何故，变成了葡萄园，接着成为文艺复兴庭园，接着是斗牛场（此时是十九世纪），而后成了烟火仓库，之后是演奏厅。二十世纪三十年代被墨索里尼占为己有，将之整个连同古代地基都修复起来，以便成为他的最后安息地。（当时肯定同样难以想象，罗马除了崇拜墨索里尼的帝国之外会有其他面目。）当然，墨索里尼的法西斯美梦未能持久，也未能得到他期待的帝王安葬规模。

今日的奥古斯都庙深埋在土中，是罗马最寂静的地方之一。数世纪以来，罗马城在它周围成长。（时间瓦砾的累积，大致一年三厘米。）遗迹上方车水马龙，不见任何人走下来——就我所见——除了作为公共厕所之用。但建筑物依然存在，坚守其罗马的立场，等候下一个轮回。

奥古斯都庙的耐力与任性使我觉得安心，此建筑一生多舛，却始终适应着时代的狂风暴雨。对我而言，奥古斯都庙好比一个毕生生活动荡的人——或许一开始是家庭主妇，而后意外成了寡妇，而后靠跳扇子舞赚钱谋生，最后不知怎么当上外太空第一位女牙医，最后尝试涉足国内政治——然而却能在经历每次的变动后毫发无伤。

我看着奥古斯都庙，我想，或许我的生活不是真的那么混乱不堪。混乱的是这个世界，给我们带来无人能够预期的变化。奥古斯都庙告诫我，切勿死守我是什么人、我代表什么、我属于谁，或我曾想让自己有什么表现的固执想法。昨天我对某人来说或许是壮丽的古迹，这也是真的——但明天我可能就会成为烟火仓库。即使在这座"永恒之城"中，沉默的奥古斯都庙告诉我，一个人始终必须为动荡骚乱的变化做好准备。

26

在我离开纽约、移居意大利之前，我事先运去一箱书给自己。这箱书担保四至六天内抵达我的罗马公寓，但我想意大利邮局肯定把指示误解成"四十六天"，因为两个月过去了，却不见箱子的踪影。我的意大利朋友告诉我，把箱子一事抛诸脑后吧。他们说箱子或许会寄达或许不会寄达，这类事情不在你的掌控之中。

"或许被人偷了？"我问卢卡，"邮局搞丢了？"

他蒙住眼睛。"别问这些问题，"他说，"这只会让自己心烦罢了。"

关于我遗失箱子之谜，有天晚上引发了我、我的美国朋友玛莉亚和她先生朱利欧之间的长篇议论。玛莉亚认为在一个文明社会，你理当能仰赖邮局尽可能快地递送邮件这类事情，朱利欧则不以为然。他辩称，邮局不属于人，而是属于命运，邮件的递送不是任何人能担保的事情。玛莉亚颇是生气，她说这只是进一步证明新教徒和天主教徒的分歧。她说，此一分歧的最佳明证是意大利人——包括她自己的丈夫在内——永远无法做未来的计划，即使仅仅是一个礼拜后的事情。如果你请求美国中西部的新教徒答应下礼拜选一天吃晚饭，相信自己是自身命运主宰的新教徒会说："周四晚上我方便。"但如果你请求卡拉布里亚①的天主

---

① 卡拉布里亚是意大利南部的一个大区。

教徒做出相同承诺，他只会耸耸肩，抬头仰望上帝，问道："我们怎能知道下周四晚间是否有空一起吃饭？既然一切都在上帝掌控中，我们谁也不会晓得自己的命运。"

尽管如此，我仍去了邮局几次，试图追踪我的箱子，却徒劳无功。那名罗马邮局员工很不高兴和男朋友的通话被我的出现打断。而我的意大利语——已经愈来愈好，说老实话——在这种紧急状况下辜负了我。我尝试条理分明地说明自己遗失了一箱书，而这女人看着我的样子就像我在吹泡泡。

"也许下礼拜会寄到这儿？"我用意大利语问她。

她耸肩说："Magari。"

又是一个无从翻译的意大利俚语，意思介于"但愿如此"和"做你的白日梦，蠢蛋"之间。

呵，或许这是最好的结果。我现在甚至记不起一开始在箱子里装了哪些书，肯定是我认为自己若想真正了解意大利就该读的一些东西。我在箱子里装满各式各样应当用功研读的罗马研究资料，如今既已身在此地，这些东西似乎不再重要。我想我甚至把整册爱德华·吉本的《罗马帝国衰亡史》的完整版装进了箱子里。或许没有它，我会比较快乐。毕竟人生如此短暂，我果真想把我在世间余下的九十分之一的日子花在阅读吉本上吗？

27

上个星期我遇上一位澳大利亚姑娘，她背着背包进行她有生以来的头一次欧洲之旅。我为她指点去火车站的路。她正要前往斯洛文尼亚游览。我听到她谈及她的计划时，心中一阵妒忌，心想："我也想去斯洛文尼亚！为什么我从没去任何地方旅行过？"

以简单的眼光来看，我已正在旅行。在已经旅行的时候渴望旅行，我承认是一种贪婪的疯狂行为。就像和你爱慕的电影明星做爱的同时，又幻想和另一个你爱慕的电影明星做爱。但这名女孩向我问路（显然，在她心目中，我是罗马市民）的事实说明，实际上我并非在罗马旅行，而是在罗马定居。无论时间多么短暂，我都是市民了。事实上，碰上这位姑娘时，我正要去付电费，这可不是旅人担心的事情。"在某地旅行"的精力和"在某地定居"的精力，基本上是不同的精力，遇上这位即将前往斯洛文尼亚的姑娘刺激了我上路的瘾头。于是我打电话给苏菲，说："我们今天往南去那不勒斯吃比萨饼吧。"

几个小时后，我们立即搭上火车，而后——像变魔术似的——我们到了那不勒斯。我立即爱上了那不勒斯，狂放、刺耳、嘈杂、肮脏、享乐的那不勒斯。这座城市就像是兔子窝里的蚁冢，混杂了中东市集的异国情调以及新奥尔良的巫毒魅力，像是古怪、危险、兴高采烈的疯人院。我的朋友伟德在二十世纪七十年代到达那不勒斯，遭人袭击抢劫……在博物馆里。洗好的衣物晾在每一扇窗口，悬荡在每一条街上，装点这座城市，大家刚刚洗好的内衣内裤随风飘扬，犹如舞动的彩旗。那不勒斯的每条街上都看得见身穿短裤、袜子不相配的狠小子，在人行道上朝邻近屋顶的另一个狠小子高声叫喊。每一栋建筑物至少有一位佝偻老妇坐在窗边，狐疑地凝视底下进行的活动。

这里的人对自己的那不勒斯出身大感兴奋，这也难怪。这城市把比萨饼和冰激凌给了全世界。那不勒斯的女人，尤其是一群粗声粗气、满嘴粗话、落落大方、好管闲事的女士，一副专横、气恼的架子，看在上帝的面子上，拼命要帮你这白痴的忙。那不勒斯口音就像友善的耳铗。就像走在快餐厨子的城市中，大家在同一时刻大喊大叫。他们这儿仍有自己的方言，还有千变万化的当地俚语，但不知怎么的，我发现那不勒斯人对我而言是我在意大利最容易了解的人。原因为何？因为他们就是他妈的要你了解！他们说话大声，语气强烈，就算不了解他们嘴里讲出来的话，通常也能从他们的手势推断三分。比方那名坐在表哥摩托车后座上的文法学校朋克小姑娘从我身边呼啸而过的时候，朝我比手指，露出迷人的笑容，只为了让我明了："别埋怨吧，女士。我才七岁呢，但我已经可以告诉你，你是大傻瓜，不过这很酷——我想你还算可以，我也还算喜欢你的土包子脸。我们俩都知道你很想换作我，可是抱歉——你没有办法。反正，瞧瞧我的中指吧，希望你在那不勒斯玩得愉快，再会啦！"

就像在意大利所有的公共场所，这里始终看得见男孩、青少年、成年男子踢足球，而那不勒斯却还有另外的娱乐。比方今天我看见孩子们——我是说，一群八岁男孩——收集几个旧鸡笼充当桌椅，在广场上玩扑克牌，其专注程度使我害怕他们有人会中弹身亡。

我的串联交流双胞胎乔凡尼和达里奥出身于那不勒斯。这完全无法想象。我无法想象害羞、勤奋、和善的乔凡尼在少年时代属于这个——我用这词儿可一点也不夸张——匪帮。但他确实是那不勒斯人，因为在我离开罗马前，他给了我那不勒斯一家比萨饼店的名字，非要我去尝尝不可。乔凡尼告知我，因为这家店卖的比萨饼在那不勒斯无出其右。这使我十二万分期待，鉴于意大利最好的比萨饼来自那不勒斯，而全世界最好的比萨饼来自意大利，这意味着这家比萨饼店肯定提供……我几乎迷信得说不出来……"全世界最好的比萨饼"？

乔凡尼递店名给我时，态度严肃热烈，我几乎觉得自己正闯进一个秘密会社。他把住址塞入我手中，悄悄地说："请去这家比萨饼店。点玛格丽特比萨加双份奶酪。如果你去那不勒斯没吃这种比萨，请骗我说你去吃了。"

于是苏菲和我来到米凯尔比萨店。我们刚刚点的一人一份的饼，使我们为之疯狂。事实上，我对这份比萨饼的爱使我热昏了头，我相信我的比萨饼也回敬了我的爱。我和这份比萨建立了关系，几乎是一场恋情。同时，苏菲简直吃得"涕泗纵横"，发生某种形而上的危机，她频频向我探问："斯德哥尔摩干吗还费心做比萨？我们在斯德哥尔摩干吗费心思吃东西？"

米凯尔比萨店地方不大，仅两个房间和一个烘烤不停的烤炉。在雨中从火车站走去，约十五分钟的路程，根本连担心也不用担心，走就是了。你得及早到那儿，因为有时他们用完面皮，会使你伤心欲绝。午后一点，比萨店外头的街道已挤满想进店里的那不勒斯人，推推搡搡，仿佛尝试挤上救生船。店里没有菜单。这里的比萨饼只有两种——普通口味和双份奶酪，没有所谓新时代南加州的橄榄加番茄干的梦幻比萨。进餐中途，我才琢磨出面皮尝起来不像我吃过的任何比萨面皮，倒像是印度面包，柔软耐嚼，却特别薄。我一向认为谈到比萨饼皮，我们一生只有两种选择——薄而脆，或者厚而软。怎知这世上有一种薄而软的饼皮？神圣的上帝！薄、软、韧、黏、好吃、耐嚼、咸味的比萨天堂。最上面放的甜味番茄酱汁，让新鲜奶酪溶解时溢出泡沫乳脂；中央的一枝罗勒叶，让香草芬芳充满整个比萨，就像闪闪发光的电影明星，在派对中给周围每个人带来迷人陶醉的感觉。就技术而言，吃这东西当然不可能。你试着咬一口软黏的脆褶皮，热奶酪排山倒海般地散开，把你和周围的一切弄得一团糟，不过，就随遇而安吧。

创造这项奇迹的人，把比萨饼从燃烧木头的烤炉中铲进铲出，酷似在船腹工作的锅炉工，把煤炭铲入熊熊燃烧的火炉里。他们的袖子卷在流汗的前臂，脸部因费劲儿而发红，嘴里叼着香烟，眯着一只眼抵挡炉子的高温。苏菲和我每人又点了一份饼——每个人又吃了一整个比萨——苏菲尝试控制自己，但比萨实在太棒，几乎使我们无法应付。

顺带说说我的身体。我当然每天都在增加体重。在意大利，我粗鲁地对待自己的身体，消耗数量惊人的奶酪、面食、面包、美酒、巧克力和比萨饼。（有人告诉我，在那不勒斯另一个地方，竟吃得到所谓"巧克力比萨饼"。无聊透顶！我是说，我之后确实找到、吃到，很美味，只不过说实话——巧克力比萨？）我没运动，我没吃足够的纤维，我没吃维生素。现实生活中，我早餐吃的是撒了小麦胚芽的有机羊乳优格，不过我的现实生活早已远去。我在美国的朋友苏珊告诉大家，我正在从事"完全摄取碳水化合物"之旅。但我的身体却对这一切极富雅量。我的身体对于我的罪恶与放纵视而不见，仿佛在说："没事，孩子，尽情地享受生活吧，我看得出这只是暂时的。让我知道你纯粹快乐的小小试验何时结束，再看看如何采取防治损害措施。"

尽管如此，当我在那不勒斯最佳比萨店的镜子里睨见自己时，我看到一个眼神喜悦、气色明亮、快乐健康的脸蛋。我有好长一段时间没看见过这样的脸蛋了。

"谢谢你。"我低声说。而后苏菲和我冒着雨跑出去找糕饼吃。

28

这样的喜悦（事实上至今已有数个月之久）使我在返回罗马时，考虑该与大卫做个了断。或许该让我们的故事画上句点。我们已正式分开，却仍开着一扇希望之窗，期待有一天（或许在我的旅行过后，或许在分开一年后）我们能重新来过，彼此相爱。这从无疑问，只不过我们不明白如何不让对方痛苦得绝望、尖叫、痛彻心肺。

上个春天，大卫为我们的苦难提出疯狂的解决方法，只不过有点半开玩笑："如果我们承认我们关系恶劣，却硬着头皮撑下去，会有什么结果？如果我们承认我们让彼此发狂，我们一天到晚吵架，几乎不再做爱，却无法离开彼此而生活，于是应付下去，会有什么结果？然后我们可以白头偕老、共度一生——悲惨度日，但庆幸没分道扬镳。"

我认真考虑过这项提议，由此可见这个与我共处十个月的男人让我爱得多痴狂。

我们脑海中的另一个解决办法，当然是我们其中一人做出改变。他可能变得更开明、更温柔，不再因为恐惧被爱他的人吞噬灵魂而退避三舍。或者我可能学会如何……不再尝试吞噬他的灵魂。

我时常希望和大卫在一起的时候，举止多像一点我母亲在婚姻中的独立、坚强、自主的态度，一个自给自足的人。我的母亲无须从我那孤寂农人的父亲那儿定期服用浪漫或赞美，便可安然存活。她在我父亲有时给自己筑起的沉默之墙当中，仍能欢欢喜喜地栽种雏菊。我父亲是世界上我最喜爱的人，但他有点古怪。我的一个前男友曾如此描述他："你爹只有一只脚踩在地面上，而且腿很长很长……"

在我成长的家里，我看着母亲在她丈夫想到给予爱与感情的时候接受他的爱，在他沉浸于自己、罔顾世界的一切时，则避向一旁照顾自己。总之，这是我的看法，如果还考虑到没有人（尤其是小孩）知道婚姻的秘诀的话。我成长期间所看见的母亲对任何人皆无所求。这毕竟是我的母亲——青春期的她，独自在明尼苏达的寒冷湖泊中自学游泳，带着她从当地图书馆借来的《学游泳》一书。在我看来，没有一件事是这个女人无法独力完成的。

然而，在我动身前往罗马前不久，我和我母亲进行了一场启示性的对话。她到纽约和我吃最后一餐午饭，她坦白问我——打破我们家族史上所有的沟通规范——我和大卫之间出了什么问题。我又一次无视于"吉尔伯特家族标准沟通手册"，竟然告诉了她，我一五一十地告诉了她。我跟她说我深爱大卫，但这个老是从房间、床上、地球上销声匿迹的人让我非常孤单消沉。

"听来起他和你父亲有点像。"她说。这是一种勇敢而宽容的供认。

"问题是，"我说，"我不像我的母亲。妈，我不像你那么坚强。我需要从我爱的人身上得到一定程度的亲密。我希望自己能多像你一点，那我就能和大卫拥有这段爱情故事。可是在我需要的时候，却无法仰赖这份感情，这简直要毁了我。"

接着，我母亲的话使我大吃一惊。她说："小莉，你想从两人关系中得到的一切，也是我一直想要的东西。"

那一刻，我坚强的母亲仿佛伸出手来打开拳头，终于让我看见她几十年来为了和我父亲维持快乐的婚姻（若基于种种考虑，她确实婚姻快乐）而承受的伤痕。我从未见过她这一面，从来不曾。我未曾想象过她要什么，她错失了什么，还有为大局着想而决定不去争取的东西。我看见的这一切，使我感到我的世界观开始发生急剧变化。

倘若连母亲都需要我要的东西，那么……

接连着这一连串前所未有的亲密对话，我的母亲继续说道："亲爱的，你得了解，我成长的环境使我不去期待自己应当过什么样的日子。别忘了——我的成长时代与环境和你不同。"我闭上眼睛，看见的我母亲十岁的时候待在明尼苏达的家族农场里，如被雇用似的劳动，养育她的弟弟们，穿她姐姐的旧衣裳，存钱让自己离开那里……

"你得了解，我很爱你父亲。"她总结道。

我母亲做了她的人生抉择，如同我们每个人，而她处之泰然。我看得见她的安详。她并未给自己找借口。她的抉择有莫大的效益：和她依然称作好友的男人，保持稳定长久的婚姻；受儿孙爱戴的大家庭；对自身力量的肯定。或许她牺牲了一些东西，而我父亲也做出种种牺牲——然而我们当中有谁一生中不曾做过牺牲？

对我来说，现在的问题是——我的抉择是什么？我这一生该过怎样的生活？我何时愿意、何时不愿意牺牲？想象没有大卫的生活对我来说很不容易，即使只是想象跟我最爱的旅伴不再有另一次旅行，再也不能在路边停下车来，摇下车窗，聆听收音机上播放着的斯普林斯廷，两人之间摆着一辈子的玩笑和零食，公路尽头的海洋终点若隐若现——都太困难了。然而我哪能享受这样的欢乐，假使随之而来的是潜藏的黑暗面——令人粉身碎骨的孤立、虐心的不安、隐藏的怨恨，以及每当大卫停止付出、开始遁走时终要瓦解的自我，那我将再也走不下去。不久前在那不勒斯的快乐使我确信，没有大卫，我不仅"能够"，也"必须"找到快乐。无论我多么爱他（我确实爱他，爱得过分发痴），我现在不得不向此人道别，而且必须坚持到底。

于是我写了封电子邮件给他。

这是十一月的事。打从七月，我们就再未联络。我要他在我旅行期间不要与我联系，因为我明白，假使与他联系，我对他的强烈爱恋将使自己无法专心旅行。可是现在，这封电子邮件让我再次走入他的生活。

我跟他说希望他一切安好，我告知他我很好。我开了几个玩笑，我们向来善于开玩笑。接着我解释说，我认为我们应该永久结束这段关系，或许我们应该承认我们永远不可能在一起，也不该在一起。这不是一封过分戏剧化的信件，天晓得我们已共同走过多少戏剧。我写得很简短，但还有件事我得加上去。我屏住气，在键盘上打下："你若想寻找生命中的另一个伴侣，我会全心祝福你。"我的手在发抖。我在信尾签上"爱"，尽可能保持愉快的语气。

我觉得胸口像被棍子击了一记。

当晚我没怎么睡，想象着他阅读我的来信。隔天我来回跑了几趟网吧，期待回音。我试着忽视一部分自己渴望他回信说："回来吧！别走！我会改变！"我尝试忽视自己心中的那个女孩，快乐地丢下这整个环游世界的伟大主意，只为换取大卫公寓的钥匙。然而当晚十点钟左右，我终于收到了回信。这当然是一封文笔很好的信，大卫向来有一手好文笔。他同意，是的，该是永远告别的时候了。他自己也同样想过这件事，他说。他的回复婉转和蔼，分享自己的失落与感伤，带着他时而得以达到的高度温柔。他希望我知道他对我的爱慕是超乎语言所能表达的。"然而我们并非是彼此需要的。"他说。尽管如此，他确定有一天我会找到一生的挚爱，他确信无疑。他说，毕竟"美吸引美"。

这么说真好。这是你的爱人所能跟你讲的最好的话，即使他没说：

回来吧！别走！我会改变！

我坐在那儿盯着电脑屏幕，经历了一段长而悲伤的时间。这是最好的结果，我明白。我选择快乐，而非受苦。我晓得。我给未知的将来留下空间，让自己的生命充满即将来临的惊喜。这些我都晓得。然而……

是大卫。我失去了他。

我把头埋在手中，经历了一段更长、更悲伤的时间。终于抬起头来的时候，我看见在网吧工作的一名阿尔巴尼亚妇女停下手边的夜班拖地工作，靠在墙上看着我。我们疲倦的眼神望着彼此一会儿，然后我对她郑重地摇摇头，大声说："倒胃口！"她同情地点点头。即使她听不懂，也极有可能用自己的方式理解了这件事。

我的手机响了。

是乔凡尼。他听起来很困惑，他说他已在河流广场等了我一个多小时，那是我们每周四晚间会面做语言交流的地方。他感到迷惘，因为通常迟到或忘记赴约的人总是他。可是今晚他一反常态，准时到达那里，而且他十分肯定——我们不是有约吗？

我忘记了我们有约。我跟他说我在何处，他说他会开车过来接我。我没心情见任何人，但这通过"迷你电话"很难说明，鉴于我们有限的语言能力。我在寒冷的户外等候他，几分钟过后，他的红色小车停了下来，我爬进车里。他用意大利俚语问我怎么回事。我张嘴回答却潜然泪下。我是说——号啕大哭。我是说，如我朋友莎莉所谓"双重抽吸"的可怕哀号——在你每次啜泣之时，都得使劲儿吸两口氧气。我在全然毫无防备的情况下，从未见识过这惊天动地的悲痛乍然来临。

可怜的乔凡尼！他用结结巴巴的英语问我他是否做错了什么事。我在生他的气吗？他是否伤了我的感情？我回答不了，只能摇摇头，继续号哭。我对自己感到懊恼，对亲爱的乔凡尼深感抱歉，他和我这个啜泣、神志不清、完全粉身碎骨的老女人被困在这辆车里。

最后我以很粗的嗓门一再表示，我的悲痛与他无关。我为自己的失态哽咽着向他致歉。乔凡尼以远超过自己年纪的态度控制住场面。他说："别因为哭泣而道歉。若没有这样的情绪，我们就只是机器人罢了。"他从后座的面纸盒里拿了几张面纸给我。他说："我们开车吧。"他做得对——网吧门口太过公开，灯光太亮，不是崩溃的好地方。他开了一段路，把车停在共和广场中央，这是罗马较为壮丽的、视野开阔的空间之一。他在华丽的喷泉——神态诱惑的、赤裸的仙女和欢蹦乱跳颈子僵直的大天鹅群——前方停下车来。就罗马的标准而言，这座喷泉的建造是很近代的事。根据我的旅游指南，仙女是以一对姐妹为模特儿的，是当时的两名红牌歌舞秀女郎，她们在喷泉完成时臭名远播，因此教堂有好几个月的时间亟欲阻止喷泉揭幕，因为太过色情。姐妹俩活到很老，即使直到二十世纪二十年代，也还能见到这两位庄重的老太太每天一同走去广场观看"她们的"喷泉。以大理石捕捉她们黄金年华的法国雕刻家，在他有生之年每年都会前来罗马，带这对姐妹吃午饭，共同回顾她们年轻貌美的狂野岁月。

于是乔凡尼在此停车，等我让自己镇定下来。我只是不断地用手掌按压眼睛，尝试让眼泪退回眼里。我和乔凡尼从未有过任何一次私人谈话，这几个月几次共进晚餐，我们只谈论哲学、艺术、文化、政治与食物。我们对彼此的私人生活一无所知，他甚至不晓得我离了婚，把爱人留在美国。我对他也一无所知，除了知道他想当作家，以及他在那不勒斯出生。然而我的哭泣激发了两人之间全新的对话。我并不希望如此，在这可怕的状况下。

他说："我很抱歉，但我不懂。你今天是否掉了什么东西？"

但我依然说不出话来。乔凡尼笑了笑，激励地说："Parla come magni。"他知道这是我最喜爱的罗马方言用语。意思是："像你吃东西那样说出来。"或者，用我个人的翻译方式是："把它说出来吧，就像你吃它一样。"这提醒你——当你为了说明某件事而小题大做，当你寻找贴切的词句时——尽量使用和罗马食物一样简单直接的语言，不要冗赘拖拉，直接说出来。我深深吸了口气，为我的情况提供一个意大利语的删节版（却是相当完整的版本）："乔凡尼，是一个关于爱情的故事。我今天不得不跟某人道别。"

而后我的手再一次盖住眼睛，眼泪从我夹紧的手指间喷溅出来。好家伙，乔凡尼并未以慰藉的胳膊搂住我，对我突发的悲伤亦未表现出丝毫别扭。他只是沉默地从头到尾看我哭，直到我平静下来。此时，他才感同身受地开口说话，谨慎挑选每个字（身为他的英语教师，那天晚上我是多么为他感到骄傲！），缓慢、清楚、亲切地说："小莉，我懂。我到过那里。"

29

我的姐姐几天后来到罗马，帮我把注意力从对大卫的悲伤中牵引出来，带我走回正途。我姐姐手脚利落，浑身充满精力。她比我大三岁，高三英寸。她身兼运动员、学者、母亲、作家。在罗马整段时间，她都在做马拉松训练，也就是黎明起身，跑九公里路，大约是我阅读报上的一篇文章、喝两杯卡布奇诺的时间。她跑起来简直像头鹿。她怀第一个孩子时，有天在黑夜中游过一整座湖。我没陪她去，而我甚至没怀孕。我太害怕，但我的姐姐不害怕。她怀第二个孩子时，助产士问凯瑟琳是否对婴儿可能发生的任何闪失有任何无法言说的恐惧——比方先天缺陷或生产途中的并发症。我姐姐说："我只担心他长大后加入共和党。"

我姐姐的名字就叫凯瑟琳，她是我唯一的兄弟姐妹。我们在康涅狄格州郊区长大，就我们两人，和我们的父母亲住在一间农舍，附近没有其他小孩。她盛气凌人，指挥我的整个生活。我对她又敬又怕，除了她以外，谁的想法都不重要。和她玩牌的时候，如果我作弊，只会是为了输给她，以免她跟我发脾气。我们未必时时友好。我让她不耐烦，她使我恐惧，我相信自己直到二十八岁才对这样的关系感到厌倦。那年我终于起而反抗，她的反应大约是说："你干吗憋这么久才说？"

我的婚姻失控时，我们才开始为我们的关系制定新条款。凯瑟琳原本可以轻而易举地从我的失败中取得胜利。我向来是受宠的幸运儿，受家庭和命运眷顾。世界对我来说向来比对我姐姐来说更舒适：她紧贴生命，有时反倒伤得很严重。凯瑟琳可以很轻易地对我的离婚和忧郁回以"哈！瞧瞧阳光小姐现在的下场！"然而，她却把我推举为优胜者。在我身陷悲苦时，她三更半夜接我的电话，发出慰藉的声音。在我寻找为什么如此哀伤的答案时，她会助我一臂之力。很长一段时间里，她几乎以共鸣的方式分享我的治疗。每次疗程结束，我就会致电给她报告我在治疗师那里了解的一切，于是她放下手边的事情，说："啊……这说明了许多事。"是的，也说明了许多有关我们两人的事。

现在我们几乎天天通电话——至少在我迁居罗马之前。现在我们其中一个搭飞机前，一个人总要打电话给另一个人说："我知道这有点神经，我只想告诉你，我爱你。你知道……以防万一……"另一个人总会说："我知道……以防万一。"

她一如往常，万事俱备地抵达罗马。她带了五本指南，每一本都已读过，她脑子里已预先画好这座城市的地图。即使在离开费城之前，她就已完全搞清楚了东南西北。这是典型的例子，这说明了我们之间的差异。我在罗马的头几个星期到处漫游，百分之九十迷路，百分之百快乐，将周遭一切看作不可解释的美丽之谜。我也一向如此看待世界。在我姐姐看来，只要善加利用图书馆，就不存在任何无法解释的事情。这名女子把《哥伦比亚百科全书》摆在厨房的食谱旁边——只是为了消遣而阅读。

我喜欢和朋友玩一种叫"看我的"的游戏。每当有人对某个模糊的事实——比方"圣路易是什么人？"有疑问，我就说"看我的"！然后拿起距离我最近的电话，拨我姐的号码。有时碰上她在开车，去接她孩子放学回家，她便沉思道："圣路易……这个嘛，他是穿粗毛衬衣的法国国王，这很有趣，因为……"

于是我姐姐来到罗马——我的新城市——探望我，然后带领我参观这座城市。这是具有凯瑟琳风格的罗马，充满我未看见的数据、年代和建筑，因为我的脑子并非如此运作。我只想知道任何地方或任何人的"故事"，我只关心这个，从不关心美学细节。（苏菲在我搬进公寓一个月后来访，说："粉红色浴室，不错。"这是我头一次留意到浴室确实是粉红色的。鲜粉红色，从地板到天花板，处处都是鲜粉红色瓷砖——老实说，我之前完全没留意。）但我姐姐老练的眼睛看见了哥特式、罗马式或拜占庭式的建筑特点，教堂地板的图案，或者隐藏在祭坛后方未完成的昏暗壁画。她迈着两条长腿大步走过罗马（我们过去叫她"腿节一米长的凯瑟琳"），我急忙跟在她后头，因为打从幼时，她每走一步路都得花我激烈的两步。

"瞧，小莉？"她说，"看那栋砖造建筑的正面，弄成十九世纪的样子。我敢说，我们在转角看得见……没错！瞧，他们采用原来的罗马石柱作支撑梁柱，可能因为缺乏人力搬动……是的，我很喜欢这座教堂的多种风格，仿佛旧货拍卖场……"

凯瑟琳带着地图和她的米其林绿色指南，我则带着我们的野餐（两个大圆面包、辣味腊肠、盘绕在绿橄榄上的腌沙丁鱼、尝起来有森林风味的蘑菇馅饼、几团烟熏乳酪、加胡椒的烤芝麻菜、小番茄、佩科里诺乳酪、矿泉水和半瓶冰白酒），我想知道何时该吃午饭，她则大声地想知道："为什么人们不多谈谈天特会议①？"

她带我进了十几家罗马教堂，我分不清哪座是哪座——圣此，圣彼，赤足苦行僧会的圣某某……但尽管我记不住一大堆扶壁与横檐的名称或细节，这并不表示我不喜欢和姐姐进出这些地方，她那双钻蓝色的

---

① 天特会议重新确立了神职人员要禁欲的原则以及七圣礼。

眼睛不会错过任何东西。有一所教堂，里头的壁画很像美国的英雄式壁画，我虽不记得教堂名称，却记得凯瑟琳指着壁画对我说："你不得不喜欢那些罗斯福教宗……"我也记得我们起大早去圣苏珊娜做弥撒的那个早晨，握着彼此的手聆听修女们吟唱黎明圣歌，余音绕梁的祷告声使我们俩泪流满面。我的姐姐并非信教之人，我们家没有人真的是（我称自己是家里的"白羊"①）。我的心灵探索引发了姐姐的兴趣，大半出于满足知识的好奇。"我认为这种信仰很美，"她在教堂内低声对我说，"但我没法办到，我就是没办法……"

另有一个例子可以说明我们之间不同的世界观。我姐姐家附近有一户人家最近遭受双重悲剧的打击，年轻的母亲和她三岁的儿子两人被诊断罹患癌症。凯瑟琳告知我此事时，我只能吃惊地说："天啊，这家人需要恩典。"她却坚定地回答："这家人需要烧锅炖菜。"而后她着手把整个街坊邻居组织起来，每个晚上轮流带晚餐给这家人，持续一整年。我不清楚我姐姐会不会承认这正是恩典。

我们走出圣苏珊娜的时候，她说："你可知道为什么中世纪的教宗需要都市计划？因为，基本上每一年有两百万名天主教朝圣者从西方世界各地前来，从梵蒂冈徒步走到圣若望拉特朗大殿②——有时跪着走——你需要为这些人提供设施。"

我姐姐的信仰是学习。她的圣经是牛津英语词典。当她埋头读书，手指快速翻阅书页时，她正与她的上帝同在。该日傍晚，我再一次看见我姐姐祈祷——她在罗马古墟中央跪了下来，清除地面上的废弃物（犹如擦黑板），而后拿起一块小石子，在泥土上为我画下古典罗马教堂的蓝图。她指着图画前方的废墟，引导我了解（甚至用视觉形象挑战我去了解！）一千八百年前的建筑物是何种光景。她在空气中比画，画出不复存在的拱门、中殿、窗户，就像拿着神仙棒，用想象力填满缺席的宇

① 相对于"黑羊"，即害群之马。
② 圣若望拉特朗大殿是罗马城也是全世界首座基督徒大殿。

宙，使废墟变得完整。

意大利语当中有个不常使用的时态，叫"passato remoto"（遥远的过去）。在讨论遥不可及的往事，很久以前发生但对你不再有任何个人冲击的事情时，使用此时态——比方说，古代历史。然而我的姐姐若说意大利语，绝不会用这时态讨论古代历史。在她的世界中，罗马古墟并不遥远，也不是往事。而是处于当下且近在咫尺的事情，就像我在她眼前一般真实。

她隔天离开了。

"听着，"我说，"在你的飞机安全降落后，一定得打电话给我，好吗？我知道这有点神经，只不过……"

"我了解，亲爱的，"她说，"我也爱你。"

30

有时候我很讶异为人妻母的是我姐姐，而不是我。我一直认为应当反过来才是。我以为有一屋子叫叫嚷嚷的小孩的人应当是我，凯瑟琳则是独自一人过日子，晚上一个人躺在床上读书。我们与小时候所有人所预期的完全相反。尽管如此，我认为这样比较好。违反一切预期，我们各自创造出符合自己的生活。她的孤寂天性，意味着需要家庭让她免于寂寞；而我的群居天性，则意味着永远无须担心孤单一个人，即使单身未婚。我很高兴她回到家人身边，也很高兴我还有九个月的旅行在等待我，而在这整段时间内，我只需要吃饭、读书、祈祷、写作。我依然不能断言自己想不想生孩子。我在三十岁的时候，讶异地发现我不想要孩子；回顾当时的讶异，让我也不敢担保四十岁时的感觉。我只能说当下的感觉——衷心感谢今天的我是独自一人。我还知道我不会因为害怕晚年后悔，而勇往直前去生孩子。我认为这个动机并不够强大到让这个世界有更多的孩子，尽管我猜想人们有时为了这个理由而生孩子——确保将来不后悔。我想人们生孩子有各式各样的理由——有时纯粹想要养育、目睹生命，有时出于缺乏选择，有时为了抓住伴侣或延续香火，有时并不特别考虑任何理由。生孩子的理由并非都相同，也不尽然都是无私的理由。不生孩子的理由也并非都相同，也不尽然都是自私的理由。

　　我之所以这么说，是因为我仍在持续思考，在婚姻日渐崩溃的时候，我先生多次针对我提出控诉——自私。每回他这么说，我都完全同意，我承认罪过，买全部的账。天啊，我甚至还没生孩子，却已在忽略他们，已决定不选择他们，而去选择自己。我已经是个坏母亲。这些孩子——这些有名无实的孩子——经常出现在我们的争论中。谁来照顾这些孩子？谁和这些孩子待在家中？谁来赚钱养这些孩子？谁半夜起床喂孩子？我记得在我的婚姻已叫人难以忍受的时候，我曾对我的朋友苏珊说："我不想让我的孩子在这样的家庭长大。"苏珊说："为什么不把这些所谓的孩子排除在讨论之外？他们根本还不存在呀，小莉。为什么不承认你只是不想再过不快乐的生活？你们两人都不想过啊。而且最好现在就搞清楚，而不是进产房的时候才恍然大悟。"

　　我记得大约是在那段时间，我去了纽约的一场派对。派对上有一对夫妻，是一对成功的艺术家，刚生小孩，母亲正庆祝新作品在画廊开幕。我记得自己当时看着这个女人，这初为人母的女人，这位我的画家朋友在招呼派对（在她的顶楼画室），同时照顾她的初生儿，并讨论她的专业工作。我这辈子没见过看起来如此没睡够的人。我永远忘不了午夜过后她站在厨房，双手浸泡在堆满碗盘的水槽里，尝试在派对过后收拾残局的样子。她的老公（做这样的描述令我遗憾，我完全了解这不能代表所有的老公）在另一个房间里，双脚搁在咖啡桌上看电视。她最后问他能不能帮忙清理厨房时，他说："别理了，甜心——我们早上再收拾吧。"婴儿又开始大哭。我朋友的乳汁从她的派对礼服漏出来。

几乎可以肯定的是，参加这场派对的其他人带着和我不同的印象离开。许多客人都会羡慕这位生了一个健康新生儿的美丽女子，她成功的艺术事业、嫁给了一个好男人、她漂亮的公寓、她的派对礼服。只要有一丁点儿机会，派对上会有人很愿意和她易地而处。这名女子自己在回顾这一夜——倘若她曾想起来的话——的时候，或许将其看成是她整个满意的母亲、婚姻、事业生涯当中，一个劳累却完全值得的夜晚。然而对于我自己，我只能说，我在整场派对上因恐慌而颤抖，心想：倘若你看不出这就是你的将来，小莉，那么你真是头脑有问题。别让它发生。

但我是否有责任成立一个家？天啊——责任（responsibility）。这字眼在我身上下功夫，直到我对它下功夫，仔细研究它，把它拆解成"回应"（respond）的"能力"（ability），这两个真正定义它的词。而我终须回应的事实是，我的每个细胞都叫我摆脱婚姻。我心中某个预警系统正在预报，假使我持续握紧拳头穿越这场风暴，最后我会罹患癌症。假使我不顾一切把孩子带到世界上，只因为我对揭发自己某些不切实际的真相感到麻烦或耻辱而不愿想办法处理的话——这将是一种严重的不负责任之举。

但是最后，是我的朋友雪柔对我说的一席话指引了我。就在那一晚的派对上，就在她发现我躲在我们的朋友的那层顶楼画室的浴室里吓得发抖，朝脸上泼水的时候。雪柔当时不清楚我的婚姻状况，没有任何人清楚。那天晚上我并未告诉她，我只说："我不知如何是好。"我记得她握着我的肩，笑容平和地看着我的眼睛，只说："说实话，说实话，说实话。"

于是我试着去做。

然而，摆脱婚姻很不好过，不止因为法律与财务纠葛，或生活方式的剧变，（如同我朋友黛博拉的英明指点："从未有人因为平分家具而丧命。"）还有情感的退缩，走出传统的生活方式，失去原本拥有的所有安慰，使你丧命。与配偶成立一个家庭是一个人在美国（或任何）社会找到延续和意义的最基本方式之一。每回去母亲在明尼苏达的娘家聚会，我便重新发现这一事实，看见每个人都在自己的岗位上坚守多年。首先你是个孩子，而后成为青少年，而后结婚，而后生子，然后退休，然后为人祖父母——你在每一阶段都清楚自己的身份，清楚自己的职责，清楚家庭聚会时坐在哪个地方。你和其他的孩子、青少年、父母或退休人士坐在一起。直到最后，你和一群九十岁老者坐在树荫下，心满意足地照看你的子孙后代。你是什么人？没问题——你是创造"这一切"的人。这种认知带来的满足感是即时性的，而且举世公认。有多少人说过，他们的孩子是自己生命中最大的成就与安慰？这是在危机时期或犹豫时刻得仰赖的东西——**我这辈子倘若什么也没做，至少把孩子抚养得很好。**

可是假使因为自我选择或者嫌恶使然，你并未加入这种家庭延续的循环过程，那会有什么结果？你若出走，会有什么结果？家庭聚会时，你该坐在哪里？你如何看着时光流逝，却不用担心你只是在挥霍人生在世的时间，与任何人都无关联？你必须找到另一个目标、另一种方法，藉以判断你是不是成功的人类。我爱小孩，但假使我膝下无子呢？这会让我成为哪一种人？

伍尔夫写道："剑影投射在女人广大的生命中。"她说，这把剑的一端是习俗、传统和秩序，"符合准则的一切"；而剑的另一端——假使你够疯狂且想去跨越它，选择离经叛道的生活——则是"杂乱无章，背离常轨的一切"。她的论点是，跨越剑影或许能给女人带来更为有趣的人生，但肯定更充满危险。

幸运的是，至少我有写作的生活。这是大家能够了解的事情。啊，**她摆脱婚姻是为了保有自己的艺术。**这有几分正确，却不完全正确。许多作家都拥有家庭。举例来说，托妮·莫里森[1]并未因为抚养儿子而未能获得诺贝尔文学奖。但莫里森走她自己的路，而我必须走我自己的路。古印度瑜伽文献《薄伽梵歌》说，过你自己不完美的命运，好过模

---

[1] 美国当代最重要的黑人作家，其选集于1993年获诺贝尔文学奖。

仿他人过完美的人生。因此我现在开始过自己的人生，或许看起来残缺
蹩脚，却彻彻底底像我。

　　总之，我之所以谈论这些原因，只是想承认——相较于我姐姐的人
生、她的家庭、幸福婚姻、她的孩子——这些日子以来的我，看起来颇
不稳定。我甚至没有固定住址，在这三十四岁的成熟年纪，这是违反常态
的罪行。甚至在眼前此刻，我所有的家当仍存放在凯瑟琳家中，她在她家
给我一间顶楼的临时卧室（我们称之为"未婚阿姨的厢房"，因为卧室里
有个阁楼窗户，让我能穿上昔日的结婚礼服凝望窗外的原野，哀悼自己失
去的青春）。凯瑟琳对这个安排似乎并无异议，而这对我来说确实也很方
便，然而我必须提防的是，假使我在世间漂流太久，某天很可能成为"家
庭怪人"。或许这已经发生。去年夏天，我五岁的外甥女带她的小小朋友
来我姐姐家玩，我问这孩子她的生日是哪一天。她说一月二十五日。

　　"噢噢！"我说，"你是水瓶座！我跟不少水瓶座约过会，知道他
们很让人头痛。"

　　两个五岁的孩子一头雾水地看着我。我惊觉到，我若不谨慎点，很
可能成为"小莉怪阿姨"。身穿夏威夷洋装、头发染成橘红色的离婚妇
人，不吃乳制品，只抽薄荷烟，永远刚搭完星座游轮回来或刚和香薰治
疗师男友分手，一边读塔罗牌，一边说"好孩子，再给小莉阿姨拿个冰
酒桶来，就让你戴我的情绪戒指……"之类的话。

　　我深知，最终我必须再一次成为体面的市民。

　　可是时候未到……拜托拜托，暂时还不行。

31

　　接下来的六个礼拜，我去了波隆那、佛罗伦萨、威尼斯、西西里、

撒丁，又南下去了一次那不勒斯，而后去了卡拉布里亚。这些短程旅行——这地方待一个礼拜，那地方待一个周末——时间恰恰足以让人感受一个地方，四处参观，问路人哪儿的东西好吃，然后去尝尝。我从意大利语言学校退了学，觉得它阻碍了我学习意大利语的努力，因其把我困在课堂上，无法周游意大利，和人们面对面练习。

这几个星期的自发旅游如此愉快，是我这辈子最闲散的日子。奔去火车站买票，我终于开始认真看待自己的自由，因为我终于会意过来，我能随心所欲地去自己想去的任何地方。我有好一阵子未见罗马的朋友。乔凡尼在电话中告诉我："Sei una trottola。"（你是旋转的陀螺。）某天晚上在地中海边的某个城镇，我在海边的饭店房间内，自己的笑声竟然唤醒了沉睡中的我。我大吃一惊。"是谁在我床上大笑？"我发现就只有我自己一个人，这使我又笑了起来。我现在记不得梦见什么，我想或许和船有点关系。

32

我在佛罗伦萨待了一个周末。周五早晨搭火车北上花不了太多时间，去探望我的泰瑞伯父和黛比伯母，他们从康州飞过来，有生以来头一次来意大利，顺便看看我这个侄女。他们在晚间抵达，我带他们参观主教堂，这始终是令人印象深刻的景点，这可以从我伯父的反应中看出来："赞！"他说，然后停顿一下，又说，"或许这么赞美天主教堂有点用词失当……"

我们在雕塑庭园中央观看萨宾人遭掠夺，却没有人能做半点儿事阻止；我们向米开朗琪罗致敬；去科学博物馆；从城市周围的山坡观景。而后我留伯母和伯父独自享受他们剩下的假期，我则继续单人行，去了富庶的卢卡。这个托斯卡纳小镇以肉铺闻名，意大利最好的肉片在全镇各处的店家展现其"你明白自己想要它"的肉感。各种你能想象得到的尺寸、颜色、来历的腊肠，就像女士的腿穿上撩人裤袜般丰满迷人，悬挂在肉铺天花板上。性感的火腿挂在橱窗内，犹如阿姆斯特丹的高级娼妓在向人招手。死去的鸡看起来丰腴而满足，使你想象它们在世时彼此争相成为最肥嫩的鸡，然后引以为傲地献出自己。然而卢卡最让人叫好的不单是肉，还有栗子、桃子、满坑满谷的无花果，天啊，无花果……

当然，卢卡还以普契尼的出生地而闻名。我知道我该对这点感兴趣，但我更着迷于当地一家杂货商跟我分享的秘密——全镇煮得最好的草菇位于普契尼出生地对街的餐厅。于是我在卢卡到处逛，说意大利语问路："请告诉我普契尼之家在哪儿？"一位亲切的市民最后直接领我去那里，他肯定大吃一惊，因为我道过谢后，转身朝博物馆入口的反方向走去，进入对街餐厅，吃着我的"risotto ai funghi"（野菇炖饭）等雨停。

我现在记不得是在去卢卡之前或之后才前往博洛尼亚——此城之美，使我在那里的整段时间都不断在哼歌："波隆纳的姓氏，叫作美丽！"传统上，波隆纳——拥有漂亮的砖造建筑以及闻名的财富——被称作"红色、肥胖、美丽"的城市（这三个形容词也可以拿来当作本书的书名）。这儿的食物比罗马明显好得多，或者只是奶油用得较多的关系。甚至博洛尼亚的冰也好得多（这么说使我觉得有点对不住，但这是事实）。这里的草菇就像厚大的性感舌头，烟熏火腿覆盖在比萨饼上，就像精致的蕾丝面纱掩在漂亮的女帽上。当然还有波隆那肉酱，不屑地嘲笑其他任何一种肉酱。

我在博洛尼亚突然想到，英语中没有相当于"buon appetito"[1]的用词。这很可惜，也很说明问题所在。我还想到，意大利的火车停靠站带

---

[1] 字面意义为"祝你有好食欲"，亦即"尽情用餐"。

你经过全世界最出名的食物名与酒名：下一站，帕尔玛[1]……下一站，博洛尼亚……下一站，即将抵达蒙特普尔恰诺[2]……火车内当然也有食物——小三明治和好喝的热可可。若窗外下雨，吃着点心全速前进更是一大快事。有次搭长途火车，我和一个好看的意大利年轻男子同坐一个包厢，他在雨中睡了好几个小时，我则吃着我的章鱼沙拉。男子在我们即将抵达威尼斯的时候醒来，揉揉眼睛，把我从头到脚仔细看了一遍，低声说"Carina"。是"可爱"的意思。"Grazie mille。"我以夸大的客气语调回应他，万分感谢。

他吃了一惊，没想到我会讲意大利语。事实上，我也没想到，但我们讲了大约二十分钟后，才第一次明白自己会讲呢。我已跨越某条界线，现在我竟然讲着意大利语。我不在翻译，而在讲话。当然，每一句都会有错误之处，而我只知道三种时态，却没费多少劲儿就能和这家伙沟通。意大利语"me la cavo"，基本上是"混得过去"的意思，跟谈论拔开酒瓶塞时用的是同一个动词，意即"我可以用这个语言让自己从紧绷的状况抽身而出"。

他在招惹我，这小子！这并非不讨人喜欢。他并非不迷人。尽管他显得太自信。他一度用意大利语告诉我，"就美国女人而言，"尽管本意是恭维：你不太胖。

我用英语回答："就意大利男人而言，你不太奉承。"

"Come[3]？"

我重复一次，用稍做修正过的意大利语说："你很殷勤，就像所有的意大利男人。"

我能讲这语言！这小子以为我喜欢他，然而我是在和文字调情。我的天——我正在沥干自己！我已拔掉舌头的瓶塞，意大利语滔滔不绝地

---

① 帕尔玛熏火腿是意大利顶级火腿。
② 蒙特普尔恰诺葡萄园出产的贵族酒使它声名远扬。
③ 什么？

冒了出来！他要我之后和他在威尼斯会面，但他已经不像一开始那样让我感兴趣。我只为语言害了相思病，因此我让他脱逃而去。无论如何，我在威尼斯已经有约。我在那儿将和我的朋友琳达见面。

狂人琳达——我喜欢这么叫她，尽管她并不疯狂——从另一个潮湿灰暗的城市西雅图来到威尼斯。她要来意大利看我，因此我邀她参与这一段旅程，因为我拒绝——绝对不愿——独自前往世界上最浪漫的城市，现在可不行，今年不行。我想象孤零零一人坐在平底船的一端，由哼着小曲的船夫在雾中载着前进，而我则……阅读杂志？这是一幅可悲的画面，好比独自一人骑着双人脚踏车使劲儿爬上山。因此琳达陪伴我，而且是绝佳的伴儿。

大约两年前，我在巴厘岛参加瑜伽训练营时遇上琳达（留着细发辫，在身上穿洞）。在那之后，我们还一起去哥斯达黎加旅游。她是我最喜爱的旅伴，一个冷静、有趣、井井有条、身穿红色紧身天鹅绒长裤的小精灵。她是世界上心灵较健康的人之一，无法理解抑郁是什么，还拥有高得不能再高的自尊。她曾看着镜子里的自己，对我说："我固然不是什么了不起的人，却还是禁不住爱上自己。"当我为形而上的问题，比方说"宇宙的本质是什么？"而忧心忡忡时，她总有法子让我闭嘴（琳达答道："我唯一的问题是：何必问？"）。琳达希望把发辫留长，有一天能在头顶编成钢丝支撑的结构，"类似树雕"，或许在里头摆只鸟。巴厘人爱琳达，哥斯达黎加人也爱她。她不在照顾自己的宠物蜥蜴和白鼬时，就在西雅图管理一个软件开发小组，赚的钱比我们任何人都多。于是我们在威尼斯碰面，琳达瞪了瞪我们的市区地图，把地图倒过来寻找我们的旅馆位置，确定自己的方位，以特有的谦虚态度宣布："我们是城市屁股的市长。"

她的振奋、她的乐观——与这座发臭、缓慢、逐日下陷、神秘、沉默、古怪的城市毫不搭调。威尼斯似乎是个适合慢慢酒精中毒身亡，或失去爱人，或爱人遇难后丢弃凶器的城市。玩过威尼斯，我很庆幸选择了罗马。若住在此地，我想我无法那么快摆脱抗忧郁剂。威尼斯很美，但就像贝里曼电影的美：你虽喜欢，却不想住在其中。

整座城市正在剥落、衰退，仿若家道中落的大宅后面上锁的房间，因维修过于昂贵，倒不如把门钉死，忘却门后陈旧的宝藏——这就是威尼斯。亚德里亚海的油污反流推向这些深受磨难的建筑物地基，考验着这项十四世纪科学博览会的实验——"喂，我们若建造一座自始至终坐落在水里的城市，会有怎样的结果？"——撑得了多久。

威尼斯在十一月的混沌天空下让人毛骨悚然，像渔船码头般嘎嘎响，东摇西晃。尽管琳达一开始相信我们支配得了这座城市，可我们却天天迷路，尤其夜间，朝直接通往运河的死巷转错弯。某个雾蒙蒙的夜晚，我们经过一栋简直像在痛苦呻吟的老建筑。"用不着担心，"琳达吭声说，"只是撒旦饥饿的胃罢了。"我教给她我最爱的意大利用词——"attraversiamo"（我们过街吧）——我们紧张兮兮地退出那里。

我们旅馆附近的餐厅老板娘是个威尼斯美少妇，她为自己的命运感到悲哀。她讨厌威尼斯，她发誓住在威尼斯的每个人都觉得像住在坟墓里一般。她曾爱上一位撒丁艺术家，他答应给她阳光灿烂的另一种世界，却离开了她。带了三个孩子的她别无选择，只能回到威尼斯经营家庭餐馆。她跟我年纪相当，看起来却比我老，我无法想象哪种男人会对如此迷人的女子做这种事。（"他是强者，"她说，"我在他的阴影下因爱而死。"）威尼斯是座保守的城市。这女子有几段情事，甚至和已婚男人发生婚外情，却始终以哀伤作结。邻居议论她，人们在她走进屋里的时候停止说话。她的母亲求她戴上结婚戒指做做样子，说："亲爱的女儿，这里不是罗马，让你能随心所欲地过丢人现眼的生活。"每天早上琳达和我来吃早饭，向这位悲愁的老板娘询问当天的天气预报时，她便竖起右手指头，像拿枪一样，对准她的太阳穴，说："又是雨天。"

然而我在这儿并不忧郁。我有办法应付，甚至有办法享受几天忧郁的威尼斯。我心中某处分辨出这并非我的忧郁，而是这座城市本身固有的忧郁。我近来很健康，也感觉得出自己和这座城市的不同。我禁不住想，这是伤口愈合的证据，代表着我不再四散纷飞。有好几年的时间里，我沉浸在无边无际的抑郁中，独自经历全世界的哀伤。一切的哀伤从我身上漏出来，留下斑斑痕迹。

无论如何，有琳达在身边念念叨叨，很难沮丧得起来，她要我买一顶紫色大毛帽，还谈起我们某天晚上吃的差劲晚饭："那东西是不是叫保罗太太的小牛肉条？"琳达是萤火虫：中世纪的威尼斯曾有一种职业，称为"codega"——你雇用这种职业的人，晚上提着灯笼走在你前面带路，吓跑小偷和魔鬼，在黑暗的街道上保护你，使你安心。这就是琳达——我临时性、特别定制、旅行携带用的威尼斯"codega"。

33

几天后我下了火车，来到始终炎热、阳光灿烂、混乱不堪的罗马。我一走上街头，便听见足球场似的欢呼，是附近正在进行的"manifestazione"，又一场劳工示威活动。我的计程车司机无法告诉我这回的罢工理由，看来是因为他不在乎。"Sti cazzi，"他谈论这些罢工者。（字面翻译是："这些球"；或也可以说："我才懒得鸟他们。"）回来真不错。在去过中规中矩的威尼斯之后，回来真不错，在这儿能看见身穿豹皮夹克的男人从一对在街中心热烈拥吻的青少年身边走过。这城市如此清醒而活泼，在阳光中如此花枝招展而性感。

我想起我的朋友玛莉亚的老公朱利欧曾对我说过的话。当时我们坐在户外咖啡馆练习会话，他问我对罗马的观感。我跟他说我热爱这个地方，却知道它不是我的城市，不是让我想度过余生的地方。罗马有某些东西不属于我，我揣摩不出是什么。我们讲话的时候，一个帮助教学的活道具走了过去。是一位典型的罗马女人——保养得当、满戴珠宝的四十多岁的夫人，高跟鞋四英寸高，穿一条开叉足有手臂般长的紧身裙，戴一副看似赛车（价格可能也差不多）般的太阳眼镜。她牵着那条高贵的小狗，狗链上饰有宝石，而她的紧身外套上的裘皮领看起来仿佛是以她从前的高贵小狗身上的毛皮裁制而成的。她散放出某种魅力逼人的神态："你可以看我，我可拒绝看你。"很难想象她这辈子曾经有过不涂睫毛膏的时候，甚至只有十分钟的时间。这女子和我有天壤之别，我姐姐说我的穿衣风格是"穿睡衣上瑜伽课的休闲风"。我指这女人给朱利欧看，说："瞧，朱利欧——这是罗马女人。罗马不可能同时是她的城市又是我的城市。我们只有其中一人属于这里。我想我们俩都知道是谁。"

朱利欧说："或许你只是跟罗马的用词不同？"

"你的意思是……"

他说："难道你不晓得了解一个城市及其人民的秘诀是学会——什么是街头的用词？"

而后，他交相使用英语、意大利语和手势继续说明，每个城市都有一个定义用词，与住在其中的多数人等同起来。假如你能在某个特定地点读出走过街的人心中想些什么，你会发现他们想的大半是同一件事情。大多数人想的是什么——那就是城市的用词。你的个人用词和城市的用词若不搭调，你就不属于此地。

"罗马的用词是什么？"我问。

"性。"他声称。

"但这不是大家对罗马的成见吗？"

"不是。"

"罗马肯定有些人在想'性'以外的其他事吧？"

朱利欧坚称："不。每一个人，每一天，他们只想着'性'。"

"甚至梵蒂冈？"

"那不一样。梵蒂冈不属于罗马。那里有不同的用词。他们的用词是'权力'。"

"我以为你会说'信仰'。"

"是'权力'，"他又说一次，"相信我。但罗马的用词是——性。"

你若相信朱利欧的话，这小小的字——性——就砌成你踩在脚下的罗马街道，流过喷泉，充塞在空气中，有如车辆的噪音。思考它，为它而打扮，寻求它，思索它，拒绝它，当作一种运动和游戏——这正是每个人做的事情。这或许说明，罗马虽迷人，但在此刻，它却未给我家乡的感觉。因为"性"并不是我现在的用词，从前它曾是我的用词，此刻却不是。因此，罗马的用词在穿行于街头巷尾时撞上我后踉跄地走开，未留下任何影响。我未参与这用词，因此无法充分过这里的生活。这是个古怪的理论，无从证明，可是我还算喜欢。

朱利欧问："纽约的用词是什么？"

我想了一下，而后决定："当然是动词。我想是'实现'吧。"

（我相信这和洛杉矶的用词具有细微却显著的不同，洛杉矶的用词也是动词："成功"。后来我和我的瑞典朋友苏菲分享这整套理论，她提供的想法是，瑞典的街头用词是"循规蹈矩"，令我们俩沮丧的用词。）

我问朱利欧："那不勒斯的用词是什么？"他对意大利南部十分了解。

"打闹。"他判断，"在你成长期间，你家的用词是什么？"

这问题不易回答。我尝试找个结合"节俭"和"不虔诚"的用词。但朱利欧已进行到下一个最明显的问题："你的用词是什么？"

这一题，我肯定答不出来。

然而，经过数星期的考虑，我现在能够做出完美的回答。我知道哪些用词肯定不是。显然不是"婚姻"，不是"家庭"（尽管这个用词属于我和我先生同住几年的城镇，但由于我不符合这个词，因此造成我的苦难），不再是"抑郁"，感谢上天。我不担心我和斯德哥尔摩共用"循规蹈矩"这词，但我也认为我并不住在纽约市的"实现"当中，尽管它确实是我二十几岁整段岁月的用词。我的用词或许是"寻求"。（可是诚实点的话，或许"躲藏"较为妥当。）在意大利的过去几个月中，我的用词大半是"快乐"，可是这个词并不完全吻合每一部分的我，否则我不致急于前往印度。我的用词或许是"虔诚"，尽管这听起来像乖乖牌，也没把我喝过多少酒考虑进去。

我不清楚答案，我猜这正是这一年的旅游任务。寻找我的用词。但我能斩钉截铁地说——可不是"性"。

至少这是我的主张。那么，请告诉我，今天我的脚为何不由自主地领我到孔多蒂大道附近一家不起眼的商店——在轻声细语的年轻意大利售货小姐专业的监护下——我花了数小时的梦幻时光（以及相当于一张跨洲机票的费用），买下足以让苏丹王的老婆换穿一千零一夜的贴身内衣裤。我买了各式各样的胸罩，我买了又轻又薄的紧身衬衣、各种颜色的漂亮内裤、性感的丝绸衬裙、手工袜带等，基本上是一件又一件柔软光滑、带花边、疯狂的情人节礼物。

我这辈子不曾拥有这些东西。那为何是此时？我走出商店，腋下夹着包在薄纸里的贴身衣物，突然想起某晚我在拉齐奥队的球赛上，听见一个罗马足球迷喊出的痛苦请求。当时拉齐奥的明星球员阿尔贝蒂尼不知何故，在关键时刻把球踢到哪儿都不是的地方，大爆冷门。"Per chi???"球迷近乎疯狂地叫喊，"Per chi???"

为了谁？阿尔贝蒂尼，你传这球是为了谁？那里没有人啊！

在几个小时疯狂的内衣裤采购后，我走出商店想起这个句子，重复对自己低语："Per chi？"

为了谁，小莉？这颓废的性感是为了谁？那里没有人啊！我在意大利只剩几个星期，绝不想和任何人炒饭。真的吗？罗马的用词是否终于影响了我？这是成为意大利人的最后一招吗？这是给我自己的礼物，或是给甚至尚未在想象中成形的情人的礼物？这是因为我在上一段关系中丧失性自信心，于是尝试开始治疗性欲吗？

我自问："你想把这些东西带去——印度？"

34

卢卡·斯帕盖蒂今年的生日正好是美国感恩节，因此想为自己的生日派对准备火鸡大餐。他从未吃过肥美的美国感恩节烤火鸡，尽管他曾在图片上看过。他认为复制这类大餐并不难（尤其有我这地道的美国人协助）。他说我们可以用他朋友马里奥和席莫娜的厨房，他们在罗马郊区山上有栋大房子，总是为卢卡办生日派对。

为了准备这顿大餐，卢卡的计划是——下班后，晚间七点过来接我，而后开车北上，出城约一个小时后抵达朋友家（我们将在那里遇上出席派对的其他人），然后我们将喝些酒，认识彼此，而后在九点左右开始烤二十磅的火鸡……

我不得不跟卢卡说明，烤一只二十磅的火鸡必须花多少时间。我跟他说，以这种速度，大概隔天黎明时分才吃得到火鸡大餐。他大失所望："那买一只很小的火鸡如何？一只出生不久的火鸡？"

我说："卢卡——我们弄简单点，吃比萨饼吧，美国的每个病态家庭在感恩节都这么吃。"但他依然感到悲伤。尽管近来的罗马也弥漫着一种悲伤气氛。天气变冷了。清洁工、火车雇员和国内航空全在同一天闹罢工。近来发布的一则研究报告指出，百分之三十六的意大利孩童对制作面食、比萨和面包必不可少的面筋过敏，这让人对意大利文化忧心忡忡。最近我看到一篇文章，标题令人震惊： "Insoddisfatte 6 Donne su 10！" 意思是"十个意大利女人有六个欲求不满"。此外，百分之三十五的意大利男人难以维持"un'erezione"（勃起），令研究人员大感"perplessi"（困惑），也令我怀疑"性"是否应该继续作为罗马的特殊用词。

更严重的坏消息是，十九名意大利士兵最近在"美国人的战争"（这里的人如此称呼）中，丧命于伊拉克——自二战以来，意军最高的死亡数字。这些士兵的死令罗马人大感震惊，埋葬这些年轻人的当天，全城歇业。绝大部分的意大利人都不想和布什的战争有任何瓜葛。介入战争是意大利前首相贝卢斯科尼〔这地方的人更常称他为"l'diota"（白痴）〕所下的决定。这个愚蠢、拥有足球会的生意人，以其卑鄙腐败的行径，经常在欧盟议会上做出下流之举，使他的人民和同胞感到难堪。他精通空口说白话的艺术，熟练地操控媒体（这一点都不难，只要你拥有媒体），他的一举一动丝毫不像体面的世界领袖，倒像是沃特伯里市市长（康州居民才听得懂这个笑话——抱歉），如今让意大利人介入一场在他们看来跟他们毫不相干的战争。

"他们为自由而死。"贝卢斯科尼在十九位意大利士兵的葬礼上说道。不过多数的罗马人看法不同："他们为小布什的个人恩怨而死。"在这种政治气氛下，你或许认为对一个美国访客而言并不好过。我来意大利时，的确预期会遭遇许多憎恨情绪，却发现多数意大利人都感同身受。"我们了解你的感受——因为我们也有一个这样的总统。"

我们到过那里。

因此在这种情况下，卢卡想利用他的生日来庆祝美国的感恩节可是件怪事，但我确实喜欢这个点子。感恩节是很棒的节日，是让美国人引以为傲的节日，一个尚未废弃的节庆日。这是感恩、欢聚以及快乐的日子，这或许正是我们每个人现在所需要的东西。

我的朋友黛博拉从费城来罗马度周末，和我一同过节。黛博拉是享誉国际的心理学家、作家兼女性主义理论家。但她在我心目中仍是我最喜爱的常客，打从我在费城担任餐厅服务员的时候就是了，她常来吃午饭，喝不加冰块的健怡可乐，和柜台后面的我谈论机智的东西。她确实提高了那家小餐厅的格调。我们是交往十五年多的朋友。苏菲也会参加卢卡的生日派对。苏菲和我是交往十五个礼拜的朋友。在感恩节的时候，每个人都受到欢迎，尤其那天碰巧还是卢卡的生日。

我们晚上开车离开疲乏紧张的罗马，进入山区。卢卡喜欢美国音乐，因此我们大声播放老鹰合唱团的歌曲，高唱"Take it...to the limit...one more time!!!"（再一次到达极限）为我们开车穿越橄榄树丛和水道古桥的时候，添加某种奇特的加州音乐。我们抵达卢卡的老友马里奥和席莫娜的家，他们有一对十二岁的双胞胎女儿茱莉亚和莎拉。保罗——卢卡的朋友，我们曾在足球赛上见过面——也来了，带来了他的女朋友。当然，卢卡自己的女朋友茱莉亚娜也来了，傍晚从南边开车过来。这是一栋美妙的房子，隐藏在橄榄丛、柑橘树和柠檬树当中。壁炉在燃烧。还有自制的橄榄油。

显然没有时间烤二十磅的火鸡，但卢卡煎了几块漂亮的火鸡胸肉，我则率领一大群人尽力制作内馅，就我记忆所及的食谱，以高档意大利面包屑作材料，以及必要的文化替代物（以蜜枣取代杏脯，以茴香取代芹菜）。结果竟相当好。卢卡担心今晚的对话如何进行，因为半数的客人不会讲英语，另一半则不会讲意大利语（仅苏菲一人讲瑞典语），但这似乎是个神奇之夜，大家都听得懂对方的话，至少找不到某个单词时，邻近的人会帮忙翻译。

在我们不知喝了多少瓶撒丁酒后，黛博拉向席间的人建议我们今晚按照美国习俗，大家携手轮流说出自己最感谢的一切。于是，这场"感恩蒙太奇"以三种语言开演，人人轮流表白。

黛博拉先开始。她说她很感谢美国再过不久就有机会挑选新总统。

苏菲说（先讲瑞典语，再讲意大利语，最后讲英语），她感谢意大利人的善心，以及这四个月来在这个国家所体会的快乐。招待我们的主人马里奥流着泪，公开感谢上帝赐予他工作，使他拥有这栋让家人和朋友乐在其中的漂亮房子。保罗说的话引起哄堂大笑，因为他说他也感谢美国很快就有机会举行新总统的选举。我们一致对小莎拉表达沉默的敬意——这位十二岁的双胞胎之一勇敢地告诉大家，她感谢今晚能在此地与这些好人共度，因为最近她在学校很不好过——有些同学对她不友善——"因此感谢你们今晚善待我，不像那些同学。"卢卡的女友说她感谢卢卡多年来对她一片赤忱，在困难的日子里热诚地照顾她的家人。我们的女主人席莫娜甚至比她的老公更开怀大哭，因为她感谢这群来自美国的陌生人带给她家新的节庆风俗与感恩之意，这些人不是陌生人，而是卢卡的朋友，因此也是和平的朋友。

轮到我说时，我开口说"Sono grata……"，可是我发现自己讲不出真正的想法。换句话说，我非常感谢今晚使我得以免于这几年啃噬我的抑郁，这抑郁使我的灵魂穿孔，使我一度无法享受如此美好的夜晚。我并未提及这些，因为我不想引起孩子们的恐慌。我只说出更简单的事实——我对新朋友和旧朋友不胜感激。我说今晚尤其感谢卢卡·斯帕盖蒂。我希望他能有个快乐的三十三岁生日，希望他长命百岁，以作为他人的表率，让大家知道何谓慷慨、赤诚、博爱。我说希望没有人介意我说这些话的时候哭了出来，尽管我想他们并不介意，因为大家都哭了。

卢卡情绪激动得说不出话来，只对我们说：

"你们的眼泪是我献上的祷告。"

撒丁酒源源不绝。保罗洗碗，马里奥把女儿送去睡觉，卢卡弹吉他，大家南腔北调地唱着尼尔·杨的醉歌。美国女性主义心理学家黛博拉悄悄地告诉我："看看这些意大利好男人。看看他们多么公开自己的感觉，多么关爱自己的家庭。看看他们多么尊重自己生命中的女人和小孩。别去相信报上的报道，小莉。这国家干得很好。"

我们的派对在将近黎明时分才结束。我们原本可以烤二十磅的火鸡当早餐吃。卢卡载着我、黛博拉和苏菲一路回家。太阳升起，我们唱着圣诞颂歌，帮助他保持清醒。平安夜，圣善夜，我们用自己知道的各种语言不停地唱着，一遍又一遍，一同回到罗马。

35

我撑不下去了。在意大利待了将近四个月后，我的长裤再也没有一条合身，甚至上个月才买的新衣服（因为我已穿不下"意大利第二个月"的长裤）也不再合身。我没能力每隔几个星期买一整套新衣，而且我很清楚过不久将去印度，体重即将"溶解"，但尽管如此——我已没办法穿这些长裤走路。我撑不住了。

这一切都很合理：前不久我在一家高级饭店踏上磅秤，得知我在意大利的四个月已重了二十三磅——真是叫人佩服的数字。事实上我大概需要增加十五磅，因为过去几年间，离婚和抑郁的折磨使我变得骨瘦如柴。多出来的五磅只是闹着玩儿。至于最后的三磅？只是为了加以证明吧。

于是我去采购一件衣物，当作生命中永久保存的珍贵纪念品——"我在意大利最后一个月的牛仔裤"。年轻女店员很好心，不断给我拿来愈来愈大的尺寸，一件一件递给布帘后的我，未做任何评论，每回只是关心地询问这件是否比较合身。好几次我不得不从帘子后探出头来："请问，有没有'稍微'大一点的尺寸？"直到好心的年轻女士终于拿给我一件腰围尺寸刺痛我眼睛的牛仔裤为止。我走出更衣间，出现在女店员面前。

她并未眨眼。她看着我，好似美术馆长尝试评估花瓶的价值，一只相当大的花瓶。"Carina。"她终于肯定地说,可爱。

我用意大利语问能否请她诚实地告诉我,这件牛仔裤是否让我像头母牛。

"不,女士,"她告诉我,"你不像母牛。"

"那像不像猪?"

不,她郑重其事地向我保证我一点也不像猪。

"也许像水牛?"

这是很好的词汇练习。我还尝试让店员露出一点笑容,可是她一心想保持专业态度。

我又试了一次:"或许像一块水牛乳酪?"

好吧,或许吧,她承认,仅微微一笑。或许你的确有点像水牛乳酪……

36

我在这里的日子只剩下一个星期。我打算回美国过圣诞,之后再飞去印度,不仅因为我没法容忍不和家人过圣诞,也因为接下来为期八个月的旅行——印度和印尼——需要重新打包行装。住在罗马需要的东西,和你周游印度需要的东西是两回事。

或许是为了印度之旅做准备,我决定最后一个礼拜去西西里旅行——意大利境内最第三世界的地区,因此如需让自己做好体验赤贫的准备,这是不错的地方。也或许我去西西里只是因为歌德说过:"没去过西西里,便无从清楚地了解意大利。"

然而去西西里旅行并不容易。我得用尽所有的探知能力找到周日一路南下抵达海岸的火车,然后找到正确的渡轮前往墨西拿(一个恐怖可疑的海港城市,似乎在从堵住的门后咆哮:"丑并不是我的错!我经历过地震，遭受过地毯式轰炸，还惨遭黑手党践踏！"）。抵达墨西拿后，得找到公车站（和吸烟者的肺一样肮脏），找到坐在卖票亭里自怨自艾的男人，问他能否卖给我一张开往滨海小镇陶尔米纳的车票。公车在西西里锋芒毕露的东海岸沿着峭壁和海滩颠簸行驶，直到抵达陶尔米纳后，我得找到一辆计程车，然后找一家旅社。而后得找对人，用意大利语问我最爱的问题："镇上哪个地方东西最好吃？"结果，我在陶尔米纳找到的人是个睡眼惺忪的警察。他给了我最好的东西——一张纸条，上面写了一家地处偏僻的餐厅名字，并有指出餐厅方位的手写地图。

那里是一家小酒馆。友善年长的女掌柜正在为当晚的生意做准备，她穿着长袜站在桌上，一边擦拭餐厅窗户，试着不碰倒圣诞耶稣像。我跟她说我无须看菜单，请她为我拿来最好的食物，因为这是我在西西里的第一个夜晚。她欣喜地摩拳擦掌，用西西里方言朝她在厨房里的老迈母亲叫喊。然后在二十分钟内，我忙着享用在整个意大利吃过的最让人惊奇的一餐。是面食，却是我从未见过的形状——又大又新鲜，一片片像意大利饺子（虽然尺寸不尽相同）般折叠成教皇帽子的形状，内馅是甲壳动物、章鱼和乌贼熬煮而成的又滚烫又香浓的泥末，和切丝蔬菜拌在一起，浸泡在橄榄风味、海洋般的汤汁里。下一道菜则是百里香炖兔肉。可是隔天的锡拉丘兹更是精彩。公车在傍晚的冷雨中让我在某个街角下车。我立即爱上这个城市。锡拉丘兹的三千年历史就在脚下。这儿的古老文明使罗马看起来就像美国的达拉斯。传说狄德勒斯[1]从克里特岛飞到此地，赫尔克里士曾睡过这里。锡拉丘兹曾是希腊殖民地，修昔底德[2]说它是"丝毫不逊于雅典的城市"。锡拉丘兹是联系古希腊和古罗马的纽带。许多古代剧作家和科学家都曾住在此地。柏拉图认为它

[1] 神话中的希腊建筑师和雕刻家，是迷宫的建造者。后被米诺斯王关入迷宫，因而想出由空中脱逃的方法。
[2] 古希腊最伟大的历史学家，《伯罗奔尼撒战争史》的作者。

是实现乌托邦的理想地点，或许"藉由某种天命"，让统治者成为哲学家，哲学家成为统治者。历史学家说，修辞学的发明是在锡拉库萨，而剧本的"情节"亦然（这只是一桩小事）。

我从这座脆弱城市的市场中走过去，看着一位戴黑色羊毛帽的老人在为顾客剖开鱼肚（他叼着烟，就像裁缝师缝制衣服时叼着针那样，他持刀把鱼片切得完美无缺），令我心中洋溢着某种无法回答或解释的爱意。我羞怯地问这位鱼贩今晚该去哪儿吃饭，我们谈过话之后，我得到了一张纸条，指引我去一家无名小餐馆。我一坐下，服务生便拿来一团团松软、撒有开心果的乳清干酪，面包块漂浮在芬芳的油中，一碟碟肉片和橄榄，佐以生洋葱与欧芹的冰橘沙拉。之后，我才听说鱿鱼招牌菜。

"没有哪个城镇能过太平日子，无论制定什么法律，"柏拉图写道，"假使市民……无所事事，只是享受美酒盛宴，因为谈情说爱而搞得自己精疲力竭。"

可是偶尔过过这样的生活有何不好？一生当中只花数个月的时间，除了找寻下一顿佳肴之外别无所求，难道罪无可赦？只是为了取悦自己的听觉而去学习一种语言，别无其他目的？或者正午时分在庭园的一方阳光中，坐在自己最爱的喷泉边打盹儿？隔天再这么做一次？真那么难以原谅吗？

当然，没有人能够永远过这种日子。真实生活、战争、苦难、道德终将起而干预。在贫困的西西里，真实生活永远走不出任何人的脑海。黑手党是西西里数百年来唯一成功的事业（保护市民免受其害），而它的魔爪仍伸及每个人。巴勒莫——歌德曾称之为拥有无法形容之美的城市——或许是目前西欧唯一能让你走在二战瓦砾堆中感受发展状况的城市。黑手党在二十世纪八十年代为洗钱操作而建造的丑陋不堪的公寓危楼，使这座城市有计划地遭受不可名状的丑化。我问一位西西里人，这些建筑是否用廉价的混凝土建造而成，他说："噢不——是很贵的混凝土。每一批混凝土都混有几具遭黑手党杀害的人的尸体，这可花钱咧。不过用骨头、牙齿加固，的确让混凝土比较坚固。"

在这种环境下思考下一顿佳肴，是否有些肤浅？或者，考虑到这般严峻的现实，你也只能这么做，无从选择？巴尔齐尼在一九六四年的大作《意大利人》（他之所以书写此书，是因为描述意大利的外国人对这个国家不是爱得要命就是恨得要命，这些终于让他感到厌倦）当中，尝试明确记录他的文化。他试图回答几个问题：关于意大利为何出产最伟大的艺术家、政治家和科学家，却仍未能成为世界强国？他们为什么是外交辞令的佼佼者，却仍拙于国内政治？他们为什么具有个人勇气，组织军队却集体溃败？就个人而言，他们每个人都是精打细算的商人，为什么作为一个国家的时候，就成了缺乏效率的资本主义国家？

他给予这些问题的答案，比我在此所能引用的更为复杂，这些答案和意大利长期以来地方官员的贪污以及外来统治者的剥削有很大的关系。这一切悲伤的历史经验导致意大利人得出看来正确的结论：这世界上没有任何人或任何事可让人信赖。因为世界如此腐败、动荡、夸大、不公，你只能信赖自己的感官体验，正因为如此，意大利人的感官在欧洲首屈一指。巴尔齐尼说，因此意大利可以忍受庸碌无能的将军、总统、暴君、教授、官僚、记者和工业大亨，却永远无法忍受无能的"歌剧演唱家、指挥家、芭蕾舞者、交际花、演员、电影导演、厨师、裁缝……"在一个混乱失序、灾祸连连、充满诈骗的世界，有时只能信赖美。唯有卓越的才艺不会腐败。快乐无法降价求售。有时一顿饭就是唯一真实的货币。

因此，致力于美的创造与享受，可以说是件严肃的事——并不见得是逃避现实的手段，有时反倒是抓住现实的手段，在一切都分解为……修辞与情节之时。没多久之前，政府当局在西西里逮捕了一个与黑手党紧密串通的修士会，因此谁能让你信赖？你能相信什么？世界残酷不公。你若在西西里挺身抗议不公，最后就可能成为某栋丑陋新厦的地基。在此种环境下，该怎么做才能保有自己的个人尊严？或许什么也不能做。或许只有切鱼的完美本领以及做出全镇最松软的乳清干酪才能让人引以为傲？

我不想把自己和长期受苦的西西里人民拿来比较而侮辱任何人。我的人生悲剧属于一种个人性质的、大致掌握在自己手中的问题，并非起因于长期受压迫。我经历的是离婚和忧郁症，并非好几世纪的恐怖暴政。我有身份认同的危机，却也拥有各种资源（财务、艺术、感情），能想出解决之法。尽管如此，我要说，历代帮助西西里人保有尊严的观念，也帮助我开始找回自己的尊严——亦即，对快乐的鉴赏力，这能成为人性之依靠。我相信歌德说你若想了解意大利就得来西西里正是这个意思。我想，在我决定必须来意大利时，正是感到我必须了解自己。

在纽约的浴缸里大声念出字典里的意大利词句使我开始修补自己的灵魂。我的生活裂成碎片，让我认不出自己，在警察局任人指认的话，恐怕连我也指认不出自己。可是当我开始读意大利文时，我感觉到一丝快乐。而当你在经历黑暗时期后，哪怕感受到丝毫可能的快乐，也会死命抓住这一点快乐，直到它将你拉出土中——这并非自私，而是义务。你被赋予生命，你有责任（也是你身为人类的权利）去寻找生命当中的美，无论多么微不足道。

我到意大利时骨瘦如柴，那时的我还不清楚自己应得的东西。或许我仍未完全清楚自己应得的东西。但我明白近来我已振作起来——借着享受无害的快乐——成为一个更完整的人。最简单、最符合人类的说法是，"我的体重增加了"。现在我的存在比四个月前更有分量。离开意大利的时候，我将比刚来时胖得多。离开的时候，我希望一个人的膨胀——一个人生的扩张——在这世界上是一种有价值的行动。只不过这一回，这个人生恰好不属于别人，而是属于我自己。

印度

——「恭喜认识你」

三 十 六 则 追 求 信 仰 的 故 事

37

在成长过程中，我家里养鸡。我们在任何时刻都有十二只鸡，每回死去一只——被老鹰、狐狸攫去，或罹患某种不清楚的疾病死去——我父亲便补上一只。他开车去附近的家禽农场，回来的时候，袋子里会装着一只新的鸡。问题是，想让新的鸡加入鸡群行列，必须非常谨慎。你不能只是把它丢进旧的鸡群，否则它会被当作闯入者看待。你必须在三更半夜，趁别的鸡睡觉时，把新来的鸡偷偷放入鸡笼中，把它放在鸡群旁边的窝，然后蹑手蹑脚地走开。鸡在早晨醒来时不会留意到新来的鸡，只会以为："它肯定一直待在这里，因为我没看见它被送来。"重要的是，新来的鸡在鸡群当中醒来时，自己也不记得自己是新来者，只以为："我肯定从头到尾都待在这里。"

这正是我到达印度的情况。

我的班机大约在凌晨一点半降落于孟买。那天是十二月三十一日。我领了行李，而后找计程车出城，前往数个钟头车程外、位于某偏远乡村的静修道场。我一路打盹儿，穿越夜间的印度，时而醒来望向窗外，看见身穿纱丽服装的瘦小女人们诡异神秘的身影，她们走在路上，头上顶着柴火。"这么早？"不亮前灯的公车超越我们，我们超越牛车。榕树伸展着优雅的树根，遍及沟渠。

我们在凌晨三点半左右抵达道场，停在寺院门口。我下了计程车，一名身穿西方服饰、头戴羊毛帽的年轻人从黑暗中走出来，自报姓名——他是阿图洛，二十四岁的墨西哥记者，我的精神导师的追随者，他向我表示欢迎。我们低声互相介绍的当儿，我听见我最喜爱的梵语赞歌熟悉的第一小节从寺院中传出来。是清晨的"灯仪"：每天凌晨三点半在道场起身时所进行的第一次晨祷。我指着寺院，问阿图洛："我可不可以……？"他做出"请便"的手势。于是我付了计程车费，把背包塞在树后，脱了鞋，跪下来，在寺院阶梯上磕了头，慢慢移身进去，加入大半由印度女人唱出优美赞歌的小小聚会。

这首赞歌被我称为"奇异恩典梵语版"，充满虔诚的渴望。我熟记这首奉献赞歌，与其说费心熟记，不如说从心底去爱。我开始用梵语唱出熟悉的歌词，从瑜伽神圣教诲的简单介绍，到崇奉朝拜的扬调（"我敬拜宇宙之缘起……我敬拜眼是日、月和火的神……你是我的一切，噢万神之神……"），再到玉石般的信仰总结（"这很完美，那很完美，你若从完美中取出完美，完美依然留存"）。

女人们停止咏唱。她们静静地鞠躬，而后从侧门穿过黑暗的庭院，走进小寺庙，庙里只点一盏煤油灯，薰香弥漫。我跟在她们后头。屋里都是虔诚的信徒——印度人和西方人——裹着羊毛披巾，抵御黎明前的寒冷。人人都在打坐，也可以说是窝在那里，而我则溜进他们旁边，根本无人注意鸡群当中的新来者。我盘腿坐着，双手搁在膝上，闭上眼睛。

我已有四个月的时间未曾打坐。这四个月内我想都没想过打坐的事。我坐在那儿。呼吸静下来。我对自己念一次咒语，缓慢从容，逐字逐句。

唵——南——嘛——湿——婆——耶。

唵南嘛湿婆耶。

我敬重存在于内心的神灵。

而后我又念了一遍。一遍。又一遍。与其说我在打坐，不如说我在小心翼翼地解开咒语，有如从盒子里解开祖母收藏多年、未曾使用的最好的瓷器。我不知道自己是否睡着，或者陷入某种魔咒当中，也不知经过了多久。可是当天清晨，当太阳在印度升起，人人睁开眼睛、环顾四周之时，我感觉意大利已距离我有千万里之遥，仿佛我一直跟这群人待在这里。

38

"我们为什么练瑜伽？"

我在纽约时，曾经有位老师在一堂别具挑战性的瑜伽课上问起这个问题。当时我们每个人都弯成侧向一旁的三角形，相当累人，老师让我们久久保持这种没人愿意做这么久的姿势。"我们为什么练瑜伽？"他再一次问，"是否让你比你的邻居更'能屈能伸'？或者为了某种更崇高的目的？"

梵语的"瑜伽"可译为"结合"。它的字根来自"yuj"，意思是"套上轭"，以牛一般的纪律参与即时任务。瑜伽的即时任务是寻找结合——心与身之间、个人与神明之间、思想与思源之间、老师与学生之间，甚至我们自身与不易屈伸的邻人之间的结合。我们在西方，主要透过知名的卷麻卷似的身体训练而认识瑜伽，但那只是瑜伽哲学的一支，叫"哈达瑜伽"。古人发明这些体能伸展不是为了个人健康，而是为了放松肌肉与心灵，为打坐做准备。毕竟，静坐数个小时并非易事，因为在你髋骨疼痛、无法思索内在神性的时候，你满脑子只会是："哇……我的髋骨真痛啊。"

然而瑜伽也意味着通过打坐、通过学术研究、通过沉默训练、通过忠心侍奉，或通过念咒——重复诵念梵语经文——去发现神。这些练习尽管就其起源而言看似印度教，但瑜伽却不等同于印度教，印度瑜伽士也并非都信仰印度教。真正的瑜伽不与其他宗教竞争，也不排斥其他宗教。你利用瑜伽——神圣结合的修炼——可以更接近黑天[①]、耶稣、穆罕默德、佛陀或雅赫维[②]。

我在道场期间遇上各种信徒，称自己信仰的宗教为基督教、犹太教、佛教、印度教，甚至伊斯兰教。我还遇上宁可完全不谈宗教信仰的人，在这充满争议的世界里，你没办法责怪他们。

瑜伽的道路，是关于解开人类固有的毛病——我在此将之过度简化一点来谈，称之为无法维持满足的毛病。数个世纪以来，各家思想学派曾为人类固有的缺陷找到不同的解释。道家说失调，佛教说无知，伊斯兰教将我们的苦难归咎于违抗神，犹太基督教传统上将我们的受苦归因于原罪。弗洛伊德派说痛苦是我们的本能与文明需求之间发生冲突所造成的必然结果。（正如我的心理学家朋友黛博拉所说："欲望是设计的缺失。"）瑜伽士却说，人类的不满很简单，只是因为身份认知错误。我们之所以痛苦，是因为我们只不过是区区个人，有恐惧、缺陷、愤恨与难逃一死。我们错以为有限的小小自我构成我们的整个天性。我们未能看出自己内心深处的神性。我们不知道，每个人的内心深处都存在一种永久平和的至高自我。至高的自我是我们的真实身份，完整而神圣。瑜伽士说，在明白此一事实之前，你将永远感到绝望，斯多亚派的希腊

---

① 黑天是婆罗门教最重要的神祇之一。
② 犹太教奉雅赫维（即基督教中的耶和华）为"独一真神"，并称犹太人是雅赫维的"特选子民"。

哲学家爱比克泰德说过一句话，精确地表达了此种想法："你这可怜的人，心中怀抱着神，却不认识他。"

瑜伽是致力于亲身体验自身，而后抓住此种体验的神性。瑜伽是一种自我控制，努力不让自己的注意力集中于思索过去、担心未来，让你去寻找一个"恒在"的处所，泰然自若地从那儿观察自己和周遭的一切。唯有从这种平心静气的观点中才能明白世界的真实性质（以及你本身的真实性格）。真正的瑜伽士从他们的平衡状态中把这个世界看成是神灵创造力的均一表现：男人、女人、孩童、芜菁、臭虫、珊瑚，都是神的化身。瑜伽士认为人生是非凡的机会，因为对神的了悟只发生在人的身上和脑子里。芜菁、臭虫、珊瑚——它们没有机会发现自我，而我们却有机会。

"因此，我们整个一生，"圣奥古斯丁以相当带有瑜伽精神的口吻说，"都是为了让心灵的眼睛恢复健康，为了看见神。"

如同每一种伟大的哲学观念一样，这观念不难了解，但事实上却难于吸收。好吧——我们都是一家人，神性一视同仁地居住在我们内心。这没问题。了解。但试着从那个地方生活，试着把这种了解付诸一天二十四小时的实际行动却并非轻易之举。因此在印度的已知事实是，想练瑜伽，你需要老师。除非你是那些少数生而得道的圣哲、智者之一，否则在通往启蒙的路上，你需要某种指引。幸运的话，你能找到活在人间的导师。这正是多年来朝圣者前来印度寻找的事物。亚历山大大帝在公元前四世纪曾派大使前往印度寻有名的瑜伽士，并带他回宫。（大使报告说找到一位瑜伽士，却无法说服这位男士旅行。）公元一世纪，另一名希腊大使阿波罗尼奥斯曾写文章描述他的印度之行："我看见印度婆罗门虽然脚踩在土地上生活，却未生活在世间：心灵强固，却未设防；一无所有，却拥有最大的财富。"甘地本人始终想追随精神导师学习，却遗憾没有时间或机会寻找导师。"真理唯靠导师方可获得，"他写道，"此一教条大有真理。"

所谓伟大的瑜伽士是达到开明常定之人。导师则是将此种常定传递给他人的伟大瑜伽士。导师（Guru）是由梵语的两个音节所组成，第一个音节是"黑暗"之意，第二个则是"光明"，即走出黑暗，迎向光明。导师传给弟子所谓的"mantravirya"（智慧的强度），你去找自己的导师并非为了上课，而是蒙受导师感召。

此种感召即使在跟一个大人物的短暂接触时也会出现。我曾去听伟大的越南僧人、诗人、和平运动者一行禅师在纽约演讲。在那个典型的疯狂之夜，群众推推搡搡地挤入礼堂，礼堂内的气氛迅即转变成因集体压力集结而成的紧张。而后禅师走上讲台，他静静地坐了好一阵子，然后开口说话。你感觉到正在发生这样的事情，这些激动的纽约人逐渐被他的沉静所统治。过了不久，礼堂内已没有半点声响。在十分钟内，这位瘦小的越南禅师已把我们每个人卷入他的沉默中。或者更确切的说法是，他让我们每个人卷入自己的沉默，卷入我们与生俱来、却尚未发现或索求的平静。他只要出现在礼堂，即诱导出我们每个人内心的平静——这是神力。这是你寻求导师的原因：期望导师的优点向你展现你自身潜藏的伟大。古代印度圣贤写过，有三个因素可以说明一个灵魂是否拥有宇宙间最至高无上的幸运：

一、生为人类，有探索意识的能力。

二、生来拥有——或培养出——了解宇宙本质的渴望。

三、找到世间的精神导师。

有个理论说，只要你有足够的诚意寻找导师，就能够找到。宇宙发生变动，命运的分子重新组成，你的道路与你需要的导师两者所走的道路不久就会互相交会。我在浴室地板上绝望跪祷的第一个晚上——泣求神灵给我答案的晚上——之后大约一个月，我就找到了自己的导师：当时我走进大卫的公寓，意外地看见这位印度美女的照片。当然，对于拥有一位导师，我的看法很矛盾。一般说来，西方人对导师一词觉得不自在。我们和它在不久的过去有着某种过节。二十世纪七十年代，一群富裕、充满热忱、年轻的西方探求者，和一群具有领袖魅力但来历不明的印度导师发生了冲突。其造成的混乱大半已然平息，但不信任感却依然余音缭绕。即便对我来说，即使经过这么久的时间，我发现自己依然时而对"导师"一词有所迟疑。对我的印度朋友们而言，这不是问题。他们在导师的原则下长大，因而处之泰然。有位印度姑娘告诉我："印度每个人几乎都有导师（Everybody in India almost has a Guru）！"我明白她的意思〔她是说，印度几乎每个人都有导师（Almost everyone in India has a guru）〕，但我更同感于她无心的表达，因为我有时的感觉——确实像是我"几乎有个"导师。但有时候，我似乎无法承认，因为身为一个中规中矩的新英格兰人，怀疑主义和实用主义是我的智力遗产。无论如何，我并非有意识地出门采购"导师"。她自然而然地到来。我头一次看见她，仿佛她通过照片注视我——一双黑色眸子，流露出充满智慧的慈悲——说："你需要我，现在我来了。所以，你是否想做这件事？"

暂时把紧张兮兮的玩笑话和跨文化的不安情绪搁在一旁，我必须永远牢记自己当天晚上的回答：直截了当、深不可测的"是"。

39

一开始，我在道场的室友是一位中年、美籍非裔的浸礼会教徒和禅修指导老师，来自南卡罗来纳州。不久，我便有了其他室友，包括阿根廷舞者、瑞士顺势疗法师、墨西哥秘书、五个孩子的澳大利亚母亲、年轻的孟加拉程序设计师、缅因州来的小儿科医师和菲律宾会计师，还有其他信徒来来去去，做周期性的居留。

这座道场不是让你顺道造访的地方。首先，它位于不易通达的郊外。它的地点远离孟买，在乡间河谷的一条尘土路上，接近一个散乱的美丽小村庄（由一条街、一座寺院、几个店家组成，还有在街上随意漫游的牛，时而走入裁缝店里躺下来）。一天傍晚，我留意到一盏光秃秃的六十瓦灯泡挂在镇中央一棵树的电线上，这是镇上的街灯。道场基本上开拓了当地的经济，也是镇上的骄傲。道场墙外的世界是尘土与贫困，墙内则是灌溉的庭园、花坛、隐蔽的兰花、鸟啭、芒果树、波罗蜜树、腰果树、棕榈树、木兰、榕树。虽是不错的建筑物，却不奢华。有一间自助餐厅式的简单食堂。还有一间无所不包的图书室，汇集了世界各地的宗教作品。有几座供各种聚会使用的寺院，有两间禅修洞——黑暗寂静的地下室，内有舒适的椅垫，日夜开放，仅供禅坐之用。有一座户外凉亭，清晨的瑜伽课在此举行。还有一座小公园，椭圆形步道环绕四周，供学员们慢跑。我睡在水泥建造的宿舍里。

我待在道场期间，未曾有过居住人数超过百名的时候。导师本人若下榻此地，人数随即暴增，但我在印度时，她不曾返回此地。这早在我的预料内，近来她有不少时间待在美国，可是你永远不清楚她在何时会冷不防地出现。有她在不在身边让你持续学习，这并不重要。当然，能跟一位活生生的瑜伽大师在一起，有一种无可替代的快感，我从前经历过。许多长期的虔诚信徒都同意，有时这可能分散你的注意力——你得当心点，才不至于陷入环绕导师身边的名人热潮，让你的真实意图失去焦点。反之，你若是去她的道场静修，训练自己严守禅修时刻表，有时你会发现，从这些个人禅修当中，更容易和你的老师沟通，而不是从一群狂热的学员当中拥挤而过，亲自听她说一句话。

道场有一些领薪的长期雇员，但这里的活儿大半由学员自己来做。有些当地村民受雇于此，也有些当地人是导师的追随者，以学员身份住在此地。道场里有个印度少年引发了我浓厚的兴趣，他具有某种令我赞赏的气质。首先，他骨瘦如柴（尽管在当地这是很典型的形象，但如果世界上有任何东西比印度少年更瘦，我会很害怕看见）。他的穿着就像我初中时那些喜欢玩电脑的男生去听乐团演奏的装束——黑长裤,熨烫过的白衬衫。衬衫穿在他身上显得太大,茎状的瘦脖子从领口伸出来,有如一朵雏菊从庞大的花盆里冒出来。他的头发总是用水梳得整整齐齐的。他戴着一条成年人的皮带,几乎绕了两圈,束在他一尺六的腰上。他天天穿同一套衣服。我意识到,这是他仅有的一套装束。他肯定每晚手洗他的衬衫,清晨时分熨烫。(对衣着礼貌的注重在当地很常见,印度少年们浆挺的衣着没过多久便使我皱巴巴的农家服饰相形见绌,促使我穿上更整洁、更端庄的衣裳。)这孩子有啥特别?为什么每次看见他的脸都让我深受感动——如此容光焕发的面容,看起来仿佛刚从银河度了长假归来?最后我跟一位印度少女探问他的身份。她语气平淡地说:"他是当地某商家的儿子,他家很穷。导师邀他住在这里。他打鼓的时候,你听得见神的声音。"

道场有个寺院对大众开放,一整天有许多印度人前来敬拜瑜伽士悉达("完善大师"),他在二十世纪二十年代创立了此学派,在印度各地被尊为大圣人。但道场的其余部分仅供学员使用。这儿不是旅馆或观光地,却比较像是一所大学,你得经过申请才进得来,为了被收作常驻学员,你得证明你对此种瑜伽学派已认真研究了好一阵子。你至少必须在此地连续待上一个月。(我决定待六个星期,而后独自周游印度,探索别的寺院、道场与朝拜地点。)

这里的学生大致均分为印度人与西方人(西方人则大约一半美国人,一半欧洲人)。课程以印度语和英语教授。申请时,你必须写篇论文,收集推荐信,并详加说明自己的精神与身体健康状况,以及任何服药或酗酒的历史,并说明财务稳定状况。导师不希望有人利用她的道场当作某种逃避真实生活的手段,这对任何人皆无益处。她还有个政策:倘若任何亲戚朋友因某种原因而强烈反对你追随导师住在道场的主意,那么你不该这么做,因为不值得。你只该待在家中过正常的生活,做个好人,没必要搞得满城风雨。

这位女子高尚的务实情操对我始终是极大的安慰。

来到这里之后，你得展现自己也是一个通情达理、脚踏实地的人。你得让大家知道你能干活儿，因为你应当对道场的整体运作做出贡献，一天有五小时的"歇瓦"（seva），或称"无私的服务"。道场的经营还要求，假使过去六个月内经历过重大的感情创伤（离婚、亲人过世等），请延后你的造访，因为你十之八九无法专心学习。若有情绪变动的情况发生，只会让其他学员分心。我刚结束自己的后离婚时期。当我想起自己刚从婚姻中出走时所经历的痛苦，更确信我若在当时前来道场，肯定会成为学员的一大负担。最好的选择是让自己先在意大利休息，恢复体力和健康，再到此地。因为我现在需要这种体力。

他们要你体力充沛地来到道场，因为道场生活十分严酷。不仅对身体而言，每天从凌晨三点开始，晚间九点结束，就心理而言亦然。每天连续几个小时静坐禅修，几乎无法让自己的思考分心或解脱。你在印度乡间和陌生人住在一起，遇见各种臭虫、蛇、老鼠。气候恶劣——有时一连下数星期的倾盆大雨，有时早餐前的阴影处气温高达三十八摄氏度。这儿的一切都可能在短短的时间内变得非常真实。

我的导师总说，到道场来只会发生一件事——你将发现自己的真相。因此假若你已在疯狂边缘徘徊，她情愿你不要来。因为，坦白地说，没有人想扛着紧咬木勺的你离开这地方。

40

我来的时候正好碰上新年到来。我还没搞清楚道场的东南西北就已是新年前夜。晚餐后，中庭已开始挤满人潮。我们大家坐在地上——有些人坐在凉爽的大理石地板上，有些则坐在草席上。印度妇女身穿仿佛参加婚礼的装束。她们的头发油亮、乌黑，绑成一条辫子垂在身后。她们穿上最好的丝质纱丽，戴上金手链，每位妇女的额头中央都有个珠光闪耀的"bindi"[1]，有如星辰的暗影。大家打算在中庭内吟诵，直到午夜，年度交替之际。

我不喜欢用"吟诵"一词来称呼我深爱的活动。对我而言，"吟诵"含有某种单调诵念的可怕含义，仿佛一群僧侣绕着牺牲仪式的火堆做的事情。然而我们在道场的吟诵，是一种天使般的歌唱。一般说来，是以一呼一应的方式诵唱。一群嗓子优美的年轻男女开始唱出一段和谐的句子，然后我们其他人重复一次。这是一种禅修——把注意力集中在乐曲的进行上，让你的歌声跟邻座人的歌声交织在一起，最后大家像一个声音一样齐声而唱。我有时差，担心自己昏昏欲睡，撑不到午夜，更甭说有力气唱得久。然而这一夜的音乐响起，一把小提琴在黑暗中奏出一长声的渴望，接着是小风琴，而后是慢鼓，而后是歌声……

我坐在中庭后方，和所有的母亲坐在一起。这些印度妇女自在地盘腿而坐，她们的孩子像膝盖毯似的趴在她们身上睡觉。今晚的吟诵是一首催眠曲，一首哀歌，意在感激，"拉格"（raga）曲式，表达悲悯与虔敬。我们以梵语诵唱（在印度已然绝迹的语言，除了用作祷告和宗教学术研究之用），一如既往，我尝试做领唱者的声音镜子，接收有如一道道蓝光的音调。他们将神圣的歌词传递给我，我接过歌词，过一会儿再把歌词传回去，使我们得以源源不断地吟唱，却不觉疲倦。我们大家好似夜晚在黑色海潮中荡漾的海藻般摇来晃去。我周围的孩子们裹在丝绸里，犹如礼物。

我很疲倦，却未丢下小小的蓝色歌曲，我不知不觉地进入某种状态，我想我或许在沉睡中呼唤神的名字，或者只是跌入宇宙的深渊。不过，十一点半的时候，管弦乐奏出吟诵曲调的拍子，激发成纯粹的喜

---

[1] 人工痣。

悦。衣着华美、手环叮当响的女子拍着手，整个身子随鼓声起舞。鼓声猛烈、优美、激动。随着时间一分一秒过去，感觉就像我们同心协力把二〇〇四年拉向我们。就好似我们用音乐系住它，拖过夜空，犹如一张巨大的渔网，网中装满我们未知的命运。这确实是一张沉重的大网，载着一切生、死、悲剧、战争、爱情故事、发明、变动、苦难，专为每个人未来的一年而准备。我们持续诵唱，拖网，手拉手，一分又一秒，歌声不断，愈来愈近。分秒在午夜落下，我们尽己所能地吟唱，这最终的努力使我们终于将新年的网盖在自己身上，覆盖天空和我们自己。唯有神明知道这一年将由什么组成，然而此时此刻，我们每个人都在此地。

这是我这辈子头一次和陌生人一同庆祝新年前夜。在舞蹈歌唱当中，没有人让我在午夜时分拥抱。但我要说，这不是寂寞的夜晚。

肯定不是。

41

我们每个人都有分内的工作，我被指派的工作是刷洗寺院地板。因此，现在每天都看得到我跪在冰冷的大理石地板上，拿着刷子和水桶，好似童话故事中的养女一样卖力地工作数个小时。（顺便说一声，我很清楚其中的隐喻——我刷洗干净的寺院是我的心，我擦亮的是我的灵魂，每日的平凡劳动必须应用在灵修当中，以净化自我，等等，等等。）

和我一同刷洗地板的同伴，多半是一群印度少年。这项工作向来分派给少年，因为需要高度体力，却不须担负庞大的责任。倘若搞成一团糟，造成的损坏也总有限度。我喜欢我的共事者。女孩们像飞舞的小蝴蝶，似乎比美国的十八岁女孩看起来年轻，男孩子们则是严肃的小小独裁者，似乎比美国的十八岁男孩年长。寺院内禁止说话，可是他们都是十几岁的青少年，因此我们干活儿的时候经常有人聊天聊个不停。不过不见得全是流言蜚语。有个男孩整天在我身旁洗刷，认真教导我如何在工作上有优良表现："认真看待。准时完成。冷静自在。记得——你做的一切都是为神而做。神做的一切都是为你而做。"

这是辛苦的体力劳动，但我每天的工作时刻都比每天的禅坐时刻容易得多。真相是，我想我不擅长禅坐。我已疏于禅坐，但事实上我也从不擅长禅坐。我似乎无法让自己的心保持不动。我曾向一位印度僧侣提及此事，他说："很遗憾，你是有史以来唯一有这问题的人。"而后僧侣给我引了最神圣古老的瑜伽经文《薄伽梵歌》中的一段话："噢！克里希纳，浮躁不安、刚强不屈的心，风一般难以遏制。"

禅坐既是瑜伽的支柱，亦是双翼。禅坐是"方法"。禅坐有别于祈祷，尽管两者皆寻求与神沟通。我曾听说，祈祷是跟神说话，禅坐则是聆听的动作。你猜猜看，哪个对我比较容易。我能一整天叽叽呱呱地跟神谈论我的感觉和问题，可是一旦静下来"聆听"……那就不同了。我请求脑子安静片刻的时候，它总是马上变得（一）无聊，（二）愤怒，（三）沮丧，（四）焦虑，（五）以上皆是。

就像所有的类人动物，我为佛家所谓的"猿猴心"所苦——荡来荡去的思考，停下来的时候只为搔痒、吐口水、嚎叫。从遥远的过去到未知的未来，我的心自始至终任意摆荡，每分钟涉及数十个想法，有如脱缰之马，漫无目的。这本身不见得造成问题，但问题在于，随着思考而来的眷恋之情。快乐的思维使我快乐，可是不一会儿，我又突然进入过分的忧虑，搞糟心情；之后又进入愤怒的时刻，于是我又重新发起怒来；而后我的心灵决定应该开始自怜，于是寂寞立即接踵而来。毕竟，你的思维是什么，你就是什么样的人。你的感情是思维的奴隶，你则是感情的奴隶。

这种动荡不安的思维藤蔓所存在的另一个问题，就是你永远不活在此刻所处的地方。你永远在挖掘过去或拨动未来，却极少停歇于此刻。就像我的朋友苏珊有个习惯，每当她看见一个美丽的地方，就会近乎恐慌地惊叫："这儿真美！我希望有天能回到这里！"于是我竭尽所能地尝试说服她，她"已经"在这里。你若想寻求与神明之间的结合，这种前后飞转的想法将是一大问题。人们称神为"存在"不无道理——因为神就在"此地"，就在"此刻"。唯有在当下这个地方，你才找得到神，而唯一的时刻即现在。

可是，若想待在此刻，则需要奉献于单一的焦点。各种禅坐方法教导各种专一的方法——比方说，眼光集中在一个光点上，或观察自己的呼吸起伏。我的导师教导的禅坐，是以集中复诵咒语、经文或音节为辅助。咒语有双重功效。首先，它让脑子有事可做。就像给猴子一万个纽扣，说："把这堆纽扣重新叠成一叠，一次一个。"这比把它扔在墙角叫它不要动容易许多。咒语的另一个目的是送你进入另一种状态，有如划动小舟一般，航过波涛汹涌的心灵之海。每当你的注意力卷进心灵的逆流中，只要回到咒语，爬回小舟，就能继续航行。伟大的梵文咒语据说包含难以想象的力量，能载着你——只要你待在其中——一路划向神的海岸。

在我许多许多的禅坐问题当中，其中之一是，我所接受的咒语——唵南嘛湿婆耶——并未安安稳稳地停留在我脑子里。我喜欢念它，也喜欢它的含义，却始终未能进入禅修状态。在两年的瑜伽修行期间亦从来未曾。当我尝试在脑中背诵"唵南嘛湿婆耶"的时候，居然如鲠在喉，胸口紧绷，紧张兮兮。我始终无法让音节与呼吸搭配得当。

结果有天晚上我跟室友科瑞拉讨教此事。我羞于向她承认我很难让心思集中在咒语的背诵上，但她是禅修老师，或许能帮忙我。她告诉我，从前她也经常在禅修时胡思乱想，不过现在，她的修行已成了生活中至高无上的喜悦。

"我就坐下来，闭上眼睛，"她说，"只需'想着'咒语，整个人就消失了，直登天际。"听了这段话，我嫉妒得想吐。再说，科瑞拉已练习多年瑜伽，跟我活着的年岁一样长。我请她教我如何把"唵南嘛湿婆耶"运用在禅修中。她是否每个音节吸一次气？（这么做老是使我觉得没完没了、心烦气躁。）或者每呼吸一次就念一个字？（但是每个字的长度都不相同！因此如何平均分配？）或者吸气时念整句咒语，吐气时再念一次？（这么做的时候，速度老是加快，使我焦虑起来。）

"我不知道，"科瑞拉说，"我就只是念出来。"

"但你是用吟唱的吗？"已濒于绝望的我继续逼问，"打不打节拍？"

"我只是念出来。"

"能不能请你大声念出来，就像你禅坐时在脑子里念一般？"

我的室友宽容地闭上眼睛，开始大声念咒语，按照她在脑子里念的样子。没错，她只是……念出来。她平静、正常地念出来，绽放微笑。事实上，她念了几次，直到我焦躁起来，打断她。

"你不感到厌烦吗？"我问。

"啊？"科瑞拉睁开眼睛，面带微笑。她看了看表，然后说："十秒钟过去了，小莉。厌烦了，是吧？"

42

隔天早晨，我准时抵达清晨四点的禅坐，这向来是一天的开始。我们预定静坐一个小时，可是我却像计算里程般来计算分秒——我不得不去容忍的三十公里漫漫长路。来到第七公里时，我的神经开始瓦解，膝盖撑不下去，喘不过气来。这不难理解，因为我和自己的头脑在禅坐期间通常会进行这样的对话：

我：好吧，我们开始禅坐。让我们关注在呼吸上，集中于咒语。唵南嘛湿婆耶。唵南嘛湿婆耶——

头脑：我帮得上你的忙，你晓得！

我：很好，因为我需要你的帮忙。来吧。唵南嘛湿婆耶。唵南嘛湿婆耶——

头脑：我能帮你想出很好的禅修画面。比方——没错，这点子不错。想象你是一座寺庙，坐落在一座岛上！一座海上的岛！

我：噢，这画面不赖。

头脑：谢啦。我也这么觉得。

我：我们想象哪个海？

头脑：地中海。想象你是希腊岛屿，岛上有座希腊古庙。噢，算了，那儿游客太多。这样吧，甭管什么海了。海太危险。我有更好的主意——把自己想象成湖上的岛吧。

我：现在能不能开始禅坐，拜托？唵南嘛湿婆耶——

头脑：好！当然啰！不过，可别想象湖上到处是……怎么称呼那些玩意儿——

我：水上摩托车？

头脑：对啦！水上摩托车！那些玩意儿消耗太多燃料！对环境造成威胁。你知道什么东西也消耗很多燃料吗？吹落叶机。你不这么想，可是——

我：好，好，现在开始禅坐好吗？唵南嘛湿婆耶——

头脑：没错！我确实想帮你禅坐！所以我们就别管湖上或海上的岛吧，因为这显然行不通。让我们想象你是——河上的岛！

我：噢，你是说像哈得孙河上的旗手岛？

头脑：正是！了不起。总之，我们在禅坐时就想象这个画面吧——河上的岛。在禅坐的时候，所有的思维都从你身边漂过，这些想法都只是自然的水流，你能视而不见，因为你是岛屿。

我：等等，你刚刚不是说我是庙宇吗？

头脑：没错，真抱歉。你是岛上的庙。事实上，你同时是庙和岛。

我：我也是河？

头脑：不，河只是思维罢了。

我：停！拜托！你让我发狂！

头脑（深受伤害）：对不起。我只是想帮忙而已。

我：唵南嘛湿婆耶……唵南嘛湿婆耶……唵南嘛湿婆耶……

此处，思维出现前途光明的八秒钟停顿。可接着——

头脑：你还在生我的气？

——接着我喘了一大口气，好比浮出水面吸气，我的头脑赢了，我睁开眼睛，投降了。我泪流满面。照理说道场应该是让你加强禅修的地方，然而这却是一场灾难，给我太大的压力。我办不到。可是该怎么办呢？每一天在十四分钟过后跑出寺院痛哭？

然而这天早晨，我未与之作战，只是停了下来。我放弃了。让自己靠在身后的墙上。我背痛，没有力气，脑袋发颤。我的姿势垮掉了，犹如崩塌的桥。我卸除脑袋里的咒语（咒语有如无形的铁砧压在我身上），搁在身边的地板上。而后对神说："很抱歉，今天我只能靠你这么近。"

印第安部落拉科塔苏族说，一个坐立不安的孩子是未发展完全的孩子。古老的梵语经文说："依赖某些迹象，你能得知是否恰当实行禅坐。其中一个迹象是，一只鸟栖息在你头上，以为你是无生命之物。"这尚未在我身上发生。不过，接下来的四十分钟里，我会尽可能保持平静，困在禅坐大堂中，对自身的缺陷深感羞愧，看着周围的信徒体态完美地静坐，闭着完美的眼睛，沾沾自喜的面容散发着冷静，想必他们正把自己送往某种完美天堂。我充满强烈、巨大的哀伤，很想痛快地大哭一场，却极力阻止自己，我想起我的导师曾说过——你永远不该给自己崩溃的机会，因为这会成为一种习惯，一而再、再而三地发生。反而，你必须训练自己保持坚强。但我不觉得自己坚强，我的身体毫无价值地疼痛，我怀疑在跟自己的头脑进行对话时，谁是"我"，谁是"头脑"。我思索处理思考、吞噬灵魂的脑袋机器，怀疑自己究竟能否制伏它。而后，我想起电影《大白鲨》里的一句台词，不禁笑了起来："我们需要一艘大一点的船。"

43

晚餐时间。我独自坐着，尝试慢慢吃。我的导师经常鼓励我们用餐的时候实行教规。她鼓励我们吃得适度，不大口大口吃，勿将太多食物迅速扔进消化道中，以免浇熄体内的神圣之火。（我确定，我的导师从没去过那不勒斯。）当学员向她诉说在禅坐时的困难时，她总是询问他们近来的消化状况。当然，你在胃肠里努力搅拌一个腊肠馅饼、一磅辣鸡翅和半个椰子鲜奶油派的时候，的确很难进入超越自我的状态。因此，这地方不供应这类的食物。道场的食物是清淡健康的素食，尽管如此，却美味可口，因此很难让我不像个挨饿的孤儿般狼吞虎咽。此外，餐点是以自助餐方式供应，使我忍不住要拿第二或第三次，因为香喷喷的美食当前，而且还免费。

于是我独自坐在餐桌前，努力管束我的叉子，这时我看见一个男人手持餐盘走来，找空椅子。我向他点头，表示欢迎来坐我这桌。我尚未在这儿见过这个男人。他肯定新来不久。这陌生人走起路来不慌不忙，举手投足间带有边城警长或扑克玩家的权威。他看上去五十多岁，走起路来却像多活了好几个世纪。白发、白胡须，穿法兰绒格子衬衫。宽阔的肩膀，巨大的手掌，看上去有能力造成某种破坏，脸孔却完全放松。

他在我对面坐下来，慢声慢气地说："嘿，这里的蚊子真大，能凌虐一只鸡。"

女士先生们，得州的理查到来了。

44

得州理查一生干过许多职业——我知道自己还漏掉许多——包括：炼油厂工人，十八轮卡车司机，达科塔州第一个勃肯鞋总代理，中西部某垃圾填埋场的甩袋人（抱歉，我没时间说明什么是"甩袋人"），高速公路建筑工人，二手车销售员，越战士兵，"商品掮客"（商品大致是墨西哥毒品），吸毒者兼酗酒者（若可称为职业），而后成为洗心革面的吸毒者兼酗酒者（这职业体面得多），某社区的嬉皮农夫，广播旁白员，最后，高级医疗用品的成功销售商（直到婚姻失败后，他把事业给了他的前妻），现在他在奥斯汀为人翻修旧房子。

"不曾有过什么生涯路线，"他说，"除了劳碌奔波外，一无所能。"

得州理查不是担太多心的家伙。他可不是神经质的人，一点也不。不过我是有点神经质的人，因此崇拜起他来。理查来到道场，为我带来大而有趣的安全感。他从容不迫的自信，安抚了我与生俱来的紧张兮兮，提醒我一切都会没事。（或至少会是喜剧。）可记得卡通里的莱亨鸡？理查有点像它，而我成了它身边碎嘴子的助手小鹰。引用理查说的一段话："我和食品杂货，一天到晚都在笑。"

食品杂货。

这是理查给我取的绰号。他在我们第一次见面的晚上，献给我这个绰号，因为他留意到我吃得不少。我想为自己辩护（"我是有纪律、有目的而蓄意地吃！"），但这名字从此固定下来。

或许得州理查不太像典型的瑜伽人士。尽管我在印度的日子奉劝我莫去断言什么是典型的瑜伽人士。（别让我开始扯到前几天在这儿遇上的爱尔兰酪农，或南非来的前修女。）理查通过前任女友参与瑜伽，她载他从得州前往位于纽约的道场，听导师演讲。理查说："当时我认为道场是我见过的最诡异的东西。"

我心想，那个会让你缴出所有的钱、车契和房契的房间在哪里？不过却从未遇上这种情况……"

那回的体验——大约十年前——之后，理查发现自己随时在祈祷。他的祷词始终相同。他不断请求神："拜托，拜托，请打开我的心。"他要一个开阔的心怀。他总是请神"在事情发生那一刻给我信号"，作为祈求开阔心怀的结束语。

他回忆起那段时期，说："食品杂货，当心你祈求的东西，因为很有可能如愿以偿。"经常祈求开阔心怀，如此持续几个月后，你猜猜理查求得了什么？没错——紧急开心手术。他确实被剖腔开肚，肋骨被分开，让足够的光线终于能进入他的心，仿佛神在说："这信号不错吧？"因此现在理查总是十分谨慎祈祷，他告诉我："近来我无论祈求什么事，最后总是说：'噢，神哪，请温柔待我，好吗？'"

"我的禅修该怎么办？"有天我问理查，他看着我洗刷寺院地板。（他运气不错——在厨房工作，甚至只需要在晚餐前一个小时现身厨房即可。可是他喜欢看我刷洗寺院地板。他觉得很有趣。）

"食品杂货，你为什么要做这件事？"

"因为一团糟。"

"谁说的？"

"我没办法让自己的脑子静止下来。"

"记得导师教过我们——你坐下来，若纯粹为了禅坐，那么接下来无论发生什么事，都与你无关。那又何必去裁定自己的体验？"

"因为我在禅坐时发生的情况不可能是瑜伽的重点。"

"亲爱的食品杂货——你根本不晓得发生什么事啦。"

"我从没见过幻境，从没有过超越自我的体验——"

"你想看见缤纷的色彩？或想得知自我的真相？你想要的是什么？"

"每次想禅坐的时候，我就好像在跟自己辩论。"

"那只是你的自我想确定自己是掌门人罢了。你的自我做的事，就是不断让你感到绝望，让你有双重感觉，想使你相信自己有缺陷、心灰意懒、形单影只，而不是完整的人。"

"这对我有什么用？"

"这对你没用。你的自我不是为了对你有用。它唯一的工作是让自己继续当权。现在，你的自我怕得要死，因为它即将遭到裁减。你继续走自己的灵修之路，亲爱的，那个坏蛋已来日无多。不久，你的自我就要失业，你的心会决定一切。因此你的自我正在抗争，逗弄你的脑子，想确保自己的权威，想把你囚禁在牢笼里，远离宇宙世界。别听它的话。"

"怎么做到不听它的话？"

"你试过从小孩手里拿走玩具吧？小孩不喜欢，是吧？他开始踢啊、叫啊。拿走玩具的最佳方式，是分散小孩的注意力，给他别的玩具，转移他的注意力。别去强迫思维离开你的脑子，给你的脑子玩其他东西。比较健康的东西。"

"比方说？"

"食品杂货，比方说爱。纯粹神圣的爱。"

45

每天去禅修洞应当是种神圣交流的时刻，然而最近当我走进去的时候，总是退缩不前，就像我的狗走进兽医诊所时经常退缩不前（它知道无论大家现在表现得多友善，最后的结果都是被某种医疗用具狠戳一记）。但是上回和得州理查谈过话后，今天早上我试了一种新方法。我坐下来禅坐，对自己的脑子说："听着——我了解有你点害怕，但我保证不会消灭你。我只是想给你一个地方休息。我爱你。"

前几天，一位僧侣告诉我："头脑的休憩地是心。头脑整天只听见叮叮当当的钟声、噪音和争辩，但它只渴望平静。头脑只能在沉静的心当中找到平静。你得去那里才行。"我还试了另一种咒语。这句咒语从前是我的吉祥咒语。很简单的两个音节："宏——撒"（Ham-sa）。

梵语的意思是"我是祂"。

瑜伽士说"宏——撒"是最自然天成的咒语，在我们每个人出生前由神赐予。其音调是我们自己的呼吸。吸气是"宏"，吐气是"撒"。（顺带一提，"宏"的发音柔软、开放，而"撒"与"宏"押同韵。）只要我们活着，我们每回的吸气、吐气就都在复诵这句咒语。我是祂。我很非凡，我与神同在，我是神的写照，我不疏离，不孤单，不是有限的个人幻象。我向来认为"宏——撒"简单而轻松。比"唵南嘛湿婆耶"更容易在禅坐时诵念，就像——怎么说呢——瑜伽的"官方"咒语。但有一天我和僧侣谈起这件事，他跟我说"宏——撒"若有助于我的禅坐，那就用吧。他说："无论依什么进行禅坐，都能在你心中产生革命性的变化。"

今天就让我拿它禅坐吧。

宏——撒。

我是祂。

想法进来了，但我未多加留意，只是用近乎母性的态度跟这些想法说："噢，我知道你们是淘气鬼……去外头玩吧……妈咪在听神说话。"

宏——撒。

我是祂。

有一段时间，我睡着了。（无论如何称之皆可。禅坐当时，你永远无法确知自己认为的"睡着"就是"睡着"，有时那只是另一种意识层次。）醒来时，我感觉到某种柔和的蓝色电能，以水波流动的方式通过我的身体。这令人有些惊恐，却也十分美妙。我不知如何是好，因此只能对内心的这股能量说："我相信你。"于是这股能量做出反应，放大、延展。此刻的它强大得令人恐惧，犹如感官遭到绑架。它从我的背脊底部往上哼唱。我的脖子感觉想伸展扭曲，于是我听其自然，而后我以最奇特的姿势坐在那里——像瑜伽好手那样挺直而坐，左耳却紧紧贴住左肩。我不清楚自己的头和脖子为何想这么做，但我不想和它们争辩，它们很坚持如此做。澎湃的蓝色能量持续在我体内做俯仰运动，我听见耳朵里有呜呜的响声，如此有力，竟然使我再也无法承受。我非常害怕，于是对它说"我还没准备好"，我啪地睁开眼睛，一切消失而去。我又回到房间里，回到周围的环境。我看着表。我已待在这里——或某个地方——将近一个小时。

我喘着气，的的确确喘着气。

46

欲理解此一体验以及所发生的事情（即在"禅修洞"和"我的内心"发生的事情），先让我们转到一个奥妙狂放的话题——那就是，"昆达利尼莎克蒂"。

世界上的每一种宗教，都有一小群信徒追求与神之间进行直接而不平凡的体验，脱离教义经文或教条学习，只为了亲身与神邂逅。有趣的是，这些神秘主义者在描述自身经验时，每个人对所发生的事都有如出一辙的描述。大致而言，他们与神的结合都发生在禅修状态，通过某种能量源传送，使全身充满快乐的电光。日本人和中国佛教徒称这种能量为"气"，巴厘人称之为"塔克苏"①，基督徒称之为"圣灵"，卡拉哈里沙漠的原住民称之为"n/um"（其圣徒把它描述为蛇一般的力量，爬上背脊，在头上开出一个洞来，神穿洞而入）。伊斯兰的苏菲诗人把这种神的能量叫作"亲爱的人"，写圣诗赞颂。澳大利亚原住民描述天

---

① 即神授的力量。

上的一条蛇降临到世间，进入药师体内，赐予他强大、非凡的力量。在犹太教的喀巴拉传统中，与神的结合据说是通过数个阶段的心灵提升而发生的，能量沿着一连串无形的天体经线攀上脊柱。

最具神秘主义色彩的天主教人物圣女特雷莎，其描述的与神的结合是一种具体的上升光线，其穿越生命中的七个"心房"后，突然让她看见神的存在。她经常深陷于禅坐的恍惚状态，以致其他修女完全无法摸到她的脉搏。她请求修女朋友们切勿将她们看见的事说出去，因为这是一件"很不寻常的事，可能引发议论"（还可能被宗教法官接见）。这位圣徒在回忆录中写到，最困难的挑战是在冥想之际，切勿挑动思维，因为脑子里的任何想法——即使是最热诚的祷告——都会扑灭神的火焰。麻烦的脑袋一旦"开始构思演说，编造巧思辩论，很快就会以为自己做的工作很重要"。但你只要能超越这些想法，就能爬升到神的顶端，特雷莎这样说道："那可是一种光荣的迷惑、美妙的疯狂，足以让你从中取得真正的智慧。"波斯苏菲神秘主义者哈菲兹问道，神既然慈爱得疯狂，我们何不每个人都成为尖声叫嚷的醉汉。特雷莎并未意识到与哈菲兹的呼求相呼应，她在自传中呼唤，若这些神性的体验纯粹是疯狂之举，那么，"我求求你，圣父，让我们都发狂吧"。

在接下来的句子当中，她像是屏住呼吸。今日阅读特雷莎，几乎能感觉到她从入神体验中苏醒过来后，注视着周遭中世纪西班牙的政治局势（她生活在史上数一数二、最恶劣的宗教专政之下），然后冷静尽责地为自己的激动状态道歉。她写道："请原谅我的大胆。"再次重申别把她的胡说八道当一回事，因为她只是个女子、小虫、讨人厌的害虫，等等，等等。你几乎看得见她顺了顺自己的修袍，整理好最后几丝乱发——她的神圣秘密将成为藏在内心的熊熊烈火。

印度瑜伽传统将此种神圣秘密称作"昆达利尼莎克蒂"，其被描绘成盘旋在脊椎底部的一条蛇，因主人的触摸或神迹的显现而释放出来，而后通过能量七轮（亦可称为七个心房）而上升，最后从脑袋钻出去，突然与神结合为一。瑜伽士说，这些轮穴不存在于肉身，因此无法在肉身上寻找；轮穴仅存在于灵性，亦即佛教导师鼓励学员从肉体之身所抽出的新的自我，好似从剑鞘中抽出剑来。我的朋友鲍伯是瑜伽学员也是神经科学家，他说他对轮穴的概念始终感到怀疑，很想在解剖学的人体上亲眼看见轮穴，始能确信其存在。然而在一次超凡的禅修体验中，他有了新层次的理解。他说："就像写作存在着字面上的真实和诗的真实，人类也存在着字面上的解剖和诗的解剖。一个看得见，一个看不见。一个是由骨骼、牙齿和肌肉构成，另一个则由能量、记忆和信仰构成。两者都一样真实。"

我喜欢科学和信仰能找到相交之处。最近我在《纽约时报》的一篇报道中读到，一群神经科专家给一名自告奋勇的藏僧通上电流，做脑部扫描实验。他们想知道，就科学而论，超凡的思维在顿悟期间发生的情况。在正常思考的脑子里，思维与冲动的风暴不停旋转，在脑部扫描器上显示出黄色与红色的闪光。实验对象愈是愤怒激动，红色闪光便烧得愈热愈旺。然而跨越时代与文化的神秘主义者都曾描述脑子在禅坐期间的平静状态，他们说，与神的终极结合是一种从脑袋中央放射出来的蓝光。瑜伽传统称之为"蓝珍珠"，是每个追寻者所找寻的目标。果然，这位在禅坐时刻受监测的藏僧，脑袋完全平静无波，看不见任何红色或黄色闪光。事实上，这位男士所有的神经能量最后都集中于脑中央——显示在监测器上——变成一个微小、冷静、珍珠般的蓝色光点，如同瑜伽士自古以来的描述一样。

此即"昆达利尼莎克蒂"的终极目标。

在神秘主义的印度，如同在许多萨满教传统中，"昆达利尼莎克蒂"被视为危险的力量，不容胡乱摆弄，若无人监督，初出茅庐的瑜伽士很可能因此让脑袋炸掉。你需要有人教导——一位导师——带你走这条路，最适合在安全地点——道场——进行禅修。据说，经由导师的触摸（无论亲自出面或通过某种神遇，比方梦境），能让盘卷受缚的"昆达利尼"能量从脊椎底部释放出来，使它得以向上朝神而去。这样的释放时刻称作"莎克蒂帕"，即神的开引，这是一位明师所给予的最佳礼物。触摸过后，学员或许仍需努力多年才能获得开悟，但至少旅程已经展开，能量已被释放。

我在两年前和我的导师在纽约首次见面时，接受了"莎克蒂帕"的开引。那是一次周末静修，位于卡兹奇的道场。老实说，过后我倒没什么特殊感觉。原本希望和神之间有一场别出心裁的邂逅，或许是蓝色闪电或某种异象，但我探寻自己的身体看看有何特殊效果，却只微微感到饥饿，一如往常。我记得心里在想，或许我的信仰不够，因此无从体验被释放的"昆达利尼莎克蒂"这类狂放的事情。我记得心里在想，我用脑过度，直观不足，我的宗教道路很可能智性甚于奥秘性。我祷告，我看书，我思索有趣的想法，但我可能永远无法登上特雷莎所描述的神圣冥想境界。这也没什么不好。我仍喜爱灵修，只是我没福气体验"昆达利尼莎克蒂"。

然而，隔天有趣的事发生了。我们大伙又一次与导师聚会。她领我们禅坐，进行到一半时，我睡着了（管它叫什么状态），做了个梦。梦中的我在海边的沙滩上。海浪大得惊人，且快速翻高。突然间，一名男人出现在我身边。那是我的导师的师父——一位具有领袖魅力的伟大瑜伽士，我在此仅以"思瓦米吉"（梵文意即"敬爱的僧侣"）称之。思瓦米吉在一九八二年过世。我只从道场周围的相片中看过他。我得承认，即使透过这些相片，这家伙始终让我觉得有点太恐怖、太权威、太热情，不合我的口味。长期以来我避免想到此人，当他从墙上盯着底下的我时，我通常会避开他的凝视。他似乎压倒一切。他不是我的导师类型。我始终偏爱那位美丽、慈悲、女性的在世明师，胜过这位已殁（却依然凶猛）的角色。

但现在思瓦米吉出现在我的梦中，站在我身旁的海滩上，力量无穷。我惊慌失措。他指着逼近的海浪，严厉地说："我要你想办法阻止。"我恐慌地掏出笔记本，尝试绘出阻止海浪前进的各种发明。我画了巨大的海堤、运河和水坝。然而我的每一种设计都愚蠢得毫无意义。我一点都搞不懂这些东西（我不是工程师呀！），却感觉思瓦米吉注视着我，显得不耐烦、吹毛求疵。我最后放弃了。我的每一种发明都不够巧妙或强劲，阻挡不了海浪的冲力。

这时我听见思瓦米吉呵呵大笑。我仰头注视这位身穿橘袍、矮小的印度男人，他真可谓笑破肚皮，直不起腰来，拭去眼中欢笑的眼泪。

"亲爱的，告诉我，"他朝浩瀚、强大、无限、汹涌的海洋指去，说，"可否请你告诉我——你究竟打算怎么阻止它？"

47

连续两晚，我梦见蛇爬进我的房间。我在书上读过，这象征着精神上的吉利（不仅东方宗教如此，圣依纳在其神秘体验过程中，亦曾出现蛇的异象），可这却完全没有减轻蛇的逼真或恐怖。我流着汗惊醒过来。更糟的是，我一醒来，脑子再次背叛我，使我陷入自悲惨的离婚岁月以来最惊慌失措的状态。我的思维不断跳回失败的婚姻以及伴随而来的羞愧与愤怒。雪上加霜的是，我再度想起大卫。我在脑袋里与他争辩，我生气、寂寞，忆起他伤害过我的话语和作为。再加上，我忍不住想起我们在一起的幸福日子，那段打得火热的美好时光。我只能忍着不从床上跳起来，半夜三更从印度打电话给他，然后把电话挂了吧，或者求他再爱我一次，或者对他全部的性格缺陷进行凶狠的指控。

这些事情为什么现在又浮现出来？

我知道这些道场的前辈会怎么说。他们会说这一切都很正常，每个人都经历过这些过程，密集的禅修反映出一切，你只是在清除心中残留的魔鬼……但我的情绪让我承受不了，不想听任何人的嬉皮理论。我明白一切都浮现出来，十分感谢，就像呕吐的浮现。

我设法再度睡着，幸运的是我做了另一个梦。这回不是蛇，而是一只高瘦的恶犬追赶着我，说："我要咬死你，我要咬死你，把你吃掉！"

我哭着醒来，浑身颤抖。我不想打扰室友们，于是躲进浴室。浴室，老是浴室！老天帮帮忙吧，我又三更半夜在浴室地板上，在孤寂中哭得肝肠寸断。噢，冷漠的世界——我对你、对可怕的浴室感到如此厌倦。

由于无法停止哭泣，我给自己拿来笔记本和笔（坏蛋的最后一线生机），又一次在马桶旁坐下。我打开空白页，写下早已熟悉的绝望请求：

"我需要你的帮忙。"

而后我如释重负地吐一口长气，我永远的朋友（它是谁？）忠心耿耿地前来拯救我自己，亲笔写下：

"我就在这里。没事。我爱你。我永远不会离开你……"

48

隔天清晨的禅坐完全是灾难。绝望的我请求脑袋让开一点，让我找到神，但我的脑袋用刚毅的目光盯住我，说："我永远不让你过去。"

这一天，我一整天都咬牙切齿、愤愤不平，使我担心自己会把我碰到的任何人给杀了。一位可怜的德国女子因为不会说英语，听不懂我告诉她书店在哪里，而被我斥责。我为自己的暴躁感到惭愧，于是躲进（又一次！）浴室哭，而后为自己的哭泣感到恼火，因为想起导师曾劝告我们切勿一天到晚情绪崩溃，否则可能成为习惯……可是她懂吗？毕竟她是得到光启的人。她帮不了我。她不了解我。

我不想跟任何人说话。此刻的我无法忍受任何人的面孔。我甚至设法闪避得州理查一会儿,不过他终于在晚餐时间找到我,坐下来——勇敢的家伙——面对被自我憎恨笼罩的我。"你干吗皱成一团?"他慢声慢气地说,嘴里叼着牙签,一如往常。

"别问吧,"我说,而后却说了起来,我一五一十地告诉他,最后还说,"最糟的是,我没办法停止对大卫的迷恋。我以为早已摆脱他,一切却又重新浮现。"

他说:"再等六个月吧,你会觉得好一些。"

"我已经等了十二个月,理查。"

"那就再等六个月。继续给它六个月,把它给赶跑。这类事情得花点时间。"

我愤怒地呼气,像头牛。

"食品杂货,"理查说,"听我说。有一天当你回头看生命的这一刻,会是甜美的悲伤时光。你哀悼、你心碎,生命却因此而改变,你曾为此待在世界上可能数一数二的最佳地点——在优美的寺院内,被神恩环绕。利用这段时间的每一分钟,让事情在印度这里自行解决。""可是我真的爱他。"

"了不得。你爱上某个人了。你不懂吗?这家伙触动你内心深处,超过你想象能触及的地方。我是说你被电到了,老姐。可你感觉到的爱,只不过是个开始。你仅仅尝到爱的滋味,这只是寒酸的凡俗之爱。等着看你爱得比这个更深吧。干吗呀,食品杂货——总有一天,你有能力爱整个世界。这是你的命运。别笑。"

"我没笑,"我其实在哭,"也请你现在不要嘲笑我,我觉得自己之所以忘不了大卫,是因为我真的相信大卫是自己的精神伴侣。"

"或许他是。你的问题在于不懂这词儿的含义。大家以为精神伴侣是天作之合,每个人都想要。可是真正的精神伴侣是一面镜子,他使你看到让你退缩的东西，他使你注意到自己，让你能改变自己的生活。真正的精神伴侣可能是你遇上的最重要的人，因为他们卸下你的防备，把你给打醒。但是跟精神伴侣一辈子住在一起？不，太痛苦了。精神伴侣之所以走进你的生命，只是为了向你展现你的另一面，而后离你而去，让你感谢神。你的问题是，这回你没法放手。食品杂货，都结束了。大卫的目的是摇醒你，驱使你离开必须离开的婚姻，稍稍撕裂你的自我，让你看见自己的障碍与执迷，打开你的心让新的光线进入，使你绝望、失控，不得不改变生活，而后在引荐精神导师给你后转身离去。这是他的职责，他干得很好，可是现在都结束了。问题是，你不相信这段关系寿命短暂。孩子，你就像垃圾场里的狗——舔着一只空铁罐，想从中取得更多养分。你若不谨慎点，铁罐将永远卡住你的鼻子，让你活得悲惨兮兮。所以算了吧。"

"可是我爱他。"

"那就爱他。"

"但我想念他。"

"那就想念他。每次想起他，给他爱和光，然后就算了。你只是担心放掉最后的大卫就真的变成孤零零一个人，小莉·吉尔伯特怕得要命，担心真的孤零零一个人的时候会发生什么事。但是，食品杂货，你得了解，假如你清除内心那块现在用来痴恋那家伙的空间，你心里将留下一个空白，一个开放的地方——一个门洞。你猜宇宙会怎么处理这个门洞？宇宙会迅速出动——神会迅速出动——让你的心装满超越想象的爱。因此，别再用大卫堵住这个门洞。放手吧。"

"可是我希望我和大卫可以——"

他打断了我："瞧，这是你的问题。你抱了太多的希望，孩子。别再把你的许愿骨戴在本来应当是脊椎骨的地方。"

这句话使我发出当天的头一次笑声。

接着我问理查："让整个悲痛过去，还得花多少时间？"

"你要个确切日期？"

"是的。"

"让你能在月历上圈起来做记号？"

"是的。"

"食品杂货，让我告诉你——你有相当严重的控制问题。"

我对这个声明愤怒至极。我有控制问题？我？我简直想赏给理查一巴掌，抗议此一污蔑。但而后，从强烈的愤怒当中，我发现了事实，即时、明显、好笑的事实。

他说得完全正确。

我的怒火消失了，和来的时候一样快。

"你说得完全正确。"我说。

"我知道我说得正确，孩子。听着，你是女强人，习惯得到生命中想要的东西。在过去几段关系中，你没得到自己要的东西，于是搞得一团糟。你老公没像你要的那样表现，大卫也没有。这一回，生活没照你要的方式进行。支配狂最痛恨的，莫过于生活不按照自己的方式进行。"

"别叫我支配狂，拜托。"

"你就是有喜欢控制的问题，食品杂货。别傻了。没有人跟你这么说过吗？"

（这个嘛……是有啦。和某人离婚的事情就是，可是一阵子过后，你就不会再去听他们说你的那些刻薄话。）

于是我赶紧承认："好吧，我想你可能说得没错。或许我有控制的问题。只是奇怪得很，这竟然被你留意到。因为我觉得在表面上并不那么明显。我是说——我敢说大部分人第一眼看到我，都看不出来我有什么喜欢支配一切的问题。"

得州理查笑得几乎弄掉牙签。

"看不出来？亲爱的——盲人也看得出你有控制欲！"

"好吧，我想这个话题就到此为止，谢谢你啦。"

"你得学会如何放手，食品杂货。否则你会因此而生病。永远再也没法睡一夜好觉。你将永远辗转反侧，责骂自己一生惨败。'我出了什么问题？为何搞砸所有的关系？为什么一败涂地？'我猜呢——昨晚你大概又彻夜醒着做这些事吧？"

"好吧，理查，够了，"我说，"我不要你继续在我脑子里溜达。"

"那就关上门吧。"我的得州大瑜伽士说。

49

在我九岁、即将十岁的时候，我体验到某种真实的玄学危机。或许年纪轻轻似乎不太可能有此体验，但我向来是个早熟的小孩。事情发生在四年级升五年级之间的暑假。我在七月将迈向十岁，从九岁变成十岁，这不得不让人有所感触——从个位数变成二位数——恐惧使我陷入真正的存在恐慌，而这通常是留待迈向五十岁的人去担心的事。我记得自己心里在想，生命过得如此之快，进幼稚园仿佛还是昨天的事，而现在我即将迈入十岁。过不久，我将成为青少年，而后进入中年，而后迈入老年，而后迈向死亡。其他每个人也是超速老去。每个人不久都不免一死。我的父母会死。我的朋友们会死。我的猫会死。我的姐姐差不多上中学了，我犹记得她似乎才上小学一年级没多久，穿着小长筒袜，而现在她上了中学？显然再过不久，她就要死了。这一切有什么意义？

最奇怪的是，没有任何特别的事情促使这场危机发生。没有亲朋好友的过世让我初尝死亡的滋味，我也未特别读到或看见有关死亡的事情，我甚至尚未读过《夏洛的网》。我在十岁时所感受的恐慌，正是自发而全面地认识到死亡过程的无可避免的结果，而我当时没有任何心灵词汇帮助自己面对。我们是新教徒，甚至不是虔诚信徒，以致很难对思索这件事有所助益。我们只在圣诞前夕和感恩节大餐前做饭前祷告，不定期上教堂做礼拜。周日早上，我父亲选择待在家里，从农事劳动中来寻找祈祷实践。我在唱诗班唱歌，因为我喜欢唱歌。我漂亮的姐姐在圣诞晚会上扮演天使。我母亲以教会做总部，组织社区义工服务。但即使在教会中，我也不记得曾谈论很多有关神的事。毕竟这里是新英格兰，"神"一词往往让北方佬儿神经紧张。

我的无助感压倒一切。我想急踩刹车，让宇宙暂停，就像我们学校专程前往纽约市旅行时，我在地下铁看到的煞车。我想叫停，要求大家"停下来"，直到让我搞清楚一切。我想，这种强迫整个宇宙停住脚步、直到我能掌握自己的冲动，可能就是我亲爱的朋友州理查所谓的"控制问题"的开始。当然，我的努力和忧心都是徒劳。我愈仔细观察时间，时间转得愈快，而那年夏天过得如此之快，使我头痛。每天结束时，我记得自己心想，"又一天过去了"，而后失声痛哭。

我有个中学朋友罗布，目前从事智力障碍患者的治疗工作；他说他的自闭症病人对于时间的流逝具有某种令人心碎的认识，仿佛他们缺乏那种让我们偶尔忘却死亡、只是活下去的心理过滤器。他有个病人老是在一天开始的时候问他日期，一天结束的时候则问："罗布——什么时候才会再碰到二月四号？"没等罗布回答，这家伙便哀伤地摇头，说："我晓得，我晓得，不要紧……直到明年才会，对吧？"

我太清楚这种感受了。我深知这种延后又一个二月四号的结束的悲哀渴望。这种悲伤，是人类的一个极不幸的试验。就我们所知，人类是地球上唯一有死亡意识的生物，这是一种天赋，或一种诅咒。地球上的一切终归会死亡，我们只不过有幸天天想起这一事实。你该如何处理这个信息？九岁的我，除了哭泣之外别无他法。此后许多年，超敏感的光阴意识使我不禁想以最快的步伐体验人生。如果我在地球上的时间如此之短，现在就得尽力体验。因此，我尽力旅行，尽力谈情说爱，野心勃勃，大吃面食。我姐姐凯瑟琳有个朋友，经常以为她有两三个妹妹，因为她老是听说在非洲的妹妹、在怀俄明牧场工作的妹妹、在纽约干酒保的妹妹、写书的妹妹、即将出嫁的妹妹——这不可能是同一个人吧？

是啊，假若能把自己分裂成好几个小莉·吉尔伯特，以免错失人生的任何时刻，我很乐意。我在说什么呀？我确实早已把自己分裂成许多个小莉·吉尔伯特，她们在三十岁左右的某个晚上，同时筋疲力尽地倒在市郊的浴室地板上。

应当在这提一下，我很清楚并非人人都经历过此种玄学危机。有些人注定对死亡感到焦虑，有些人则似乎能比较轻松地看待这整件事情。你在世界上遇见许多麻木不仁的人，却也遇见某些人似乎能够潇洒地接受宇宙的运作方式，似乎对宇宙的矛盾或不公丝毫不感到忧虑。我有个朋友的祖母经常告诉她："世界上没有什么严重麻烦是不能靠洗个热水澡、喝杯威士忌、读祈祷书而痊愈的。"

对某些人而言，这的确已足够。可对其他人来说，则需要采取激烈措施。

现在我要提提我的爱尔兰酪农朋友——表面上是最不可能在印度道场遇见的人物。西恩像我一样，生来有了解生存运作情况的渴望与冲动。科克郡的小教区似乎未能提供他解答，他于是在二十世纪八十年代离开农场，周游印度，通过瑜伽寻找心灵的平安。几年后，他返回爱尔兰的乳酪农场。他和一生务农、沉默寡言的父亲坐在老石屋的厨房里，西恩说起在异国东方的种种心灵探索。他的父亲兴味索然地一边听他娓娓道来，一边看着壁炉的火，抽着烟斗。他一言不发，直到西恩说："爹——禅修这个玩意儿，对平静的教导至关重要。真的能拯救人生，教你如何平静自己的心。"

他父亲把脸转向他，慈祥地说："儿子啊，我已经有安静的心了。"而后继续盯着壁炉的火瞧。

可是我没有。西恩也没有。很多人都没有。我们许多人只看见火中的地狱。我必须主动学习如何做到西恩的老爸似乎生来就知道的——如惠特曼曾写道的："虽然受到拉扯，我仍作为我而站立……感到有趣、自满、怜悯、无所事事、单一……同时置身于局内与局外，观望着，猜测着。"然而我并不感到有趣，我只感到焦虑。我并未观望，而是永远在探寻、干涉。有一天在祷告时，我对神说："嘿——我明白未经检验的人生不值得活，不过可不可能有天让我吃顿未经检验的午饭看看？"

在佛教的传说中有一则故事，提及佛陀由超越自我进入证悟时刻。在经过三十九天的禅坐后，幻象隐没而去，大师见证了宇宙的真实运作，据说他睁开眼睛，立刻说："这没办法教导。"而后他改变主意，终究决定走入世界，打算向一小群学徒教授禅修。他明白仅有极少数人将得益于他的教导（或感兴趣）。他说，大部分人类眼睛都被欺骗的尘土所蒙蔽，因此永远看不见真实，无论谁想帮忙都使不上力。有些人（或许像西恩的老爸）生性已然敏锐沉着，无须任何指导或帮助。可是有些人的眼睛稍稍被尘土蒙蔽，若得良师之助，或可学会某日看得更清楚。佛陀为了使那些少数人、"那些微微蒙尘的人"受惠，而决定成为导师。我真心希望自己属于这些中等蒙尘之人，但我不清楚，我只清楚自己受到驱使，必须使用对普通人来说稍微剧烈些的方式来找寻心灵的和平。（比方说，当我在纽约告诉一位朋友说我将去印度某道场居住、寻求神性的时候，他叹口气说道："噢，一部分的我非常希望自己可以去想做这件事……但我根本没有这种愿望。"）但我晓得自己别无选择。多年来我以多种方式狂热地寻求知足，而所有的收获与成就最后却反倒在追赶你。人生，你若苦苦追逐，将赶你走上死路。时间——如果像盗匪般被人追捕的话——其举止亦如盗匪。它永远待在早你一步的县城或房间，更改名字或发色而避开你，在你带着最新的搜查令突袭它时，从汽车旅馆后门溜出去，留下烟灰缸里点着的香烟嘲弄你。有些时刻，你得停下来，只因为它不肯停。你得承认你捉不到它，得承认你不该捉它。正如理查不断告诉我的，有些时刻，你得放手，坐着不动，让知足来到你身边。

放手，对于我们这些相信世界是因为顶端有个让我们亲自转动的柄才得以运作的人来说，是件恐怖的事，哪怕我们只是放开半分钟，都是世界末日。"试着放手吧，食品杂货。"这是我获知的讯息。静坐片刻，停止那永恒不懈的参与，观望发生的事。鸟儿毕竟不会飞到一半从天空掉下来身亡，树木不会凋萎死去，河水不会流着红色的血，人生注定会继续下去。甚至意大利邮局也将继续一瘸一拐地前进，没有你也能照常运行——你为何如此肯定自己在这世界上每时每刻事必躬亲是如此必要的事？何不让它去？

我听见这个论点在向我呼吁。理智上，我真的相信它。可是我转瞬又想——而且是怀抱着我那永无休止的渴望、激动的热情、饥饿得愚蠢的天性在思索——该拿我的精力怎么办？这答案也出现了：

"寻找神，"我的导师如此建议，"寻找神，就像脑袋着火的人寻找水一般。"

50

隔天早晨禅坐时，所有令人深恶痛绝的老旧思维再次出现。我开始把这些思维当作讨人厌的电话推销员，老是不合时宜地打电话来。我惊骇地发现，在禅坐中，自己的脑子并非是那么有趣的地方。骨子里其实我只想着几件事情，而且老是在想这些事情。我想可以用"沉思"来形容。我沉思我的离婚、婚姻的痛苦、我犯过的错、我先生犯过的错，接着（从这黑暗主题开始，没有任何倒退余地），我开始沉思大卫……

说实话，这令人有些尴尬。我是说——我在印度的修院中，却只能想"前任男友"？我难道是初中生吗？

　　而后我想起心理学家朋友黛博拉告诉过我的故事。二十世纪八十年代，费城当局请她为一群刚抵城不久的高棉难民——船民——提供义工心理辅导。黛博拉是杰出的心理学家，却对这项任务感到畏惧。这些高棉人遭受过最惨的人类际遇——种族屠杀、奸淫掳掠、饥饿，眼睁睁看着亲人遭杀害，而后长年待在难民营，甘冒危险乘船前往西方，途中死了人，尸体喂鲨鱼——黛博拉能为这些人提供什么帮助？她如何认同他们的苦难？

　　"可是你知不知道，"黛博拉跟我叙述，"这些人见到咨询人员的时候想谈些什么？"是这样的：住难民营的时候，我遇上一个小伙子，我们坠入爱河。我以为他真的爱我，之后我们被分开，住不同的船，他开始和我表妹交往。现在他们结了婚，却说他真心爱我，不断地打电话给我，我知道我该叫他滚蛋，但我仍爱他，想他。我不知该怎么办……

　　这就是我们的真相。从集体来说，这是我们身为人类的情绪风景。我遇到过一位年近百岁的老太太，她告诉我："有史以来，只有两个问题使人类大动干戈。'你爱我有多深？''谁做主？'"而其他的事情则多少都能控制。唯有这两个爱与支配的问题扰乱了每个人，使我们犯错，导致战争、悲伤和苦难。不幸（或者明显）的是，我在道场处理的正是这两个问题。在静坐观心之时，浮现出来的渴望与支配的问题使我焦虑，而焦虑则阻碍我的成长。

　　今天早上，经过一个钟头左右的苦闷思考后，我尝试带着一种新的想法回到禅坐中——悲悯。我请求自己的心，能否让灵魂更宽厚地看待自己的脑袋运作。不该认为自己是个失败者，或许我该承认自己只是人类而已——一个正常人类。想法一如往常地出现——好，就这样吧——而后伴随而来的情感亦浮现出来。我开始感到挫折，苛刻地评判自己，孤单而愤怒。然后，一个猛烈的回答从我内心深处翻滚而出，我告诉自己："我不会为了这些想法去评判你。"

　　我的脑子想抗议，说："是啊，不过你却是个失败者、窝囊废，你永远没出息——"但突然间，我心中发出一阵狮吼，淹没这些无聊的话语。一种前所未有的声音在我内心怒吼，那是如此发自内心、如此永恒不歇的响亮怒吼，竟使我抬手蒙住嘴巴，害怕自己张开嘴吼出来，使建筑物连根拔起，远达底特律。

吼声是这样的：

你无法想象我的爱有多强烈！！！！！

我脑子里那些喋喋不休的消极想法，在这句话当中顷刻烟消云散，有如飞鸟、野兔、羚羊般没命地逃窜而去。一阵强烈、振动、肃然的寂静。我心中草原上的那头狮子，心满意足地审视再次沉静的王国。它舔了舔大肉块，闭上黄色的眼睛，再度沉睡。

而后，在这样威严的寂静中，终于——我开始对神（并同他）展开冥思。

51

得州理查有一些可爱的习惯。每当在道场和我擦身而过，从我六神无主的表情中留意到我的思绪飘到十万八千里之外时，他便说："大卫好吗？"

"甭管闲事，"我总是说，"你不清楚我在想什么，先生。"

当然，他总未猜错。

他还有个习惯，就是在我走出禅堂时等我，因为他喜欢看我气得吹胡子瞪眼爬出来的模样，好像我才跟鳄鱼恶鬼打过架。他说从未见过哪个人跟自己交战得如此激烈。这我不清楚。不过在那间黑暗的禅堂内，对我而言，情况的确可能变得相当激烈。当我放开最后一丝恐惧，让一股能量沿着脊柱向上释放之际，一种强烈体验于焉到来。"昆达利尼莎克蒂"竟被我当作一种夸张的说法，如今想来甚是好笑。这股能量通过我时，像低速档的柴油引擎隆隆作响，只对我有个简单的请求——"能不能请你朝外翻转，让你的五脏六腑摊在外面，而整个宇宙变成在你里面？能不能请你也以同样方式处理感情？"在轰隆隆的空间中，所有的时间混在一起，我——僵硬的、无言的、受惊的我——被带往各式各样的世界里去，我体验到每一种感官刺激：火、冷、恨、欲、忧虑……结束时，我摇摇晃晃地站起身来，蹒跚走入白昼中，处在一种比上岸休三天假的水手更如饥似渴的状态。理查通常在那儿等着我，准备开始取笑我。他看见我困惑疲倦的面容时，总是拿相同的话嘲笑我："食品杂货，你想你会不会有一天变得有出息点？"可是这天早晨的禅坐，在我听见"你无法想象我的爱有多么强烈"的狮吼之后，我像勇士皇后般走出禅坐洞。甚至没等理查问我觉得自己这辈子能否有一天有出息，我就正视着他说："我有出息了，先生。"

"你通过了考验，"理查说，"我们该庆祝庆祝。来吧，老姐——我带你进城，请你喝'大拇指'。"

"大拇指"是一种印度的软性饮料，有点像可口可乐，却大约是九倍糖浆，三倍咖啡因。我想可能还放了甲基安非他命。喝下后使我眼睛发花。理查和我每个礼拜进城数次，共享一小瓶"大拇指"——在道场的纯净素食后，这是一种激进的体验——我们总是小心翼翼不让自己的嘴唇碰到瓶子。在印度旅游，理查有项明智的规定：除了你自己。（是的，这也是本书暂定的书名。）

"别碰任何东西。"

我们去城里自己喜欢的地方逛逛，经常在寺院停下来朝拜，跟裁缝先生帕尼卡打招呼，每回他总跟我们握手说："恭喜认识你！"我们看牛在路上乱转，享受它们的神圣地位（我认为它们简直滥用特权，大刺刺地躺在路中间，只为阐明自己神圣不可侵犯）；我们看狗给自己搔痒，仿佛在想自己怎么会在这儿。

我们看妇女从事道路施工，在炎炎烈日下敲石头，赤脚挥着大锤，身穿珠宝色的纱丽，戴项链和手镯，看起来美得出奇。她们对我们嫣然而笑，我无法明白的是，她们怎能在这样可怕的环境下，如此快乐地从事粗重的活儿？在酷暑中扛着大锤，十五分钟过后，怎么不会昏死过去？我问裁缝先生帕尼卡，他说村民都像这样，此地的人生来就得做这些苦工，他们习惯劳动。

"还有，"他又轻描淡写地说，"我们这儿的人活不太长。"

当然，这是个贫穷的村庄，可是就印度的标准而言，并不太穷，道场的存在（与慈善事业）以及西方货币的流通，使情况大为改善。这儿能买的东西不多，尽管理查和我喜欢逛几家卖宝石和小雕像的商店。有几个喀什米尔小伙子——很精明的推销员——老是想向我们倾销商品。其中有个人今天跟在我身后，问这位女士或许想买一条喀什米尔地毯来装饰她家？这让理查发笑，因为他的消遣包括喜欢取笑我无家可归。

"省省力气吧，老兄，"他对地毯销售员说，"这位老姐没有地板来铺地毯。"

喀什米尔推销员毫不气馁地提议："那么或许女士想在墙上挂张毯子？"

"听着，"理查说道，"是这样的——近来她连墙壁都缺。"

"可是我不缺勇敢的心。"我高声说道，为自己辩护。

"以及其他美德。"理查又说，他这辈子总算丢了一次骨头给我。

52

事实上，我的道场经验之最大障碍并非禅坐。禅坐自然不容易，却不是深重的灾难。有件事对我而言更为困难。最要命的是，每天清晨禅坐之后、早饭之前的事（天啊，这些早晨可真长）——一种叫"古鲁梵歌"的咏诵。理查称之为"声乐"。"声乐"给了我不少麻烦。我一点也不喜欢，也不曾喜欢，打从我在纽约上州的道场头一次听见它的曲调就不喜欢。我喜爱这个瑜伽传统的其他吟唱，然而古鲁梵歌给人的感觉却是冗长、累赘、铿锵、难受。这当然只是我的看法，有些人宣称喜爱它，尽管我不明白为什么。

古鲁梵歌有一百八十二节之长，必须大声吟唱（有时我真这么做），而每一节都是不容探知的梵语篇章。加上序曲的吟诵和总结的合唱，整个仪式的进行大约会花费一个半小时。别忘了，这可是在早餐之前，在我们已花了一小时禅坐、二十分钟咏唱第一段晨祷之后。古鲁梵歌基本上是待在这儿的你必须清晨三点起床的原因。

我不喜欢其曲调，我不喜欢歌词。每回跟道场哪个人这么说，他们总说："噢，可是它非常神圣哪！"没错，但《约伯记》也很神圣，我可没选择每天早餐前大声吟唱。

古鲁梵歌的确有个令人敬畏的神圣血统：它节自瑜伽经典《塞犍陀往世书》，此经典大半已流失，从梵语译成其他语言的部分寥寥无几。如同多数瑜伽经典，它是以对话形式书写而成，一种类似苏格拉底的对答模式。对话者是女神帕尔瓦蒂和全能全容的湿婆神。帕尔瓦蒂女神与湿婆神是创造（女性）与知觉（男性）的化身。她是宇宙的生殖能力，他则是无形的智慧。不论湿婆想什么，帕尔瓦蒂都能赋之予生命。他想象，她则予以实现。他们的舞蹈和他们的结合（他们的瑜伽），是宇宙的起因及其表现。

在古鲁梵歌当中，帕尔瓦蒂女神请湿婆神告诉她世俗成就的秘密，于是他告诉她。这首赞诗教我讨厌。我原以为自己对古鲁梵歌的感觉在入住道场期间能有所改变，我原本希望在印度的背景下，能让自己学会如何喜爱它，可事实上却适得其反。我在此地的这几个礼拜，对古鲁梵歌的观感从单纯的嫌恶转变成心惊胆战。我开始逃开它，把早晨用来做自己认为更有益心灵成长的事情，比方说写日记，或淋浴，或打电话给宾州的姐姐，问她的孩子们好不好。得州理查老是逮到我逃课。"我发现你今天没去吟诵'声乐'。"他说。我答："我用其他方式和神沟通。"他说："你是说，睡懒觉的方式？"

可是当我尝试去吟诵，总是受到波动。我是说就生理而言。与其说我在吟唱，不如说是被拖着走。我汗流浃背。这奇怪得很，因为我是寒性底子的人，而印度此区的一月份，日出前很冷。每个坐着吟诵的人都裹着羊毛毯、戴着羊毛帽保暖，我却随着赞歌的声音剥去一件件衣服，有如劳动过度的马儿般直冒汗。古鲁梵歌过后，我走出寺院，汗水在寒冽的清晨从皮肤上蒸发，仿若雾气——有如恐怖、惨绿、醺臭的雾气。相较于吟唱时波动的情绪，生理反应不算什么。我甚至唱不了，只能发出低沉沙哑的声音，满心愤恨。

我提过它有一百八十二节吧？

几天前，在一次特别讨人厌的吟唱时间过后，我决定征求自己最喜爱的老师的意见——他是一位僧人，有个长而妙的梵语名字，译为"他是住在自己心中的神的心中的人"。这位僧人是六十多岁的美国人，一位精明干练的知识分子。他曾是纽约大学的古典戏剧教授，身上仍带有可敬的学者气质。他在三十年前立下修道誓言。他之所以让我喜欢，是因为他既严肃又逗趣。在对大卫感到困惑的黑暗时刻，我曾向这位僧人倾诉痛苦。他郑重其事地听我说，提供所能找到的最慈悲的忠告，而后说："现在我要亲吻我的道袍。"他掀起姜黄色道袍的一角，响亮地咂嘴一吻。我以为这可能是某种超神秘的宗教习俗，于是询问他的举动之因。他说："每当有人来找我做关系咨询，我总是这样做。我只是感谢神让我身为僧人，无须再面对这件事。"

因此我知道自己信得过他，可以让我坦白地说出自己在吟唱古鲁梵歌时所碰到的问题。某天晚上吃完晚饭，我们一道去庭院散步，我告诉他那首梵歌多么令我讨厌，问他能否允许我不再唱它。他立刻笑了起来，说：

"你不想的话就别唱。这里没有人会逼你做你不想做的事。"

"可是每个人都说它是必不可少的修行。"

"没错。但我不会跟你说，你若不唱就会下地狱。我只能告诉你，你的导师很明确地看待这件事——古鲁梵歌是这种瑜伽的必要文本，可能是最重要的修行，仅次于禅坐。你若待在道场，她会期待你每天早上起床吟唱。"

"我不是介意一大早起来……"

"那是什么？"

我向僧人说明自己恐惧古鲁梵歌的原因，我复杂的感受。

他说："哇，看看你。哪怕只是谈到它，都让你不愉快。"

没错，我感觉到湿冷的汗水在腋窝逐渐累积。我问："难道我不能把时间用来做其他修行？我发现，有时在古鲁梵歌时间去禅坐洞，能使我对禅坐产生一种感应力。"

"啊——'思瓦米吉'会为此朝你大吼。他会说你是个吟唱贼，靠他人辛勤工作的能量前进。嘿，古鲁梵歌不该是有趣的歌。它有其他功能，它描述了难以想象的动力，是一种强有力的精炼修行。它烧毁你所有的破烂，所有的负面情绪。如果你在吟唱时体验到如此强烈的情绪和生理反应，我想或许它正在对你产生正面功效。这东西可能不好受，却很有益。""该如何保持坚持下去的动机？"

"有别种选择吗？每回遇上挑战就放弃？瞎混一生，过着悲惨、不完整的生活？""你刚刚说'瞎混'？"

"没错，我是这么说。"

"那我该怎么做？"

"你得自己决定。但是我劝你——既然你问了我——趁待在这里的时候继续吟唱古鲁梵歌，特别是因为你对它有如此极端的反应。假如哪个东西这么用力摩擦你，八成对你奏效。古鲁梵歌正是如此。它烧毁你的自我，把你变成纯粹的灰烬。小莉，它是一条艰苦的道路，其动力超越理性所能理解的范畴。你待在道场的时间不是只剩下一个星期了吗？之后你可以随意去旅行，找乐子。所以，就请你再吟唱七天吧，之后永远不用再去碰它。记住我们的导师说过的话——研究自己的心灵经验。你不是来这里观光或报道的，你是来这里追寻的。所以就去体验吧。"

"所以你不让我脱身？"

"你随时能让自己脱身，小莉。这小小的神圣条约，我们称之为'自由意志'。"

53

于是隔天早晨我去参与吟唱时内心坚定，可是古鲁梵歌却把我从七米高的水泥阶梯上踢了下来——反正就是这种感觉。隔一天更惨。我怒气冲冲地醒过来，还没抵达寺院，即已汗流浃背，情绪激动，挥汗如雨。我不断在想："只有一个半小时——你做得了任何一个半小时的事。看在老天的分上，你有朋友分娩十四个小时呢……"尽管如此，我却像被钉在椅子上一样，浑身不舒服。我不断感觉到一阵阵沸腾的更年期热，感觉自己就要晕倒，或气愤得想咬人。

我愤怒至极，足以吞噬世间每个人，尤其针对思瓦米吉——我的导师的师父，也就是设立古鲁梵歌仪式吟唱的创始者。这不是我头一次与这位伟大的、已殁的瑜伽大师之间困难的相会。他曾出现在我的梦中，在海边盘问我打算如何阻止海潮，我始终觉得他阴魂不散。

思瓦米吉一生坚毅不懈，是位心灵煽动家。和圣方济各一样，他亦出身于富裕人家，预期接掌家族事业。然而还是个小男孩之时，他在家里附近某个小村子遇见一位圣者，便深深地被这场经验所感动。才十几岁，思瓦米吉便裹着腰布离家，长年去印度的每个圣地朝拜，寻找真正的心灵大师。据说他遇上过六十多位圣人与导师，却始终找不到自己想要的导师。他挨饿，赤脚步行，在喜马拉雅暴风雪中露宿在外，罹患疟疾、痢疾——但他却说在寻找能为他指点神的人的那一段时间，是他生命中最快乐的时光。那几年，思瓦米吉成为阴阳瑜伽师，精通草本医学与烹饪，同时也是建筑师、园艺家、音乐家、剑士（我喜欢这点）。人到中年时，他仍未找到导师，直到有天遇上一位裸体、疯狂的圣徒叫他回家去，回到他小时候遇上圣者的村子，追随圣者学习。

思瓦米吉听了他的话返乡，成为圣者最虔诚的学徒，最后通过大师的引导，取得证悟。最后，思瓦米吉自己也成为导师。不久，他的印度道场从荒地上的三个房间发展成今天草木青葱的庭园。而后他获得灵感，周游各地，引发全球性的禅坐革命。他于一九七〇年来美国，扣动每个人的心弦。他每天给数千、数百人"莎克蒂帕"——神圣开引。他具有直接改变人的力量。卡仑德牧师（著名的民权运动领袖，也是马丁·路德·金的同事，仍在哈林一所浸礼教会担任牧师）回忆自己在二十世纪七十年代见到思瓦米吉时，惊异地跪倒在这名印度男人的面前，暗自心想："没时间插科打诨，这就是了……这男人知道有关你的一切。"

思瓦米吉要求热忱、承诺、自制。他总是斥责人们的"jad"，印度话里的"怠惰"。他把古时的纪律概念带到年轻、倔强的西方信徒生活中，命令他们不要再用为所欲为的嬉皮举动浪费自己（和其他人）的时间与精力。这一分钟他才拿手杖扔你，下一分钟却又拥抱你。他复杂难懂，时而引人争议，却是改变世界的人物。西方今天能接触到许多瑜伽古经典，都是因为思瓦米吉负责翻译并因此振兴——即便在印度大部分地区亦早被遗忘的哲学著作。我的导师是思瓦米吉最忠诚的门徒。她可以说是生来即注定成为他的弟子，因为她的印度籍父母本身即是思瓦米吉最早的信徒之一。她还只是孩子的时候，每天吟诵十八个小时，虔诚不倦。思瓦米吉看出她的潜力，在她还是十几岁的时候，就让她担任他的翻译。她跟随他周游世界，认真留意自己的导师，后来她说，她甚至感觉到他用膝盖跟她说话。她在一九八二年，还是二十几岁的时候即成为他的接班人。

　　每一位真正的导师都同样处在某种经久不息的自我实现状态，但他们的外在性格却不尽相同。我的导师和她师父之间，有着天壤之别——她是女性，说多种语言，受大学教育，是经验丰富的职业女性；他则是时而反复无常，时而具王者风范的南印度老狮子。像我这种来自新英格兰州的好姑娘，很容易追随举止得体、教人放心的这位在世导师——正是那种能带回家见父母的导师。可是思瓦米吉……他总是不按牌理出牌。打从我走上这条瑜伽道路，看见他的相片，听见关于他的传说起，我就想："我得和这人物保持距离。他太庞大。他让我紧张。"

　　然而如今我人在印度，在曾是他家的道场，才发现我只需要思瓦米吉，我只感觉到思瓦米吉。我在祷告和禅坐之际，只对思瓦米吉说话。这是日夜播放的思瓦米吉频道。我在思瓦米吉的炉子里，感觉到他正在锻炼我。即使死后，他依然像存在于人世上一样。他是我奋力挣扎之时所需要的大师，因为我能诅咒他，向他展露我的失败、缺陷，而他只是发笑，发笑而爱我。他的笑使我更加愤怒，而愤怒激励我起身行动。当我艰难地吟唱梵语诗节高深莫测的古鲁梵歌时，我觉得比任何时候都更靠近他。我从头到尾在脑子里和思瓦米吉争辩，做出各种夸大的宣言，比方："你最好为我做些事，因为我为你做了这些！最好让我看见成果！最好起净化作用！"昨日我非常恼火，因为低头看吟唱本发现才唱到二十五节，而我已浑身不适而发烫，汗流浃背（不像人出汗，反倒像乳酪冒出水汽），于是我竟大声吐出一句："你在开玩笑吧！"几个女人慌忙转头看我，肯定预期看见我的头像着魔般开始在自己的脖子上旋转。我偶尔想起住在罗马的日子，早晨总是从从容容地吃糕饼、喝咖啡、看报。

　　那真不错。

　　尽管现在那似乎离我十分遥远。

54

今早，我睡过头了。也就是说——懒惰如我，打盹打到清晨四点十五分。我在古鲁梵歌即将开始前几分钟才醒来，勉强激励自己起床，往脸上泼水，更衣，然后——觉得生气、古怪、懊丧——在黑沉沉的黎明前离开房间……却发现我的室友已先我一步离开房间，把我锁在里面。

对她而言，这可不是一件容易做出来的事。房间并不大，不难留意到室友仍睡在隔壁床上。她是个相当负责、脚踏实地的女人——五个孩子的母亲，来自澳大利亚。这不是她的作风，但她竟做了出来。她真的是用挂锁把我锁在房间里了。

我的第一个想法是："假如能找到一个好借口，不去唱古鲁梵歌，这就是了。"第二个想法呢？这个嘛——根本没有想法，而是行动。

我从窗户跳了出去。

具体来说，我爬出栏杆外，用发汗的手抓住栏杆，悬吊在两层楼高的黑暗中，然后问了自己一个合理的问题："你何必从这栋楼上跳下去？"我的回答带着某种猛烈、客观的决心："我得去唱古鲁梵歌。"而后我放手，往后倒，四米或五米，穿越阴暗的空气，跌在底下的水泥人行道上，途中还撞上东西，剥去我右小腿一条细长的皮，可是我不在乎。我站起身，赤足奔跑，脉搏在我耳际鸣响，一路跑去寺院，找到一个座位，打开祈祷书，咏唱开始——我的腿从头到尾流着血——我开始唱古鲁梵歌。

唱了几节后，我屏住呼吸，陷入正常本能的清晨思维："我不想来这里。"之后我听见思瓦米吉在我脑子里大笑，说："太有趣了——你做得就好像真想来这里一样呀。"

我回答他："好吧，你赢了。"

我坐在那儿唱着歌、流着血，心想或许我该去改变和这种灵修之间的关系。古鲁梵歌本为歌颂纯粹之爱，但不知什么东西阻止我献上真诚的爱。因此在吟唱每一节的同时，我意识到自己得找个什么东西——或什么人——让我献上这首颂歌，以便找到盘踞我心的纯粹之爱。来到二十节的时候，我找到了——尼克。

我的外甥尼克，就八岁男孩来说，他长得很瘦，聪明过人，精明得可怕，又敏感又复杂。甚至出生后短短几分钟，在育婴室大声号哭的新生儿当中，只有他没哭，而是用一双成熟、世故、担忧的眼睛四下打量，神情犹如这些事他已做过多次，不清楚再做一次的感觉有何兴奋。对这个孩子来说，人生永远不是简单的事，他激烈地听、看、感受一切，有时他很快陷入伤感，使每个人感到气馁。我深爱这孩子，保护着他。我发现——计算着印度和宾州之间的时差——此时接近他那边的就寝时间。于是我为外甥尼克吟唱古鲁梵歌，帮助他入睡。他有时难以入眠，因为他的脑子静不下来。因此这首颂歌的每一个祷词，我都献给尼克。我为颂歌注入我想教导他的有关人生的一切。我想用每个句子向他保证，世界有时虽冷酷不公，但没有关系，因为他拥有许多爱。他身边的人愿意做任何事来帮助他。不仅如此——他有智慧与耐心深藏在自己内心，这将随着时间展现出来，带着他通过任何考验。他是神送给我们每个人的礼物。我通过古梵语经文告诉他这件事，不久，我发现自己流下清凉的泪水，还没来得及擦眼泪，古鲁梵歌已结束。一个半小时唱完了，可感觉像过了十分钟。我意识到发生了什么事——尼克帮助我唱完它。我想帮忙的小孩儿居然反过来帮了我的忙。

我走到寺院前，磕头感谢神，感谢革命性的爱的力量，感谢自己，感谢我的导师以及我的外甥——在分子层面上（而非知识层面上）概略地获知，这些词语、这些想法，或者这些人之间并无任何差异。而后我溜进禅坐洞里，未吃早点，坐了近两个钟头，幽静地哼唱。

不用说，我不再错过古鲁梵歌，它成为我在道场最神圣的修行。当然啰，得州理查竭尽所能地拿我从宿舍跳出窗外这件事取笑我，每天晚餐过后，总不忘对我说："食品杂货，明早声乐课见。嘿——这回可要走楼梯，好吧？"而当然，我在一个星期后打电话给我姐姐，她说，没有人了解为什么，尼克不再有难以入睡的问题。几天后，我在图书馆很自然地读了一本关于印度圣人罗摩克里希纳的书，意外地读到一则故事，叙述一名信徒有一回前来见上师，向他透露她担心自己不够虔诚，担心自己不够爱神。圣人说："没有任何你爱的东西吗？"女子承认她爱外甥胜过世间的一切。圣人说："这就是了。他是你的罗摩克里希纳，你心爱的人。你对他履行职责，就是对神履行职责。"

但这一切都无关紧要。最让人惊奇的事发生在我跳出窗外的同一天。当天下午，我碰见我的室友黛莉亚。我跟她说她把我锁在房间里，她吓呆了。她说："我想象不出自己干吗这么做！尤其我一整个早上都惦记着你。昨晚我梦见你，一个生动的梦，让我一整天想个不停。"

"告诉我那个梦。"

"我梦见你身上着了火，"黛莉亚说，"你的床也着了火。我跳起来想帮你，但还没到你那里的时候，你就已成了白色的灰烬。"

55

于是我决定自己必须继续待在道场。这完全不是我的原定计划，我原本计划只待六个星期，体验一点超凡感受，然后周游印度……那个……寻找神。

我带了地图、指南书、健行靴、一切东西！我有许多特定的寺院、清真寺、圣者等着去看。我是说——这是印度啊！有这么多东西必须去看、去体验。我有许多里程等着去跋涉，许多寺庙等着去探索，许多大象、骆驼等着去乘坐。错过恒河、拉贾斯坦大沙漠、古怪的孟买电影院、喜马拉雅山、旧日的茶园、加尔各答摩肩接踵的人力车将使我伤心欲绝。

可是待在原地，让自己在荒郊野外一个小村中的一个道场里静止不动——这可不是我的计划。

另一方面，禅师总说，流水看不见倒影，止水才行。因此有什么东西在指引我，现在走掉的话，是一种忽视心灵之举，毕竟就在这与世隔绝、每时每刻都用来进行自我探索和祈祷实践的小地方，发生了这么多事情。我真的需要在此时此刻搭一列火车，染上寄生虫，和背包客们厮混吗？难道不能留待以后？我的护照看起来不是已经像是有刺青的马戏班女郎一样了吗？去更多地方旅行真能让我领受更多神启吗？

我不知如何是好，一整天在这件事上举棋不定。一如往常，得州理查最后说了算。

"待在原地吧，"他说，"别再想游山玩水的事——你还有一辈子的时间呢。你正在从事心灵旅程，孩子。别规避问题，半途放弃你的潜力。神亲自邀你做客——你真要拒绝吗？""那印度的风光美景怎么办？"我问，"跑了半个地球，从头到尾却待在一个小小的道场里，岂不是有点可惜？"

"食品杂货，孩子，听你朋友理查的话吧。未来三个月，每天让你那雪白的屁股坐进禅坐洞，我保证——你会开始看见美得要命的东西，让你想朝泰姬陵扔石头。"

56

今早禅坐之时，我突然发觉自己在想些什么。

我在想，今年旅行结束后，该定居何处。我不想出自本能而搬回纽约，或许搬去别的城镇。奥斯汀应该不错；芝加哥有美丽的建筑，尽管冬天冷得吓人；或许旅居国外。我听说悉尼有许多优点……如果我住在消费低于纽约的城市，或许负担得起第二间卧室，那就有个专属禅坐室！那一定很好。我可以把它漆成金色！或宝蓝色。不，金色。不，蓝色……

终于留意到这一连串思路时，我吓了一跳。我心想：**你现在人在印度的道场，在世界上最神圣的地方之一。你不与神进行交流，却计划一年后在哪儿禅坐，在一个尚未决定的城市，一个尚未存在的家。你这麻痹的蠢人，这样好吧——试着在此时此地禅坐，如何？**

我将注意力拉回，反复默念咒语。

过了一会儿，我暂停下来，收回自称"麻痹的蠢人"的恶评。我断定这有点刻薄。

过了一会儿，我又想，"不过，金色的禅坐室还真是不错"。

我睁开眼睛叹了口气。我的程度真的只能这么表现吗？

于是，当天傍晚，我尝试新法。最近我在道场遇见一位曾学过"内观"禅修法的女子。"内观"是一种极端正统派、直探内心、集中密集的佛教禅修法，基本上就是"静坐"。内观的入门课程历时十天，每天静坐十小时，每次的静坐持续两三个小时。这是超越自我的极限版。你的内观师傅甚至未给你咒语：那被认为是作弊。内观禅修旨在训练纯粹地凝视、目击自己的心灵、完全尊重你的思考模式，却让你稳坐如泰山。

这对生理亦是一大考验。一旦就座，便不准移动身子，无论多么不舒服。你坐在那儿，告诉自己："接下来两个小时，我没有理由随便乱动。"假使感到不适，也应当沉思这种不适，观察肉体的痛苦对自己产生的影响。在现实生活中，我们不断调整自己生理、情绪、心理上的不适，以便逃避现实中的悲伤与障碍。"内观"则教人把悲伤与障碍视为人生在世不可避免的部分，但假若能做到长时间静坐，你迟早会认清，一切（无论难受或美好的事）终会过去。

"人世就是这样，受衰老和死亡折磨，所以，智者懂得人世的规则，不再悲伤。"古老的佛教教义如是说。换言之：习惯它吧。

我认为"内观"不见得适合我。就我的修行观而言，它太过严峻，而我的修行观通常是以慈悲、爱、蝴蝶、幸福、友善之神为中心（我的朋友达西称之为"睡衣派对神学"）。内观禅修对神只字未提，因为神的概念被某些佛教徒视为是最后的依赖目标、最终的靠山，是通往解脱过程中最后将舍弃的事物。我个人对"解脱"一词很是疑问，我曾遇到过生活方式已经几乎与人类情感脱节的求道者，当他们也说起追求解脱的境界时，我真想推推他们，高喊："老兄，这个是你最不需要练习的啊！"

尽管如此，我看得出在生活中培养解脱之道或许有益于求得平静。某天下午，在图书室读完内观禅修法后，我思索自己一生花费了多少时间像一条喘气的大鱼般横冲直撞，不是扭身逃开不舒服的痛苦，就是如饥似渴地扑向更多的愉悦。若能学会待在原地处之泰然，不要总是在坑坑洼洼的人生道路上被拖着走，或许对我（以及因为爱我而受拖累的那些人）会很有用呢。

这些问题今晚都回来了，于是我在道场的庭院里找到一张安静的长凳，决定静坐一个小时——以"内观"方式。静止不动，气定神闲，甚至不念咒语——仅纯粹观心，看会出现什么。很不幸，我忘了印度傍晚时分会"出现"的是——蚊子。美好的暮色中，我在板凳上坐了下来，立刻听见蚊子朝我而来，掠过我的脸，群起而攻地停在我的头上、脚踝上、手臂上，而后展开猛烈的叮咬。我不喜欢。我心想："这不是练习内观禅修的好时辰。"

话说回来——何时才是好时辰、好时机，适合在淡泊的寂静中静坐？何时才不会有嗡嗡叫的事物让你分心、让你烦呢？于是我下定决心（又一次由导师的引导而得到启发：我们必须研究自身的内在经验）。我提供给自己一个实验——"要是我从头坐到尾就这一次，又怎么样？"不要拍打，也不要发牢骚。要是熬过这个时刻，一生就这一小时，又如何呢？

于是我这么做了。我安安静静地看着自己被蚊子吞噬。老实说，一部分的我想知道这男子气概的小实验究竟要证明什么，可是另一部分的我深知——这是自我管理的初级尝试。我若熬过这场无杀伤力的生理痛苦，那么或许哪天就能熬过其他痛苦？更难以忍受的情感之苦？嫉妒、愤怒、恐惧、失望、寂寞、耻辱、沉闷之苦？

一开始的痒令人受不了，但最终结合成一般的灼热感，这个灼热感领着我进入一种轻度快感。我让疼痛松散而去，成为纯粹的感觉——无关好坏，而是强烈的感觉——此种强烈感让我超脱自己而入定。我静坐了两个小时。鸟儿若停在我头上，我也不会发现。

我要说清楚的是，这项实验不是人类历史上最坚忍的修行，我也不是想要国会颁给我荣誉勋章。可是在三十四年的生命中，我从未在蚊子叮我的时候不伸手拍打，这使我有些激动。我像木偶一样，一生当中受制于千百万种大大小小的痛苦或快乐。每当有事发生，我便起而反应。但此时的我，却无视于本能的反应，我以前未曾这么做过。即使这是件小事，但我还能这么说多少次？明天我能做什么今天还做不到的事？

结束后，我站起来，走到房间里估计损失。我数了数，大约被蚊子咬了二十处之多。但不到半个小时，咬伤的地方都不见了，都消逝无踪。最终，一切都消逝无踪。

57

对神的追求与平凡的世界秩序背道而驰。在寻找神的时候，你撇下吸引自己的东西，游向困难的事情。你舍弃舒适熟悉的习惯，期待得到更大的报偿，抵偿你舍弃的东西。世上每一种宗教的运作都是基于对所谓人生锻炼的相同共识——起个大早，向神祈祷，磨炼自己的美德，敦亲睦邻，尊重自己并尊重他人，控制七情六欲。我们都同意睡懒觉比较容易，许多人也这么做，然而数千年来也有人选择日出前起身、洗脸、晨祷，极力把持自己的信仰，度过又一个狂乱的日子。

世上的虔诚信徒履行他们的例行公事，却不保证从中得到任何好处。当然，许多经文著作、许多神职人员都许诺你的善行将取得何种报偿（或威胁你背离正道将受到何种惩罚），但去相信这一切也是一种信仰实践，因为我们也没见过最终的结局。虔诚是一种没有保证的勤奋之举。"是的，信仰的另一种说法是：我先行接受宇宙的条件，我事先接受目前无法了解的事情。"因此我们说"跨越信念"——因为决定认可神的概念，等于从理性跨向未知，不管哪种宗教的学者如何卖力地用他们的一堆堆经文著作向你证明其信仰合乎理性，而事实却不然。信仰若合乎理性，就不称之为——根据定义——信仰。信仰是去相信你看不见、证明不了、摸不着的东西。信仰是勇往直前冲向黑暗。假如我们真能事先知道生命的意义、神的本质、灵魂的命运这些问题的答案，我们的信仰就不是跨越信念，也不是勇敢的人类行为，而只是……审慎的保险条款。

我对保险业不感兴趣。我已厌倦做怀疑论者。我受够了心灵的审慎，实证之辩使我焦躁不耐。我不想再听。我不在乎证据、证明、保证。我只要神。我要我内心的神。我要神在我的血液中玩耍，像阳光在水面上自娱。

58

我的祷告愈来愈慎重而具体。我意识到，送出怠惰的祷告给宇宙发挥不了什么作用。每天清晨禅坐前，我跪在寺院里，对神说几分钟的话。我发现初来道场之时，在这些神圣交流时刻，我经常脑袋迟钝。对疲倦、疑惑、厌烦的我来说，祷告词听起来总是一成不变。我记得某天早上跪在地上，额头碰地，向造物主喃喃地说："噢，我不晓得自己需要什么……但你肯定有些想法吧……请你看着办，好吗？"

类似我对美发师的说话方式。

但是很抱歉，这不太有说服力。你能想象，神对这段祷辞抬了抬眉毛，送回这则讯息："等你把决定当回事的时候再来找我吧。"

当然，神已知道我需要什么。问题是——我自己知不知道？在走投无路的情况下跪倒在神面前是无可厚非的事——天知道我已经做了多少次——可是如果你这边能够采取行动，则可能从经验中获得更多。有一则古老的意大利笑话：一名穷人每天去教堂，在圣像前祈祷，请求："亲爱的圣人——拜托，拜托，拜托……请赐予我赢得乐透彩的恩宠。"他的哀求持续了数个月。最后，被惹恼的圣像活了起来，低头看着乞怜的人，轻蔑地说："孩子啊——拜托，拜托，拜托……去买彩票吧！"

祷告是一种关系，我负有一半责任。我如想转变，却懒得表达自己确切想要的东西，那将如何发生？祷告有一半的好处是在于请求本身，在于提供一个姿态清晰、思虑成熟的意向。若不具备这些，你的请求和欲望都将软弱无力。其只会在阴冷的雾中在你脚边打转，永远无法升空。因此我现在每天早晨都抽空找寻自己真正想请求的特定东西。我跪在寺院里，脸久久地贴在冰冷的大理石上，制定道道地地的祷词。假使觉得不真诚，就待在原地，直到想出来为止。昨天奏效的东西，今天可不见得行得通。如果让自己的注意力变得迟钝，祷词就可能失去新意，变得枯燥乏味。我努力保持警醒，承担维护自身灵魂的责任。

命运，我认为也是一种关系——神恩与自我努力之间所进行的竞赛。有一半不在你的掌控，有一半绝对取决于你，你的行动让你看见可评量的结果。人不完全是诸神的傀儡，也不完全是自身命运的掌舵者，而是两者皆有。我们在人生道路上奔驰而过，犹如马戏班演员在并排奔跑的两匹马之间保持平衡——一脚踩着名叫"天命"的马，一脚踩着名叫"自由意志"的马。你每天必须问自己——哪匹马是哪匹？我得停止为哪匹马烦恼，因为其不是由我来控制的，而哪匹马则需要我集中心力驾驭？

我的命运大部分不是我能控制的，但有些事情的确受我管辖。有些彩票我能买，因此增加了找到满足的概率。我能决定怎么花时间，跟谁互动，和谁分享我的身体、生活、金钱和精力。我能挑选吃什么、读什么、学什么。我能选择怎么看待人生的不幸时刻——无论视之为诅咒或机会（还有些时候，因为自怜得要命而乐观不起来的时候，我能选择不断改变自己的看法）。我能选择跟他人说话的用字和语气。最重要的是，我能选择自己的想法。

最后这项概念，对我而言是个全新的观点。得州理查最近让我留意到这点，当时我正在抱怨自己无法停止沉思。他说："食品杂货，你得学学如何挑选你的思考，就像每天挑选穿什么衣服一样。这种能力是可以培养的。假如你那么想控制自己的生活，就从脑子着手。你只该试着去控制这样东西。除此之外，抛开一切。因为你若学不会操控自己的思考，恐怕前途不妙。"

乍看之下，这项任务简直不可能达到。控制你的思考？而不是相反过来？但如果假想你做得到的话？……这可无关乎压抑或否定。压抑与否定，是去巧妙地假装负面的思考和感觉并未出现。理查说的是，就去承认负面思考的存在，了解其来源及发生的原因，而后——以巨大的宽恕与毅力——予以打发。这种练习与任何一种心理咨询治疗都相辅相成。你能利用心理医师诊所，了解自己最初何以出现这些毁灭性的想法；你能利用灵修，帮助你克服这些想法。当然，放掉这些想法是一种牺牲，使你丧失旧有的习惯、怀旧的情绪、熟悉的插曲。这些当然都得费力练习。这不是听一次就能预期立即上手的课程，这是日夜不懈的课程。我想做到，我得做到，为了我的力量着想。就像意大利人说的：

"Devo farmi le ossa"，意即"我得制作我的骨头"。

于是我开始整天警醒地观察自己的思考，予以监控。我每天把这段誓言重复念上七百遍："我不再让不健康的思考在此停泊。"每当出现消极想法，我便把誓言重念几遍。"我不再让不健康的思考在此停泊。"头一次念，我内在的耳朵在听见"停泊"一词的时候扬了起来。我想到避难所进入的港。我想象心中有个港口——或许有点老旧，有点沧桑，但地点适中，水深刚好。我心中的港口是个开敞的海湾，前往自我（没错，虽是一座年轻的火山岛，但土地肥沃，前景看好）的唯一通道。这座岛的确经历过战争，如今却在新领导人（我）的指导下，真心维护和平，制定新政策，保护这座岛屿。而现在——让这消息传诸七海——有更严格的法律规定谁能够进入这座港口。

暴力的思考、瘟疫的思考、奴役的思考、恶劣的思考，都再也进不来——一概被拒之港外。同样的，装满愤怒或挨饿的流亡者、反叛者和煽动者、暴动者和刺杀者、铤而走险的妓女、皮条客和偷渡者的思考——你们也不得进入。同类相残的思考，出于显而易见的理由，也不再受招待。甚至传教士也得予以盘查，检查其诚意。这是和平港口，通往安详自豪，如今才开始培养平静的岛屿。你若遵守这些新规则——我亲爱的思想——我的心就欢迎你，否则，就把你赶回海上去。

这是我的任务，永不结束。

59

我和十七岁的印度女孩图丝成了好友。她每天跟我一块儿刷洗寺院地板。我们每天傍晚一同在道场的庭园散步，谈论神以及嘻哈音乐：图丝对这两者有同等的信仰。图丝大概是你见过的最可爱的印度书虫女生，她的眼镜上礼拜裂了个镜片，裂成卡通片里的蜘蛛网图案，她却还是戴着它，这使她看起来更是可爱。图丝集许多有趣而异国的特性于一身——十几岁、野丫头、印度姑娘、家中叛徒、对神十分痴迷，几乎像女学生般地迷恋。她还说一口悦人、轻快的英语——只能在印度听见的英语——收录"splendid！"（美妙）"nonsense！"（胡闹）之类的殖民时期词语，而且有时还创造出意味深长的句子，比方说："清晨趁露珠未干时走在草地上对你有益，因为能自然又愉快地降低体温。"有回我跟她说当天要去孟买，图丝说：

"请小心站立，你会发现到处都是开得飞快的巴士。

她的年纪是我的一半，身量也几乎是我的一半。

图丝和我最近在散步时经常谈到婚姻。她即将迈入十八岁，这种年纪的女子被视为是理所当然的婚姻候选人。依照预期——过了十八岁生日，她得穿上纱丽参加家族的婚礼，表示她已是成年女子了。那时将会有某位好婶婶在她身边坐下，开始发问，一步步认识她："你几岁啦？家庭背景呢？你父亲是做什么的？你申请哪些大学？你的兴趣是什么？你的生日是哪天？"接下来，图丝的父亲将收到一个大信封，信封内有张照片，是那名妇人在德里学电脑的孙子，还有这位男生的星座命盘、他的大学成绩以及那不可避免的问题："您女儿愿不愿意嫁给他？"

图丝说："烂透了。"

然而看见孩子们嫁得成功，对家人来说意义重大。图丝有个舅妈把头剃光以示感谢神，因为她的大女儿在老得很的二十八岁时终于嫁了出去，她是个不容易嫁出去的姑娘，她的处境很不利于自己。我问图丝，一名印度姑娘若很难嫁出去，是什么原因。她说原因很多："比如说，星座命盘不好；年纪太大；肤色太黑；教育程度太高，因此找不到匹配的男人。近年来，这个问题很普遍，因为女人不能比她老公受更多教育。或是跟某人谈过恋爱，让整个社区的人都知道，噢，这之后想找到老公可不容易……"

我很快看看这项清单，想知道自己在印度社会中是否容易成婚。我不清楚自己的命盘是好是坏，但我肯定年纪太大，受的教育太高，而我的道德已被公认为有污点……我不是太有魅力的候选人。不过至少我的皮肤白，我只有这个优势。

图丝上个礼拜必须去参加她堂姐的婚礼，她说（以一种很不印度的方式）自己很讨厌婚礼。人人跳舞、说三道四，打扮得漂漂亮亮。她宁可在道场刷地板、禅坐。她家没有人了解她，她对神的虔敬在他们眼中已超乎寻常。图丝说："因为我太不同，我的家人已经放弃我。我已得到一个名声，是那种如果叫她做什么，她肯定会反其道而行的人。而且我脾气不好。我不认真于学业，不过现在我会认真学习，因为我就要上大学，可以自己决定对什么感兴趣。我要念心理学，就像我们的导师念大学的时候一样。我被认为是难搞的姑娘。我有个名声，做一件事之前得给我充分的理由，我才肯去做。我母亲了解我这个特点，总是想办法寻找充分的理由，但我父亲可不。他给我理由，但我觉得不够充分。有时候我不晓得自己在家干什么，因为我跟他们一点也不像。"

图丝上周嫁人的堂姐才二十一岁，而图丝二十岁的姐姐是下一个准备结婚的人，也就是说，在那之后，图丝自己将面临巨大的压力，得为自己找个老公。我问她是否想结婚，她说："不——"

这个字拖得很长，长过我们正在庭园欣赏的夕阳。

"我想流浪！"她说，"像你一样。""图丝，你可知道，我不能一直这样流浪。我从前结过婚。"

她透过破裂的眼镜对我皱眉头，带着困惑的神情瞅着我，仿佛我刚刚跟她说从前我是褐发，而她尝试去想象。最后她才脱口而出："你结过婚？我完全无法想象！"

"这是真的。我结过婚。"

"是你结束婚姻的？"

"是的。"

她说："我认为能去结束自己的婚姻很令人钦佩。你现在似乎快乐得很。至于我——我是怎么来的？为什么我生来是印度姑娘？可恨！我为何生在这个家庭？为什么得参加这么多的婚礼？"

而后，图丝绕着圈跑，灰心丧气地大叫（就道场的标准而言相当大声）："我想去夏威夷住！！！"

60

得州理查从前也结过婚。他有两个儿子，如今已长大成人，跟他们的父亲都很亲近。有时候，理查在某段故事里提起前妻，说到她的时候，似乎总是充满怀念。听他这样讲，我有些羡慕，心想尽管已分手，理查仍能与前妻为友真是幸运。这是我的可怕离婚所产生的奇怪影响：每逢听见夫妻和平分手，就让我心生嫉妒。更糟的是，我现在简直认为和和气气地结束婚姻真是浪漫，像是："噢……真好……他们肯定深爱过对方。"于是有一天我问了理查，我说："你似乎很怀念前妻。你们俩是否还很亲近？"

"才不，"他漫不经心地说，"她认为我已经改了名，叫作死浑球。"

理查的淡漠让我刮目相看。我的前夫正巧也认为我改了名，这使我心碎。这场离婚最令人难过的是，我的前夫未曾原谅我的离去，无论我把多少道歉和解释献在他的脚跟前，无论我承担多少谴责，无论我愿意给他多少资产，表现出多少悔恨作为放我走的条件——他永远也不可能祝贺我，说："嘿，你的慷慨与诚实打动了我，我只想告诉你，你提出离婚真是我的荣幸。"不。我不可救药。而这无可挽回的黑洞依然深藏我心，即使在快乐兴奋的时刻（尤其在快乐兴奋的时刻），过没多久我就会想起："他还在恨我。"感觉永远如此，永不得解脱。

有一天我跟道场里的朋友们说起这一切，这群朋友的最新成员是位来自新西兰的水管工，因为他听说我是作家，于是找到我，说他也是作家，于是我认识了他。他是个诗人，最近在新西兰出版了一本绝妙的传记《水管工的历程》，描述自己的心灵之旅。新西兰诗人/水管工、得州理查、爱尔兰酪农、印度野丫头图丝和一位白发稀疏、眼神幽默的年长妇女薇薇安（从前在南非当修女）——是我在这里的好友圈，一群充满活力的人物，我从没预期会在印度道场遇见这些人。

因此，有一天的午餐时间，我们一起聊到婚姻话题，新西兰水管工诗人说："我把婚姻看作手术，把两个人缝在一块儿，离婚则像截肢，得花时间愈合。婚结得愈久，或截肢截得愈草率，就愈难痊愈。"

这说明了我几年来离婚后、截肢后的种种感受，依然甩着虚幻的肢体走来走去，老是碰掉架子上的东西。

得州理查想知道我是否想一辈子受制于前夫对我的观感，我说我不确定。事实上，我前夫至今似乎仍胜券在握。老实说，我有一半还在等待他原谅我，放开我，准许我安心地向前迈步。

爱尔兰酪农评论道："只是等待那天的到来，说起来不算是妥善运用时间之道。"

"你们说，我能怎么做？我有很多罪恶感，就像其他女人有很多米色毛衣。"

前天主教修女（她应该最清楚罪恶这回事吧）不愿听我说。"罪恶感只是自我意识在作祟，让你以为自己的道德有所提升。别受骗，亲爱的。"

"我恨自己婚姻的结束，"我说，"没有得到解决，像切开的伤口永远就在那里。"

"你一定要这么想的话，"理查说，"那就请便吧，别让我扫你的兴。"

"这一切得尽快结束，"我说，"我只希望知道如何结束。"

午饭过后，新西兰水管工诗人塞了张纸条给我，上面说晚饭后跟他见面，他要让我看个东西。因此当晚吃过晚饭，我在禅坐洞附近和他碰面，他叫我跟他去，说有礼物给我。他和我走过道场，带我去一栋我没进去过的建筑，打开门锁，带我爬上后方的楼梯。我猜他熟悉这个地方，因为他负责修理空调设备，有些机器就在楼上。爬上楼梯口有扇门，必须打开对号锁，他凭记忆很快开了锁。而后我们来到华丽的屋顶，铺了陶瓷片，在苍茫的暮色中闪闪发亮，有如反射的池底。他带我走过屋顶，来到一个小尖塔，然后指给我看另一排窄梯，通往塔的最顶端。他指着塔顶说："现在我要把你留在这儿。你自己上去，待在那里，直到结束。"

"直到什么结束？"我问。

水管工只是微笑，递给我一支手电筒："让你结束的时候平安地下来。"另外交给我一张折叠起来的纸。而后离去。

我爬到塔顶。现在我站在道场的最高处，俯瞰印度这边的整个河谷。山脉与农田一望无际。我感觉这地方不是学员一般能来的地方，但塔顶的景致如此优美，或许我的导师下榻此地时就在这儿观看日落。微风和煦，我把水管工诗人交给我的纸条摊平。

他在纸条上打了字：

追求自由指南

一、人生的隐喻是神的指示。

二、你刚刚爬上屋顶。你和无极之间别无他物。现在，放手吧。

三、这天即将结束。让美好的事物转变成另一种美好的事物。现在，放手吧。

四、你所盼望的决心是一种祈祷。你光临此地，是神的回应。放手吧，看繁星出现——无论内外。

　　五、诚心诚意恳求神赐恩典，放手吧。

　　六、诚心诚意原谅他，也原谅你，放他走吧。

　　七、让你的意愿免于无谓的痛苦。然后，放手吧。

　　八、看着酷热的一天走入凉爽的夜晚。放手吧。

　　九、一个关系的命运结束之时，唯有爱留存下来。平安无事了。放手吧。

　　十、往事终于离开你的时候，放手吧。爬下楼梯，开始过以后的日子。高高兴兴地过。

　　头几分钟，我笑个不停。我看见整个山谷，整片芒果树林，风吹着我的头发有如旗子飞扬。我看着太阳下山，而后躺下来，看星星出来。我唱这一小段梵语祷词，每次看见另一颗星星在昏暗的天际冒出来，就再唱一遍，宛若把星星唤出来。不过后来星星冒出来的速度太快，使我赶不上。不久，整个天际繁星闪闪。我和神之间毫无障碍。

　　而后我闭上眼睛，说："亲爱的主啊，请让我了解有关宽恕与屈从的一切。"

　　很长一段时间以来，我一直想跟前夫进行实际的对话，但这显然永远不会发生。我渴望一种决心，一场和平峰会，能让我们达成某种共识，了解我们的婚姻出了什么问题，对丑陋的离婚达成某种相互宽容。然而数个月的咨询与调解只是让我们更加有分歧，坚守各自的立场，让我们变成完全无法给对方解脱的两个人。然而我们两人都需要解脱，我很确定。而我也很确定——超越自我的法则，要求你切勿紧抓着最后一丝诱人的指责，否则你根本不能接近神。正如抽烟有害于肺，怨恨亦有害于灵魂，即使抽一口都对你有害。我是说，谁能接受这样的祷词——"请允许我们今天发发每日的牢骚"？如果你果真需要不断指责他人让你的人生受限，那么索性别再妄想，跟神道别吧。

因此我当晚在道场屋顶上恳求神——若考虑到我可能永远没机会再和前夫说话——能不能让我们在某种层次上沟通？某种能让我们宽恕的层次？

我高躺在世界之上，孤身一人。我陷入冥想，等着听命该怎么做。我不知道在我得知该怎么做之前过了几分钟、几个小时。我意识到自己把这一切想得太认真了。我当真想和我的前夫说话吗？那就跟他——"说"吧，趁现在跟他说吧。我一直在等他原谅？那就亲自提出来吧。此时此刻。我想到多少人进棺材的时候未被宽恕或未宽恕他人。我想起多少人还没来得及表达宽恕或赦免，便失去了自己的兄弟姐妹、朋友、孩子或爱人。关系终止后的幸存者，如何忍受事情尚未解决的痛苦？我从这禅坐地点找到答案——你可以自己解决，从你自己身上。这不仅有可能做到，也是当务之急。

而后，使我吃惊的是，就在禅坐之际，我做了件奇怪的事。我邀请前夫和我一起来到印度的这个屋顶。我请他屈驾来这儿和我碰面，参加这场离别晚会。然后我等待自己觉得他到来的时间。他来了，他突然绝对而明确地出现，我几乎闻得到他。

我说："嘿，亲爱的。"

当时我几乎哭了出来，但很快意识到自己不需要哭。泪水是肉体生命的一部分，可这两个灵魂今晚在印度相会的地方，却与肉体毫不相干。必须在屋顶交谈的两个人，甚至不再是人。他们甚至不说话。他们甚至不是前妻、前夫，不是一个顽固的中西部人和一个神经紧张的北方人，不是四十几岁的男人和三十几岁的女人，不是长年为性、金钱、家具而起争执的两个能力有限的人——这些都无关紧要。为了这次会面，在这次聚会的层面上，他们只是两个冷静、蓝色的灵魂，对一切都已了然在心。他们不受肉体束缚，不受既往的复杂关系史所束缚，他们怀着无穷无尽的智慧，一同来到屋顶上。仍在禅坐中的我，看着这两个冷静的蓝色灵魂绕着彼此旋转，合而为一，再度分开，凝视彼此的完美与相似处。他们无所不知，他们许久以前无所不知，也将永远无所不知。他们无须原谅彼此，他们生来就原谅彼此。

他们优美的翻转教会了我："小莉，置身事外吧。你在这个关系中的角色已经结束。从现在起，由'我们'来克服困难。你继续过你的生活吧。"

许久之后，我睁开眼睛，知道结束了。不只是我的婚姻、我的离婚，还有一切未完成的哀伤……都结束了。我感觉到我自由了。我得说清楚——我并非永远不再想起我的前夫，或永远不再对他有情感牵系。只不过屋顶的这场仪式终于提供给我一个地方，让这些想法和感觉在未来出现的时候有地方可去，而这些想法和感觉会永远出现。若再度出现，我可以遣送它们回此处，回到记忆的屋顶，回到已经无所不知也将永远无所不知的这两个冷静的蓝色灵魂那里。

这正是仪式的目的。人类之所以举行心灵仪式，是为了给复杂的喜悦或痛苦感觉提供一个安全的休憩地，让我们无须永远带着这些沉重的感觉跑来跑去。我们每个人都需要这种妥善的仪式场所。我始终相信，你的文化或传统若没有自己渴求的特定仪式，那么你绝对可以创造自己制定的仪式，以一个宽厚的水管工诗人亲自想出的机智办法，修补你本身故障的情绪系统。你若认真看待自己亲手制作的仪式，就会蒙神恩宠。这正是我们需要神的理由。于是我在导师的屋顶上站起来做倒立，欢庆自由。我感觉到手下积了灰尘的地砖，我感觉到自己的力量与平衡，我感觉到舒适的晚风吹在自己赤裸的脚掌上。这样的事——不由自主的倒立之举——不是脱离肉体的冷静的蓝色灵魂做得到的事，而人类却做得到。我们有手，只要愿意，我们可以用双手倒立。这是我们的特权，这是凡俗之身的喜悦，这正是神需要我们的理由，因为神喜欢透过我们的双手感受万物。

61

得州理查今天离开，飞回奥斯汀。我跟他搭车去机场，我们俩都很难过。他进去之前，我们在人行道上站了好一阵子。

"我再也无法欺负小莉·吉尔伯特了，我该如何是好？"他叹息道，而后他说，"你在道场有很好的体验，是吧？和几个月前相比，你完全变了个人，就像把拖着走的哀伤赶跑了。"

"这些日子我觉得很快乐，理查。"

"好咧，别忘了——在你要踏出门的时候，所有的苦难都会在门口等着你。离开的时候，可别再去挑起这些东西。"

"我不会的。"

"好姑娘。"

"你帮了我许多忙，"我告诉他，"我把你想成一位双手毛茸茸、脚趾发皱的天使。"

"是啊，我的脚趾从越战后不曾痊愈，可怜的脚趾。"

"算是不幸中的大幸。"

"许多人的确更不幸，至少我的腿还在。我这辈子算是过得蛮舒服的，老姐。你也是——永远别忘了。下辈子你或许是在路边撬石头的可怜的印度妇女，发现生活不怎么有趣。所以啰，珍惜你现在拥有的一切，好吧？持续培养感激之心，你的寿命会更长。还有，食品杂货，请帮个忙。朝生活迈进，好吧？"

"我正在做。"

"我是说——哪天再找一个人去爱，慢慢让自己痊愈，但别忘了最后和某人分享自己的心。不要让自己的一生成为对大卫或前夫的纪念。"

"不会的，"我说。我突然明白这是真的——我不会。我感觉到失去所爱的昔日伤痛以及过去的错误都在我眼前逐渐衰减，通过时间的治愈力、耐心与神的恩宠而终于递减。

而后理查将我的思维抓回到世界的基本现实，说："毕竟孩子，记得大家说的——有时候，忘怀某人的最佳方式，就是跟另一个人上床。"

我笑了："好，理查，行了。现在你可以回得州了。"

"还是回去的好，"他说，朝印度这个荒凉的机场停车场左顾右盼，"因为站在这里也不会让我漂亮些。"

62

去机场为理查送行后，我在回道场的途中断定自己的话一直太多。老实说，我这一生已经讲了太多的话，但我待在道场这段时间的确也讲了太多话。我在这里还有两个月的时间，我不想把一生最伟大的心灵时光，全浪费在整天搞社交、喋喋不休之上。我讶异地发现，即使在这世界彼端的神圣静修环境下，我竟也能在周遭制造出鸡尾酒会似的气氛。我不仅一天到晚跟理查说话——虽然我们最常聊天打屁——也经常和他人饶舌。我甚至发现自己——在一所"道场"，请注意！——跟朋友约时间见面，也必须先对某人说："很抱歉，今天中午没办法跟你吃饭，因为我答应莎克希要跟她吃饭……也许我们可以改约下礼拜二。"

这是我的生活方式。这就是我。不过近来我在想，这或许不利于心灵。沉默与孤寂是世人公认的心灵实践。这有其理由。学习如何控制自己说话，避免让能量通过嘴巴泄漏出来，精疲力竭，让世界充满一大堆废话，而非静谧、和平与幸福。我导师的师父思瓦米吉相当坚持在道场保持静默，十分强调静默是一种信仰实践。他把静默称作唯一真实的宗教。我在本该万籁俱寂的道场里如此聒噪，着实荒唐。

我不想再当道场的社交兔宝宝。我已打定主意。不再东忙西忙、说长道短、插科打诨。不再主导谈话、抢风头。不再为了得到肯定而喋喋不休。该是改变的时候了。既然理查走了，我要让自己在这段剩下的时间体验完全的静默。虽不容易，却不无可能，因为静默受到道场的普遍尊重，整个社群都予以支持，将你的决定视为宗教训练的实践。他们甚至在书店贩卖让你佩戴的小徽章，其上写着："静默中"。

我要去买四个小徽章。

搭车回道场的路上，我真的幻想自己变得多么安静。我的安静将让我走红。我想象自己被称为"那安静的姑娘"。我只要遵循道场的日程表，独自吃饭，每天禅坐无数个小时，头也不抬地洗刷寺院地板。我与他人仅有的互动是从我寂静、虔诚的内心世界中所投给他们的美丽微笑。大家会谈论我，他们会问："寺院后方那位总是跪着刷地板的安静姑娘是谁？她从不说话。她是多么难以捉摸，多么神秘，我甚至想象不出她的声音。她去庭园散步的时候，你甚至听不见她走在你身后……她走动的时候安静无声，有如微风。她肯定一直与神进行禅修沟通。她是我见过的最安静的姑娘。"

63

隔天早晨，我跪在寺院里，再一次刷洗大理石地板，散发出（我想象）静默的神圣光芒。这时，一名印度少年来找我，带来了一个信息——我得马上向"歇瓦"处报到。"歇瓦"是梵语，意味无私服务的心灵实践，"歇瓦"办公室执行道场的工作分派。于是我走去那里，好奇为何召唤我去。服务台前客气有礼的女士问我："你是伊丽莎白·吉尔伯特？"

我虔诚地微笑点头，安静不语。

她接着跟我说，我的工作内容已经更换。基于管理方面的特别要求，我不再属于刷地板部门，他们要分派给我一份新工作。

新工作的头衔是——您若明白这是什么玩意儿——"主招待"。

64

这显然又是思瓦米吉所开的玩笑。

你想当寺院后方那名最安静的姑娘？好，你猜怎么了……

这却是在道场经常发生的事。当你为自己需要做什么事或成为怎样的人下了重大决定后，接下来发生的情形却立即让你明白，你是多么不了解自己。我不清楚思瓦米吉有生以来说过多少次，也不清楚我的导师在他过世后重复说过多少次，我只知道自己似乎仍未能吸收他们所坚称的事实：

"神与你同在，如同你。"

如同你。

此种瑜伽若有其真谛，这句话即概括一切。神与你同在，如同你与自己同在，分毫不差。神没兴趣看你为了符合自己心中认定的心灵相貌或行为而扮演某种人格。我们似乎都以为，想成为虔诚的人非得让自己的个性发生戏剧性的重大改变，非得舍弃自我不可。这是东方思想里称为"误思"的典型例子。思瓦米吉常说，弃绝者每天都能找到新的东西让自己弃绝，往往得到的只是沮丧，而非平静。他始终提醒大家，你该为自己着想，无须苦行或弃绝。想了解神，你只需要弃绝一件事——与神分离的感觉。否则，保持原状，待在你的本性当中。

什么是我的天性？我喜欢在道场学习，却幻想自己带着柔和超凡的微笑悄悄走在这里，为了寻找神灵——此人是谁？可能是我在电视节目上看到的人物吧。事实上，承认自己永远当不成这样的人物使我有些难过。我经常被那些仿如幽魂、纤细娇弱的人所吸引，始终希望自己是安静的姑娘。或许正因为我不是吧。我认为浓密的黑发非常漂亮，也是基于相同的理由——正因为我不是黑发，因为我不可能是黑发。但有些时刻，你得接受自己被赋予的东西，假使神要我成为有一头浓密黑发的羞怯姑娘，神会把我创造成那样，但并未如此。所以，最好接受神所创造的我，具体展现全部的自己。

就像古代哲人塞克斯图斯所说："智者始终像他自己。"

这并不是说，我无法做虔诚的人。这不是说，我无法谦恭地看待神的爱。这不是说，我无法贡献人类。这不是说，我无法改善自己的人性，磨炼美德，天天努力，减轻自己的罪过。比方说，我永远当不成壁花①，但这并不是说我没法认真看待自己的说话习惯，改善自己的某些部分——在自己的人格范围内进行努力。是的，我爱说话，但或许我没必要咒骂自己，或许我只是没必要老是开没营养的玩笑。或许我没必要老是谈自己。或者，更激进的想法是——或许我不该在他人讲话时打断他们。因为无论我多么想创造性地看待这种打断他人的恶习，其实自己的看法却是："我认为我讲的话比你讲的话重要。"也就是："我认为我比你重要。"这必须终止。

做这些改变有益于我。但即使在合理的范围内修正自己的讲话习惯，我可能仍无法成为"那个安静的姑娘"——无论这是一幅多么美好的画面，无论我是多么努力尝试。因为让我们真的诚实面对这个个案中案主的特质吧。当道场"歇瓦"中心的那位女士将新分派的"主招待"职务交付给我时，她说："我们给这个职位一个特殊的昵称，叫'苏西乳酪小姐'，因为不管谁担任这份工作，都需要整天与人社交、闲聊、

---

① 壁花是指在墙壁上作装饰的花，意指"只在一边旁观"。

微笑。"

我无话可说。

我沉默地挥别自己那些一厢情愿的妄想，只是跟她握手说："夫人，小女子任您使唤。"

65

正确地说，我要在今年春季将在道场举办的一连串静修活动中，担任招待的工作。每次静修期间，约有一百名来自全球各地的善男信女前来进行为期七至十天的禅修。我的任务是在他们停留期间照料其需要。静修期间，参与者静默不语。对某些人而言，这是他们头一次体验静默的禅修，可能是一种极端的体验。不过，若有任何差错，我就是他们在道场当中的说话对象。

没错，我的职位要求我做一个以说话取胜的人。

我必须聆听静修学员的种种问题，然后为他们想办法解决。他们可能因为打鼾状况而必须更换室友，或因为与印度相关的消化疾病需要找医师咨询——我得去解决。我必须记住每个人的名字，知道他们是哪里人。我必须拿着写字板走来走去，做笔记，进行后续工作。我是你的瑜伽领队。

没错，负责这个职位，将会配给你呼叫器。

静修开始不久之后，即看出我是多么适合这项工作。我坐在"欢迎桌"前，戴着"嘿，我的名字是……"的徽章，这些人从三十多个国家抵达此地，有些人是老手，但许多人从没来过印度。早上十点的气温已经超过三十七摄氏度，而大部分人都已搭了一整晚的飞机。有些人进道场时，看起来就像刚在后车厢醒来——就像根本不清楚自己来这里干吗一样。或许早在吉隆坡遗失行李的时候，他们就已经忘记自己一开始是受何种超越自我的欲望所驱使而申请参加静修的。他们口渴，却不清楚水能不能喝。肚子饿，却不清楚午餐时间或食堂所在。他们穿着不当，在酷热的热带地区身穿合成衣料、厚重的靴子。他们不知道这儿有没有人会讲俄文。

我会讲一点点俄文……

我帮得上忙。我很有能力帮忙。我这一生中曾经伸出的触角，教我如何解读人们的感觉；加上身为一个超级敏感的小孩，在成长期间所培养出来的直觉；还有身为善解人意的酒保和追根究底的记者所学习而来的聆听技巧；以及多年来为人妻或女友所熟悉的照顾能力——这些经验的累积，使我得以协助这些人纾解他们所承担的艰巨任务。我看见他们从墨西哥、菲律宾、非洲、丹麦、底特律来到此地，感觉就像《第三类接触》当中的一景，德莱弗斯和追随者基于他们不清楚的原因，被太空船的抵达所吸引而去到怀俄明州的中部。他们的勇气令我惊讶。这些人放下家庭与生活，决定花几个星期和一大群完全不相识的人在印度静修。并非每个人在有生之年都会这么做的。我自动自发、无条件地喜欢这些人。我甚至喜欢那些讨厌鬼，我能看穿他们的神经质，知道他们只是恐惧七天的静修禅坐开始时即将面对的事情。我喜欢气冲冲地跑来找我的印度男子，说他房间里有一尊十三厘米高的象头神雕像缺一条腿。他怒气冲天，认为这是凶兆，要人移走雕像——最好由婆罗门祭司举行"合乎传统"的法会。我安慰他，听他的责骂，而后派我的野丫头朋友图丝去那人的房间，趁他吃午饭时移走雕像。隔天我递给他一张纸条，说雕像移除后，但愿现在他感觉好些，我让他知道若有其他需求时请来找我，他赏给我一个放心的笑容。他只是恐惧罢了。对小麦过敏而惊慌失措的法国女人，她也是恐惧。有个阿根廷男人，想召集整个阴阳瑜伽部门来建议不伤脚踝的禅坐姿势，他也是恐惧。他们都只是恐惧。他们即将静坐，进入自己的心灵。即使对老练的禅坐者来说，这也仍是未知的领域。任何事都可能发生。静修期间，他们将由一个了不起的女子引导，这位五十多岁的女僧，其一言一行都是慈悲的化身，可是他们依然恐惧，因为——这位女僧尽管慈爱——她却无法陪同他们前往他们要去的地方。谁也不能。

静修开始时，我碰巧接到美国一位朋友寄来的信，他的工作是为《国家地理杂志》拍摄野生动物影片。他说自己刚去纽约的华道夫—亚斯托里亚饭店参加为探险家俱乐部成员所举办的晚宴。他说面对这些勇敢无比的人，让人惊叹。这些人都曾多次冒着生命危险，去探勘世界上最偏远、最险峻的山脉、峡谷、河川、海底、冰原和火山。他说许多人少了身上某些部位——多年来因鲨鱼、冻疮和种种危险而失去的脚趾、鼻子、手指。

他写道："你从没看过这么多勇敢的人同时聚在同一个地方。"

我心想："你什么都没看见啊，麦克。"

66

静修主题的目标，是"第四境"状态——难以捉摸的第四意识层。瑜伽士说，典型的人类经验始终游走在三种不同的意识层之间——清醒、梦境，或无梦境的沉睡。然而另有第四个层次。这第四层见证其他三种状态，是将其他三个层次连接起来的整体意识。这种纯粹的整体意识可以——举例来说——在你清晨醒来的时候汇报你的梦境。你进入梦乡，你睡着了，但有人趁你沉睡时看守你的梦境——谁是这个目击者？是谁始终站在脑部活动之外、观察其思维？你若能进入此种目击意识状态，就能时时刻刻与神同在。这种不断意识并体验内心存在的神，只能发生在第四个意识层，此即"第四境"。

如何去分辨是否达到第四境状态，是否处在永恒的幸福状态？活在第四境的人不受波动的情绪影响，不畏惧时间，不因失去而受伤。"纯净、空无、平静、无声、无私、无尽、不化、坚定、永恒、清纯、独立，而且能恪守自身的伟大"——古瑜伽经《奥义书》如此描述达到第四境状态的人。历史上的伟大圣人、伟大导师、伟大先知——他们始终活在第四境状态。至于大多数的我们也到过那儿，即使只是短暂的片刻。我们多数人——即使一辈子只是短短两分钟时间——都经历过某种无法解释、随机而发的完全幸福感，和外在世界发生的一切毫不相干。这一刻，你只是普通人，过自己的平凡生活，可突然间——这是怎么回事？——一切还是老样子，然而你觉得蒙神感召，惊叹万分，充满幸福。一切——毫无理由地——都十全十美。

当然，对我们大部分的人来说，此一状态来得快、去得也快，就像挑动你发现自己的内在完美，却又让你迅速跌回"现实"，再度倒在原先的烦恼和欲望中。几个世纪以来，人们试图借由各种外来方式抓住此种幸福的完美状态——通过药品、性爱、权力、感官刺激、积攒漂亮的东西——却无法永久保有。我们四处寻找快乐，却好比托尔斯泰故事中的乞丐，一辈子坐在一坛金子上，跟过路人讨钱，却不知财富始终在自己手中。你的财富——你的完美——已存在于自己的内心。若想领取，你就得远离繁乱的脑袋，舍弃自我的种种欲求，走入心的寂静。"昆达利尼莎克蒂"——神的至高能量——将带领你。

这正是人人来此追求的东西。

最初写下这个句子，我的意思是："这正是来自全球各地的一百名静修成员来这个印度道场所追求的东西。"事实上，瑜伽圣哲也会赞同我这句广义的原始叙述："这正是人人来此追求的东西。"神秘主义学说认为，追寻此种天堂之乐是人生的目标，这正是我们选择出生，也是人生在世值得受苦的原因——只为了有机会体验此种无限之爱。一旦你找到了内心的神，你能否牢牢抓住？你若抓得住……就是福气。

整个静修期间，我待在寺院后方，观察学员在昏暗的静默中禅坐。我的任务是关照他们，留意谁遇上麻烦或有任何需要。他们都已发誓在静修期间保持沉默，每天我都感觉到他们进入更深的静默，直到整个道场沉浸在他们的沉静中。出于对静修成员的尊重，我们整天踮着脚走路，甚至用餐时亦沉默不语。听不见任何人聊天，连我也安安静静的。午夜的寂静弥漫此地。一种超越时间的静谧，通常在凌晨三时独自一人的时候才体验得到——然而此种静谧持续整个大白天，充塞整个道场。

在这一百个人禅坐之时，我不知道他们想些什么或感觉什么，但我知道他们想体验什么，我经常替他们向神祷告，为他们做奇怪的交易，比方说，"请你把原本留给我的祝福，给予这些了不起的人吧"。我无意在静修学员禅坐的同时进行禅坐，我本该照看他们，不该顾及自己的心灵之旅。然而我发现自己每天都在他们集体的奉献意向中提升，类似某些掠食鸟类依靠地面上升的热流高飞天际，比依赖翅膀的力量飞得更高。所以我会有这样的感觉，也许也没什么好惊讶的。而某周四下午，在寺院后方，就在我佩戴名牌执行"主招待"职责之际——我忽然穿越宇宙之门，被送往神的掌心。

67

在他人的心灵传记当中所出现的这一刻——灵魂脱离时空，与无极融为一体的时刻——经常使身为读者及追求者的我灰心丧气。从佛陀到圣特雷莎、苏菲神秘论者、我的导师——数世纪来，这些伟大的灵魂尝试以许多文字表达与神合而为一的感受，可是他们的叙述始终无法让我心服口服。你经常发现令人恼火的形容词"难以形容"被拿来描述其过程。但即使最擅长表达宗教体验的记录者——例如鲁米，他叙述自己放弃一切努力、把自己和神的衣袖拴在一起；或哈菲兹，他说他和神就像两名胖子住在一艘小船上——"我们彼此撞来撞去，嚷嚷笑笑"——甚至这些诗人亦把我丢在身后。我不想读，我想去感觉。敬爱的印度导师罗摩纳大仙经常和自己的学生们谈论超凡经验，结尾时总是指示他们："现在，去搞清楚吧。"

因此现在我搞清楚了。我不想说这天周四下午在印度体验到的"难以形容"的经历，尽管的确如此。让我试着说明。简而言之，我穿越时空裂洞，在激流中，突然完全了解了宇宙的运行。我离开自己的身体，离开房间，离开地球，迈过时间，走入太虚。我身处太虚，但我也是太虚，并注视着太虚。太虚是无限平静、无穷智慧的地方。太虚清醒而明智。太虚是神，也就是说我在神里头。并非以实体方式——不像是小莉·吉尔伯特嵌在神的一块大腿肌肉当中。我只是属于神。除了身为神之外。我是一小片宇宙，也是和宇宙同大的东西。（"人人知道水滴汇入海洋，却鲜少人知道海洋汇入水滴。"印度圣人迦比尔写道——我亲身证实，他没说错。）

这不是幻觉，而是最根本的过程。是天堂，没错。是我体验过最深刻的爱，超越自己从前的想象，却不是快感，不是兴奋感。留在我心灵中的自我或热情不足以产生快感或兴奋感。只是显而易见，就好似你注视那种光学幻象的图像好一阵子，使劲破解把戏，你的认知突然转换——现在看得清楚了！——两个花瓶竟是两张脸。一旦看穿光学幻象，就永远不可能看不见。

"所以这就是神啰，"我心想，"恭喜认识你。"

我站立的地方不能说是凡间。不暗也不亮，不大也不小。也不是一个地方。严格来说，我也不是站在那儿，我也不再是"我"。我仍有自己的思维，却是谦卑、安静、观察性的思维。我不仅感觉到坚定的慈悲，与万事万物合而为一，奇怪的是，我也在想，人怎么可能感受到这样的感觉。我还略微陶醉于关于我是什么人、哪一种人的昔日想法。

"我是女人，我是美国人，我爱讲话，我是作家"——这一切可爱而陈旧的感觉。请想象自己被塞进一个身份的小盒子里，却反而体验到自己的无限。

我纳闷地想："我为何一辈子追求快乐，却不晓得极乐一直在这里？"

我不清楚自己在这万物合一的氛围中漂浮了多久，而后突然出现急迫的想法：

"我想永远抓住这种经验！"这时，我开始跌了出去，只是两个小小的字——"我想！"——就使我慢慢地滑回地球。而后我的脑袋开始郑重抗议——"不！我不想离开这里！"——于是滑得更远。

我想！

我不想！

我想！

我不想！

这个绝望的想法每重复一次，我就感觉自己穿越一层层幻象掉落下去，好比喜剧动作片主角从屋顶掉下来的时候砸进十几个帆布篷上一般。我跌回徒劳的渴望，再次回到自己小小的边界，封闭的凡间，有限的漫画世界。我看着自己像一张立拍立现照片显像般地回到凡俗，一个瞬间、一个瞬间清晰起来——脸出现了，嘴角纹路出现了，眉毛出现了——好，显像完成：照片里是正正常常的故我。我感到一阵恐慌，失去此种神圣体验，这让我有些伤心。然而恐慌的同时，却也感受到一个目击者，一个更明智、更老练的我，只是摇头微笑，心中明白：倘若我认为此种幸福状态可从我身上夺去，那么我对它显然还不了解。因此，我还未完整居住其中，我得多做练习。在了解了这一点的瞬间，神放我走了，让我从他的指缝间滑下去，给我最后这则慈悲、静默的信息：

只要你完全了解自己始终在这里，就回这里来吧。

两天后，静修结束，大家走出静默。许多人都过来拥抱我，感谢我帮他们的忙。

"噢，不！该道谢的人是我。"我不断重复地说道，懊恼这些词句无法恰当表达我对他们的谢意，感谢他们让我提升到至高境界。

一个星期后，另一百名信众前来参加另一场静修。再一次领受谆谆教导、致力于内心的努力、体验无所不包的寂静，只不过实行者是另一批人。我仍负责照顾他们，尽力提供协助，有几次也与他们一同回到"第四境"。后来他们当中许多人在禅修后对我说，静修期间，我在他们眼中似是一种"沉默、飘飘然、超凡脱俗的存在"，真让我哭笑不得。这就是道场对我开的最后玩笑？学会接受自己响亮、聒噪、社交的天性，全心拥抱内在的"主招待"角色之后——唯有此时，我终究才能成为"寺院后方那位安静的姑娘"？

在我待在这儿的最后几个星期，道场充满类似夏令营最末几天的哀伤气氛。每天早晨，似乎又有另一批人、另一批行李搭巴士离去。没有新来的人。已将近五月，印度最热的季节即将开始，道场的节奏即将慢下来一阵子。不再有静修活动，因此我又被调往别的工作部门，这回是注册处，这是一份苦中带甜的职责：在我的朋友们离开道场后，一一在电脑中的文件里向他们"告别"。

我此刻在办公室的同事，从前在麦迪逊大道当美发师，是个逗趣的人。我们两人一同晨涛，只有我们俩对神唱颂歌。

"今天我们试试加快颂歌的节奏？"一天早晨美发师问道，"或许还高个八度音？会让我听起来比较不像灵歌版的康特·巴锡伯爵[1]吗？"

---

[1] 康特·巴锡伯爵被誉为"美国的音乐巨人"，是爵士乐史上最重要的摇滚乐天王、乐团领导者。

现在我有很多时间独处。我一天大约花四五个钟头待在禅坐洞。我现在可以一次单独坐数个小时，怡然自处，坦荡面对自身的存在。有时我的禅坐是超现实的、生理上的"莎克蒂"经验——筋骨扭拧、热血沸腾的狂野状态。我尝试听命于它，尽可能不去反抗。有时则感到某种甜美、安静的满足，也很不错。词句仍在我的脑子里成形，思维仍卖弄风骚地手舞足蹈，但我现在已经十分熟悉自己的思维模式，不再受到干扰。我的思维已成了老邻居，虽然有点讨厌，却又是最亲爱的人。王先生和王太太以及他们的三个傻孩子，等等等等。但他们不会扰乱我家，街坊邻里，人人都有自己的空间。

至于我在最后几个月可能发生的任何改变，或许我仍未感受到。长时间学瑜伽的朋友们说，待你离开道场，回去过正常生活后，才能真正看见道场对你产生的影响。"那时，"南非的前修女说，"你才会开始留意到自己的内心橱柜已重新整理过。"当然，目前的我还不是很确定什么是自己的正常生活。我是说，我可能即将搬去和一个印尼老药师住在一起——这可是我的正常生活？或许是。谁知道？无论如何，我的朋友说，转变的出现是之后的事。你可能发现终生的癖好一去不复返，或是那棘手困惑的模式终于改变。曾经让你发狂的芝麻小事不再是问题，而你从前惯于忍受的苦恼，如今连五分钟也受不了。有害的关系已了结，光明有益的人开始来到你的世界。

昨晚我睡不着。不是出于焦虑，而是出于殷切的期待。我穿好衣服，去庭园散步。月亮又大又圆，在我头顶徘徊，洒下白色月光。茉莉芳香扑鼻，还有夜晚才开花的花丛散发出醉人的芬芳。白昼湿热，此时的湿热只稍微减退。温暖的空气在我四周游走，使我意识到："我在印度！"

我穿凉鞋，我在印度！

我跑了起来，奔出步径，跑到草地上，冲过沐浴在月光下的草坪。这几个月的瑜伽、素食和早睡，使我感到自己的身体如此健康有活力。我的凉鞋踩在柔软湿润的草地上，发出啪、啪、啪的声音，整个河谷只听得见这个声音。我欣喜若狂，直朝公园中央的桉树林奔去（他们说从前有座古寺坐落于此，祭拜象头神——扫除障碍之神），我抱住其中一棵树，白日的高温使它依然温热，我热情地亲吻它。我是说，我全心全意地亲吻这棵树。我当时根本没想到，这是美国每个为人父母者心中最恐惧的事情：他们的孩子跑去印度寻找自我，最后竟然在月光下和树林狂欢作乐。

然而，我感觉到的这份爱，是纯粹的爱，是神圣之爱。我看着四周幽暗的河谷，只看见神，感到深深的喜悦。我心想："不管这感觉是什么——这正是我祈求的东西。也是我敬拜的东西。"

69

顺便提一下，我找到了我的用词。

像我这样的书虫，当然是在图书馆找到的。打从在罗马那天下午，我的意大利朋友朱利欧说罗马的用词是"性"，并问起我的用词时，我便一直在想自己的用词是什么。我当时不清楚答案，却认为自己的用词终会出现，看见它的时候就会认出它来。

于是，待在道场的最后一个礼拜，我看到了它。当时我正在阅读一段有关瑜伽的古经文，看见对古代心灵探索者的描述。文中出现一个梵语词汇："安特瓦信"（antevasin），意思是"住在边境的人"。在古时候，这是字面的描述。表示某人远离喧嚣的世俗生活，跑去住在灵修大师们居住的森林边沿。"安特瓦信"不再是村民——不再是过传统生活的居民。但他也不是超凡者——不是住在深山野地的圣贤之一。"安特瓦信"是中间人，他住在边境，他看得见两个世界，却看向未知。他是学者。

读到"安特瓦信"的描述时，我兴奋至极，发出一小声惊叹表示认可。"这是我的用词，宝贝！"在现代，原始森林一景自然是用在比喻上，而边境也是比喻用法。但你仍能住在那里。你仍能住在旧思维和新体悟之间，永远处于学习状态。就比喻的含义来说，这个边境不断移动——当你朝向自己的学习和理解推进时，这片未知的神秘之林始终在前方数米之处，因此你必须轻装上路才赶得上。你得保持移动、变化、灵活的状态，甚至滑溜。这很有趣，因为前一天，我的新西兰水管工诗人朋友离开道场，出门时递给我一首告别小诗，关于我的旅程。我记得这几行：

> 伊丽莎白，非驴非马，
> 意大利语辞藻，巴厘美梦，
> 伊丽莎白，非驴非马，
> 时而滑溜，好似鱼儿……

过去几年来，我花费许多时间猜想自己该是什么。妻子？母亲？情人？独身者？意大利人？贪吃鬼？旅人？艺术家？瑜伽士？但我什么都不是，至少不完全是。我也不是古怪的小莉阿姨。我只是滑溜的"安特瓦信"，非驴非马，在接近美妙险峻的新森林边境，始终变动不定，持续学习。

70

我相信世界上的所有宗教，基本上都拥有一种欲望，那就是找到某种使人灵感洋溢的隐喻。你若想与神息息相通，便会尝试脱离凡俗，进入超凡之境（若继续使用"安特瓦信"的主题，或许可以说是，离开村子前往森林），你需要某种崇高的思想送你去那里。这必须是很大的隐喻——大而神奇，而且强力，因为它必须带你前往很远的地方，它必须是足以想象得到的巨大船舶。

宗教仪式往往由神秘的探索演变而来。某个勇敢的探索者寻找通往神的新路，体验超凡，成为先知，然后返回家乡。他或她给社区带来天堂的故事和路线图，而后由他人重述这位先知的文字、祷词、作为，以便和他一样跨过界。有时得以成功——数代相传的音节与宗教仪式将许多人带到另一边。然而，有时却未能成功。无可避免地，即使最具原创性的新思想终究也会成为教条，或不再适合每个人。

此地的印度人会讲述一则劝世寓言，一名伟大圣人在道场中总有一群虔诚的信徒围着他听道。圣人及其信徒每天花数小时思索神的意义。唯一的问题是，圣人有一只恼人的小猫，在禅坐时段经常穿过寺院，喵呜呼噜叫，干扰每个人。于是明智的圣人下令每天把猫绑在外头的柱子上数个钟头，仅在禅坐时段，以防干扰任何人。这个习惯——把猫绑在柱子上，然后思索神的问题——随着岁月流逝，转化为宗教仪式。除非先把猫绑在柱子上，否则谁也无法禅坐。然后有一天猫死了。圣人的追随者惊恐万分。这是严重的宗教危机——如今少了绑在柱子上的猫，如何能够祷告？如何与神沟通？猫在他们心目中已成为手段。

这则故事告诫大家，当心别太执着于重复宗教仪式本身。尤其在这分歧的世界，塔利班与基督教联军为了谁有权说"神"这字眼，为了谁有与神沟通的恰当仪式而持续打他们的国际商标战时，或许我们更该牢记，引人通往超凡境界的，并非把猫绑在柱子上，而是个人追寻者渴望体验神的永恒慈悲之决心。神性需要修炼，也需要弹性。

因此你的工作——你若选择接受这份工作——即去寻找隐喻、仪式和良师，协助自己更靠近神。瑜伽经文说，神回应凡人选择敬奉的任何一种祷告与努力——只要诚心诚意祷告即可。奥义书有句话说："人们依据自己的性情，以及自己认为最佳或最恰当的方式而走上不同的道路，无论直路或弯路——每一条路都抵达神，有如河川汇流入海。"

当然，宗教的另一目标是尝试理解这个混乱的世界，说明每天在地球上演的费解难题：善人受苦，恶人得赏——我们如何明白这一切？西方传统认为："一切在死后获得解决，无论在天堂或地狱。"（当然，所有的公理都由乔伊斯所谓的"刽子手上帝"分配出去，此一父亲形象坐在森严的审判座位上，惩恶奖善。）然而在东方，奥义书并未企图去理解世界的混乱，甚至对于世界的混乱与否持保留意见，或许因为我们视野有限，所以才看到这样的表象。这些教义表示一举一动皆有其后果，却未保证给任何人公理或复仇——因此你必须选择适当的行为。尽管短期内或许看不到结果，但瑜伽始终着眼于长久的打算。此外，奥义书认为所谓混乱或许具有实际的神效，即使个人暂时看不出来："神灵喜爱神秘，不喜爱显而易见的东西。"因此我们面对这令人费解的危险世界所能做出的最佳回应，即是练习保持内在的平衡——无论世界发生任何疯狂的事情。

我的爱尔兰酪农瑜伽友人西恩如此对我说明。"设想宇宙是一个巨大的旋转引擎，"他说，"你须待在接近核心的地方——即中轴处——而非疯狂旋转的边缘地带，使自己磨损而疯狂。宁静的轮轴处——即你的心。即神居住在你当中之处。因此停止在世界寻找答案，只要不断地回到此中心所在，永远都能找到平静。"

在我看来，就心灵而言，没有任何事情比这个想法更合理了，这让我很受用。倘若发现更好的想法，我保证会去用它。

我在纽约有许多朋友不信教。应该说，大部分人都不信教。他们不是放弃年轻时代的心灵教导，就是从一开始就未与神一同成长。可想而知，他们有些人受不了我新发现的神圣探索。当然还有人开我的玩笑。我的朋友鲍比有回帮我修电脑的时候，嘲弄地说："我无意冒犯你的'灵气'，只不过你对下载软件连个屁都不懂。"这笑话让我前仰后倒，当然我也觉得很逗趣。

尽管我看见一些朋友随着年岁增长而渴望信仰"某种东西"，但此种渴望与种种障碍相违背，包括他们的才智与见识。尽管拥有智慧，但这些人依然生活在东倒西歪、荒诞无稽的世界中。这些人在自己的生活中体验伟大或可怕的苦难或喜悦，如同我们每个人，而这些巨大的体验使我们渴望某种心灵线索与脉络来表达哀痛或感激，或寻求了解。问题是——敬拜什么？向谁祈祷？

我有个亲密的朋友，是他母亲的头一胎，而他亲爱的母亲却在生产中过世，他则顺利出生。经历奇迹与失落的交集后，我的朋友渴望前往某种圣地，或执行某种仪式，借以整理自己的感情。我的朋友生来是天主教徒，成年之后却无法忍受去教会。（"了解自己知道的事后，"他说，"让我再也无法认同。"）当然，成为印度教徒或佛教徒对他来说是尴尬古怪的事。因此他能做什么？他告诉我说："谁都不想随便挑个宗教去信。"

我完全尊重他的观点，只不过我并不完全同意。我认为你有权去挑选任何触动你的心灵、在神当中找到平静的东西。我认为在你需要慰藉之时，你有自由追求带自己跨越世间分水岭的任何隐喻。这没啥好难为情，这是人类寻求神圣的历史。倘若人类未曾在探求神灵中进化，我们许多人至今还在祭拜古埃及的金猫雕像。此种宗教思维确实涉及挑选。你从自己能找到的任何地方挑选任何著作，持续朝光的方向移动。

霍皮族印第安人认为世界上每种宗教都包含一条心灵线，这些线一直在找寻彼此，汇合在一起。这些线最终编织成一条绳索，将我们拉出黑暗的历史循环，进入下一个空间。即使在最不可能、最因循守旧的地方，有时也能发现这个闪闪发光的观念：神可能大过有限的宗教教条所给予的教导。

一九五四年，教宗派厄斯十一世派遣梵蒂冈代表前往利比亚，带去书面说明："切勿以为汝等前往异教徒之国。穆斯林人亦能得救。上天之路无边无际。"

这难道不成道理吗？苍穹莫不是无边无际？即使最虔诚之人也只能在某一特定时刻看见片段的永恒图画？或许如能搜集这些片段加以比较，一个有关神的故事即可慢慢成形，相似于每个人，并将每个人包含在内？每个人对于超越的渴望难道不都只是广大人类寻求神性的一部分？人人不都有权利不断追寻，直到尽可能接近神奇之源？即使意味着前来印度，在月光中亲吻树林片刻？

换言之，这是在角落里的我，在聚光灯下的我。我选择自己的宗教。

71

我的班机将在清晨四时离开印度，这是典型的印度运作方式。我决定当天晚上不睡觉，整晚待在禅坐洞祈祷。我生性不是夜猫子，却想在道场的最后几个钟头保持清醒。我这辈子曾经熬夜做过许多事——做爱、与某人争执、开长途车、跳舞、哭泣、担忧（事实上，这些事有时在同一个晚上发生）——但我从未牺牲睡眠特地祈祷一个夜晚。现在何不这么做？我把袋子留在寺院大门边，好让凌晨时分计程车到来时可以拿了就走。而后我走上山丘，进禅坐洞，坐下来。我独自一人，坐在看得见道场创办人、导师之师、早已作古却仍在此地的思瓦米吉的大幅照片的地方。我闭上眼睛，让咒语来临。我爬下阶梯，进入自己的寂静中心。抵达之时，我感觉世界停顿下来，就像我九岁的时候，对时间的无情感到恐慌而老是希望时间停下来一般。我坐着，在寂静中，思索一切我已了解的事物。在我心中，时钟停止，墙上的月历不再从墙上飞走。我并未主动祷告，我已"成为"祷告。

我可以一整晚坐在这里。

事实上，我这么做了。

不知是什么东西提醒我该去搭计程车，在数小时的寂静后轻碰了我一下，看表时，正好是该走的时刻。我现在必须前往印尼。多么有趣而奇异。于是我站起身来，在思瓦米吉——专横、神奇、激昂的明师——的相片面前鞠躬。而后我把一张纸塞入他相片下方的地毯底下。纸上是我在印度四个月间写的两首诗。是我头一次创作的真正的诗。新西兰的水管工鼓励我尝试写诗——此即源由所在。其中一首写于待在道场一个月之后，另一首则写于今晨。

在两首诗之间的空间，我找到无限宽广的恩典。

72

来自印度道场的两首诗

第一首

这些甘露天堂的言谈开始令我倒胃口，
朋友，我不知你的情况，
但通往神的道路对我而言可不芳香，
仿佛把猫放入鸽笼，
我是那猫——
也是被钉住而大吼大叫的那些人。
通往神的道路对我而言是劳工暴动，
除非组成工会，否则不得平静。
这些示威者如此令人生畏，
国民警卫队不敢靠前。

我的前方道路久经践踏、失去知觉，

是我未能见到的小棕人所为，

他追赶神穿越印度，泥巴及胫，

赤脚，缺粮，疟疾缠身，

睡在门口、桥下——一个游民。

（可知，这是"前往返乡途中"的简称）

如今他追赶我，说："小莉，懂了没？

'返乡'是何意？何谓'前往'的真实意义？"

第二首

不过，

倘若要我穿上

此地新割之草编成的长裤，

我会这么做。

倘若要我

和"象头神之林"的每一株桉树热烈拥吻，

我发誓，我会做。

近来我拭去汗珠，

甩去渣子，

下巴揉搓树皮，

误以为是明师的腿。

我进入得不够深远。

倘若要我吃下此地的泥土

放在鸟巢中端上来，

我会只吃半盘，

而后整晚睡在剩下的半盘上。

印度尼西亚

——『就连内裤里头也觉得不同』

三 十 六 则 追 求 平 衡 的 故 事

73

我这辈子从未有哪回像抵达巴厘岛时更无计划。在我漫不经心的旅游史中，这是最草率的一次登陆。我不清楚住哪里，不清楚要做什么，不清楚兑换率，不清楚在机场如何叫计程车——甚至不知道到哪里叫计程车。没有人期待我到来。我在印尼没有朋友，连朋友的朋友也没有。带着过时的旅游指南且放着不读，这造成了一个问题：我没搞清楚自己即使想待在印尼四个月，也不被允许。我在入境时才发现这件事，结果只被批准一个月的观光签证。我没想过印尼政府并不乐意让我在他们的国家爱待多久就待多久。

和善的入境检查员在我的护照上盖章，准许我在巴厘岛只待整整三十天。我以最友好的态度问他能否让我待久一点。

"不行。"他以最友善的态度回答。巴厘人以友善知名。

"我应当在这儿待三或四个月的。"我告诉他。

我并未提及这是"预言"——两年前有个年老而且很可能精神错乱的巴厘药师在看过十分钟我的手相后，预言我将在此地待上三或四个月。我不晓得如何说明此事。

但现在想想，这位药师究竟跟我说了什么？他果真说我会回到巴厘岛，与他同住三四个月？他果真说与他"同住"？或者他只是要我人在附近的话，顺道再去看他，再给他十块钱看一次手相？他是说我"会"回来，或是我"该"回来？他果真说了"回头见"或"再见啦"？打从那天晚上起，我未曾与药师有过联系。反正我也不晓得如何和他联系。他的地址是哪里？"阳台上的药师，印尼巴厘岛"？我也不清楚他是生是死。

我记得两年前见面时，他似乎相当老，在那之后，他可能遭遇任何事情。我只确定他名叫赖爷，记得他住在乌布镇郊的村子里，却记不得村名。

或许我早该好好想过这一切。

74

不过，想要穿行于巴厘岛倒是颇为简单。这不像降落于非洲的苏丹，完全不清楚接下来如何是好。巴厘岛与美国特拉华州面积相当，是受人欢迎的观光胜地。整个地方都为了协助你而安排有序，让携带信用卡的西方人来去自如。此地广说英语。（这令我感到内疚，却也深感解脱。我的脑神经在过去几个月因努力学习现代意大利语和古梵语而负荷过重，实在没法子再学习印尼语，或难度更高的巴厘语——此语言之复杂尤甚于火星文。）在此地生活毫不麻烦。你能在机场换钱，找到友善的计程车司机推荐优美的旅社——这一切都不难安排。由于旅游业在两年前的爆炸案过后大幅衰退（爆炸案发生在我首次离开巴厘岛的数星期后），于是如今在此地旅游更为容易：人人都急于协助你，迫切地想找份差事做。

于是我搭计程车前往似乎适合作为旅程起始地的乌布镇。我入住一家漂亮的小旅社，位于名称美妙的猴林路上。旅社有个可爱的泳池、种满热带花卉的花园，花开得比排球还大（由一群高度有组织的蜂鸟和蝴蝶照料）。工作人员是巴厘人，也就是说，他们在你一进门时，自动开始爱慕你，称赞你的美。在房间可以眺望热带树林，包含每天早晨的新鲜热带水果早餐。简而言之，这是我待过的最美好的地方之一，而且每天我花不到十块钱。回来真好。

乌布位于巴厘岛的中心，坐落于山区，四周是梯形稻田和数不清的印度寺庙，河流跨越丛林深谷，看得见地平线上的火山。乌布向来被视为巴厘岛的文化中心，传统的巴厘岛绘画、舞蹈、雕刻和宗教仪式茁壮成长之处。乌布不靠海，因此前来此地的游客是一群自我选择、颇有格调的人：他们宁可看一场古庙盛典，也不愿在海边冲浪、喝凤椰汁。无论药师预言什么，这可是适合待一阵子的好地方。此镇有点像是小型、太平洋版的圣菲镇①，只不过这儿到处是趴趴走的猴子，还有身穿传统服饰的巴厘人家。这儿有好餐厅和不错的小书店。我在乌布的整段时间，可以从事美国良好离婚妇女打从基督教女青年会发明以来消磨时间的事情——报名上一堂一堂蜡染、击鼓、珠宝制作、陶艺、印尼传统舞蹈与烹饪课……就在我住的旅社对街，甚至有个叫"禅坐店"的地方，是个每天晚间六至七点开禅坐课程的小店面。告示牌上写着，"和平永驻"。我完全同意。

我打开行李时还早，正午刚过，于是决定去散散步，重新熟悉两年不见的小镇，而后我得想办法找到我的药师。我猜想这是一项艰巨的任

---

① 美国圣菲镇被成功人士认为是世界上最适合生活的地方。

务，或许得花上几天，甚至几个礼拜。我不确定从何开始找寻，于是出门之前到前台问马里奥能否帮我。

马里奥是旅社工作人员之一。我登记住宿时已和他交上朋友，大半是因为他的名字。不久前，我才在一个有很多男人名叫马里奥的国家旅行，却没有哪个是矮小、健壮、精力充沛的巴厘岛小伙子，穿条沙龙丝裙，耳后插朵花。因此我必须问他："你真叫马里奥吗？听起来不太像印尼名字。"

"不是我的真名，"他说，"我的真名叫老三（Nyoman）。"

啊，我早该知道。我早该知道我有四分之一的概率猜中马里奥的真名。容我暂时离题——在巴厘岛，大部分人给孩子取的名字只有四个，且无分男女。这四个名字是"Wayan""Made""Nyoman"和"Ketut"。这些名字只是老大、老二、老三、老四的意思，意味出生顺序。倘若生第五个孩子，便从头开始名字的循环，因此第五个孩子的实际名字大致是："二次老大"，依此类推。若是双胞胎，则依他们的出世次序命名。巴厘岛基本上只有四个名字（上层精英人士有自己挑选的名字），因此两个"Wayan"大有可能结为夫妻（事实上也很常见）。他们的头一个孩子自然也取名为"Wayan"。

这暗示家庭在巴厘岛的重要性，以及家族中成员定位的重要性。你可能认为这套系统会趋于复杂，但巴厘人却处理得很好。可以理解（而且有其必要）的是，大家流行取绰号。比方说，乌布有个成功女事业家名叫"Wayan"，她经营一家繁忙的餐厅，叫"老大咖啡馆"（Cafe Wayan），因此她被称为"咖啡馆老大"——意即"经营老大咖啡馆的老大"。有的人可能称为"肥老二"或"租车老三"或"烧掉伯父家的蠢老四"。我的巴厘新朋友马里奥简单称呼自己为马里奥，因此躲过这问题。

"为何叫马里奥？"

"因为我喜欢意大利的一切。"他说。

我跟他说不久前我在意大利待了四个月，这令他大感吃惊，他从柜台后走出来，说："来，坐下来谈吧。"我坐了下来，我们谈话，于是我们成了朋友。

因此这天下午我决定开始寻找我的药师，于是问我的新朋友马里奥是否碰巧知道一个叫老四赖爷的人。

马里奥皱眉思索。

我等他说出类似这样的话："啊，是的！老四赖爷！上礼拜过世的老药师——德高望重的老药师过世了，真遗憾啊……"

马里奥要我把名字再说一遍，这回我写下来，猜想自己或许发音有误。果真，马里奥认了出来，面露喜色。"老四赖爷！"

现在我等他说类似这样的话："啊没错！老四赖爷！他是疯子！上礼拜发疯被捕……"不过他接下来说的是："老四赖爷是名医。"

"对！就是他！"

"我认识他。我去过他家。上礼拜我带表姐去，她需要治疗哭闹整晚的婴儿。让老四赖爷治好了。有回我带像你一样的美国姑娘去赖爷屋子。姑娘希望能有魔法让自己在男人眼中更美。赖爷画了一张魔法图，帮助她变得更美。之后我开她玩笑，天天跟她说：'图生效了！瞧你真美！图生效了！'"

我忆起几年前赖爷画给我的图，于是告诉马里奥，药师也曾给我一张魔法图。

马里奥笑了："图对你也生效了！"

"我的图是帮我找到神！"我解释道。

"你不想在男人眼中更美？"他问道，显然感到迷惑。

我说："嘿，马里奥——能不能哪天带我去见赖爷？你不忙的时候？"

"现在不行。"他说。

我刚开始感到失望时，他又说："五分钟后行吗？"

因此抵达巴厘岛当天下午，我突然坐在摩托车后座上，抓着"意式印尼"新朋友马里奥，他载我穿越梯田，朝老四赖爷家而去。过去两年来尽管想过与药师重聚，我却不晓得到达时跟他说什么。我们当然没有预约，因此是突然到访。我认出门口的招牌和上回一样，写着："老四赖爷——画家"。这是巴厘岛典型的传统家庭宅院。石头高墙环绕整幢住宅，中央有中庭，后方有座寺庙。几代人同住在墙内各个彼此相连的小屋里。我们并未敲门进去（反正也没有门），惊动几条典型的巴厘岛看门狗（骨瘦如柴、凶里凶气），老药师赖爷就在中庭里，身穿沙龙裙和高尔夫衫，和我两年前第一次见到他时完全一样。马里奥对赖爷说了些话，我不熟悉巴厘语，但听起来像是简单介绍，"来了个美国姑娘——加油"之类的句子。

赖爷朝我露出几乎没有牙齿的笑容，其力度有如慈悲的消防水龙，如此教人安心：我记得没错，他是个了不起的人。他的脸是一本兼容并蓄的和善百科全书。他激动而有力地握我的手。

"很高兴认识你。"他说。

他不知道我是谁。

"来，来吧，"他说，我被请进他的小屋门廊，有竹席充当家具，和两年前一模一样。我们俩坐下来。他毫不迟疑地执起我的手掌——猜想我和多数西方访客一样来看手相。他很快看了我的手相，我放心地发现正是他上回告诉我的简缩版。（他或许不记得我的长相，但我的命运在他熟练的眼睛看来并未更改。）

他的英语比我记忆中来得好，也好过马里奥。赖爷说起话来像经典功夫片里的聪明的中国老人，某种可称为"蚂蚱式"的英语，因为你可以把亲爱的"蚂蚱"插入任何句子当中，听起来非常聪明。"啊——你的命很好，蚂蚱……"

我等待赖爷停止预言，而后打断他，让他知道两年前我来过这里看他。

他迷惑不解："不是头一次来巴厘岛？"

"不是。"

他绞尽脑汁想："你是加州来的姑娘？"

"不是，"我有些丧气地说，"我是纽约来的姑娘。"

赖爷对我说（我不晓得这和任何事有哪门子关系）："我不再英俊，掉了很多牙。或许哪天该去看牙医，弄新牙齿。但我怕牙医。"

他张开荒芜的嘴巴，展现其损害。没错，他的嘴里左侧的牙齿缺了大半，右侧全部碎裂，看来像是有害的黄色残牙。他说自己摔了跤，因此牙齿全毁。

我跟他说得悉此事甚感难过，而后我又试了一次，放慢速度说："我想你不记得我了，赖爷。两年前我跟一位美国瑜伽老师来过这里，她在巴厘岛住过多年。"

他高兴地微笑："我认识芭洛丝！"

"没错。芭洛丝正是这位瑜伽老师的名字。我是小莉。我曾来请你帮忙，因为我想更接近神。你画了张魔法图给我。"

他和蔼地耸耸肩，漫不经心地说："不记得了。"

这坏消息简直逗趣。现在我在巴厘岛该怎么办？我不确定和赖爷重聚的情况如何，但我的确希望我们能有某种喜极而泣的团圆。我虽然曾经担心他可能过世，却没想过——假使他还活着——他一点也不记得我。尽管如今看来，想象我们的第一次邂逅对他就像对我而言那般令人难忘，是多么愚蠢的事。或许我早该设想到真实状况。

于是我描述他画给我的那张图，有四条腿（"坚定地踩在地上"）、无头（"不能透过脑袋看世界"）、脸则位在心脏处（"用心观看世界"）的形象。他客气地听我说，带着适度的兴趣，好似我们在谈论他人的生命。

我不喜欢这么做，因为不想让他为难，但我必须说出来，于是摊开来讲。我说："你告诉我说我应该回巴厘岛来。你告诉我在这儿要待三四个月。你说我能帮你学英语，你也会把你知道的事教给我。"我不喜欢自己有些绝望的语气，我并未提及他曾邀我与他的家人同住。考虑到眼前的情况，这似乎太越界。

他客气地听我说，微笑摇头，好像在说："人们说的事可真逗趣。"

我几乎放弃。但我远道而来，必须做最后一丝努力。我说："赖爷，我是写书的作家。我是纽约来的作家。"

出于某种原因，这成功了。他的脸突然亮起喜悦，变得清澈、纯粹而透明。他的心中燃起认出人来的光辉。"你！"他说，"你！我记得你！"他凑过来，双手握着我的肩，开始快乐地摇动我，好似孩子摇着未打开的圣诞礼物，想猜猜里头是什么。"你回来了！你回来了！""我回来了！我回来了！"我说。

"你，你，你！"

"我，我，我！"

现在我泪眼汪汪，却极力不表现出来。我内心的解脱难以言喻，甚至连我自己也觉得讶异。就好似我出了车祸，车子掉下桥去，沉到河底，我从沉下的车子里打开窗户游出来而脱困，而后踢着蛙式，竭力一路通过寒冷绿色的河水游向天光，我几乎用光氧气，动脉爆出脖子，脸颊鼓胀着最后一口气，而后——猛吸口气——我穿越水面，吸入大口大口空气。我活下来了。吸口气脱困而出——这正是我听印尼药师说"你回来了！"时的感觉。我正是如此松了一口气。

我真不敢相信奏效了。

"是的，我回来了，"我说，"我当然回来了。"

"我真高兴！"他说。我们双手交握，现在他兴奋无比："我一开始记不得你！我们见面是很久以前的事。你现在看起来不一样！跟两年前完全不一样！上次你是模样悲伤的女人。现在——这么快乐！脱胎换骨！"

一个人在两年时间内脱胎换骨这个想法，似乎在他心中兴起一阵笑声。

我不再隐藏自己的汪汪泪水，让眼泪倾注而出："是的，赖爷。从前我很悲伤。但现在过得好多了。"

"上回你经历很糟的离婚。"

"很糟。"我予以认可。

"上回你有太多忧愁，太多哀伤。上回你看起来像老女人，现在看起来像年轻姑娘。上回你不好看！现在很美！"

马里奥欣喜若狂地拍手，胜利地宣告："瞧，图生效了！"

我说："赖爷，你还想让我帮你学英语吗？"

他告诉我现在就开始，敏捷地跳了起来。他蹦蹦跳跳地跑进小屋，拿来一叠过去几年从海外寄来的信（所以他有地址嘛！）。他请我给他大声读信：他通晓英语，却不太会读。我已成为他的秘书。我是药师的秘书。太妙了。这些海外艺术收藏家的来信都设法取得赖爷有名的魔法画作。一封澳大利亚收藏家的来信赞扬赖爷的技艺，说："您怎能如此巧妙地使用这么细腻的笔法？"赖爷好似口述听写般回答我："因为我已画了许多许多年。"

念完信后，他向我叙述自己过去几年生活的新消息。发生了一些转变。比方，现在他娶了老婆。他指着中庭对面的一个胖女人，她站在厨房门口的阴影中瞪着我，好似不确定是否该直接射杀我，或者先给我下毒再射杀我。上回我在这里的时候，赖爷悲伤地给我看此前病故妻子生前的相片——一名漂亮的巴厘老妇，尽管年老，却欢快天真。我朝中庭对面的新任老婆挥手，她退入厨房。

"好女人，"赖爷朝厨房的阴影宣告，"很好的女人。"

他接着说自己忙于治疗巴厘病人，总有大量的工作：为新生儿施行法术，给亡者举行仪式，治疗病患，举办结婚仪式。下回他有一场婚礼要去，他说："我们可以一块儿去！我带你去！"唯一的问题是，探访他的西方人不再很多。爆炸案过后，没有人再来巴厘岛。这让他"脑袋很乱"，也让他觉"银行很空"。他说："现在你每天来我家和我练习英语？"我愉快地点头，他说："我教你巴厘禅修，好吗？"

"好的。"我说。

"我想三个月时间够我教你巴厘禅修，用这方式帮你找到神，"他说，"也许四个月。你喜欢巴厘岛吧？"

"我爱巴厘岛。"

"你在巴厘岛结婚？"

"还没有呢。"

"我想再不久吧。你明天回来？"

我答应明天回来。他未说起我搬去和他家人同住的事，因此我也没提起。偷瞄了厨房里的可怕老婆最后一眼，或许还是待在我那可爱的小旅社吧，反正也比较舒服，有马桶，等等。不过，我需要一辆自行车，才能天天来看他。

该走了。

"很高兴认识你。"他握了我的手说。

我马上教他第一堂英语课。我教他"很高兴认识你"和"很高兴见到你"的差异。我说我们头一次遇见某人时才说"很高兴认识你"。在这之后，每回我们改说"很高兴见到你"。因为你只认识某人一次，可是现在我们日复一日彼此见面。

他喜欢这堂课，于是予以练习："很高兴见到你！我很高兴见到你！我见得到你！我不是聋子！"

我们全笑了，连马里奥也笑了。我们握手，同意明天下午再过来。此时，他说："回头见。"

"再见啦。"我说。

"让你的良知引导你。假如你有朋友来巴厘岛，请他们来我这儿看手相——爆炸案后，我的银行现在很空。我是自学成才的人。我很高兴见到你，小莉！"

"我也很高兴见到你，赖爷。"

76

巴厘岛人笃信印度教，位于长达一千公里、有全球最多穆斯林人口的印尼群岛的中央。因此巴厘岛是个奇罕的地方，它甚至不该存在，却果真存在。

巴厘岛的印度教从印度经由爪哇传入。印度商人在公元四世纪间，将其宗教带往东方。爪哇诸王创立了强大的印度教王朝，如今所剩无几，除了壮观的婆罗浮屠寺庙废墟之外。十六世纪，一场伊斯兰暴动席卷该区，崇拜湿婆的印度教王族成员逃离爪哇，成群结队避往巴厘岛，后世将这段时期称为麻喏巴歇大迁徙。上层阶级的爪哇人只带了自己的皇室家族、工匠与祭司来到巴厘岛——因此，说每个巴厘人都是国王、祭司，或艺术家的后裔并不夸大。巴厘人的骄傲与才华正源于此。

爪哇殖民者将自己的印度教种姓制度带来巴厘岛，尽管社会地位的分界线不像过去的印度那般严格施行。然而，巴厘人认定了一套复杂的社会等级制度（光是婆罗门即分五种）。想了解这套依然盛行此地的错综复杂、环环相扣的宗族制度，简直比破解人类基因还难。（作家艾斯曼写过许多关于巴厘岛文化的好文章，进一步详细说明了这些微妙之处。我从他的研究中取得大部分资讯，不仅引用于此处，本书各篇章皆有受惠。）一言以蔽之，每个巴厘岛人都属于某一族群，人人都清楚自己属于哪个族群。倘若因严重犯规被族群踢出去，你还不如去跳火山算了，因为老实说，如此一来，你无异于死去。

巴厘文化是世上最有条理的社会与宗教组织系统之一,具有井井有条的任务、角色和仪式。巴厘人镶嵌在一套精密的习俗中。此一网络的产生结合了多种因素,但基本上可以这么说,巴厘岛的出现,是传统印度教的丰富仪式叠置于辽阔的水稻农业社会之上的结果,这个社会有必要依赖精细的社群合作来运作。稻米梯田需要大量的共同劳动、维护和工程才能成功。因此每个巴厘岛村落都有个"里"(banjar)——由人民联合组织而成的机构,通过共识制定村里的政治、经济、宗教、农业等方面的决策。在巴厘岛,团体的重要性绝对超越个人,否则谁也没饭吃。

宗教仪式在巴厘岛至关重要(别忘了,此岛有七座变幻莫测的火山——你也免不了要拜佛脚)。据估计,典型的巴厘岛女人整天有三分之一时间花在准备仪式、参与仪式,或仪式结束后清理仪式的工作上。这儿的生活是献祭与仪式的恒常循环。你必须顺序正确且动机正确地操作这一切,否则整个宇宙将失去平衡。人类学家米德写过巴厘岛人"难以置信的忙碌",完全没错——巴厘人家少有偷闲时光。这儿有必须每天举办五次的仪式,还有必须每天、每星期、每个月、每年、每十年、每百年、每千年举办一次的仪式。这些日期与仪式皆由祭司与圣者参照三套复杂历法组织而成。

巴厘岛上的每个人都有十三大过渡仪式,每个仪式都有个高度组织的典礼。心灵抚慰仪典终其一生都在举行,为了让心灵免受一百零八种罪行的侵害(又是"一〇八"这数字),包括暴力、偷窃、懒惰、说谎等这些缺点,巴厘岛的每个孩子都得通过一场重大的青春期仪式,让犬牙或"尖牙"磨平,以增进美感。在巴厘岛人看来,粗俗与兽性是最糟的事,尖牙被视为是一个提醒,提醒我们的野蛮天性,因此必须去除。在这个组织严密的文化中做野蛮人是危险的事。某人的杀人意图足以破坏整个村子的合作之网。因此在巴厘岛最好做个"alus",即"有教养"或"美化过"的人。在巴厘岛,美是好事,无论男女。美受人尊崇,美安全无虞。儿童即要学会在面临痛苦时"面带笑容"。

整个巴厘岛是个矩阵，由圣灵、指引、道路与习俗组成的庞大组织。每个巴厘岛人都清楚自己的归属，在这幅庞大无形的地图内确定其方向。只要看看几乎每个巴厘人的四个名字——老大、老二、老三、老四——提醒每个人自己在家中的出生时间和所属位置即可知晓。即便把孩子叫作东、南、西、北，也不会比这种社会分类系统更清楚。我的意式印尼朋友马里奥告诉我，只有让自己的心灵和精神保持在垂直线和水平线的交点处，处于完美的平衡状态时，他才感到快乐。为此，他必须时时明白自己处在何处。无论与神或与家人之间的关系，倘若失去平衡，便失去力量。

因此，说巴厘岛是全世界的平衡大师并非荒唐可笑的假设，保持完美的平衡状态对他们而言是一种艺术、科学和宗教。对我而言，在寻求个人平衡时，我期望从巴厘人身上学习在这混乱的世间维持平稳的方式。然而对这文化读得愈多，看得愈多，我就愈意识到自己与平衡相距甚远，至少从巴厘人的观点看来。我习惯漫游世界却无视于自己身在何处，并决定走出受限的婚姻家庭网络，使我——就巴厘议题而言——成了鬼一样的东西。我喜欢这么过生活，然而就巴厘人的自尊标准看来，却是可怕的生活。你若对自己的定位或所属族群一无所知，如何找到平衡？

尽管如此，我不很确定能把多少巴厘岛人的世界观纳入自己的世界观内，因为，目前我对"平衡状态"似乎采用了较为现代的西方定义。（目前我将这个词转译为"相等自由"，或在特定时间落入任何方向的概率相等，视……形势发展而定。）巴厘岛人不等着"看形势发展而定"。这是可怕的事情。他们直接"安排"形势的发展，免得搞砸事情。

走在巴厘岛路上遇见陌生人，他或她问你的第一个问题是："你去哪里？"第二个问题则是："你来自何方？"对西方人来说，素不相识的人提问这类问题似乎颇具侵犯性，但巴厘人只是想给你定位，想让你进入安全舒适的组织系统中。你若告诉他们不知道自己要去哪里，或只是漫无目的到处走，你的巴厘新朋友将感到窘迫。你最好挑选某个特定方向——哪儿都好——让大家感觉好些。

巴厘岛人几乎肯定问你的第三个问题是："你已婚吗？"又是定位的询问。他们有必要知道这点，以确定你生活在完整的秩序当中。他们真正要你回答的答案是"已婚"。听你说已婚会使他们大感欣慰。你若单身，最好别直接说出来。假使你离了婚，我真心建议你绝口不提。这只会让巴厘人大感忧虑。你的孤寂只是向他们证明脱离组织的危险。你若是在巴厘岛旅行的单身女子，当有人问你："你已婚吗？"最好回答"还没"，这比回答"不"来得礼貌，亦表示你乐观地期待尽早结婚。

即便你已八十岁，或是同性恋者，或是激进的女性主义者，或修女，或八十岁的激进女性主义同性恋修女，从未结婚也不打算结婚，最礼貌的回答也还是："还没。"

77

马里奥早上帮我买了自行车。就像一位风度翩翩的准意大利人一样，他说："我认识一个家伙。"而后带我去他表哥的店，我花了不到五十块美金，买下一辆山地自行车、一顶头盔、一把锁和篮子。如今我可以在我的新城乌布自由行动，或至少让我在这些狭窄、迂回、维护不良、挤满摩托车、卡车和观光巴士的路上自由行动，感到安全。

午后，我骑自行车前往赖爷的村子，和我的药师一起过头一天的……管它做什么事。老实说，我并不确定。英语课？禅修课？美好的老式阳台闲坐？我不晓得赖爷为我安排了什么，我只是高兴受邀进入他的生活。

我到的时候，刚好他有客人。是一户巴厘乡下小家庭带来他们一岁的女儿找赖爷帮忙。可怜的小娃儿正在长牙，已经哭了好几个晚上。父亲是俊俏的年轻人，穿沙龙裙，有着苏俄战争英雄雕像般的健壮小腿肚。母亲漂亮害羞，从羞怯低垂的眼睑底下注视着我。他们给赖爷的服务带来小小的奉献——两千卢比，相当于二十五美分左右，摆在比饭店酒吧的烟灰缸稍大一点的手工制棕榈篮内。篮子里有一朵花、钱和几粒稻米。（他们的贫穷和傍晚从省会登巴萨前来造访赖爷的富裕人家——母亲头上顶着装花果和烤鸭的三层篮，香蕉女郎看见她也会自叹不如的头饰——形成强烈对比。）

赖爷对待他的客人随和亲切。他聆听这对父母说明孩子的问题，而后他从阳台的小箱子里掏出一本古账本，里头以巴厘梵语写满小字。他像学者般参考这本册子，寻找合适的文字组合，自始至终与这对父母说说笑笑。然后他从一本上面有只克米蛙的笔记簿上取下一页，为小女娃写下"药方"。他诊断这名孩子除了长牙的身体不适外，还受到小恶魔侵扰。对于长牙问题，他建议父母以红洋葱汁涂抹女娃的牙龈。至于安抚恶魔，则必须杀鸡宰猪献祭，连同一小块糕饼——用他们的祖母从自己的草药花园采摘下来的特殊药草混合制成。（这些食物不会白费，献祭仪式过后，巴厘人家总是允许食用自己献给神的供品，因为祭品的象征意义大过实质。巴厘人的看法是，神取用属于自己的东西——人的心意，人取用属于自己的东西——食物本身。）

写完药方后，赖爷转过身去，盛了一碗水，在其上方唱了一首精彩、冷森森的咒语。而后赖爷用他刚刚赋予神圣力量的水祝福女娃。即使年纪才一岁，这孩子已经知道如何接受巴厘传统的神圣祝福。母亲抱着女娃，女娃伸出圆润的手接受圣水，啜饮一口，再啜饮一口，把剩余的水洒在自己头上——完美的仪式。她丝毫不怕对她吟唱的无牙老头。随后赖爷将剩余的圣水倒入小塑胶袋内，扎起来，给这家人之后使用。母亲拿着盛在塑胶袋里的水离去，好似刚刚在嘉年华会赢得一条金鱼，却忘了带走金鱼一般。

老四赖爷给这家人四十分钟的全心关怀，收费二十五美分。他们若没有钱，他也会做同样的事情：这是身为治疗师分内之事。他不能拒绝任何人，否则神明将解除他的治疗天分。赖爷每天约有十名巴厘访客，全需要他帮忙或询问有关神明或医疗之事。在喜庆佳节，人人都想要特殊的祝福时，访客人数可能过百。

"你不累吗？"

"这是我的工作，"他告诉我，"也是我的嗜好——做一位药师。"

整个下午又来了几位病患，但赖爷和我也抽空单独一起待在阳台。和这位药师的相处十分自在，就像和自己的爷爷一样轻松。他给我上第一堂巴厘禅修课。他告诉我，寻找神的方式有许多种，但对西方人而言多半太过复杂，因此他要教我一种简单的禅修法。基本上像是这样：静坐微笑。这我喜欢。他在教我的时候也在笑着。静坐微笑。好极了。

"小莉，你在印度学瑜伽？"他问。

"是的，赖爷。"

"你可以练瑜伽，"他说，"但瑜伽太难了。"此时，他把自己扭曲结成一团莲花坐，脸则扭曲成滑稽、罹患便秘的模样。而后他放松下来，笑着说："练瑜伽为什么看起来总是那么严肃？脸这么严肃，会把好能量吓跑的。禅坐只需要微笑。脸微笑，心微笑，甚至让你的肝脏微笑，好能量就来找你，驱走脏能量。今晚在旅社练习吧。别太急，别太费劲。太严肃会让自己生病。微笑能唤来好能量。今天到此结束，回头见。明天再过来。我很高兴见到你，小莉。让你的良知引导你。假如你有朋友来巴厘岛，请他们到我这儿看手相——爆炸案后，我的银行账户现在很空。"

78

老四赖爷如此诉说自己的人生故事：

"我的家族有九代担任药师。我的父亲、祖父、曾祖父都是药师。他们都要我当药师，因为他们看见我有慧根，他们看我有美和智慧，但我不想当药师。念太多书！太多资讯！而且我不信药师！我要当画家！我想做艺术家！我有绘画天赋。

"我还年轻时，遇上一位很有钱的美国人，可能和你一样是纽约人。他喜欢我的画。他想出高价买我的大幅画，大概一米长。卖画的这笔钱足够让我成为有钱人。我每天画呀、画呀、画呀，甚至晚上也画。从前没有像今天这样的电灯泡，只有灯。油灯，懂吧？抽油灯，得抽油才行。我每天晚上都点油灯画画。

"一天晚上，油灯很暗，于是我抽啊抽啊抽啊，结果爆炸！我的手臂着了火！烧坏的手臂让我住院两个月，造成感染，感染到我的心脏。医生说我必须去新加坡做截肢手术，切除手臂。这我可不喜欢。但医生说我得去新加坡做手术切除手臂。我告诉医生——我必须先回村子里的家。

"那天晚上在村子里，我做了个梦。父亲、祖父、曾祖父都来到我梦中，齐聚一堂，告诉我如何治疗烧伤的手臂。他们要我提取番红花和檀木的汁液，把汁液敷在烧伤处，然后把番红花和檀木磨成粉，把粉涂在烧伤处。他们告诉我这么做才不会失去一条手臂。此梦如此真实，就像他们和我在屋子里齐聚一堂。

"我醒来后不知如何是好，因为梦有时只是开玩笑，你懂吧？但我回家去，把番红花和檀木汁液敷在手臂上，然后把番红花和檀木磨成粉涂在手臂上。我的手臂感染很严重，很痛，肿得很大。但敷上汁液和粉之后变得很凉，冷却下来，开始感觉好一点。十天内，我的手臂好了，痊愈了。

"因此，我开始信了。我又做了梦，父亲、祖父、曾祖父告诉我现在我必须成为药师。我必须把自己的灵魂献给神。因此我必须斋戒六天，懂吧？不吃不喝。不吃早餐。这不容易。斋戒让我渴得要命，一大早太阳出来之前去了稻田。我坐在稻田里，张开嘴，喝空气中的水。稻田早晨空气中的水，怎么说？露水？对。露水。六天以来我只喝露水。没吃东西，只喝露水。第五天，我失去知觉。我看见到处都是黄色。不，不是黄色——是金色。我看见到处是金色，但在我心中，我很快乐。我现在懂了，这金色就是神，也在我心里。神和我内心是同一回事，都一样，都一样。

"因此现在我必须成为药师。我必须念曾祖父的医籍。这些书不是由纸做成，而是棕榈叶做的，叫作'lontars'，是巴厘岛的医学百科全书。我必须学习巴厘岛各种不同的植物，这不容易。我渐渐学到一切。我学会照料人们的许多问题。其中之一是身体生病。我用药草帮助身体生病的人。另一个问题是家庭生病，整天吵闹不停。我用和谐、用特殊的魔法图来帮助他们，也用谈话帮忙。把魔法图摆在家中，就不再吵闹。人有时为爱生病，因为找不到匹配的人。这对巴厘人和西方人都一样，永远有许多爱的问题，很难找到匹配的人。我用咒语和魔法图治疗爱的问题，把爱带给你。此外，我还学巫术，帮助遭魔法诅咒的人。把我的魔法图摆在家中，能给你带来好能量。

"我还是喜欢当艺术家，有空的时候我喜欢作画，卖给画廊。我的画永远是相同的画——巴厘岛是天堂的时候，大约一千年前吧。画丛林、动物、有胸脯的女人。因为是药师，我很难找到时间作画，但我非是药师不可。这是我的职业、我的嗜好，我必须帮助人，否则神会发怒。有时必须接生，为死者举行仪式，或举办锉齿仪式或婚礼。有时我清晨三点醒来，就着电灯画画——我只能在这个时辰画画。我喜欢这种时辰，独自一人，适合画画。

"我真心施法，绝不开玩笑。我永远只说实话，即使是坏消息。我这一生必须品格优良，否则会下地狱。我会讲巴厘语、印尼语、一点日语、一点英语、一点荷兰语。战争期间这里有很多日本人。对我来说不是坏事——我为日本人看手相，很友好。战前这里有很多荷兰人，现在这里很多西方人，都说英语。我的荷语——怎么说？你昨天教我的词怎么说？荒疏？对啦——荒疏。我的荷语有些荒疏。哈！

"我在巴厘岛属于第四阶层，社会阶层很低，像农人。但我看见很多第一阶层的人不比我聪明。我名叫老四赖爷。赖爷是我祖父在我还小的时候给我取的名，是'明光'的意思。这就是我。"

79

我在巴厘岛自由得简直荒唐。我每天必须做的事情，就是午后探访赖爷数个钟头，远远称不上苦差事。其他时间则是优哉游哉地度过。我每天早晨禅坐一个小时，用导师教我的瑜伽方法，而后每天晚上禅坐一个小时，用赖爷教我的练习方式（"静坐微笑"）。两者之间的时间，我则漫步、骑车，有时跟人们谈话、吃午饭。我在镇上发现一间安静的小图书馆，给自己申请了一张借书证，如今我的生命中有大量时间在庭园读书。在度过道场的"密集"生活后，甚至在意大利到处吃喝玩乐的堕落时光之后，这是一段崭新平静的人生时期。我有许多空闲时间，都可以用公吨来计算了。

每回走出旅社，马里奥和前台其他工作人员便问我去哪里；每回返回旅社，他们便问我去了哪里。我几乎能想象他们在抽屉里放了亲朋好友的小小地图，标示出每个人在每个特定时刻身在何处，为确保随时对整个组织负责。

傍晚时分，我骑自行车爬上山丘，穿越乌布北方的一亩亩稻田，眺望绿油油的美景。我看见粉红色的云朵倒映在稻田的积水中，仿佛有两个天空——一是众神的天堂，一是凡人的湿泥。有一天，我骑去苍鹭保护区，贴有勉强的欢迎标语（"好吧，你在这儿看得见苍鹭"），但那天不见苍鹭，只见鸭子，因此我看了一会儿鸭子，然后骑去下一个村子。沿途经过男男女女、小孩、鸡犬，他们各自忙着自己的事情，却未忙到不能停下来跟我打招呼。

几个夜晚前，我在一座美丽森林的坡顶看见一个出租信息："出租艺术家之屋，附厨房。"宇宙如此慷慨，于是我在三天后住进那儿。马里奥帮我搬进去，他在旅社的其他朋友泪水汪汪地与我道别。

我的新家位于寂静的路上，四周环绕稻田。农舍般的小房子，外墙爬满常春藤。屋主是位英国女人，夏天人在伦敦，因此我溜进她家，取代她入住这神奇的地方。这儿有鲜红色的厨房，养满金鱼的池塘，大理石露台，铺马赛克瓷砖的户外淋浴间——我可以一边洗头一边观看筑巢于棕榈树上的苍鹭。小秘道通往诗情画意的庭园。这地方有园丁，因此我只需观看花草。我不清楚这些美妙的赤道花卉如何称呼，于是给它们取了名。有何不可？这是我的伊甸园，不是吗？不久，我给每一种植物取了新绰号——水仙树、卷心菜棕榈树、舞衣草、螺旋公子哥、踮脚花、忧愁藤，还有一种被我命名为"小娃的首次握手"的粉红色兰花。此处流淌的纯洁之美，叫人难以置信。从卧室窗外的树上，我能摘到木瓜与香蕉。这儿还住着一只猫，每天在我喂它的半小时前对我亲热得很，其余的时间则疯狂地呻吟，好似回想起越战场景。古怪的是，我并不介意。这些日子以来，我不介意任何事情。我无法想象、也记不得有何不满。

这儿的声音世界亦很精彩。夜晚时分有蟋蟀乐团，由青蛙提供低音。深夜时分，狗儿嚎叫自己多么被误解。黎明之前，公鸡从数公里外宣告当公鸡有多酷。（"我们是公鸡！"它们叫喊，"只有我们有资格当公鸡！"）每天清晨日出时分，有一场热带鸟类的歌唱竞赛，总有十个不分胜负的冠军对手。太阳升起时，这个地方就安静下来，蝴蝶也上工去了。整个屋子爬满常春藤，我觉得哪天屋子就会完全消失在草叶中，我也会随之消失，自己也成为丛林花朵。这儿的租金比我在纽约市每个月花费的计程车费还少。

顺道一提，"天堂"一词来自波斯文，字面的意思是"有围墙的花园"。

80

这么说之后，我必须在此承认，我在当地图书馆只花了三个下午的研究时间，即意识到自己原先对巴厘岛天堂的想法有些被误导。打从两年前头一次来巴厘岛，我便告诉每个人，这座小岛是世界上唯一真正的乌托邦，自始至终只有和平、和谐与平衡，这是一个完美的伊甸园，未曾有过暴力或流血历史。我不清楚这了不起的想法从何而来，但我满怀信心地予以支持。"连警察也在头上戴花。"我说道，仿佛这证明了什么。

事实上，巴厘岛原来和世界各地有人存在的其他地方并无不同，也有过血腥、暴力、镇压的历史。爪哇诸王在十六世纪首先移居此地，基本上建立了一个封建殖民地，采取严格的种姓制度——就像每一种骄傲的种姓制度——往往不屑于考量底层阶级。早期的巴厘岛经济得力于有利可图的奴隶贩卖（不仅比欧洲参与国际奴隶交易提早数世纪，也比欧洲的人口贩卖历时更久）。岛内内战不断，诸王竞相攻击彼此（加上集体凌虐与谋杀）。直到十九世纪末期，巴厘岛人在商人与水手口中还拥有"恶斗者"之名。〔"amok"一词，如"running amok"（充满杀机），是巴厘用词，描述突然以自杀式血腥搏斗来疯狂抗敌的战术，欧洲人十分恐惧此战术。〕三万人组成的高纪律军队使巴厘岛人分别在一八四八、一八四九、一八五〇年击败荷兰入侵者。巴厘诸王因意见不一致、背叛彼此以取得权力、与敌方紧密合作以获得好生意，最终才在荷兰统治下溃散瓦解。如今将巴厘岛的历史包裹在天堂之梦当中，多少是对真相的一种侮辱：过去千年来，这些人并非只是轻松地微笑唱歌。

然而在二十世纪二三十年代，一群精英阶级的西方旅人发现巴厘岛，这些新来者不理会血腥历史，他们认为此地果真是"诸神之岛""人人皆是艺术家"，人类过着完美的喜乐生活之地。此一梦想依然久留不去，造访巴厘岛的人（包括我第一次来的时候）依然予以赞同。"我气上帝让我生来不是巴厘岛人。"德国摄影家乔治·克劳泽在二十世纪三十年代探访巴厘岛后说道。一些顶级游客为超凡之美与宁静宜人的报道所诱惑，开始造访这座岛——史毕斯等艺术家，克华德等作家，荷特等舞蹈家，卓别林等演员，米德（尽管这儿有许多袒露的胸脯，她却明智地点出巴厘岛社会和维多利亚时代的英国一样古板："整个文化没有一点自由性欲"）等学者。

二十世纪四十年代的世界大战期间，好日子结束。日本人入侵印尼，居住在巴厘花园、雇用俊俏家仆的幸福外国人被迫逃离。战后，印尼争取独立期间，巴厘岛和群岛各地一样愈来愈分化，变得愈来愈暴力，到了二十世纪五十年代（据一份称为《巴厘岛：虚构的天堂》的研究报告），哪个西方人敢于造访巴厘岛，睡觉时枕头下最好搁把枪。二十世纪六十年代，权力斗争让全印尼变成国民军与共产党人之间的战场。经过一九六五年企图在雅加达发动政变过后，国民军进驻巴厘岛，手中带着岛上有共产党嫌疑的一串名单。在一个礼拜内，在当地警察及村落官方的一步步协助下，国民军在每个镇上一路屠杀。当疯狂杀戮结束时，十万具尸体堵塞了巴厘岛的秀美河川。

伊甸园美梦在二十世纪六十年代末期复苏，当时的印尼政府决定将巴厘岛重新塑造为国际旅游市场的"诸神之岛"，遂展开大规模市场行销，成功推销巴厘岛。被诱回巴厘岛的游客是一群品格高尚的人（这儿毕竟不是劳德戴尔堡[①]），他们的注意力被引向巴厘岛文化固有的艺术与宗教之美，没有人注意到历史的黑暗面。从此以后就一直如此，被忽视至今。

在当地图书馆阅读几个下午，我有些疑惑。等等——我何以再次造访巴厘岛？为了追求世俗喜悦和灵修操练之间的平衡，是吧？这里可是做此种追求的适当环境？巴厘岛人果真比世上其他人更呈现平静的平衡？我是说，那些舞蹈、祈祷、宴乐、美与微笑让他们看起来处于平衡状态，但我不清楚在那底下真正蕴藏着什么。警察确实耳后插花，但巴厘岛到处见得到贪污，就像印尼其他各地一般（有天我亲自发现此事实，当时我偷偷塞了一百块钱贿赂一名穿制服的官员，得到非法延长签

---

① 劳德戴尔堡位于美国佛罗里达州中央，因为水道交错，有"美国的威尼斯"之称。

证，让我能在巴厘岛待四个月）。巴厘岛人相当认真地依靠自己身为世上最和平、最虔诚、最富艺术感的形象过活，但其中有多少部分是原有的本质，有多少部分是以经济为考量？像我这种外来客对于可能隐藏在这些"欢喜笑容"背后的压力了解多少？这儿和其他地方都一样——太近观看相片时，所有坚定的线条都变成模糊一团的笔触与光点。

目前我只能确定，我喜爱自己租下的房子，而巴厘岛民待我彬彬有礼，无一例外。他们的艺术与仪式在我看来美丽而富有活力，他们似乎也这么认为。这是我在这地方的存在经验，或许比我能了解的更为复杂。但无论巴厘岛人必须把持自己的平衡（并维持生计）到什么程度，都操之在他们自己。我在这儿做的则是保持自己的平衡状态，至少就目前而言，此地仍是滋养的环境所在。

81

我不清楚药师的年纪。我问过他，可是他也不确定。我犹记得两年前来这儿，翻译员说他八十岁。但马里奥有天问赖爷年岁多大，他却说："大概六十五岁吧，不确定。"我问他哪年出生，他说不记得。我知道二战期间日本人占领巴厘岛时，他已是成人，这使得他现在的年纪可能是八十岁。但当他告诉我年轻时手臂烧伤的故事时，我问他哪一年发生，他却说："我不清楚。也许是一九二〇年吧？"然而一九二〇年他倘若年约二十，那现在是几岁？或许一百零五岁吧？因此我们估计他目前的岁数在六十到一百零五岁之间。

我还留意到他对自己的年龄估算随日子而改变，根据他自己的感觉而定。他很疲倦时便叹道："今天可能八十五岁吧。"可是当他觉得振奋时，便说："我想今天我六十岁。"或许这也算是估算岁数的好方法——你"觉得"自己年纪多大。老实说，还有什么更重要？尽管如此，我始终想找到答案。某天下午，我简单地问他："赖爷，你生日在什么时候？"

"礼拜四。"他说。

"这礼拜四？"

"不，不是这礼拜四，是礼拜四。"

这是好的开始……但除此之外别无其他资讯。哪个月的礼拜四？哪一年？谁也不知道。无论如何，在巴厘岛，礼拜几出生比哪一年出生更重要，因此尽管赖爷不清楚自己几岁，却有办法告诉我礼拜四出生的小孩守护神是破坏者湿婆，这一天由两个动物神灵所引导——狮与虎。礼拜四出生的孩子，代表树木是榕树，代表鸟类是孔雀。礼拜四出生的人总是先讲话，打断其他人，有点好斗，偏向俊俏"是花花公子或花花女郎"（以赖爷的话来说），但整体品格亲切，记忆力佳，有帮助他人的欲望。

他的巴厘岛病患带着健康、财务或感情问题来找他时，他总是问他们礼拜几出生，以便调配正确的祷文与药方帮助他们。赖爷说，因为有时候"人们的生日出了毛病"，须做些占星上的调整，以便让他们回归平衡状态。一户当地人家有天带了小儿子来看赖爷。孩子大约四岁。我问出了什么问题，赖爷翻译说，这家人担心"小男孩有好斗逞强的问题。小男孩不听话，举止不良，注意力不集中。家里每个人都被小男孩搞得很累。还有，小男孩有时会头晕"。

赖爷问父母能否抱孩子一会儿。他们把自己的儿子放在赖爷的大腿上，男孩向后靠在老药师的胸膛上，轻松悠闲，毫不怕羞。赖爷温柔地抱着他，一只手掌搁在男孩的额头，让他闭上眼睛。而后一只手掌放在男孩的肚子上，再一次让他闭上眼睛。他从头到尾对男孩微笑，轻声说话。检查很快结束。赖爷把男孩交还给父母，而后一家人带着处方和圣水离去。赖爷跟我说他问了孩子的父母有关男孩的出生状况，发现这孩子在邪星之日出生，而且是礼拜六——在这天出生，会有邪恶鬼魂的干扰因素，比方乌鸦鬼魂、猫头鹰鬼魂、公鸡鬼魂（使这孩子好斗）、玩偶鬼魂（造成他的晕眩）。但并非都是坏消息。在礼拜六出生，男孩的身体也包含彩虹魂魄和蝴蝶魂魄，可予以强化，必须举行一系列奉献仪式，才能使孩子再次平衡。

"为何把手放在男孩的额头和肚子上？"我问，"是否检查有没有发烧？"

"我在检查他的脑袋，"赖爷说，"看他脑子里有没有恶灵。"

"哪一种恶灵？"

"小莉，"他说，"我是巴厘岛人。我相信巫术，我相信恶灵从河里跑出来害人。"

"男孩有没有恶灵？"

"没有。他只是生日出了毛病。他的家人做奉献就没事了。小莉，你呢？每天晚上有没有练巴厘禅修？让脑子和心灵干净？"

"每天晚上都做。"我保证。

"学习让肝脏微笑？"

"让肝脏也微笑，赖爷。肝脏笑得很开心。"

"很好。微笑让你成为美丽的女人，给你变漂亮的力量。你可以使用这种力量——漂亮的力量——得到生命中想要的东西。"

"漂亮的力量！"我重复这个让我喜爱的句子，像在禅修的芭比娃娃，"我要漂亮的力量！"

"你也还练印度禅修吧？"

"每天早上。"

"很好！别忘了你的瑜伽，对你有益。持续练习印度和巴厘两种禅修对你很好。两者虽不同，却同样好。都一样、都一样。我思考宗教，多数都一样、都一样。"

"不是每个人都这么想，赖爷。有些人喜欢与神争论。"

　　"没有必要，"他说，"我有好的想法。你如果遇见信不同宗教的人想与神争论，我的想法是，听这人说有关神的一切。别跟他争论神的事，最好说：'我同意你。'然后你回家，随心所欲地祈祷。这是我的想法，让人们平心静气地对待宗教。"

　　赖爷始终抬着下巴，我留意到他的头微微后仰，既傲慢又优雅，犹如一位好奇的老国王。他从鼻子上方审视整个世界。他的皮肤光滑，呈金黄褐色。他几乎完全秃顶，却有一对长而飘逸的眉毛，看似渴望升空飞翔。除了缺牙齿、右手臂烧伤，他似乎非常健康。他告诉我年轻时代的他是舞者，在庙会上跳舞，当时的他俊俏得很。我相信。他每天只吃一餐——巴厘岛典型的简单饮食：米饭佐配鸭肉或鱼肉。他每天喜欢喝一杯加糖咖啡，多半只为了庆贺自己买得起咖啡与糖。只要这么吃，你也能轻而易举地活到一百零五岁。他说自己让身体保持强壮的办法是每天睡前禅坐，将宇宙的健康能量拉入自己的核心。他说人体恰恰由五种元素创造而成——水（apa）、火（tejo）、风（bayu）、天（akasa）和土（pritiwi）——你只需在禅坐时集中心思于这些事实之上，即可从这些来源取得能量，保持强壮。他偶尔展现对英语句子的精准听力，说："微观世界变为宏观世界。微观世界的你变得和宏观世界的宇宙同为一体。"今天他非常忙碌，巴厘病患在他的庭园里排队，有如货柜箱，每个人腿上都摆着小孩或贡品。有农人和商人、父亲和祖母。有小孩吞不下食物的父母，有摆脱不掉法术诅咒的老人，有为爱欲与愤怒所苦的年轻人，有寻找佳偶的女人，还有患皮疹的孩子。人人失调，人人需要恢复平衡。

　　然而赖爷家的庭园气氛始终是人人充满耐心。有时必须等候三个小时才轮到让赖爷看诊，但大家从不曾用脚打拍子，或恼怒地翻白眼。而孩子们的耐心亦教人惊叹，他们靠在美丽的母亲身上，玩着自己的手指头消磨时间。之后我总是觉得好笑，我发现这些安静的小孩之所以被带来看赖爷，是因为他们的父母判定自己的孩子"太顽皮"，需要治疗。是那个小女孩吗？那个在烈日下安静地连续坐上四个小时却毫无怨言、手边也没有零食或玩具的三岁女生？她很"顽皮"？我真希望告诉他们："各位——你若想见识顽皮，让我带你去美国，让你看看什么是真正的过动儿。"只不过此地对孩子守规矩的标准很不同。

赖爷亲切地治疗每位病患，一个接一个，似乎无视于时间的流逝，全心关注他们，无论下一个病患是谁。他非常忙，甚至中午也没能吃自己一天的一餐饭，而是守在阳台上，遵从对神和祖宗的尊重，连续坐好几个小时，治疗每一个人。傍晚，他的眼睛看起来像战场军医的眼睛。当天最后一名病患是位忧烦的巴厘中年人，抱怨连续几个礼拜没睡好，他说自己摆脱不掉"在两条河里同时溺水"的噩梦。

在这一晚之前，我仍然不确知自己在赖爷生命中的角色。每天我都问他是否确定要我待在身边，他始终坚持要我来和他共度时光。占用他这么多时间令我感到内疚，可是到了傍晚我离开之时，他似乎总是怅然若失。我并未真的教他英语。他在几十年前学的英语，老早深印在脑子里，没有太多空间更正或增加新词汇。我能做的只是在刚来的时候教他把"高兴认识你"更正为"高兴见到你"。

今晚，最后一名病患离去时，赖爷已经精疲力竭，辛劳的服务使他看起来很苍老，我问他我是否该走了，让他有点私人空间，他答说："对你，我永远有时间。"而后他请我告诉他一些有关印度、美国、意大利、我家人的事情。此时我才意识到，我不是赖爷的英语教师，也不是他的神学学生，而是这位老药师最简单纯粹的喜乐——我是他的同伴朋友。我是能让他讲话的人，因为他喜欢听世界的事，尽管他没有很多机会去看这个世界。

在阳台的时光，赖爷问过我许多问题，墨西哥买车多少钱，艾滋病的病因，等等。（我尽己所能地回答这两个问题，尽管我相信能更具体回答这些问题的专家有很多）。赖爷一辈子不曾离开巴厘岛。事实上，他很少离开自己的阳台。他曾去巴厘岛最大、最具宗教重要性的火山——阿贡山朝圣，但他说那儿的能量十分强大，使他几乎无法禅坐，唯恐自己被神圣之火吞没。他去各寺庙参加各大重要庆典，他本身亦受邀前往左邻右舍家中主持婚礼或成年礼，但多数时间你都能在他家阳台找到他：他盘腿坐在竹席上，四周环绕着曾祖父的棕榈叶药籍，照料人们，撵走恶魔，偶尔享受一杯加糖咖啡。

"我昨晚梦见你，"他今天告诉我，"梦见你骑单车上任何地方去。"

他停顿了下来，于是我提出一处文法更正。"你是说，你梦见我骑单车去'每个地方'？""对！昨晚我梦见你骑单车去每个地方和任何地方。你在我梦中很快乐！你骑车走遍全世界！我跟随在你身后！"

或许他希望自己办得到……

"也许你哪天可以来美国找我，赖爷。"我说。

"不行，小莉，"他摇头，愉快地听从自己的天命，"我的牙齿已经不够搭飞机旅行了。"

82

至于赖爷的老婆，我花了些时候才与她成为同盟。他叫她弥欧姆，是个胖女人，四肢健壮，微跛，牙齿因嚼食槟榔而染成红色。罹患关节炎使她的脚趾痛苦地弯曲。她的眼神强悍，第一眼看见她就让我害怕。她给人那种在意大利寡妇和上教堂的黑人母亲身上所看得见的凶狠老妇的感觉。她看起来像是会为了最轻微的罪行鞭打你的屁股。她一开始对我抱持怀疑的态度——"这只红鹤干吗天天在我家闲晃？"她从满是煤烟的阴暗厨房瞪着外头的我，对我的存在不以为然。我朝她微笑，而她只是继续瞪眼，决定是否该拿扫帚赶我出去。

但事情发生了变化，那是在复印事件过后。

赖爷拥有一堆堆老旧的横线笔记本与账簿，里头以小小的古巴厘梵语写满治疗秘密。他远在祖父过世之后的二十世纪四五十年代，就将一些疗方摘录抄写到这些笔记本上，把所有的医药资讯记录下来。这东西的价值难以估量。一册册资料记载了罕见的树木、叶子、植物及其医疗特性。他有六十页的图表在说明手相，还有写满占星资料、咒语、符咒与疗法的笔记本。问题是，数十年来的发霉和老鼠啮咬，使这些笔记本几乎残破不堪。枯黄、龟裂、发霉，仿若一堆堆逐渐瓦解的秋叶。他每翻一页，纸张便剥裂开来。

"赖爷，"上礼拜我拿起他的一本破烂笔记本告诉他，"我虽然不像你是位医生，但我想这些本子快死了。"

他笑了出来："你觉得它们快死了？"

"先生，"我严肃地说，"这是我的专业意见——这本子若不赶紧找人帮忙，用不着六个月就会翘辫子。"

接着我问他能否让我把笔记本带到镇上复印，免得它翘辫子。我必须说明复印是怎么回事，答应二十四小时后还给他，不让本子受到任何伤害。我激昂地保证我会小心翼翼地处理他祖父的智慧，最后，他同意让我把本子从阳台带走。我骑车前往有网络电脑和复印机的店家，谨慎恐惧地复印每一页，而后将崭新干净的复印页面以塑胶文件夹装订起来。隔日中午前，我把本子的新旧版本带回去给他。赖爷又惊又喜，因为他拥有这本笔记本已有五十个年头。字面意思可能是"五十年"，或只是"很长一段时间"的意思。

我问他能否让我复印其他笔记本，也保证资料安全无虞。他取出另一份破破烂烂的资料，里头写满巴厘梵语和复杂的图表。

"又一个病人！"他说。

"让我医治它吧！"我回答。

又一次大成功。直到周末前，我已复印了好几份老手稿。每一天，赖爷都叫他的老婆过来，兴高采烈地让她看新的影印本。她的脸部表情并无任何改变，但她认真细看物证。

　　隔周礼拜一，当我来访时，弥欧姆给我一杯果冻盒盛装的热咖啡。我看她端着搁在瓷碟上的咖啡走过中庭，从厨房一拐一拐地慢慢走到赖爷的阳台。我以为咖啡是为赖爷而准备的，结果不是——他已经有杯咖啡了。这杯是给我的，她为我准备的。我想谢谢她，但她似乎对我的谢意感到恼火，有点想要赶我走，就像在她准备午饭时，挥手赶走老是站在户外餐桌上的公鸡一般。然而隔天，她端给我一杯旁边摆糖罐的咖啡。再隔一天则是一杯咖啡、一罐糖和一颗水煮冷洋薯。那个礼拜的每一天，她都加上一项新品。我开始觉得像小时候搭车子时玩的背字母游戏："我要去祖母家，带了苹果……我要去祖母家，带了苹果和气球……我要去祖母家，带了苹果、气球、果冻杯咖啡、糖罐和凉土豆……"

　　而后，昨天我站在中庭，向赖爷道别，弥欧姆拿扫帚拖着脚走过，打扫地面，假装没留意到自己的王国内所发生的一切。我双手反剪在背后站在那里，她来到我背后，握住我的一只手。她摸弄我的手，好似想解开号码锁，找到我的食指。而后用她那只大而有力的拳头绕住我的食指，紧紧捏着，持续好一段时间。我感觉到她的爱透过有力的手掌流入我的手臂，一路通往我的肺腑。而后她松开我的手，一拐一拐地走开，一言不发，继续扫地，仿佛什么事也没发生。我则静静地站在那儿，在两条河里同时溺水。

83

　　我有位新朋友，名叫"Yudhi"，念作"尤弟"。他是印尼人，原籍爪哇。我之所以认识他，是因为他是租房子给我的人，他为英国女屋主工作，在她去伦敦度夏时照看她的房子。尤弟二十七岁，身材健壮，讲话像南加州冲浪者。他时时刻刻叫我"老兄"和"好家伙"。他的微笑足以阻止犯罪，而他年纪虽轻，却有段复杂的人生故事。

他生在爪哇，母亲是家庭主妇，父亲是猫王迷，做空调冷冻的小生意。这家人信奉基督教——在此地是异数，尤弟述说自己因为"吃猪肉"和"爱耶稣"等缺点而被邻近的穆斯林孩子取笑。这些嘲弄并未惹恼尤弟：尤弟不是天性容易恼火的人。然而他的母亲不喜欢他和穆斯林孩子们鬼混，多半因为他们老是打赤脚，而尤弟也喜欢打赤脚，但她认为不卫生，于是让儿子做选择——穿鞋去外头玩，或打赤脚待在家里。尤弟不喜欢穿鞋，于是他的童年与青少年时期有大半时间打着赤脚待在自己的卧室里，于是学会了弹吉他。

我未曾遇见过比这个家伙更有乐感的人。吉他弹得优美，虽不曾拜师学艺，对音韵却了若指掌，犹如一起长大的姐妹。他创作的音乐合并东方与西方，结合传统印尼摇篮曲以及雷鬼经验与早期史蒂维·旺德[1]的放克[2]，难以解说他的风格，但任何听过尤弟音乐的人，都认为他该成名。

他一直想去美国住，在娱乐界工作，这是全球共通的梦想。因此当尤弟还是爪哇少年时，他说服自己去嘉年华游轮上干活（当时的他几乎不认识英语），于是让自己从爪哇的狭窄环境中解脱出来，走入广大蔚蓝的世界。尤弟所取得的游轮工作是那种勤奋移民所从事的疯狂工作——住下层甲板，天天工作十二小时，每个月休假一天，他做清理工作。他的工作同伴是菲律宾人与印尼人。印尼人和菲律宾人在船上分开吃睡，从不混在一起（穆斯林人相对于天主教徒，可想而知），但尤弟一如往常，与每个人交朋友，成为两个亚洲劳工集团之间的某种特使。他在这些女侍、守卫、洗碗工身上看见的相似处多于相异处，他们每天日夜不停地工作，为了每个月寄一百多块钱给家人。

---

[1] 美国著名盲人歌手，灵魂放克乐大师。
[2] 美国灵魂乐在二十世纪六十年代末、七十年代初和摇滚乐、迷幻摇滚结合在一起，演化为放克乐。

游轮首次航入纽约港时，尤弟整个晚上没睡，他站在最高的甲板上，注视城市的天际线出现在地平线一方，心中兴奋异常。几个小时后，他在纽约下船，招了一辆计程车，犹如电影情节。新来的非裔移民计程车司机问他去哪里，尤弟说："哪儿都行，老兄——就载我逛逛吧。我想看每一样东西。"几个月后，船再次来到纽约，这回尤弟永久下了船。他和游轮的合约届满，如今他要住在美国。

他最后来到新泽西郊区，和在游轮上遇见的一位印尼男子住了一阵子。他在购物商场的三明治店工作——又是天天工作十到十二个小时的移民式劳工，这回的同事不是菲律宾人，而是墨西哥人。他在头几个月学的西班牙语多过英语。尤弟在他少数的空闲时间搭公车去曼哈顿漫游街头，对这个城市依然怀有说不出的迷恋——是一个如今被他形容为"全世界最充满爱的地方"的城市。但不知怎么地（又是他的笑容吧），他在纽约市遇上一群来自世界各地的年轻乐手，于是开始和他们一块儿弹吉他，他与来自牙买加、非洲、法国、日本的优秀年轻人整晚表演即兴音乐……在其中一场演奏会上，他认识了安妮——一位弹奏低音提琴的康州金发美女。他们坠入爱河。他们结了婚。他们在布鲁克林找到一间公寓，他们和一群绝妙的朋友一同开车南下前往佛罗里达礁岛群，生活快乐得难以置信。他的英语很快地臻于完美，他考虑上大学。

九月十一日，尤弟从布鲁克林的公寓屋顶目睹双子大楼倒塌。他和每个人一样，对所发生的事感到哀伤，不知所措——怎么会有人对全世界最充满爱的城市下此毒手？我不知道尤弟对国会随后通过的爱国法案——立法制定严厉的新移民法，多条法规针对印尼之类的伊斯兰国家——留意多少。其中一条规定要求说，定居于美国的印尼公民皆须向国土安全部登记。尤弟和他年轻的印尼朋友们开始互通电话想方设法——其中许多人签证过期，担心前去登记将被驱逐出境，但是如果不去登记，又怕被视为罪犯。而游荡在美国各地的基本教义派恐怖分子，则看样子对这条登记法规视而不见，不过尤弟却决定去登记。他娶了美国人，想提供自己最新的移民身份，成为合法公民。他不想过隐姓埋名的日子。

他和安妮向各式各样的律师求教，却没有人知道如何给他们建议。"9·11"事件之前没有任何问题——已婚的尤弟只要去移民管理局提供自己的签证状况，即可开始申请公民。可是现在？谁知道？"这些法规尚未经过试验，"移民律师说："现在即将在你身上测试。"于是尤弟和他太太去见了一名客气的移民官员，叙说他们的故事。这名官员告诉这对夫妻，尤弟当天傍晚必须回来接受"第二次面谈"。他们当时应当提高警觉，尤弟被严格指示必须单独前来，不能由妻子或律师陪同，口袋里不能带任何东西。尤弟往好处想，确实空手单独回来接受第二次面谈——结果这些政府人员当场逮捕了他。

他们把他送往新泽西伊丽莎白镇的拘留所待了数星期。拘留所内有一大群移民，都是近来在国土安全条款下被捕的，许多人在美国工作、居住多年，多数都不谙英语。有些人被捕时无法与家人联络。他们在拘留所是隐形人，没有人再去留意他们的存在。近乎歇斯底里的安妮花费数天的时间才得知丈夫的下落。尤弟对于拘留所里十几位黑炭般黝黑、消瘦、受惊害怕的尼日利亚人记忆犹新，他们在货船上的货柜箱里被人发现，他们在船底的货柜里几乎躲藏了一个月后才被发现，他们企图来美国——或任何地方。他们根本不清楚如今身在何处。尤弟说，他们的眼睛张得老大，好似仍被探照灯照得头晕目眩。

拘留期过后，美国政府将我的基督教徒朋友尤弟——如今显然是伊斯兰恐怖分子嫌疑犯——遣送回印尼。这是去年的事。我不知道他是否被允许再靠近美国。他和他的妻子如今仍在设法处置他们的生活，他们的梦想并不能让自己生活在印尼。

在文明世界住过之后，尤弟无法接受爪哇的贫民窟，于是他来巴厘岛看看能否在此地谋生，尽管来自爪哇的他因为不是巴厘岛人的关系其实不易被这个社会接纳。巴厘岛人一点也不喜欢爪哇人，认为他们全是盗贼和乞丐。因此尤弟在自己的祖国印尼比在纽约时遭遇了更多歧视。他不知道接下来如何是好。或许他的妻子安妮会过来和他会合，也或许不会。她在这儿能做什么呢？他们如今只仰赖电子邮件沟通，婚姻岌岌可危。他在此地如此迷茫，如此疏离。他身为美国人的部分超过其他人，尤弟和我使用相同的俚语，我们谈论我们在纽约最爱的饭馆，我们喜爱相同的电影。他在傍晚时分到我的屋子找我，我请他喝啤酒，他弹奏美妙的吉他曲子。我希望他成名，假如世界公平的话，他现在应当成名。

他说："老兄——人生何以如此疯狂？"

84

"赖爷，人生何以如此疯狂？"隔天我问我的药师。

他答道："Bhuta ia，dewa ia。"

"什么意思？"

"人是魔鬼，也是神。"

这对我来说是很熟悉的观念。很印度，也很瑜伽。这观念是说，人类生来——我的导师曾多次说明——有相同潜力的收缩与扩张。黑暗与光明的元素在我们每个人身上同时存在，善意或恶念的引发有赖个人（或家庭、或社会）的决定。地球的疯狂多半出于人类难以和自己达到善意的平衡，而疯狂（集体的和个人的）则引发恶果。"那么对于世界的疯狂，我们该怎么做？"

"什么也不做，"赖爷亲切地笑道，"这是世界的本质，是天命。只要担心自己的疯狂就行了——让自己平静。"

"可是我们该如何在自己内心找到平静？"我问赖爷。

"禅修，"他说，"禅修的目的只为快乐与平静，很简单。今天我要教你一种新的禅修法，使你成为更好的人。叫'四兄弟禅修'。"

他继续说明巴厘岛人相信我们每个人出生时都有四兄弟陪伴，他们跟随我们来到世间，保护我们一辈子。小孩还在子宫里的时候，四兄弟甚至已与他同在——由胎盘、羊水、脐带以及保护胎儿皮肤的黄色蜡状物为代表。婴儿出生时，父母将这些无关紧要的出生物收集起来，放在椰子壳里，埋在屋子的前门边。根据巴厘岛人的说法，埋入地里的椰子是未出生的四兄弟神圣的安息地，该地点永远像神庙般受人照料。

孩子从懂事以来即得知无论他去哪里，四兄弟都永远伴随着他，他们也将永远照顾他。四兄弟呈现出让生命安全快乐所需的四种德性：智慧、友谊、力量（我喜欢这项）和诗词。在任何危急状况下，皆可传唤四兄弟前来救援。在你过世时，四兄弟收集你的灵魂，带你上天堂。赖爷今天告诉我，他尚未把四兄弟禅修法教给哪个西方人，但他觉得我已做好准备。首先，他教我那四位看不见的四兄弟的名字——"Ango Patih""Maragio Patih""Banus Patih"和"Banus Patih Ragio"。他指导我记住这四个名字，此生若有需要，请我的四兄弟帮忙。他说我用不着郑重其事地像祈祷似的和他们说话。我可以用熟悉亲切的语气和我的兄弟们讲话，因为"他们是你的家人啊！"他告诉我早上洗脸的时候说他们的名字，他们就会与我会合。每次吃饭前再说一次他们的名字，让我的兄弟们一同分享用餐的愉悦。睡前再次召唤他们，说："我要睡了，因此你们必须保持清醒，以保护我。"我的兄弟们将整晚守护我，阻止恶魔与噩梦。

"这很好，"我告诉他，"因为有时候我有做噩梦的问题。"

"什么噩梦？"

我跟药师说明自己从小以来所做的同一个噩梦：一名男人持刀站在我的床边。这噩梦十分鲜明，男人也十分真实，有时令我恐惧得尖叫出来，每回我的心都怦怦跳（这对跟我同床的人来说可不好玩）。就我记忆所及，每隔几个礼拜就会做一次这个噩梦。

我把这件事告诉赖爷，他跟我说，我对这影像误解多年。持刀站在卧室的男人不是敌人，他只是我的兄弟，他是代表力量的兄弟。他并非想攻击我，而是在我睡觉时守护我。我之所以醒过来，可能是因为感受到了我的兄弟击退打算伤害我的恶魔时所引发的骚乱。我的兄弟拿的不是刀，而是"kris"——有力的匕首。我用不着恐惧，我可以回去睡觉，因为知道自己受到保护。

"你是幸运儿，"他说，"你很幸运能够看见他。有时我在禅坐时会看见我的兄弟，但正常人很罕见。我想你有很强大的灵力。我希望哪天你能成为药师。"

"好吧，"我笑着说，"只要还能看我的电视剧就好。"

他跟着我笑，当然不是因为听得懂玩笑，而是喜欢人们开玩笑。赖爷教导我，每当和我的四兄弟说话，我必须跟他们说我是谁，才好让他们认出我来。我必须使用他们为我取的昵称。我得说："我是'Lagoh Prano'。"

"Lagoh Prano"的意思是"快乐身躯"。

我骑着单车回家，在傍晚的夕阳下，将自己的快乐身躯推往山上的家。在我穿越树林的路上，一只大公猴从树上落到我面前，朝我露出牙齿。我根本没打算退缩，我说："杰克，闪一边去——老娘有四兄弟保护。"于是我就从它旁边骑了过去。

85

然而隔天（尽管有四兄弟保护），我却被巴士撞了一下。巴士不大，却仍让我在无路肩的路上骑单车时摔下来，我被抛入水泥沟渠。约有三十名巴厘岛机车骑士停下来帮我，他们目睹事故发生（巴士早已不见踪影），人人邀请我去家中喝茶，或提出载我上医院，他们对整件事故感到难受。尽管考虑到原本可能发生的可怕结果，这说起来不算是大灾难。我的单车没事，尽管篮子扭曲，头盔裂开（总比脑袋开花来得好）。损害最严重的是我的膝盖，划了一道颇深的伤口，沾满碎石和泥土，后来——在其后几天潮湿的热带空气中——受到可怕的感染。

我不想让赖爷担心，但几天后我终究在他的阳台上卷起裤腿，撕去泛黄的绷带，让老药师看我的伤口。他忧虑地盯着伤口看。

"感染，"他诊断道，"很疼。"

"是的。"我说。

"你该去看医生。"

这有点叫人惊讶。他难道不是医生？然而出于某种原因，他并未主动提出帮忙，我亦未强迫他。或许他不给西方人看病开药。或者赖爷只是有个隐藏的锦囊妙计，因为撞伤的膝盖让我最终认识了大姐（Wayan）。从那回见面后，注定发生的一切……都发生了。

86

奴里亚西大姐和老四赖爷一样，是巴厘治疗师。不过他们有些不同。一位是老头子，一位是年近四十的女人；赖爷是僧侣般的人物，具有神秘色彩，大姐则是具有实务经验的医师，在自己店里调配草药，并照料病患。

大姐在乌布中心有个店面，名为"巴厘传统医疗中心"。我骑车去赖爷家途中多次路过。之所以留意到这家店，是因为店外摆满盆栽，并刊登"多种维生素午间特餐"的手写告示。但在膝盖受感染前，我未曾去过这个地方。然而赖爷要我去看医生时，我想起这家店，于是骑车过来，希望有人帮我处理感染问题。

　　大姐的店铺是小型诊所，并兼住家与餐馆。楼下有个小厨房，还有个不太大的公众用餐处，摆了三张桌子和几把椅子。楼上是大姐给病患按摩、治疗的专用区，后方则有间阴暗的卧室。

　　膝盖疼痛的我一拐一拐地走进店里，把自己介绍给治疗师大姐——一位风采迷人的巴厘岛女子，笑容可掬，亮丽的黑发长及腰间。两名小女孩躲在她身后的厨房里，我朝她们挥手，她们露出笑容，而后又躲进去。我让大姐看了一下感染的伤口，问她能否帮忙。不久，大姐将水和药草搁在炉上煮，让我喝"佳木"（jamu）汤剂——巴厘岛传统自制药汤。她拿温热的绿叶敷在我的膝盖上。

　　我马上开始感到好转。

　　我们谈起话来，她的英语讲得很好。她是巴厘岛人，于是立即问我三个标准问题——"你今天要去哪里？""你从哪里来？""你结婚了吗？"

　　我说自己未婚（"尚未结婚"），她看起来吃了一惊。

　　"从没结过婚吗？"她问。

　　"没有。"我撒谎了。我不喜欢撒谎，但我普遍发现最好别和巴厘岛人提起离婚，因为这让他们不舒服。

　　"真的没结过婚？"她又问一次，此刻饶富兴味地看着我。

　　"真的，"我撒谎，"我没结过婚。"

　　"你确定？"这开始有些古怪。

　　"我很确定！"

　　"一次婚都没结过？"她问。

　　好吧。她看穿了我。

　　"这个嘛，"我供认，"有过一次……"

　　她的脸亮了起来，仿佛在说："没错，我想也是。"她问："离了婚？"

　　"是的，"此刻我心怀羞愧地说，"离了婚。"

"我看得出你离过婚。"

"在此地不太寻常吧？"

"我也是，"大姐完全出乎我意料地说，"我也离了婚。"

"你？"

"我该做的都做了，"她说，"离婚前，我试尽所有办法，天天祷告。但我必须离开他。"她眼泪汪汪。接着我握着大姐的手，只因遇见第一位巴厘岛离婚人士，我说："我相信你尽了最大努力。我相信该做的你都做了。"

"离婚是哀伤的事。"她说。

我同意。

其后五个小时，我待在大姐的店里，和新好友谈她的问题。她清洗我的膝盖伤口，我听着她的故事。大姐告诉我，她的巴厘丈夫"成天喝酒，一天到晚赌博，赌输我们所有的钱，我不再给他钱赌博喝酒，他就揍我，好几次他把我揍到送医"。她拨开头发，让我看头上的疤，说："这是他拿机车头盔揍我的结果。他老是拿头盔揍我，在他喝酒的时候，在我没赚钱的时候。他揍得很用力，使我失去知觉，头晕，看不见。我有幸身为医生，我的家人都是医生，所以在他打我之后，我知道如何治疗自己。要不是我自己是医生，可能老早就没了耳朵，变成聋子；或没了眼睛，变成瞎子。"她告诉我，她在遭到痛打，以致"肚子里的第二胎流产"之后离开了他。事情过后，他们的第一个孩子——小名图蒂的聪明小女孩说："我觉得你早该离婚，妈咪。每次你进医院，都把太多家事留给图蒂。"图蒂在四岁的时候说出了这句话。

在巴厘岛走出婚姻而孤独无依，在西方人来说难以想象。封闭在围墙内的家庭单位在巴厘岛是生活的一切——四代亲属同住在环绕家庭祠堂的一间间小平房里，照料彼此，从生到死。家宅是力量、财务保障、健康、日间看护、教育，以及——对巴厘岛人最为重要的——信仰的源头。

家宅的重要性使巴厘岛人将它视为活生生的人一般。巴厘岛的村落人口数，传统上并非以人数，而是以家宅数量计算。家宅是自给自足的宇宙，因此你离不开它。（当然除非你是女人，你只需搬动一次——从父亲家搬入丈夫家。）这种系统若是奏效——在这健全的社会中几乎一向如此——即培育出全世界最健康、安稳、平静、快乐、平衡的人类。若不奏效呢？就变得像我的新朋友大姐一样，这些弃儿迷失在缺乏空气的轨道中。她只有两个选择，要么是选择留在家宅的安全网内，继续与把她揍到送医的丈夫待在一起，不然就选择自救离去，却从此一无所有。

事实上，她并非真的一无所有。她带着博大的医疗知识、善良之心、工作道德和图蒂——由她努力争取而来的女儿。巴厘岛到底是父权社会，在罕见的离婚案例中，孩子自动归属父亲所有。为了争取图蒂，大姐必须散尽所有的一切去聘请律师。我是说——"所有的一切"。她不仅卖了家具和珠宝，还卖了刀子、汤匙、袜子、鞋子、旧抹布和烧过的蜡烛——为了付清律师费用而卖掉一切。经过两年的交战，她最后终于争取到女儿。图蒂是个女孩，这是大姐的幸运，因为倘若图蒂是男孩，大姐甭想再见到这个孩子，男孩宝贵得多。

过去几年来，大姐和图蒂独立生活——在组织如蜂巢的巴厘岛中独自生活！——随着钱的来去，每隔几个月搬一次家，始终为了下一步何去何从忧心忡忡。这并不容易，因为每回搬家，她的病患（多半是巴厘岛人，近来他们亦自身难保）便很难再找到她。此外，每回搬家，图蒂都必须转学。图蒂从前在班上总是名列前茅，但打从上回搬家后，名次已掉到五十个学童当中的第二十名。

正当大姐向我叙述这个真实故事之际，图蒂本人放学回家，走进店里。如今八岁的她，展现出无比的魅力。这名可爱的女孩（绑马尾、皮包骨、活跃异常）用生动的英语问我想不想吃午饭，大姐说："我都给忘了！你该吃午饭！"母女俩赶忙跑进厨房——加上躲在里头的两位害羞女孩帮忙——过了一会儿就制作出我在巴厘岛尝过的最佳食物。

小图蒂端上每道菜时，就嗓音清亮、笑容可掬地说明盘内的东西，如此活泼的她该去要指挥棒。

"姜黄汁，清洁肾脏！"她宣告。

"海藻，补充钙质！"

"番茄沙拉，补充维生素 D！"

"多种香草，预防疟疾！"

我最后说："图蒂，你在哪儿学会这一口好英语？"

"从书上！"她宣称。

"我认为你是很聪明的女孩。"我告知她。

"谢谢你！"她说，跳了支即兴的快乐小舞，"你也是很聪明的女孩！"

顺带一提，巴厘岛的孩子通常不像这样。他们经常极度安静客气，躲在母亲身后。图蒂却不然，她具有娱乐风采，她懂得表现与表达。

"我让你看我的书！"图蒂唱歌般地说道，冲上楼梯取书。

"她想当动物医生，"大姐告诉我，"那词怎么说？"

"兽医？"

"对，兽医。她对动物有许多疑问，我却没法回答。她说：'妈咪，如果有人带一只生病的老虎过来，是不是先包扎牙齿，以免它咬我？假如有条蛇生了病，需要服药，它的开口在哪里？'我不晓得她从哪儿得到这些想法。我希望她能上大学。"

图蒂抱着一堆书，摇摇晃晃地下楼梯，迅速爬到母亲腿上。大姐笑着亲吻女儿，离婚的愁云惨雾刹那间从她脸上消失。我看着她们，心想，让母亲幸存下来的小女孩，长大后必能成为女强人。一个下午的时间，我已深爱上了这个孩子。我不由自主地向神祈祷："愿图蒂有天能为一千只白老虎包扎牙齿！"

我也喜爱图蒂的母亲，但我已在他们店里待了好几个小时，觉得自己该走了。也有其他游客走入店里，希望用餐。其中有名游客是个厚脸皮的澳大利亚老女人，大声嚷嚷问大姐能否帮她治疗"糟透了的便秘问题"。我心想:"亲爱的,再唱大声点吧,让我们大伙为你伴舞……"

"我明天再来,"我向大姐保证,"再点你的多种维生素特餐。"

"你的膝盖现在好多了,"大姐说,"很快就会更好,不再感染。"

她拭去我腿上残留的绿色药膏,然后轻轻摇了摇我的膝盖骨,摸着感觉什么。而后她摸另一条腿的膝盖,闭上眼睛。她睁开眼睛,咧嘴而笑,说:"我从你的膝盖得知最近你不太有性生活。"

我问:"怎么说?因为合得太紧?"

她笑着说:"不是的——是关节,很干燥。性生活能分泌荷尔蒙,润滑关节。你多久没有性生活了?"

"大概一年半。"

"你需要好男人。我会帮你找找。我会去庙里求神给你找个好男人,因为现在你是我的姐妹。还有,你明天过来的时候,我会为你清洁肾脏。"

"除了好男人,还有干净的肾脏?听起来很不错。"

"我没告诉过任何人这些离婚的事,"她告诉我:"我的人生太沉重,太哀伤,太辛苦。我不明白人生为什么这么辛苦。"

而后我做了件奇怪的事。我握住治疗师的双手,口气坚定地说:"你的人生最辛苦的部分都过去了,大姐。"

而后我离开她的店,无法解释地颤抖,充满某种自己仍无从辨别或释放的强烈直觉或冲动。

87

现在我每天的活动,分成自自然然的三等分。早晨和大姐待在她的店里,谈笑,吃饭。下午去赖爷家,聊天,喝咖啡。晚上在我的美丽庭园独自消磨时间和阅读，或时而与过来弹吉他的尤弟聊天。每天早晨，我在太阳从稻田一方升起之时禅坐，睡前我跟我的四兄弟说话，请他们在我睡觉时守护我。

我在这里只待了几星期，却已经有任务完成的感觉。在印尼的任务是寻求平衡，而我却不再觉得自己在寻求任何东西，因为平衡已自然到来。我并未变成巴厘岛人（如同我从未变成意大利人或印度人），而是感觉到自身的平静，我喜欢让自己的日子在舒适的禅修和愉悦的美景、挚友与美食之间摆荡。近来我时常祷告，自在而频繁。多数时候，我发现自己在傍晚时分从赖爷家穿越猴林与稻田骑车回家时很想祈祷。当然，我祈祷不再被巴士撞上，或被猴子扑上来，或被狗咬，但这些都无关紧要。我的祷告多半纯粹是对自己的心满意足表达感激之情，我未曾感到有过如此卸下自己或世界的重担这般的轻盈。

我一直记得我的导师对快乐的教诲。她说人们普遍以为快乐全凭运气，运气好的话，快乐就像好天气般降临在你身上。但这不是快乐的运作方式，快乐是个人努力的结果。你去争取，追求，坚持，有时甚至周游世界找寻它。你必须积极参与自己的各种福气，一旦达到快乐境界，你永远不得懈怠，你得坚守它，永远朝这快乐努力游去，浮在快乐顶端，否则你将漏失内在的满足。患难时祈祷并不难，但危机结束时继续祈祷则是一种封存过程，帮助灵魂紧紧抓住自己的成就。

我在巴厘岛的夕阳中，自由自在地骑着单车，回想着这些教诲，不断祷告（其实是起誓），将自己的和谐状态呈现给神，说："我想抓住这些。请协助我牢记这种满足感，协助我永远给它支持。"我把这快乐储存起来，由我的四兄弟看守保护，以备日后之需。我将这种练习称作"孜孜不倦的喜乐"。为"孜孜不倦的喜乐"而努力之时，我也不断回想起朋友达西告诉过我的一个简单想法——世间的一切忧伤与烦扰，都是由不快乐的人所造成的。不仅是在像希特勒等让全球为之动荡的层次如此，在最小的个人层次来说亦是如此。即便我在自己的生活中，也确实看见自己在不快乐时所带给周遭人的痛苦、烦恼或不便。因此，追寻满足不仅是自保与自利的行为，也是献给世界的厚礼。丢弃一切痛苦，让你离开邪路，使你不再是自己或他人的障碍，此时的你才能随心所欲地服务他人并与他人同欢。

目前，我最欣赏的人是赖爷。这位老人——确实是我遇到过的最快乐的人之一——允许我有完全的自由去询问他任何萦绕在我心中有关神灵、人性的问题。我喜欢他教我的禅修，简单而逗趣的"让肝脏微笑"，以及令人感到心安的"四兄弟法"。有天药师告诉我，他懂得十六种不同的禅坐法，以及切合不同需要的多种咒语。有些为了带来和平或快乐，有些针对健康，但有些只是单纯的神秘咒语——将他送往其他的知觉境界。比如，他说知道一种带他去"上面"的禅坐法。

"上面？"我问，"什么是上面？"

"去上面七层，"他说，"去天堂。"

听见这熟悉的"七层"观念，我问他是否指禅坐带他穿越瑜伽所谓的体内的神圣七重轮。"不是七重轮，"他说，"是地方。这种禅坐法带我去宇宙的七个地方，一层一层上去，最后抵达天堂。"

我问："你去过天堂吗，赖爷？"

他微笑。他当然去过天堂。他说，去天堂并不难。

"天堂什么样子？"

"很美。那儿一切都很美。美丽的人、美丽的食物，那儿的万事万物都是爱。天堂即爱。"赖爷接着说他知道另一种禅坐。"去下面。"这种去下面的禅坐，带他前往地下七层，是一种危险的禅坐法。初学者不宜，只适合能手。

我问："所以，第一种禅坐带你上天堂，那么，第二种禅坐肯定带你……"

"下地狱。"他讲完句子。

这很有趣。我不常听印度教讨论天堂和地狱的观念。印度人从因果报应的观点看待宇宙，一种永恒的循环过程，也就是说，当你走到生命尽头，最终的安息地并非某个地方——不是天堂也不是地狱——而是以另一种形式再次循环，回到世间，以解决上辈子尚未完成的关系或错误。终于获致完美之时，你从循环中完全脱离出来，融入无极之境。因果循环的观念暗示着天堂与地狱只在尘世间看得见，因为依照自身的命运和性格，我们可以做出善行与恶行，而由此创造出天堂与地狱。

　　我向来喜欢因果循环这个概念。并非就字面而言，不见得因为我相信自己从前是埃及艳后身边的调酒师——而是就比喻而言。因果循环的哲学在比喻层面上受我青睐，是因为即便在我们此生当中，我们显然也经常重复相同的错误，执着于相同的瘾头与冲动，一再制造相同的悲惨后果，直到自己最终能加以阻止并解决。这是因果循环（同时也是西方心理学）的至高课程——立即解决问题，否则下回再搞砸一切，就得再痛苦一次。重复的痛苦，亦即地狱。脱离无止无尽的重复状态，进入新层次的了结——始可找到天堂。

　　然而赖爷对于天堂与地狱的说法并不一样，仿佛他确实去过宇宙当中的这些地方。至少我认为这是他的意思。

　　由于想弄清楚，我问："赖爷，你去过地狱？"

　　他微笑。他当然去过。

　　"地狱是什么样子？"

　　"和天堂没有两样。"他说。

　　见我一脸茫然，他尝试说明："宇宙是个圆，小莉。"

　　我想我还是不清楚。

　　他说："去上面，去下面——最后都一样。"

　　我记得基督教有个古老神秘的概念："如其在上，如其在下。"我问："那你如何分辨天堂与地狱？"

　　"看你怎么去。天堂，你往上去，通过七个快乐的地方。地狱，你往下去，通过七个哀伤之地。因此往上去比较好，小莉。"他笑道。

我问:"你是说,反正天堂和地狱这两个目的地都一样,你这辈子还不如往上去,通过快乐的地方?"

"都一样、都一样,"他说,"结果都一样,因此最好有一趟快乐的旅途。"

我说:"那么,倘若天堂是爱,地狱就是……"

"也是爱。"他说。

我坐在那儿思索了一会儿,想搞清楚答案。

赖爷又笑了,亲切地拍拍我的膝盖:

"年轻人总是很难理解这一层意义!"

88

于是今天早晨我又去大姐店里闲晃,她在想办法让我的头发长得更快、更浓密。她自己有一头浓密、闪亮的及腰秀发,为我这头小捆、蓬松的金发感到可怜。身为治疗师的她自然有办法帮助我的头发变浓密,但这可不简单。首先我必须找棵香蕉树,亲自砍下它。我必须"扔掉树头",然后把树干和树根(根仍深植于泥土中)雕成一口又深又大的钵,像个"游泳池"。而后我必须把一块木头放在坑顶,以免雨水、露水跑进去。几天后我必须再回来,看见水池内注满香蕉根的营养汁液,我得把汁液收集在瓶中,带回给大姐。她把香蕉萃取液拿去庙里祭拜,而后每天将汁液涂在我的头皮上。几个月内就会像大姐一样,有一头浓密、亮丽的及腰长发。

"就算秃头,"她说,"也能长出头发。"

在我们谈话的同时,刚放学回家的图蒂坐在地板上画图,画一间房子。图蒂近来多半画房子,她渴望拥有自己的房子。在她画的图里,背景里总是有一道彩虹，还有一个笑眯眯的家庭——父亲与全家。

我们整天在大姐店里就是做这些事。我们坐着谈天，图蒂画画，大姐和我闲聊家常，彼此开玩笑。大姐喜欢讲黄色笑话，一天到晚谈性，贬我单身，推测路过男人的生殖天赋。她不断告诉我，她每天晚上都去庙里拜拜，祈求一位好男人出现在我生命中，成为我的恋人。今天早上，我又告诉她一次："不，大姐——我不需要。我心碎太多次。"

她说："我知道如何治疗心碎。"大姐以权威大夫的态度，用手指标出六种"零故障心碎疗法"——"维生素E、睡眠充足、摄取充分的水、远离你原本所爱的人、禅坐、心中认定这是自己的命"。

"除了维生素E，其他我都做了。"

"所以现在你已痊愈。现在你需要新男人。我会求神给你。"

"我不求神给我新男人，大姐。近来我只求让自己平静。"

大姐翻翻白眼，像在说"得啦，你这白种大怪物，随你怎么说"，然后接着说："那是因为你记性不好，你已经忘了性爱是多么美好。从前我已婚的时候记性也不好，每回看见英俊的男人走在街上，就忘了家里有个丈夫。"

她几乎笑倒在地。而后她镇定下来，下结论说："每个人都需要性，小莉。"

这时有个漂亮女人走进店里，绽放出灯塔般的笑容。图蒂跳起来，奔向她的怀抱，喊着："亚美尼亚！亚美尼亚！亚美尼亚！"结果真的是这个女人的名字——而非某种奇怪的民族主义呐喊。我向亚美尼亚介绍自己，她告诉我说她是巴西人。这女人非常有活力——非常巴西。她艳光动人，穿着优雅，有气质，有魅力，看不出年龄，性感无比。

亚美尼亚也是大姐的朋友，时常来店里吃午饭，接受各种传统医疗与美容服务。她坐下来，和我们聊了将近一个小时，加入我们三姑六婆的小圈子。她在巴厘岛的时间只剩下一个礼拜，之后得飞往非洲，或者回泰国去照管她的生意。这个叫亚美尼亚的女人过的生活原来一点也不华丽。她从前服务于联合国难民事务高级专员公署。在20世纪80年代，被派去战争打得如火如荼的萨尔瓦多和尼加拉瓜丛林担任和平调解员，运用她的美丽、魅力与机智，让每个将军和叛军都冷静下来听从道理。（你好，"漂亮的力量"！）现在她经营一家名叫"Novica"的国际营销公司，赞助全球各地的原住民艺术家在网络上出售其产品。她大约能说七八国语言，她还穿了一双打从罗马之行以来我见过的最亮眼的鞋子。

大姐看着我们俩，说："小莉——你怎么从不试试让自己看起来性感些，像亚美尼亚一样。你是这么漂亮的姑娘，有好脸蛋、好身材、好看的微笑。但你一天到晚就穿同一件破T恤，同一条破牛仔裤。你不想跟她一样性感吗？"

"大姐，"我说，"亚美尼亚是'巴西人'，情况完全不同。"

"哪里不同？"

"亚美尼亚，"我对我的新朋友说，"能不能请你跟大姐说明身为巴西女人的意义？"亚美尼亚笑了，而后似乎认真地考虑了这个问题，回答："这个嘛，即使在中美洲的战区和难民营，我也尽量让自己打扮得女性化。即使在最凄惨的悲剧和危机当中，你也没有理由让自己看起来邋邋遢遢，增添他人的愁苦。这是我的观点。因此进入丛林的时候，我总是化妆、戴首饰——不是什么奢侈玩意儿，或许只是个金手环和耳环，一点唇膏与好香水。这足以让人看见我仍有自己的尊严。"

就某方面而言，亚美尼亚使我联想起维多利亚时代的英国女性旅人，她们常说，没有借口不在非洲穿英国客厅里穿的衣服。这位亚美尼亚是只蝴蝶，她不能待在大姐店里太久，因为有许多要务在身，但她仍邀请我今晚去一个派对。她认识另一位移居乌布的巴西人，今晚他在一家餐馆办活动。他将做传统巴西佳肴黑豆烤肉"feijoada"，此外还有巴西鸡尾酒，还有许多从世界各地移居巴厘岛的海外人士。她问我想不想去，之后他们或许还会出去跳舞。她不清楚我喜不喜欢派对，不过……

鸡尾酒？跳舞？烤肉？

我当然去啰。

89

我不记得上回盛装出门是何时的事了，但这天晚上，我从行李箱底翻出自己唯一的一件细肩带时髦洋装，穿上了它。我甚至涂了唇膏。我不记得上回涂唇膏是哪时候的事，我只知道不是在印度。在去派对的路上，我在亚美尼亚家稍作停留，她拿自己的时髦首饰套在我身上，让我借用她的时髦香水，让我把单车存放在她的后院，一起搭她的时髦轿车共同抵达派对，就像个得体的成年女人一般。

和海外人士的晚餐很有意思，我感觉自己重新寻访了那些长期潜藏的个人性格。我甚至有点喝醉了，经过前几个月在道场祈祷、在自家巴厘庭园喝茶的纯净日子后，尤其明显。我还调情！我有很长时间没和人调情了。近来我只和僧侣及药师混在一起，但突然间，我往日的性别再度复苏。尽管我分不太清楚自己跟谁调情，有点像到处调情。我是否迷恋坐在隔壁那位机灵的澳大利亚前记者？（"我们这儿每个人都是醉汉，"他打趣道，"我们来写参考资料给其他醉汉看。"）或者桌子那头那位安静的德国文化人？（他答应把个人收藏的小说借给我看。）或是为我们烹煮这餐盛宴的那个年纪较大的巴西美男子？（我喜欢他亲切的棕眼和他的口音，当然还有他的厨艺。我不知哪根筋不对，跟他说了些非常挑逗的话。他开了个关于自己花钱的玩笑，然后说："我这个巴西男人是彻底的灾难——不会跳舞，不会踢足球，也不会玩乐器。"出于某种原因，我答道："或许吧。但我感觉你可以扮演一个很好的情圣。"当时，时间静止了好长一段时间，我们率直地注视彼此，好像在说："把这想法摊开来谈很是有趣。"我的大胆声明仿若香味般在我们四周的空气中飞翔。他并未否认。我先把眼光别开，感觉自己的脸红了起来。)

无论如何，他的黑豆烤肉棒极了。颓废、辛辣、醇厚——巴厘岛食物当中通常吃不到的一切。我一盘接一盘地吃烤肉，决定承认：只要这世界上有这种食物存在，我就永远吃不成素。而后我们去当地一家舞厅跳舞，如果能称之为舞厅的话。它更像是时髦的海滩棚屋，只是少了海滩。有个巴厘岛年轻人组成的现场乐团，演奏很不错的雷鬼音乐，舞厅里的人形形色色，各种年纪与国籍，海外人士、游客、当地人、绚丽的巴厘岛少男少女，人人跳得浑然忘我。亚美尼亚没来，她说隔天得干活儿，但年长的巴西美男子招待我。他不像自己宣称的那样舞跳得不好，或许他也会踢足球。我喜欢他在身边，为我开门，恭维我，叫我"甜心"。而后，我发现他对每个人都叫"甜心"——连毛茸茸的男酒保也是。尽管如此，有人献殷勤还真是不错……

我很久没去酒吧了。即使在意大利，我也不上酒吧，和大卫的那几年间，我也很少出门。我想上回去跳舞是已婚的时候……这么说来，是在我婚姻愉快的时候。老天爷，那是几百年前的事了。我在舞池碰上我的朋友史黛芬妮亚，她是最近我在乌布上禅修课时所认识的一位活泼的意大利姑娘。我们一起跳舞，头发飞扬，金发与黑发，欢乐地旋转。午夜过后，乐团停止演奏，大家互相交谈。

我就在此时认识了名叫伊恩的家伙。噢，我真喜欢这家伙。我真的一见面就喜欢他。他非常好看，结合史汀[1]与拉尔夫·费因斯[2]的弟弟那一类。他是威尔士人，因此嗓音好听。他善于表达，很聪明，很会问问题，跟我一样用牙牙学语的意大利语和我的朋友史黛芬妮亚谈话。结果他竟然是雷鬼乐团的鼓手，敲手鼓。于是我开玩笑说他是"鼓夫"，像

---

① 英国摇滚巨星。
② 英国著名"电眼"男影星，在《哈利·波特与火焰杯》中扮演伏地魔，具有介于忧郁和阴郁之间的气质。

威尼斯船夫，只不过不划船而玩鼓，不知怎么回事，我们一拍即合，开始谈笑。

斐利贝——这是那巴西人的名字——随后走过来。他邀请我们大家去当地一家欧洲人士开的酷餐馆，一个从不打烊的狂欢地点，他保证，随时提供啤酒和屁话。我看着伊恩（"他想不想去？"），他说好，于是我也说好。因此我们去了这家餐馆，我和伊恩坐在一起，整晚说说笑笑，哦，我真喜欢这家伙。我已经很久没有认识这么让我喜欢的男人。他比我年长几岁，生活过得相当精彩，有很好的个人简历（喜欢《辛普森一家》，周游全世界，住过道场，引用托尔斯泰，似乎有工作，等等）。他最先服役于英军，在北爱尔兰担任轰炸队专员，而后成为跨国地雷引爆人员。曾在波斯尼亚盖难民营，目前来巴厘岛度假学音乐……

相当迷人的履历。

我真不敢相信自己凌晨三点半还没睡，也没禅坐！我半夜三更不睡，身穿洋装，和一位有魅力的男子在聊天，真是激得可怕。聚会结束时，伊恩和我都承认很高兴认识彼此。他问我有没有电话号码，我跟他说我没有，但我有电子邮件，他说："可是电子邮件感觉太……"因此聚会结束时，我们只交换一个拥抱。他说："我们会再见面的，只要他们，"——他指了指天上诸神——"同意。"

破晓前，老巴西美男子斐利贝载我回家。我们开在蜿蜒的村路上，他说："甜心，你和乌布最臭屁的家伙聊了一整晚。"

我的心一沉。

"伊恩果真臭屁？"我问，"现在就告诉我实话吧，免得日后麻烦。"

"伊恩？"斐利贝说，他笑了，"不，甜心！伊恩是认真的家伙。我说的是我自己，我是乌布最臭屁的家伙。"

我们继续行驶，沉默了一阵子。

"反正我只是开开玩笑。"

又一段长时间的沉默后，他问："你喜欢伊恩，对吧？"

"我不晓得。"我说，我的脑袋不太清楚，我喝了太多巴西鸡尾酒，"他有魅力，也很聪明。我有好一阵子没喜欢过任何人了。"

"你在巴厘岛的几个月会过得很快乐。等着看吧。"

"但我不清楚自己能再参加多少次社交聚会，斐利贝。我只有一件洋装。大家会发现我老是穿同一套衣服。"

"你年轻又美丽，甜心。你只需要一件洋装。"

90

我果真年轻又美丽？

我以为自己又老气又是离过婚的女人。

当晚我几乎无法入睡，还不习惯这通宵达旦的时辰，舞曲仍在我脑袋里回响，我的头发有烟味，肠胃对酒精表示抗议。我打了个盹，在太阳升起时起身，如同平日的习惯。只不过今早并未得到休息，也不觉得平静，也没有资格禅坐。

我为何如此焦躁？昨夜我过得很不错，不是吗？我认识有趣的人，盛装出门，跳舞，和一些男人调情……

男人。

想到这词儿，使我愈发焦躁，变成一种惊慌失措的烦忧。我再也不知道该怎么做这件事了。我在十几、二十岁的时候曾经是最大胆无耻的调情者。我犹记得自己曾经觉得这件事很有趣：遇上某个家伙，钓住他，提出模棱两可的邀请与挑逗，无视于任何告诫，任凭后果自行发展。

然而现在的我只觉得迟疑、恐慌。我开始检视这一整夜，想象自己和那个甚至没给我电子邮件地址的威尔士家伙扯上关系，我已一路看见我们的未来，包括争论他的抽烟习惯。我怀疑如果再把自己献给一名男人，将会摧毁我的旅行、写作、生活，等等。另一方面——其实偶尔谈情说爱也没什么不好，尤其是在经过一段长时间的干旱时期之后。（我记得得州理查有回对我的爱情生活提出告诫："你需要一位'纾解干旱者'，姑娘。你得为你自己找个'造雨人'。"）然后我想象身材英挺的伊恩骑着他的摩托车过来，和我在我的庭园里做爱，多么美好。这个不算讨厌的主意不知怎地让我紧踩煞车，我不想再走一遍心碎历程。然后我开始强烈地思念起大卫，心想："或许我该打电话给他，问他是否想再一次尝试重聚"……（而后我接收到老朋友查理的精确电波，说："噢，真天才啊，食品杂货——昨晚除了有点喝醉，是否还动了脑手术？"）思索过大卫之后，总逃不掉沉湎于离婚的种种，随即开始沉思（一如往昔）前夫、自己的离婚……

"我以为这话题我们老早就解决了，食品杂货。"

而后，出于某种原因，我开始思索老巴西美男子斐利贝。他很不错。这个斐利贝，他说我年轻又美丽，说我会在巴厘岛度过愉快的时光。他说得没错，对吧？我会过得轻松而开心，对吧？但今早我可不觉得开心。

我已不知如何过这种日子。

91

"人生是怎么回事？你搞得懂吗？我搞不懂。"

说话的是大姐。

我回到她的餐厅吃美味营养的多种维生素午间特餐，希望纾解自己的宿醉与焦虑。巴西女人亚美尼亚也在那儿，一如往常，看起来好似度过水疗周末，而在返家途中顺道造访美容院。小图蒂坐在地板上，照例画着房子。

大姐刚刚得知，她的店即将在八月底租约期满——距今仅剩三个月——且店租即将提高。她可能必须再次搬家，因为她负担不起。她的存款仅剩五十元左右，不知该何去何从。搬家得让图蒂再次转学，他们需要一个家——一个真正的家。这可不是巴厘人可以过的生活。"痛苦为何没有尽头？"大姐问。她并未痛哭，只是提出一个简单、让人无从解答的无奈问题。"为什么每件事必须重复再重复，没完没了，无止无尽？你辛勤工作一整天，隔天却还是得继续工作。你吃饭，隔天却又饿了。你找到爱，而后爱又离去。你出生时一无所有——没有手表，没有T恤。你辛苦工作，死的时候也一无所有——没有手表，没有T恤。你年轻，却会变老。无论多么辛苦工作，都无法阻止自己变老。"

"亚美尼亚可不，"我打趣道，"她显然不会变老。"

大姐说："那是因为亚美尼亚是巴西人。"如今她已理解世界的运作方式。我们都笑了，然而这是一种黑色幽默，因为大姐此刻在世间的处境可一点也不有趣。事实真相是：单亲妈妈、早熟的孩子、仅足糊口的生意、迫在眉睫的贫穷、实质上的无家可归。她何去何从？显然不能去住在前夫家。大姐自己娘家则是贫困的乡下稻农，她如果回去与家人同住，她在市镇的治疗事业将从此告终，因为她的病患无从与她取得联系，而让图蒂受良好教育、将来上大学念兽医的梦想也将成为泡影。

其他因素亦随时间一一浮现。我头一天留意到那两名躲在厨房后头的害羞女孩呢！原来她们是大姐收养的一对孤儿。她们俩都叫"老四"，我们叫她们大老四和小老四。大姐几个月前发现她们俩在市场挨饿乞讨。她们遭一个狄更斯小说人物般的女人——可能是亲戚——丢弃，这女人担任某种乞儿掮客，把无父无母的孩子放在巴厘岛各市场讨钱，每天晚上再以货车接回这些孩子，收取他们讨来的钱，让他们睡在棚屋。大姐最初看见大小老四时，她们已很多天没吃东西，身上满是虱子与寄生虫。大姐推测小的大约十岁，年纪较大的约十三岁，但是她们都不清楚自己的年纪，也不清楚自己姓什么。（小老四只知道她和自己村里的"猪公"同年出生，但这对日期的验证毫无助益。）大姐收留她们，像照顾自己的图蒂般关怀她们，她和三个孩子睡在店铺后方卧室内的同一张床垫上。

一位巴厘岛的单亲妈妈如何在面临被迫搬迁的命运之际，还有心收留两名额外的流浪儿——这已远远超越我对悲悯意义的理解。

我想帮助她们。

这正是我头一次遇见大姐后，深深体验的颤抖感受之所在。我想帮助这位单亲母亲和她的女儿及两名孤儿，我想帮助她们过更好的生活，我只是不知如何着手。但今天大姐、亚美尼亚和我吃着午饭，一如往常地进行着彼此体谅、互揭疮疤的交谈之际，我留意到图蒂正在做一件颇为奇怪的事：她双手捧着一小块漂亮的银蓝色正方形瓷砖在店里走来走去，以某种吟诵的方式唱歌。我看了她一会儿，看她想做什么。图蒂耍弄这块瓷砖好一段时间，扔入半空中，低语、吟唱，而后像拿着火柴盒小汽车般沿着地板推动。最后她在安静的角落里坐在瓷砖上，闭上眼睛对自己吟唱，沉浸在属于自己的某种神秘、隐形的空间当中。

我问大姐这一切是怎么回事。她说图蒂在路上一个豪华饭店的建筑工地外头发现了这块瓷砖，遂据为己有。打从图蒂发现这块瓷砖，她就不断告诉母亲："哪天我们如果有房子，或许能有这种漂亮的蓝色地板。"据大姐说，图蒂现在经常坐在这一小块蓝色瓷砖上一连数个小时，闭上眼睛假装在自己的房子里。

我该怎么说？我听了这件事，见这孩子坐在自己小小的蓝色瓷砖上陷入冥想，于是心想："好吧，就这么办。"

我提早离开店里，去彻底解决这件令人难以忍受的事情。

大姐曾经告诉过我，她在治疗病患时，有时自己会成为一条打开的输送管道，让神的爱传输而过，而她自己则不再去思索接下来需做的事情。智性停下来，本能取而代之，她只需让自身的神性流过自己。她说："感觉像一阵风吹过来，执起我的手。"

或许正是这阵风，那天也同样把我吹出大姐的店，让我不再忧虑是否该开始"约会"的事，转而引导我前往乌布当地一家网吧，坐下来写了——一口气轻轻松松地——一封筹款信给世界各地的亲朋好友。

我告诉大家，我的七月生日将至，即将迈入三十五岁。我告诉他们，在这个世界上，我什么也不缺，这辈子不曾比现在更快乐。我告诉他们，倘若我人在纽约，我会打算举办一场愚蠢的大型生日派对，让他们大家都来参加，必须带给我礼物、好酒，整个庆祝活动将办得奢华得可笑。因此，我解释道，比较便宜又美好的庆祝方式是，让我的亲朋好友共同捐款帮助一位名叫"Wayan Nuriyasih"的女人，为她自己和她的孩子们在印尼买房子。

接着我讲述了大姐、图蒂、两名孤儿及其情况等这整件事情。我答应捐款有多少，我就会从自己的积蓄里拿出数量相当的款项来。我解释说，当然我很明白世间充满不知多少苦难与战争，每个人都急需救助，但我们能怎么办呢？巴厘岛这一小群人已成了我的家人，而我们必须照顾家人，无论在何处遇见他们。在总结这封长信之际，我想起我的朋友苏珊九个月前在我展开这趟世界之旅前对我说过的话。她担心我永远不再返乡。她说："我知道你这个人，小莉。你会认识某个人，爱上他，最后在巴厘岛买房子。"

标准的预言家，这个苏珊。

隔天早上我查看电子邮件，已筹到七百块钱。再隔一天，捐款已超过我拿得出来的相当款项。

我不去细说那个礼拜的整个戏剧化过程，或去说明我每天打开来自世界各地传来"算我一份"的信件时心中的感受。每个人都愿意给予。我个人所知的破产或负债之人都毫不迟疑地捐钱过来。我最先收到的回应之一，是来自我的美发师的女友的一个朋友，她收到转寄的信后捐了十五元。我那最自以为是的朋友约翰，自然会先发表一套讽刺的言论，说我的信多么冗长、感伤、情绪化（"听着——下回你觉得必须为打翻的牛奶哭泣时，先确定是浓缩牛奶，好吗？"），但他还是捐了款。我的朋友安妮的新男友（一位华尔街银行业者，我们甚至没碰过面）愿意捐助最后筹得款项的两倍。而后，这封电子邮件开始绕行全世界，于是我开始从完全不相识的人那儿收到捐款。这个全球性的慷慨之举令人窒息。我们简单下个总结吧——从最初通过电邮发送出去的恳求开始，仅过七天——全世界各地的亲朋好友和一群陌生人帮我筹得了大约一万八千元款项，将要捐给大姐买房子。

我知道让奇迹出现的人是图蒂，通过她强有力的祈祷，竭尽所能让她那一小块蓝色瓷砖在她四周软化扩展——犹如杰克的魔法豌豆——变成一座实体的家，永远照顾她自己、她的母亲和一对孤儿。

最后还有一件事可以说说。我必须满怀羞愧地承认，是我的朋友鲍伯（而不是我自己）发现了一个显而易见的事实："图蒂"在意大利语当中，意指"每一个人"。我怎么没早些留意到这件事？我还在罗马待过几个月呢！可我并未看见这个关联，必须等到犹他州的鲍伯向我指出这一点，我才恍然大悟。他在上周的电邮来信中允诺捐款购新屋的同时，指出："这可真是最后的一课，对吧？当你前往世界帮助自己，最后却免不了帮上……每一个人。"

在筹得所有的钱之前，我不打算告诉大姐这件事。保守这么大的秘密可不容易，尤其在她一天到晚担心自身未来的时候，但在最终确定之前，我不希望让她期望太高。因此整整一个礼拜，我闭口不提自己的计划，让自己几乎天天晚上忙着和似乎不介意我只拥有一件洋装的巴西人斐利贝吃晚饭。

我想我有点迷恋他。吃过几回晚饭后，我很确定自己迷恋上了他。这位自称"臭屁大王"的认识乌布所有人的人，总是派对中的核心人物，但他这个人不仅仅是像他所表现的那样而已。我向亚美尼亚问起斐利贝，他们作过好一阵子的朋友。我问：他身上有更多东西，是吧？

"那个斐利贝——他比其他人更有深度，对吧？"她说："噢，是的，他是个亲切的好人。但他经历过一次艰苦的离婚。我想他来巴厘岛是为了让自己痊愈。"

啊——这件事我可一无所知。

不过他是五十二岁的人，这很有趣。我怎么已届这种年龄，有了将五十二岁男人列入约会对象的考虑？尽管如此，我还是喜欢他。他有银白色的头发，以不失迷人的毕加索方式渐渐秃顶。他有一双温暖的棕色眼睛。他面容柔和，而且闻起来很香。他是真正的成年男人。这种类型的成熟男子，对我而言是崭新的体验。

他住在巴厘岛至今已五年之久，和巴厘岛银器匠合作，将由巴西宝石制作而成的珠宝首饰出口到美国去。我喜欢他忠心耿耿维持二十年婚姻，而后因种种复杂的理由婚姻逐渐变质的故事。我喜欢他抚养过孩子，而且抚养得很好，让孩子们喜欢他。我喜欢他在孩子们还小的时候待在家中照顾他们，他的澳大利亚太太则去追求自己的事业。（他说自己是个女性主义好丈夫："我想走在社会史上正确的一方。"）我喜欢他这种巴西人天性夸大其辞的感情表白。（他的澳大利亚儿子十四岁时终于不得不说："老爸，我已经十四岁，或许你不该在送我上学、在校门口下车时再亲我的嘴了。"）我喜欢斐利贝能说四种，或许更多种流利的语言。（他一直说自己不会讲印尼语，可是我却听他一天到晚在讲。）我喜欢他这辈子游历过五十多个国家，在他眼中，世界是个不难处理的小地方。我喜欢他听我说话时的模样，倾着身子，只有在我打断自己问他说，我讲的话是否让他无聊时，他才会插进来说话，而他总是答说："我有全部的时间给你，我可爱的小甜心。"我喜欢他叫我"我可爱的小甜心"。（尽管女服务生亦获得此一称谓。）

有天晚上他对我说："小莉，你怎么不趁着待在巴厘岛的时候找个情人？"

为了自己的信誉起见，他这么说并不仅仅意味着他可以胜任，尽管我相信他或许乐意接受这份工作。他向我保证伊恩——相貌好看的威尔士家伙——很适合我，但也有其他候选人。有位纽约来的主厨，"一名健壮、高大、自信的好兄弟"，他认为我或许会看得上。他说，这里实在有各式各样、来自世界各地的男人，浮沉于乌布镇，躲藏在世间不断变动的"无家无产"社区当中，而许多人都乐于见到我，"我可爱的小甜心，你在这儿有个美好的夏日"。"我觉得自己还没准备好，"我告诉他，"我不想再费心去谈情说爱，你了解吧？我不想每天得刮腿毛，或必须让新恋人看我的身体。我也不想再从头说一遍我的人生故事，或担心避孕的事。总之，我甚至不确定自己能不能再过这种日子。我觉得自己十六岁的时候比现在对性和谈情说爱更有自信。"

"这不奇怪，"斐利贝说，"你当时又年轻又愚蠢。只有年轻、愚蠢的人对性和谈情说爱感到自信。你觉得我们有谁知道自己在做什么吗？你觉得人类有办法简简单单、毫不复杂地彼此相爱吗？你应该看看在巴厘岛发生的事情，甜心。这些西方男人在家把生活搞得一团糟之后来到这里，觉得已经受够西方女人，于是娶了个娇小、甜美、听话的巴厘岛小姑娘。我了解他们的想法。他们认为这种漂亮的小姑娘能让自己快乐，让自己过安逸舒服的生活。但每回看见这种事，我总想说相同的话，'祝你好运'。因为，我的朋友啊，还是有个女人在你面前哪，而你也还是个男人啊。两个人依然必须尝试和谐相处，因此肯定会变得复杂。而爱向来是复杂的事。可是人类总得尝试彼此相爱，甜心。我们必须偶尔心碎。心碎是好兆头。表示我们已经尽力。"

我说："上回我严重心碎，至今仍感到伤痛。这不是很荒唐吗？爱情故事几乎已经结束两年，却依然感到心碎？"

"甜心，我是巴西南部人。我能为我从未吻过的一个女人心碎十年之久。"

我们谈论各自的婚姻，各自的离婚故事。不是发牢骚，而是表示同情，彼此比较离婚后深陷抑郁的无底深渊。我们一同品酒、尝美食，和对方说前夫或前妻在自己记忆中的美好故事，以便让整个有关失落过程的对话少去一些杀伤力。

他说："这个周末想不想和我做些事？"我说好，那很不错。因为那真的很不错。

至今已有两回，斐利贝在我家门前放我下车道晚安时，探头过来要给我一个睡前亲吻，而我也已有两回做相同的事——任凭自己被他拉过去，但在最后一刻低下头，脸颊贴在他的胸膛上，让他搂着我一会儿。持续的时间长过仅是友好的表示。我感觉到他把脸贴在我的头发上，我的脸则贴在他的胸骨上。我闻到他柔软的亚麻衬衫的味道。我真的喜欢他的味道。他的手臂结实，胸膛宽阔。他在巴西曾是体操冠军，当然那是一九六九年的事了，即我出生那年，但他的身体感觉起来仍很强壮。

每当他探手过来时，我便这么低下头，这是一种回避——我在回避简简单单的睡前之吻，却同时也是一种不回避。在夜晚结束时的漫长寂静时刻，让他搂着我，这是我让自己被搂住。这已经有好一段时间未曾发生了。

94

我问我的老药师赖爷："你对谈情说爱懂多少？"

他说："谈情说爱是什么？"

"别放在心上。"

"请说吧，谈情说爱是什么意思？"

"谈情说爱就是，"我说明，"男女相爱。或有时候男男相爱，或女女相爱。亲吻、性和结婚——这些玩意儿。"

"我这辈子没和太多人有性，小莉。只跟我太太。"

"你说得对——是没太多人。但你说的是第一个太太或第二个太太？"

"我只有一个太太，小莉。她已经过世。"

"弥欧姆呢？"

"弥欧姆不算我的太太，小莉。她是我哥哥的太太。"见我一脸迷惑，他又说，"这在巴厘岛很常见。"赖爷的哥哥是稻农，与赖爷比邻而居，娶了弥欧姆。他们一起生了三个孩子。而赖爷和他太太无法生孩子，于是收养赖爷哥哥的一个儿子以传续香火。赖爷的太太过世后，弥欧姆开始住在两个家宅，将时间对分给两家人，照顾她的丈夫和丈夫的弟弟，照料两家自己的孩子。就巴厘岛人而言，她完全是赖爷的老婆（烹饪、打扫、照管一家的宗教仪式），除了他们不做爱之外。

"为什么不？"我问。

"太老了！"他说。而后他叫弥欧姆过来，把这个问题转述给她听，告知她这位美国女士想知道他们为何不做爱。这想法让弥欧姆几乎笑破肚皮，她还走过来用力打我的手臂。

"我只有一个太太，"赖爷继续说，"她已过世。"

"你想念她吗？"

他露出悲伤的微笑："她大限已到。我跟你说我是如何认识我太太的。我二十七岁的时候遇上一位姑娘，爱上她。"

"那是哪一年的事？"我问，和往常一样亟欲得知他的年纪。

"我不清楚，"他说，"大概是一九二〇年吧？"

（这让他现在大约是一百一十二岁。我想我们就快找出解答了……）

"我爱这位姑娘，小莉。她很美，但人品不佳。她只想要钱。她追求另一位男孩。她老是说谎。我想她心机隐秘，谁也看不见。她不再爱我，和另一位男孩跑了。我非常难过，心都碎了。我向我的四兄弟祈祷啊祈祷，问他们为什么她不再爱我？然后其中一个兄弟告诉我真相。他说：'她不是你真正的女人。耐心点。'于是我耐心等候，然后找到我的太太，美丽的好女人，她始终对我很好。我们没吵过架，家庭始终平静和谐，她总是挂着微笑。即使家里缺钱，她也总是挂着微笑，说看见我让她多么快乐。她过世的时候，我心里非常难过。"

"你哭了吗？"

"只流了点泪。但我禅坐，清除体内的痛苦。我为她的灵魂禅坐。虽然伤心，却又快乐。我每天禅坐时探访她，甚至亲吻她。她是和我有过性爱的唯一一个女人。因此我不晓得……今天那词儿是什么？"

"谈情说爱。"

"是的，谈情说爱。我不清楚谈情说爱，小莉！"

"因此这不是你的专业领域啰？"

"什么意思，这词儿？专业？"

95

我终于和大姐坐下来，告诉她有关我为她筹款购屋的事情。我说明了一下我的生日愿望，让她看一看我全部朋友的名单，而后告诉她最后筹得的款数：一万八千美元。首先，她震惊万分，表情好似哀伤不已。有时强烈情绪能使我们对意想不到的消息产生违反逻辑的反应，这虽然奇怪却也真确。这是人类情感的绝对价值——喜悦的大事，有时在芮氏地震仪上显示出彻底的创伤；而可怕的悲痛有时会让我们突然大笑起来。我刚才告诉大姐的消息令她难以承受，使她几乎以接受哀伤事件的方式接收，因此我陪她坐了几个小时，一而再、再而三地告诉她整件事情的始末，不断让她看筹款数目，直到她开始会意到事实。

她第一个清晰的反应（我是说，甚至在她意识到自己即将拥有一座庭园而哭起来之前）是急忙说："拜托，小莉，你一定得向帮忙筹款的每个人说明，这不是大姐的房子。这房子属于帮助大姐的每个人。假使哪个人来到巴厘岛，谁也不准住旅馆，好吗？你请他们过来住我的房子，好吗？答应我跟他们说噢！我们把房子叫作'集团屋'……'众人之屋'……"然后她意识到自己能够拥有庭园，于是哭了起来。

然而，慢慢地，她开始领略到快乐，仿佛把钱包里的情感抖落四处。倘若有家，她就能有间小书房摆放所有的医疗书籍，一间传统医药房，一间体面的餐厅，有真正的桌椅（因为她已经把昔日的好桌椅变卖，以偿付离婚律师费）。倘若有家，她终于能被列入《孤独星球》旅游指南：他们一直想提及她的服务，却老是办不到，因为她没有永久住址能让他们列入书中。倘若有个家，图蒂下次就能开生日派对了！

然后她又冷静、严肃起来。"小莉，我该怎么谢你？我愿意给你一切。如果我有个我爱的丈夫，你如果需要一个男人，我会把丈夫也给你。"

"留着丈夫吧，大姐。只要让图蒂上大学就行了。"

"假如你没来这里，我该如何是好？"

但我"一直"都来到这里。我想起我最爱的一首苏菲诗歌，说神很久以前就在你此刻脚下的所在地周围画上圆圈了。我永远不会不来到这里。这是注定发生的事情。

"你要在哪里盖你的新房子？"我问。

犹如小球迷老早看中橱窗里的某个棒球手套，或梦幻少女打从十三岁就开始设计自己的结婚礼服一样，大姐也早就知道自己想买哪一块地。那个地点是在附近某村子的中心，连接公共水电，附近有好学校可以让图蒂上学，而因为坐落于中心地带，病患与客人步行即可找到她。她说她的兄弟们会帮忙盖房子，她也已经挑好主卧室的油漆。

于是我们一块儿去找一位专司财务顾问兼房地产专业的法国人，他颇为好意地建议汇钱的最佳方式。他的建议是采取简单方式，直接从我的银行账户把钱汇入大姐的银行账户，让她买自己想买的土地或房子，那我就无须为在印尼拥有资产伤脑筋。只要每次汇款不超过一万块钱，国税局和调查局就不会怀疑我为毒品洗钱。而后我们去大姐所属的小银行，和经理讨论如何设定电汇。银行经理最后利落地说："大姐，电汇完成后，再经过几天，你的银行账户就会有一亿八千万卢比亚。"

大姐和我面面相觑，突然放声大笑起来。好一笔巨款！我们尝试镇定下来，毕竟是在银行家的豪华办公室里，但还是忍不住笑个不停。我们像醉鬼似的跌跌撞撞地走出银行，搀扶彼此以免跌倒。

她说："我还没见过发生得如此之快的奇迹！这些日子，我求神帮助小莉。而神也求小莉来一起帮助大姐。"

我接口说："而小莉也求她的朋友帮助大姐！"

我们返回店里，见图蒂已放学回家。大姐跪下来抓住她的女儿，说："房子！房子！我们有房子了！"图蒂假装晕倒，像卡通人物似的昏倒在地。

大伙笑在一起时，我留意到两名孤儿从后头的厨房注视着这一幕。我瞥见她们看着我的表情类似……恐惧。大姐和图蒂雀跃万分之时，我在想两名孤儿会作何感想。她们恐惧什么？被冷落？或者现在我在她们眼里很恐怖，因为我无端变出一大笔钱？（这种难以想象的钱数或许是某种魔咒？）或者当你像这些孩子一样曾过着没有保障的生活时，任何改变都叫人恐惧吧。当庆祝的心情稍微平静下来时，为了确定起见，于是我问大姐："大老四和小老四怎么办？这对她们是不是也是好消息？"

大姐看着厨房里的女孩们，肯定也看到相同的不安，因此她走过去，把她们搂入怀中，在她们头顶轻声说话鼓舞她们。她们似乎在她怀中安心起来。而后电话响起，大姐想放开孤儿去接电话，但大小老四的瘦弱手臂抓住她们的非正式母亲不放，把头埋在她的腹部和腋窝中，即使很久之后也不放她走，我从来没见她们那么"凶猛"过。

于是我替她接了电话。

"巴厘传统医疗，你好，"我说，"今天过来逛一逛我们的搬家清仓大拍卖吧！"

96

我又和斐利贝一同出去，周末出去两次。我在周六带他去见大姐与孩子们，图蒂画房子给他看，大姐则在他背后挤眉弄眼，以口形默示"新男友"？我不断摇头："不是，不是。"（尽管我已把那个威尔士家伙抛诸脑后了。）我还把斐利贝带去见我的药师赖爷，赖爷为我的朋友看手相，断言——不下七次（同时以锐利的眼神直盯着我看）——他是"好男人，非常好的男人，非常非常好的男人。不是坏男人，小莉——他是好男人"。

而后斐利贝在周日问我想不想去海滩。我突然想到自己在巴厘岛住了两个月之久，却还没见过海滩，这简直荒唐，于是我说好。他开着自己的吉普车来接我，我们花了一个小时的车程来到帕当湾几乎没有游客流连的隐秘小沙滩。这个地方简直是我见过的最像天堂的地方，碧海、白沙、棕榈树荫。我们聊了一整天，偶尔停下来游泳、打盹、看书，时而为对方朗诵。海滩棚屋里的妇女烤捕获的鲜鱼给我们吃，我们买了冰啤酒和水果。我们在海浪中嬉戏时，诉说着彼此过去几星期来在乌布各家餐厅喝酒共度夜晚时尚未提及的人生细节。他告诉我，他喜欢我的身材，在海边第一次目睹之后。他说巴西人对我这种身材有个特定的说法，就是"magra-falsa"，译为"假瘦"，即这女人远远看来苗条，近看却发现她其实颇丰腴，这在巴西人眼里很是不错。愿神保佑巴西人。我们躺在毛巾上谈话时，有时他伸手过来拍去我鼻子上的沙，或拨去我脸上的乱发。我们聊了整整十小时左右。而后天色渐黑，于是我们收拾东西，漫步穿越巴厘岛这古老渔村昏暗的泥土主街，在星光下愉快地勾着手。这时，巴西人斐利贝十分自然而轻松地（仿佛在考虑我们是否该吃点东西）问我说："我们是否该谈场恋爱，小莉？你说呢？"

我喜欢这一切的发生方式。不是以行动——不是打算亲吻我，或采取大胆行动——而是提出一个问题，而且是正确的问题。我记得一年前展开这趟旅行前，我的治疗师说过的话。我跟她说，我希望在这一整年的旅程中维持单身，却担心"假使遇上自己真正喜欢的人呢？该如何是好？我该不该跟他在一起？我是否该保持自己的自主性？或者让自己享受一场恋情？"我的治疗师宽容地笑道："你晓得，小莉——这些可以等问题发生时，再和当事人一起讨论。"

因此这一切就在眼前——时间、地点、问题、当事人。我们开始讨论在友好地手勾手漫步在海边之际自然出现的想法。我说："斐利贝，在正常情况下，我或许会说好。啊，管它什么是'正常情况'……"

我们俩都笑了。但我接着让他明白了我的迟疑，也就是——我也许愿意把自己的身心暂时交付给一名驻外情人，内心却有另一部分严格要求自己将这一整年的旅行完全献给自己。我的生命发生某种极其重要的变化，此一变化过程需要时间与空间来完成，不受任何干扰。基本上，我是刚出炉的蛋糕，依然需要时间冷却始可加上糖霜。我不想剥夺自己这段宝贵的时间，我不想让自己的生活再次失控。

斐利贝自然说他了解，说我应当做对我自己最好的事情；他说希望我原谅他提出这个问题。（"迟早非问不可，我可爱的甜心。"）他向我保证，无论我做任何决定，我们仍将保有这份友谊，因为我们共度的时光对彼此来说似乎都很美好。

"只不过，"他继续说，"我得提出自己的声明。"

"这很公平。"我说。

"其一，如果我正确理解你的意思，你这一整年是在追寻虔诚与快乐之间的平衡。我看见你做了许多虔诚的实践，却不确定到目前为止你的快乐从何而来。"

"斐利贝，我在意大利吃了很多面食噢。"

"面食，小莉？面食？"

"对啊。"

"另外，我想我知道你担心什么。有个人即将走入你的生活，再次剥夺你的一切。可我不会这样做，甜心。我也孤独了好一段时间，和你一样，也经历过许多爱的失落。我不希望我们剥夺彼此任何东西，我只是喜欢有你做伴，超过任何人的做伴，我喜欢和你在一起。别担心——你九月离开这里的时候，我不会追着你回纽约。至于几个礼拜前，你跟我说不想找情人的种种理由……嗯，这样想好了：我不介意你是否每天要刮腿毛，我已喜欢你的身体，你也已经告诉我整个人生故事，而你也用不着担心避孕——我已经做了结扎。"

"斐利贝，"我说，"这是一个男人给过我的最迷人最浪漫的提议。"

确实如此。但我依然说不。

他开车送我回家，在我的屋子前停车，我们共享了几个甜美亲吻，带着白昼海滩的咸味与沙子。美好，当然美好。但我依然又一次说不。

"没关系，亲爱的，"他说，"明天晚上来我家吃晚饭吧，我做牛排给你吃。"

而后他开车离去，我独自上床睡觉。

我一向对男人决定得很快。我总是很快坠入情网，未曾衡量风险。我不仅容易看见每个人最好的一面，也假设每个人在情感上都有能力达到最高的潜能。

我曾无数次爱上一个男人的最高潜能，而非爱上他本人，而后我久久地（甚至是过久）紧抓住关系，等待这个男人爬升至自身的伟大。在爱情中，我多次成为自己乐观倾向的受害者。

我从爱与希望出发，年纪轻轻就仓促结婚，却极少谈论婚姻的真相。没有人对我提出婚姻的忠告，父母给我的教育是独立、自给自足、自我决定。在我二十四岁时，大家都认为我理当能独立自主地为自己做所有的选择。当然世界并非总是如此运作。倘若我在任何早期西方父权时代出生，我将被视作父亲的财产，直到他把我交付给我的丈夫，成为婚姻财产。我对自己的人生大事将毫无任何发言权。如果在古代，假设一名男子追求我，我的父亲可能会和这个男人坐下来，询问一连串问题，以确定是否匹配。他会想知道："你如何供给我的女儿？你在社区中的声望如何？你的健康状况如何？你将让她住在何处？你的负债与资产状况如何？你有哪些人格优点？"我父亲不会只是因为我爱上这个家伙就把我嫁出去。然而在现代人生中，当我决定嫁人时，我的现代父亲毫不干涉。他不会干涉我的决定，就如同他不会干涉我的发型一般。

请相信我，我对父权制度毫无怀旧之情。然而我逐渐意识到，当父权制度（名正言顺地）瓦解之时，却未有另一种保护形态取而代之。我是说——我从未想到要对任何一个追求者提出在另一个时代我父亲可能盘问的问题。我曾多次只为爱情而让自己坠入情网，有时在过程中付出所有。假使我真正想成为一名自主女性，就得全权成为自己的监护人。格洛丽亚·斯泰纳姆曾劝告妇女应努力变得像自己想嫁的男人。我近来领悟到，我不仅必须变成自己的丈夫，也必须变成自己的父亲。因此那天晚上我独自上床，因为我觉得此刻接受一位君子追求者对我而言太早了。

　　说是这么说，但我在凌晨两点钟醒过来，重重叹了口气，生理十分饥渴，不知如何满足。住在我屋子里的疯猫出于某种原因高声哀号，我对它说："我懂你的感觉。"我必须想办法处理自己的渴望，于是我起身，穿着睡衣去厨房，削一磅马铃薯，水煮后切片，以奶油炸过，撒足量的盐，吃个精光——看看自己的身体能否接受一磅炸薯片的满足感以取代做爱。我的身体吃掉每一口食物后，只是回答："没得讨价还价。"

　　于是我爬回床上，无聊地叹息，开始……

　　嗯。请容我谈谈自慰吧。有时是蛮便利的工具（请原谅我），有时却令人无法满足，过后只让你觉得更糟。在一年半的单身生活后，在一年半躺在自己床上呼唤自己的名字之后，我已有些厌倦这项消遣。然而今晚，在我浮躁不安的状态中——我还能怎么做？马铃薯并未奏效，因此我又一次以自己的方式处理自己。一如往常，我的脑子翻阅储存的色情档案，寻找适合的幻想或记忆帮忙尽快完事。但是今晚没有任何东西奏效——消防队员不行、海盗不行……通常一举见效的那个以备不时之需的变态克林顿场景也不行，甚至在客厅里带着一群年轻女侍的维多利亚绅士围在我身边，亦无法奏效。最后，唯一令人满足的，是当我不太情愿地让我的巴西好友和我一起爬上床的场景进入我的脑海时……

　　而后我睡了，醒来时看见寂静的蓝天，以及更加寂静的卧室。依然心绪不宁的我，花了一大段早晨时光，咏唱一百八十二节的古鲁梵歌——我在印度道场学会的伟大的、净化人心的基本赞歌。然后我静坐一个小时，直到再次感受到自身那种具体、忠诚、清澈、与任何事毫无关联、永不更改、无以名之、永远完美的快乐。此种快乐果真比我在世间任何地方经历的任何事情更为美好，包括咸味、奶油味的亲吻以及更咸、更油的马铃薯。

　　我真高兴决定自己独自一人。

因此，隔天晚上我有些讶异——他做晚饭招待我，我们瘫在沙发上几个小时，谈论各种话题，他出人意外地扑身把脸埋入我的腋窝，说多么喜爱我奇妙的臭味，之后——斐利贝用手掌贴住我的脸颊，说："够了，甜心。现在来我床上吧。"我就跟他去了。

是的，我和他上了床，那间卧室面向夜间寂静的巴厘岛稻田。他拨开床架周围透明的白色蚊帐，引导我入内。而后他以多年来惯于准备为孩子们入浴的温柔能力帮我脱去衣裳，并向我说明他的条件——他绝对不想剥夺我任何东西，除了容许他一直爱慕我，只要我愿意。这些条件是否合我意？

从沙发到床上的这段时间，我哑口无言，只是点头。没有什么可说的了。我已度过一段漫长苦涩的时期。我为自己做得很好。但是斐利贝没说错——够了。

"好吧，"他回答，移开一些枕头，把我的身体移到他底下，"我们让自己组织起来吧。"这其实很好笑，因为那一刻终止了我企图组织的一切努力。

后来斐利贝告诉我那天晚上他眼中的我。他说我看起来很年轻，丝毫不像他在白昼世界里所认识的那个自信女人。他说我看起来年轻得很，却又开放又兴奋，因被认可而感到宽慰，厌倦于勇往直前。他说我显然很久未被人碰过。他看见我充满需求，却又感激能表达这种需求。虽说我并非完全记得这些，但我却相信他的话，因为他似乎对我相当关心。

那一晚我最记得的是四周浪涛般的白色蚊帐，在我眼里就像是降落伞。我觉得这降落伞护送我从侧门跳出坚固的飞机，这架飞机过去几年来载着我飞离生命中的艰困时期。但是如今这架坚固的飞行器在半空中已用不着，于是我步出这架专用的单引擎飞机，让这飘舞的白色降落伞载我穿越我的过去与未来之间的奇特空气层，让我安全降落在这座床形小岛，岛上只住了这位帅气的巴西遇难水手。我的出现让他（本身也孤独许久）又惊又喜，突然间忘了英语，只在每回看着我的脸时重复五个词：美啊、美啊、美啊、美啊、美啊。

98

　　我们当然一夜没睡。而后，荒唐的是——我得离开。隔天一大早我必须愚蠢地回自己的屋子去，因为我和朋友尤弟有约。他和我老早计划这个礼拜一起展开我们的环巴厘岛公路之旅。这是某天我们在我屋里想出的主意：当时尤弟说，除了他的老婆和曼哈顿之外，美国最让他怀念的是开车——和几个朋友钻进车子里动身展开远距离的冒险，行驶于美妙的跨州公路上。我告诉他："好吧，我们一块儿在巴厘岛走一趟美式公路之旅吧。"

　　我们两个都认为这个主意滑稽得诱人——在巴厘岛根本不可能进行美式公路之旅。首先，在面积相当于德拉瓦州的岛上，根本没有所谓的"远距离"。而无所不在、疯狂驾驶、相当于美国小型车的小摩托车——挤着一家五口，父亲单手驾驶，另一手抱着新生儿（仿佛抱着橄榄球），而身穿紧身纱龙裙的母亲在他身后侧坐，头上顶着一只篮子，一边注意着一对才刚会走路的小孩，警告他们别从快速行驶、可能逆向行车且无前灯的机车上摔下来——使这可怕的公路，更为危险万分。很少有人戴安全帽，却常常——我未曾查明原因——"携带"安全帽。试想这些累累重担的摩托车飞速地横冲直撞，而巴厘岛公路上处处是人。我不晓得每个巴厘岛人怎会未死于交通事故。

　　然而尤弟和我依然决定离开一个礼拜，租车周游这座小岛，假装我们人在美国，而且是自由之身。上个月我们想到这个主意时，我大受吸引，然而此时——当我和斐利贝躺在床上，他吻着我的手指、前臂和肩膀，怂恿我待久一点——却是很不巧的时刻。可是我必须走。就某种程度而言，我也确实想走。不仅和我的朋友尤弟共度一个礼拜，也是让自己在与斐利贝度过重要的一晚后稍事休息，以面对新现实，如同小说里所说的——我有了情人。

于是斐利贝送我回家，给我最后的热情拥抱，我的时间刚好足够淋个浴振作精神，而后尤弟驾着租来的车抵达。他看了我一眼，说："好家伙——昨晚何时回家？"

我说："好家伙——我昨晚并没有回家。"

他说："好——家伙。"并笑了起来，可能想起我们两周前才进行的对话，当时的我郑重断言自己这辈子可能永远不再做爱。他说："所以你投降了？"

"尤弟，"我回答，"让我讲个故事。去年夏天在我离开美国之前，我去纽约州北部边远地区看祖父母。我祖父的太太——他的第二任太太——是位很好的女士，名叫盖儿，现年八十多岁。她拿出一本老相簿，给我看十九世纪三十年代的相片，当时她十八岁，跟她的两名好友和一位监护人去欧洲旅行一年。她翻阅相片簿，让我看那些叫人惊叹的意大利老相片。我们突然翻到一张相片，是个俊俏的意大利家伙，在威尼斯。我说：'盖儿——这帅哥是谁？'她说：'那是旅馆主人的儿子，我们在威尼斯所待的旅馆。他是我的男朋友。'我说：'你的男朋友？'我祖父的娇妻诡秘地看着我，散放出贝蒂·戴维斯[1]的性感眼神，说：'我当时看腻了教堂，小莉。'"

尤弟跟我击掌说："继续努力吧，老兄。"

我和这位处于流放状态、年轻的印尼音乐天才，动身展开假美国式

---

[1] 美国电影女演员，被誉为"美国影坛第一夫人"，她有一双动人的眼睛。

的环岛公路行，车子后座满载吉他、啤酒，以及相当于美国公路旅行食品的巴厘岛食物——炸米饼和味道恐怖的土产糖果。旅程细节，如今对我而言已有些模糊，因为心中充满对斐利贝的杂念，还因为在任何国家做公路旅行始终会有奇特的朦胧感。但我记得尤弟和我自始至终说着美语——我许久未说的语言。这一年我自然说了不少英语，美语却不然，而且绝不是尤弟喜欢的那种嘻哈美语。因此我们大说特说，把自己变成看MTV的青少年，开着车，像纽约郊区的青少年一般嘲弄彼此，叫彼此"好家伙"和"老兄"，时而柔情蜜意地称彼此"玻璃"。我们的对话经常环绕着对彼此母亲的亲密侮辱。

"好家伙，你拿地图干什么？"

"何不问你娘我拿地图干什么？"

"老兄，我会的，只不过她太肥。"

诸如此类。

我们甚至未深入巴厘岛内陆，我们只是沿着海岸行驶，整个礼拜都是海滩、海滩、海滩。有时我们搭小渔船出海到某个岛上，看那儿有什么好玩的。巴厘岛有各式各样的海滩。我们某天在库塔的南加州式白沙海滩上闲晃，而后上行前往西岸凶险的黑岩岸海滩，然后跨越似乎未见一般游客前往的分界线，到达北岸，唯有疯狂的冲浪者才勇于踏上的狂烈海滩。我们坐在海边观看危险的海浪，看着精瘦、棕肤色和白肤色的印尼与西方冲浪军划过水面，犹如扯开大海的蓝色晚宴服背后的拉链。我们看着冲浪者带着傲骨冲向珊瑚与岩石，回来的时候却又冲着另一波海浪，我们倒抽一口气说："好家伙，完全一团糟啊。"

我们如同原本的打算，长时间（为尤弟着想）完全遗忘自己身在印尼的现实，驾着租来的车，吃垃圾食物，唱美国歌，到处找比萨饼吃。当我们被身在巴厘岛的证据压倒时，便予以忽视，假装自己还在美国。我会问："通过这座火山最好走哪条路？"尤弟便说："我想该走'I-95'。"我反驳："可是那会刚好碰上波士顿的塞车时段……"虽然只是游戏，却多少奏效。

有时我们发现绵延不绝的平静碧海，便游泳一整天，准许对方在早上十点开始喝啤酒（"好家伙——这药有效。"）我们和每个遇上的人交朋友。尤弟是那种走在海边看见有人造船，就停下来说"哇！你在造船吗？"的那种人。他的好奇心如此迷人，没过多久，我们便得到去造船人家里住上一年的邀请。

奇特的事在夜间发生。我们在前不着村、后不着店的地方碰上神秘的庙会，让自己被合唱歌声、鼓声与木琴声催眠。我们在某个海边小镇上，发现全部的当地人聚集在阴暗街道上举办生日庆典，尤弟和我被人从人群中拉出来（被外人视为嘉宾），受邀与村里最美的姑娘跳舞。（她穿金戴银，香味四溢，化的妆仿如埃及人，她可能年仅十三岁，其纤柔、性感的摇臀方式却足以诱惑她想诱惑的任何神明。）隔天我们在同个村子里找到一家奇特的家庭餐馆，餐馆的巴厘老板自称是泰式料理的大厨，尽管他肯定不是。但我们还是整天待在餐馆里喝冰可乐，吃油腻的泰式炒面，和老板十几岁的柔弱儿子玩大富翁。（我们后来才想到，这位美少年很可能是前一晚的美少女舞者：巴厘人精于仪式变装。）

每天我从所能找到的偏远电话亭跟斐利贝通话，他问："还得睡几天觉，你才会回到我身边？"他告诉我，"我很享受爱上你，甜心。感觉如此自然，就像每隔两个礼拜就会经历的事情，但实际上我已将近三十年没对任何人有这种感觉了。"

还不到那里，还不到深深陷入爱中的地步，我语出犹豫，提起自己几个月后即将离开。斐利贝漠然以对，他说："或许这只是一个愚蠢浪漫的南美想法，但我要你了解——甜心，为了你，我甚至愿意受苦。无论我们之间将来发生任何痛苦，我都已接受，只为了现在和你在一起的快乐时光，让我们享受美好的此刻。"

我告诉他："你可知道，有趣的是——在遇见你之前，我认真考虑过永远独身。我打算过灵性沉思的生活。"

他说："甜心，那先来沉思一下……"而后开始具体陈述再度与我同床共枕时，他打算对我的身体所做的第一、第二、第三、第四、第五件事。讲完电话后，我的膝盖软下去，踉跄地走开，为这新的激情感到莞尔而迷惘。

公路之旅的最后一天，尤弟和我在某个海滩闲坐数小时之久——正如我们经常做的那样——又开始谈及纽约，它的好和我们对它的爱。尤弟说他想念纽约，几乎相当于想念他太太——仿佛纽约是一个人，打从被驱逐出境后就失去的一个亲人。我们聊天的同时，尤弟在我们的毛巾之间掸开一块白沙地，画一张曼哈顿地图。他说："让我们填上纽约在自己记忆中的一切吧。"我们用手指尖画出每一条大道、主要的交叉路段、歪曲的百老汇街、河流、格林威治村、中央公园。我们挑了一个漂亮的薄贝壳代表帝国大厦，另一个贝壳代表克莱斯勒大厦。我们拿了两根小枝子，把双子星大楼放回曼哈顿岛尖端，以示敬意。

我们用这幅沙子地图来告知对方纽约最让自己喜欢的地点。尤弟现在戴的太阳眼镜是在这儿买的，我现在穿的凉鞋是在这儿买的。这是我和前夫第一次吃晚饭的地方，这是尤弟和他太太认识的地点。这是城里最好的越南餐馆，这是最好的贝果饼店，这是最好的面馆（"没的事，死玻璃——这里才是最好的面馆。"）。我画出自己过去住的"地狱厨房"区，尤弟说："我知道那儿有家好餐馆！"

"踢踏客、鲜艳或星光？"我问。

"踢踏客，好家伙。"

"有没有试过蛋蜜乳？"

他悲叹："噢，天啊，我知道……"

我深深感受到他对纽约的思念，有片刻间使我误认为那是自己的思念。他的乡愁彻底感染了我，使我忽然忘记自己其实在未来哪天能回到曼哈顿去，而他却不能。他把玩双子星大楼的两根枝子，使它们更牢牢地固定在沙地上，而后眺望平静的碧海，说："我知道这儿很美……但你想我能不能再见到美国？"

我能说什么。

我们陷入沉默。然后他吐出含在嘴里已经一小时的难吃的印尼硬糖，说："好家伙，这糖的味道恶心透了。你从哪儿拿来的？"

"从你娘那儿，好家伙，"我说，"从你娘那儿拿来的。"

99

我们回乌布后，我直接到斐利贝家，然后约有一个月未离开过他的卧室。这说来一点都不夸张。过去我从未被哪个人如此愉悦专注地依恋爱慕，我从未在做爱过程中被如此生吞活剥。

我对亲密关系所了解的一件事，是某种天然法则支配着两个人的性经验，而这些法则没有让步的余地，正如同地心引力般无从商榷。生理上对另一个人的身体感觉自在与否，不是你所能做的决定，和两个人的想法、举止、谈吐，甚至长相也毫无关系。神秘的吸引力若非深埋在胸骨后头，就是毫不存在。倘若不存在（如同我过去令人心痛的明确体验），你亦无从强迫，正如同外科医师无从强迫病患的身体去接受不合适的肾脏捐赠。我的朋友安妮说，一切都回归到一个简单的问题："你想不想让自己的腹部永远贴着另一个人的腹部？"斐利贝和我欣喜地发现，我们是一个完全协调、在基因设计上完全腹贴腹的成功案例。我们没有任何身体部位对对方的任何身体部位过敏，没有任何危险、困难，或排斥。我们的感官世界——简单而彻底地——相得益彰。并且……被予以赞赏。

"看看你。"斐利贝在我们再次做爱后，带我到镜子前，让我看看自己赤裸的身体与毛发，仿佛我刚从太空总署的太空训练离心机中走出来。他说："看看你多美……你的每一道曲线……都像沙丘……"（事实上，我想自己的身体这辈子从未看起来或感觉如此放松。打从六个月大时，母亲拍下我在厨房水槽洗完澡后，裹着毛巾在梳妆台上的快乐照片以来，就不曾有过。）

而后他带我回床上，以葡萄牙语说："Vem, gostosa."

过来吧，我的可人儿。

斐利贝还是个宠爱大师。他在床上不知不觉地以葡语爱慕我，因此我已从他的"可爱的小甜心"晋升为他的"queridinha"（字面翻译："可爱的小甜心"）。我来巴厘岛后很懒惰，不想学印尼语或巴厘语，却突然间轻而易举地学会了葡萄牙语。当然我只学会枕边细语，却是好用的葡语。他说："亲爱的，你会腻的。你会厌倦我的抚摸，厌倦我每天说好几次你有多美。"

考验我吧，先生。

我在这儿失去时间，我在他的被单下、他的手下消失。我喜欢不知年月的感觉。我一板一眼的时间表已随风消散。最后，过了好长一段时间，我才在某天下午去拜访我的药师。赖爷在我开口说话前就从我脸上看见了真相。

"你在巴厘岛找到男友了。"他说。

"是的，赖爷。"

"很好，小心别怀孕。"

"我会的。"

"他人很好？"

"你告诉我吧，赖爷，"我说，"你看过他的手相。你保证过他是好男人。大概说了七次。"

"真的？哪时候？"

"六月的时候。我带他过来。他是巴西人，年纪比我大。你跟我说你喜欢他。"

"我从没说过，"他坚称，而我不管说什么他都不相信。赖爷时而忘事，就像你若介于六十五至一百一十二岁之间的话也会忘事一样。
大半时间里，他是敏锐的人，但有些时候我觉得自己干扰到他，把他从
另一层意识、另一个宇宙里拉出来。（他在几星期前，完全不明所以地
对我说："小莉，你是我的好朋友、忠心的朋友、亲爱的朋友。"接着
叹口气，凝望空中，哀戚地加上一句，"不像雪伦。"谁是这见鬼的雪
伦？她对他做了什么？我想问他，他却未给我任何答案。甚至突然间像
是不明白我提起的人是谁，仿佛一开始是我先提起这位贼头贼脑、水性
杨花的雪伦。）

"你怎么从来不带男友过来给我认识？"此刻他问道。

"我带来过，赖爷。真的，你跟我说你喜欢他。"

"不记得了。你的男友，他有钱吗？"

"没有，赖爷。他不是有钱人，但他的钱够用。"

"中等有钱？"药师要数据表式的细节。

"他的钱够用。"

我的回答似乎让赖爷恼怒。"你跟这个男人要钱，他会给你，或
不会？"

"赖爷，我不要他给我钱。我从没跟男人拿过钱。"

"你每天跟他过夜？"

"是的。"

"很好。他宠不宠你？"

"非常宠。"

"很好。你还禅坐吧？"

是的，我依然天天禅坐，从斐利贝的床溜到沙发上，让自己静坐，
对这一切表达感激。在他的阳台外头，鸭子一路嘎嘎地叫，穿越稻田，
到处聒噪地戏水。（斐利贝说这些巴厘岛的忙碌鸭群老是让他想起大摇
大摆走在里约海滩的巴西女人：高声闲聊，经常打断彼此，自信满满地
摆动臀部。）现在的我如此放松地潜入禅修，仿如我的情人正为我准备

沐浴。在早晨的阳光下裸着身子，只裹着一条薄毯，我融入恩典中，漂浮在无极的上空，犹如在汤匙上保持平衡的小贝壳。

过去的人生，为何似乎很难？

有一天我打电话给在纽约的朋友苏珊，隔着电话传来典型的都市警车鸣笛的背景响声，我听她向我倾诉最新的失恋细节。我的声音冷静平和，有如午夜爵士电台主持人的语调，我告诉她，放手吧，我说，宝贝，你得明白一切皆已十分完美，宇宙提供给我们安宁、和谐的一切……

隔着警笛声，我几乎看见她一边翻着白眼，一边说："这听起来像是今天已经高潮四次的女人说的话。"

100

可是在几个礼拜后，所有的寻欢作乐使我自食其果。那些不眠之夜和那些做太多爱的日子使我的身体开始反扑，我的膀胱严重感染。一种过度性爱的典型病症，尤其在你不再习惯过度性爱的时候，更易遭受侵袭。它就像任何悲剧般迅速来袭。某天早上我走过镇上办理杂务，灼痛与发烧突然袭来。我在轻狂的年轻时代曾有过这些感染，因此知道是怎么回事。我惊恐片刻——这种事很可能变得很严重——而后心想："谢天谢地，我在巴厘岛最好的朋友是位治疗师。"于是跑进大姐的店里。

"我生病了！"我说。

大姐看了我一眼，说："小莉，你生病是因为做太多爱。"

我呻吟，把脸埋在手中，很不好意思。

她咯咯笑说："你瞒不了大姐……"

我痛得要命，感染过的人都很清楚这种可怕的感觉，至于未曾体验过这种痛苦的人——请构想你自己的痛苦比喻，最好在句子里使用"拨火棍"这词儿。

大姐就像资深消防员或急诊室医师，总是从从容容的。她开始有条不紊地切药草，煮根茎，游走于厨房和我之间，给我一帖又一帖温热、棕色、味道有如毒药的煎药，说："亲爱的，喝了吧……"

每逢一帖药正在煎煮时，她便坐在我对面，神情淘气地利用机会追问。

"你小心不要怀孕吧，小莉？"

"不可能，大姐。斐利贝做了结扎。"

"斐利贝做了'结扎'？"她问道，对此敬畏三分，仿佛问的是，"斐利贝在托斯卡纳有栋别墅？"（顺便一提，我也有相同的感觉。）在巴厘岛要男人做这件事非常困难。避孕向来是女人的问题。

（印尼的生育率近来的确有下降趋势，源于最近实施的一套避孕奖励计划：政府答应提供一部新机车给每一位自愿动结扎手术的男人……尽管我可不敢想象这些男人必须在"手术同一天"骑新机车回家。）

"性很有趣。"大姐若有所思地说，一边看我痛得龇牙咧嘴，不断喝她的自制煎药。"是的，大姐，谢啦，是很愉快。"

"不，性真的很有趣，"她继续说，"使大家做有趣的事。每个人一开始爱上的时候都像这样。想要更多快乐，太多欢乐，直到让自己生了病。甚至大姐在爱的故事刚开始时也发生过，失去平衡。"

"我真丢脸。"我说。

"不，"她说，随后她以完美的英语（以及完美的巴厘逻辑）又说，"有时为爱失去平衡才能过平衡的生活。"

我决定打电话给斐利贝。我家有些抗生素，以备旅行期间的不时之需。从前我有过这种感染，清楚其严重性，甚至可能通往肾脏。我不想在印尼经历这些。于是我打电话给他，告知他发生的事情（他深感罪恶），请他把药带来给我。并非我不信任大姐的医疗本事，只不过这痛不是闹着玩的……

她说："你不需要西药。"

"但也许比较好，以防万一……"

"再等两个小时，"她说，"要是没好转，你就服自己的药。"

我勉强同意。我对这种感染的经验是可能得花几天时间才能消失，即使服用强效抗生素。但我不想让她不舒服。

图蒂在店里玩，她不停地拿自己画的房屋小图过来逗我开心，她以八岁孩子的同情心轻拍我的手："伊丽莎白妈妈生了病？"至少她不清楚我做了什么才得病。

"大姐，你房子买了吗？"我问。

"还没呢，亲爱的。不急。"

"你喜欢的那个地方呢？我以为你想买？"

"那里没在卖。太贵了。"

"你心目中有其他地方？"

"现在别担心这个，小莉。目前，让我使你快快好起来。"

斐利贝带来我的药，一脸自责，对于让我遭此痛苦（至少这是他的看法）向我和大姐道歉。

"不严重，"大姐说，"用不着担心。我不久就能治好她，很快就能好起来。"

随后她去了厨房，拿出一只巨大的玻璃钵，钵里装满叶、根、浆果、姜黄、一团看起来像巫婆头发的东西，还有我认为是蝾螈的眼睛……全部浮在原本的棕色汁液中。钵内的这玩意儿约有一加仑之多，臭得像尸体。

"亲爱的，喝了吧，"大姐说，"全部喝掉。"

我忍着喝下去。不到两个钟头……嗯，我们都清楚结局如何。两个钟头不到，我没事了，彻底痊愈。必须吃几天西方抗生素才能治好的感染全都消失了。我想付钱给她，作为她把我医好的代价，她却只笑着说："我的姐妹不需要付钱。"而后她转身对斐利贝假装严厉地说：

"你现在得小心待她。今晚只能睡觉，不准碰她。"

"医治人们这些因为性而引起的问题，不让你觉得难堪吗？"我问大姐。

"小莉，我是治疗师。我治疗所有的问题，女人的阴道、男人的'香蕉'。有时候我甚至还为女人制作假阴茎呢，让她们独自做爱。"

"人造生殖器？"我吃惊地问。

"小莉，不是人人都有个巴西男友。"她提醒道，然后她看看斐利贝，快活地说，"你如果需要帮忙让你的'香蕉'变硬，我能给你药。"

我赶忙向大姐保证斐利贝的'香蕉'一点都不需要帮忙，但向来有生意头脑的他打断我，询问大姐这种让'香蕉'变硬的治疗药物能否装瓶上市。"这能让我们大赚一笔。"他说。但她说不是这样的。她所有的药都需要每天新鲜制作才能奏效，而且必须配合她的祷告。无论如何，她说，内服药不是她让男人'香蕉'硬挺的唯一方式，而按摩也能达到效果。而后我们惊异地听她描述她为男人不举的'香蕉'所做的各种按摩，她如何抓着这玩意儿的底端，甩动一个小时，促进血液流动，同时念特殊祷词。

我问："可是大姐——万一男人每天回店里来，说：'还没治好，医师！需要再做一次香蕉按摩！'那怎么办？"这无聊的主意令她发笑，她承认是得当心别把太多时间花在治疗男人的'香蕉'上，因为这在她内心造成某种程度的……强烈感觉……她认为这对医疗能量并无好处，有时确实会让男人失控。（倘若你多年不举，突然间这位有着一头乌黑秀发的褐肤女郎让你的引擎再次运转，你也会失控。）她说有个男人在某回治疗不举之际跃起身子，开始绕着房间追她，说："我需要大姐！我需要大姐！"

然而大姐的能力不仅这些。她告诉我们，有时她还必须教导病人如何对抗不举或冷感，或者教导生不出小孩的夫妻有关性的事。她必须在他们的床单上画魔法图，对他们说明哪些性姿势适合月中的哪一天使用。她说男人若想要孩子，就该和老婆"非常、非常使劲儿地"做爱，就该"从他的'香蕉'中非常、非常快速地把水喷入她的阴道"。有时大姐还必须亲自和做爱的夫妻待在房间里，说明该多么使劲儿、多么快速。

我问："有医师大姐站在身边，男人有办法让'香蕉'非常使劲儿、非常快速地喷出水来吗？"斐利贝模仿大姐观看夫妻："快一点！使劲儿点！你到底想不想要小孩啊？"

大姐说，是的，她知道这很怪，但这是治疗师的职责。尽管她承认进行这件事之前与之后必须举行多次净化仪式，以便让她的圣灵完好无损，她并不喜欢太常做，因为这让她觉得"怪异"。但倘若关于受孕，她就会处理。

"这些夫妻现在都生了孩子吗？"我问。

"生孩子了！"她骄傲地确认。当然他们都生了孩子。

但大姐接着告诉我们一件相当有趣的事。她说假使一对夫妻不幸无法受孕，她就会同时检查夫妻两人，决定——照他们的说法——过错在谁。假使问题在女方，没问题——大姐可采取古疗法治疗。但倘若问题在于男方——这在巴厘岛的父权社会中，可是微妙的情况。大姐在此情况下的医疗选择有其限制，因为直接对一个巴厘岛男人说他不孕是危险的事——男人怎么可能不孕！男人毕竟是男人。倘若无法怀孕，肯定错在女方。倘使女人不赶紧给丈夫生孩子，麻烦可大了，她可能遭遇挨揍、羞辱、被休的命运。

"在这种情况下，你怎么处理？"我问道。心中啧啧称奇于一个还把精液称作"香蕉水"的女子能够诊断得出男人不孕。

大姐对我们说明一切。她对男人不孕病例采取的治疗法是，跟男人说他的妻子不能生育，而妻子必须每天下午单独前来参与"疗程"。当妻子独自来店里时，大姐会从村子里找一名年轻男人过来，跟妻子做爱，希望让她怀孕。

斐利贝惊恐地说："大姐！不可能吧！"

但她只是平静地点点头："是的，别无选择。妻子如果健康，就能生下孩子，人人都很高兴。"

斐利贝因为住在镇上，立刻想要知道："谁？你雇谁做这个工作？"

大姐说："就是那些司机。"

我们全笑了，因为乌布镇处处看得见这些年轻人，这些坐在每个街角的"司机"骚扰路过的游客，不断叫嚷："搭车？搭车？"希望载人出城游览火山、海边或寺庙，以赚点小钱。大致说来，这群人相貌堂堂，肤色有如高更画中的人物，身材健美，蓄时髦的长发。在美国为女人开一家"精子诊所"，雇用这类美男子，绝对可以让你大赚一笔。大姐说她的不孕治疗最妙的是，一般来说，这些司机为自己提供的性传送服务甚至不求报偿，尤其倘若看诊的妻子长相漂亮的话。斐利贝和我同意这些男人相当慷慨且极具社区精神。九个月后，漂亮的孩子出生了。人人都很高兴。最美好的是"没有必要取消婚姻"。我们都晓得取消婚姻在巴厘岛是多么可怕的事情。

斐利贝说："老天——我们男人真是坏蛋。"

大姐理直气壮。这项治疗之所以有必要，是因为对一个巴厘岛男人说他不孕，他回家的时候免不了要对妻子做出可怕的事。倘若巴厘男人不像这样，她大可用其他方式治疗不孕。但这是文化现实产生的结果。她对此毫不心虚，认为这只不过是另一种创意疗法。她又说，无论如何，让妻子和很酷的司机做爱有时候不失为好事，因为巴厘岛的多数老公都不知道如何和女人做爱。

"多数老公都像公鸡，像山羊。"

我提议："大姐，或许你该开设性教育课程。你该教导男人如何温柔抚摸女人，那么也许他们的老婆会更喜欢性爱。因为男人如果温柔抚摸你，触摸你的肌肤，说甜言蜜语，亲吻你全身，不慌不忙……性爱可以是美好的事情。"

突然间，她脸红了。这位按摩"香蕉"、治疗膀胱感染、卖人工生殖器、有时拉皮条的大姐竟然脸红了。

"你说这些让我觉得别扭，"她扇扇自己，说，"这些谈话，让我觉得……有异状，就连内裤里头也觉得有异状！你们两个回家去吧。别再谈这些有关性的事了。回家，上床去，但睡觉就好，好吧？睡觉就好！"

101

回家路上，斐利贝问我："她房子买了吗？"

"还没。她说还在找。"

"打从你把钱给她，已经一个多月了，不是吗？"

"没错，可是她想要的那块土地不出售。"

"小心点，甜心，"斐利贝说，"别让这件事拖太久。别让整个情况变成'巴厘式'麻烦。"

"什么意思？"

"我不想干涉你的事，但我在这国家已待了五年，知道这儿的情况。事情有可能变得很麻烦。有时候很难搞清楚事情的真相。"

"斐利贝，你想说什么？"我问，我见他未立刻回答我，便引用了他自己说过的名句，"你若能慢慢告诉我，我就能快快明白。"

"我想说的是，小莉，你的亲朋好友为这个女人筹了一笔钱，而现在钱都搁在大姐的银行账户里，你最好确定一下她的确买了房子。"

102

七月底来临，我的三十五岁生日也即将到来。大姐在她店里为我举办生日派对，和我以往过生日的经验完全不同，大姐让我穿上巴厘岛传统的生日礼服——鲜紫色纱龙裙、无肩带紧身上衣和一条紧紧裹着我的金色长布，形成一道紧身保护膜，几乎使我喘不过气来，甚至吃不下自己的生日蛋糕。她在又小又暗的卧室（里头塞满与她同住的三个孩子所有的东西）中，把我塞入这套精美的服饰里，一边在我胸前别住这些打了褶的华丽布料，不经意地问我："你想过嫁给斐利贝吗？"

"没想过，"我说，"我们没打算结婚。我不想再嫁人，大姐。我认为斐利贝也不想再娶妻。但我喜欢和他在一起。"

"外在体面好找，但外在体面而且内在也体面，这可不容易。斐利贝就是一例。"

我同意。

她微笑说："小莉，这好男人是谁带给你的？是谁天天祈祷让你找到他？"

我亲吻她："谢谢你，大姐。你做得超完美。"

我们起身参加生日派对。大姐和孩子们用气球和棕榈叶装饰了整个地方，还有手写标语，上面写着复杂的连写句，比方："祝你，亲爱的好姐姐，我们心爱的伊丽莎白女士生日快乐，祝你生日快乐，永远平安，生日快乐。"大姐的几位侄儿、侄女是天生的舞者，在庙会跳舞，于是他们都来餐厅为我跳舞，那是令人难以忘怀的华丽演出，通常只用来献给祭司。每个孩子都佩戴大型金色头饰，脸上化着妖艳的浓妆，顿足有力，手势纤柔。

巴厘岛的派对，整体而言环绕着一个原则组织而成：大家盛装出席，坐在附近，面面相觑。事实上很像纽约的时尚派对。（"天啊，甜心，"当我说起大姐要为我举办巴厘式生日派对时，斐利贝呻吟道，"那会是一场乏味的派对……"）然而并不至于乏味——只是安静，只是不同罢了。先是整个盛装打扮的部分，而后是整个跳舞表演的部分，接着是整个坐在附近、面面相觑的部分，其实并不太坏。大家看起来都很美。大姐全家人都来了，他们从一米之外不断朝我微笑招手，我也不断朝他们微笑招手。

我和最小的孤儿小老四一同吹熄生日蛋糕的蜡烛：我在几个礼拜前决定，从今以后，她也和我一样在七月十八日过生日，因为她从前都不曾有过生日或生日派对。我们吹熄蜡烛后，斐利贝送给小老四一只芭比娃娃，她惊喜地打开礼物，把它当作前往木星的太空船票——这是她想都想象不到的自己会收到的礼物。

有关这场派对的一切都有些诡异。古怪地混杂着各种国籍、各种年纪的朋友，连大姐的家人以及几位我没见过的她的西方客户与病患都到场了。我的朋友尤弟带来半打啤酒祝我生日快乐，还有个叫亚当的洛杉矶编剧家也来了。斐利贝和我某晚在酒吧认识了亚当，也邀请他过来。亚当和尤弟在派对上和一名叫约翰的小男孩说话。男孩的母亲是大姐的病患，是德国服装设计师，嫁给了一位住在巴厘岛的美国人。小约翰——七岁的他说尽管自己从未去过美国，但因为老爸是美国人，因此他也算是美国人，可是他跟他母亲讲德语，跟大姐的孩子们讲印尼语——他很崇拜亚当，因为他发现这家伙来自加州，而且玩冲浪。

"你最喜欢的动物是什么，先生？"约翰问。亚当回答："鹈鹕。"

"什么是鹈鹕？"小男孩问道，尤弟于是插嘴说："好家伙，你不晓得鹈鹕是什么吗？好家伙，你该回家问你老爸。鹈鹕可酷呢，好家伙。"

而后，算是美国人的小约翰转身和小图蒂说印尼话（或许问她鹈鹕是啥），图蒂正坐在斐利贝腿上读我的生日贺卡，斐利贝则和一位来找大姐治疗肾脏的巴黎退休绅士讲着漂亮的法语。同时，大姐打开收音机，肯尼·罗杰斯正在唱《乡下胆小鬼》，而三名日本姑娘不经意间走进店里，看看能否接受医疗按摩。我招呼日本姑娘吃生日蛋糕的时候，两名孤儿——大老四和小老四——拿着她们存钱买给我当礼物的大亮片发夹在装饰我的头发。大姐的侄子、侄女——庙会舞者，稻农子弟——安静地坐着，迟疑地盯着地板，一身金装，仿佛小小神明。他们让房间充满某种奇异脱俗的神性。我的巴厘岛传统服饰紧紧勒着我，好似热情的拥抱，我觉得这肯定是我有生以来最奇怪——却可能也是最快乐——的生日派对。

可是大姐还是必须买房子，而我开始担心这不会发生。我不清楚为何未发生，但是非发生不可。斐利贝和我如今已插手干预。我们找到一名房地产经纪人带我们四处看地产，但大姐都不喜欢。我不断告诉她："大姐，你非买不可。我九月离开这里。在我离开前，必须让我的朋友们知道他们的钱确实为你买了家。而你也必须在店面被收回之前，有个栖身之地。""在巴厘岛买地不太简单，"她不断告诉我，"可不像走进酒吧买杯啤酒那样简单。这有可能花上很长一段时间。"

"我们没有很长一段时间，大姐。"

她只是耸耸肩，我再次想起巴厘人的"弹性时间"观，亦即时间是相对性且弹性化的概念。"四个礼拜"对大姐的意义不见得和我相同。一天对大姐来说也不见得由二十四小时所组成：有时较长，有时较短，视当天的心情与情绪特性而定。就像我的药师和他谜样的年纪，有时计算日子，有时称日子的重量。

同时，我也终于完全了解在巴厘岛买地产相当花钱。由于这儿所有的东西都很便宜，使你以为地价也很低，然而这却是个错误的假设。在巴厘岛——尤其在乌布镇——买地几乎可能像在韦斯特切斯特郡、东京，或在贝弗利山庄名店街买地一样贵。这完全不合逻辑，因为一旦拥有一块地，你却无法以任何传统逻辑可想象的方式回收你的钱。你可能花了两万五千块钱左右买一"阿罗"（aro）的地（"阿罗"是一种土地度量衡，大略"比休旅车停车位稍大一点"），而后你在那儿盖一家小店面，每天卖一条蜡染纱龙裙给一位游客，如此持续一生，每次获利七角五分不到，这毫无道理可言。

可是巴厘岛人对其土地的热爱远远超越经济逻辑可以理解的范围。由于土地拥有权在传统上是巴厘岛人唯一认可的合法财富，如同马塞族人对牛的看重或我的五岁外甥女对唇蜜的重视：也就是说，怎么样都不嫌多，一旦拥有，必然永远不会放手，一切都名正言顺归你所有。

此外——我在八月期间深入研究错综复杂的印尼房地产后才发现——想搞清楚土地究竟何时出售几乎不可能。巴厘人出售土地通常不喜欢别人知道他们有地要卖。你认为发布这项消息不无好处，但巴厘人不做如是想。假如一位巴厘农民想卖地，意谓他急需现金，这是件羞耻的事。而且如果邻居和家人发现你卖了地，他们会以为你手头宽裕，于是人人都想问你借钱。因此出售土地仅靠……口耳相传。这些土地交易都秘密地进行。

此地的西方海外人士听说我想为大姐买地，开始围在我身边告诫我，提供他们本身的不愉快经验。他们警告我，关于此地的房地产事务，你永远无法真实地了解是怎么回事。你购买的土地可能不是卖方拥有的地，带你看地的人甚至可能不是地主，而是地主愤愤不平的侄儿，只因为昔日某件家庭纠纷而想报复伯父。不要期待你的地产界线一清二楚。你为自己梦想中的家园所买来的土地，可能后来被宣布为"太接近寺庙"，因而无法取得建筑许可（在这个寺庙估计多达两万座的小国家中，想找到一块不太靠近寺庙的土地可不容易）。

你还必须考虑自己可能住在火山坡地上，也可能横跨断层线，而且不仅是地理上的断层线。巴厘岛或许看似美好，明智的人却牢记这儿毕竟是印尼，他们骨子里并不稳定，其腐败贪污的现象从最高的司法人员，一直到最底层给你的车加油的家伙（假装加满油）都可见到。这里随时可能爆发某种革命，你的全部资产可能被胜利者据为己有，而且也许还是在枪口下。应付这种种难事，我可还没有资格。我是说——虽然我在纽约州历经离婚诉讼累积了种种经验，但这完全是另一码子事。同时，我和亲朋好友们捐赠的一万八千元正搁在大姐的银行账户中，已兑换成印尼卢比亚——这种货币过去曾经在一夕之间垮掉，化为乌有。而大姐的店约即将在九月到期，就在我离开印尼的时候，也就是三个礼拜之后。

结果发现，想找到大姐认为适合安居为家的土地几乎不可能。除了所有的现实考量外，她必须检查每个地方的神灵。身为治疗师，大姐对神灵的感觉即使就巴厘岛的标准而言，也是超级敏锐。我找到一个我认为很完美的地方，但大姐说它被恶魔控制。接下来有块地之所以遭她拒绝，是因为太靠近河流，而大家都知道河流是鬼魂的居所。（大姐说，看过这块地后，她晚上梦见一名美女穿着破破烂烂的衣服放声大哭，于是我们买不成这块地。）而后我们在小镇附近找到一栋漂亮的小店家，还有后院，却坐落在街角，只有想破产和英年早逝的人才住街角的房子。这是人人皆知之事。

"千万别去劝阻她，"斐利贝劝我，"相信我，甜心。别介入巴厘岛人和他们的神灵之间。"然后斐利贝在上个礼拜找到一个地方，似乎符合所有的条件——一小块美好的土地，接近乌布镇中心，位于安静的路上，傍着稻田，有足够的空间盖花园，在我们的预算之内。我问大姐："我们该不该买？"她回答："还不晓得，小莉，做这样的决定别太急。我得先找祭司谈谈。"她说她必须询问祭司，才能选定购地吉日。因为在巴厘岛，所有的大事都必须挑选吉日。但是在她决定是否真要住在那块土地之前，她甚至不能向祭司询问购地吉日。她拒绝承诺，除非等到自己做了吉祥的梦。我深知自己在此地所待时日无多，于是我好声好气地问大姐："你能多快安排做个吉祥的梦？"

大姐也好声好气地回答："这件事不能急。"不过，她若有所思地说，倘若带祭品去巴厘岛某个大庙，求神带给她吉祥的梦，也许不无帮助……

"好吧，"我说，"明天请斐利贝开车载你去大庙，让你带上供品请神托给你一个吉祥的梦。"

大姐很愿意，她说这主意很好。只不过有个问题，她这整个礼拜都不许进寺庙去。

因为，她的……"大姨妈"来了。

104

或许我尚未理解到这一切是多么有趣。说实话，想办法去理解这一切，既古怪却又有趣得很。或许我之所以十分享受生命中这段超现实时光，只是因为我碰巧谈恋爱了，这向来让世界看起来如此可爱，无论周遭现实何等疯狂。

我一向喜爱斐利贝。但他在八月间"大姐之家的故事"当中的表现方式，让我们像真正的夫妻一般。当然，这位颠三倒四的巴厘女药师发生什么事并不干他的事。他是生意人，他住在巴厘岛将近五年，却未与巴厘岛人的个人生活和复杂仪式有过度牵扯，可突然间却和我涉过泥泞的稻田，寻找能带给大姐吉日的祭司……

"在遇上你之前，我愉快地过着自己的无聊生活。"他经常这样说。

从前他在巴厘岛很无聊。他没精打采地混日子，像格雷厄姆·格林小说中的人物。我们一认识，怠惰感立即停止。如今我们既然在一起，我得以聆听斐利贝自己的说法，有关我们如何相识的过程，我从未听腻的美好故事——他在那晚的派对上如何凝望我，即便我背对着他，甚至我无须转头让他看见我的脸，他的内心即已明了："她是我的女人。为了拥有这个女人，我愿意做任何事。"

"得到你并不难，"他说，"我只需苦苦哀求几个星期。"

"你才没苦苦哀求。"

"你没注意到我苦苦哀求？"

他说起我们头一晚见面去跳舞，他看我完全着迷于那个俊俏的威尔士家伙，形势的发展使他心情低落，心想："我极力引诱这个女人，而现在那个小白脸就要把她抢走，给她的生活带来许多麻烦——但愿她知道我有能力给她多少爱。"

他的确有能力。他是个天生的照顾者，我能感觉他进入我身边的轨道中，让我成为他的指南针所设定的方向，而他则变成我的随从骑士。斐利贝是那种急需生命中有个女人的男人——不是为了让自己被人照顾，而是为了有个人让他照顾，让他奉献。他从结束婚姻后，生活中未曾再有过此种关系，近来一直过着漂泊不定的生活。但现在他把自己组织起来，包围着我。被人如此对待是件好事，却也令我害怕。有时我听见他在楼下做晚饭给我吃，我则在楼上悠闲地看书，听他哼着愉快的巴西桑巴，朝楼上呼喊："甜心——想不想再来杯酒？"而我心想，自己有没有能力成为某人的太阳、某人的一切？此时的我是否足够集中，得以成为他人的生活中心？某晚我终于跟他提起这个话题，他说："我可曾要求你成为这样的人，甜心？我可曾要求你成为我的生活中心？"

我立即对自己的自负感到羞愧，竟认定他要我永远跟他在一起，让他能够一路纵容我，直到时间尽头。

"对不起，"我说，"这有点傲慢，对吧？"

"是有一点，"他认同，然后亲吻我的耳朵，"但不很严重，真的。甜心，这事我们当然得讨论，因为事实上——我爱你爱得疯狂。"我反射性地脸色煞白，他于是即时开玩笑，尝试消除我的疑虑："当然，这完全是假设性的说法。"接着他郑重地说，"瞧我都五十二岁的人了。相信我，我老早就知道世界如何运作。我看得出你还不像我爱你那样爱我，但事实上，我并不在乎。出于某种原因，我对你的感觉就像我在我的孩子们还小的时候对他们的感觉一样——他们没有爱我的责任，但我有责任爱他们。你能决定自己想要的感觉，但是我爱你，也将永远爱你。即使我们彼此不再见面，你也已经让我复活，这就够了。当然，我很想和你共享生活。唯一的问题是，我不确定我在巴厘岛能提供给你多少生活。"

这也是我考量过的事。我观察过乌布镇的海外人士社交圈，十分肯定那不是适合我的生活。这镇上到处看得见同一种角色——惨遭生活凌虐、磨损的西方人，他们丢下所有的挣扎，决定永久放逐巴厘岛。他们只需花两百块月租即可居于华屋，也许找个巴厘男人或女人做伴，午前喝酒也不会遭人责难，出口一些家具给某人来赚点钱。但大致说来，他们在这儿做的，是留意自己不再被要求做任何严肃的事情。请注意，这些人可不是废物。这些人是层次很高、包含多种国籍、有才华的聪明人。可是在我看来，我在此地遇见的每一个人从前似乎都具有某种角色（通常是"已婚者"或"受雇者"）。如今，他们都共同缺乏似乎已被自己永远放弃的一样东西——"志气"。不用说也知道，喝了不少酒。

当然，这个巴厘岛的美丽小镇乌布是悠闲度日、无视于时光流逝的好地方。我想这点很类似佛罗里达的西屿或墨西哥的瓦哈卡。乌布镇的多数海外人士，当你问他们在此居住多久时间，回答都不是很确定。一方面，他们不很确定打从移居巴厘岛后经过了多少年头；另一方面，他们不很确定自己确实居住此地。他们无所归属，漂流不定。有些人喜欢想象自己只是在此地晃荡一阵子，就像在红绿灯前任引擎空转，等待信号灯变换一样。然而十七年过去了，你开始想……到底有没有人离开过？

在周日下午那些漫长的午餐时光，有他们的悠闲陪伴，喝香槟、言不及义，着实是一番享受。然而身临其境的我，多少觉得自己像《绿野仙踪》当中身处罂粟花丛的桃乐丝。"小心！别在这片让人昏睡的草地上睡着，否则你将昏昏沉沉地度过一生！"

那往后我和斐利贝将会如何？既然"我和斐利贝"如今似乎已经成为一体的话。前不久他告诉我："有时候我希望你是迷失的小女孩，能让我把你捞起来，跟你说：'来和我住吧，让我照顾你一辈子。'但你并不是迷失的小女孩，你是有远大志向的职业女性。你是完美的蜗牛：你把自己的家背在背上。你应该永久地抓住这种自由。但我只想说——倘若你想要这个巴西男人，你可以拥有他。我已经是你的人。"

我不确定自己想要什么。但我知道有一部分的自己始终希望听见男人说："让我照顾你一辈子。"从前我未曾听过这句话。过去几年来，我已放弃寻找这个人，而学会对我自己说这句鼓舞的话，尤其在恐惧的时刻。可是现在我却听见有人诚心诚意对我说这句话……

昨晚在斐利贝睡着后，我思索着这一切，我蜷曲在他身旁，心想我们往后会怎么样。我们的未来有哪些可能？我们的地理差距问题——我们要住在哪里？还有年龄差距也必须考虑。尽管某天我打电话给母亲，告诉她说我遇上一位好男人，只不过——妈，镇定点噢！——"他五十二岁"，但她毫不困惑，只说："小莉，我也有消息告诉你。你三十五岁。"（说得好，妈。在这种人老珠黄的年纪还有人要，真是我的幸运。）尽管我其实也不介意年龄差距。事实上，我喜欢斐利贝比我年长许多。我认为这很性感。这让我觉得有点……法式的感觉。

我们会发生什么？

而我为何对此担心？

我难道还没明白担心无济于事吗？

因此过了一会儿，我不再思索这一切，只是抱住熟睡的他。我爱上这个男人了。而后我在他身旁睡着，做了两个难忘的梦。

两者都是关于我的导师。在第一个梦中，我的导师告知我，她即将关闭道场，不再讲道、教学，或出版书籍。她在最后一次向学员讲道时，在讲词中说："你们已经学够了东西。你们已学会让自己自由的一切方式。现在走到世界上去，过快乐的生活吧。"

第二个梦甚至更坚定。我和斐利贝正在纽约市一家好餐厅用餐。我们享用着羊排、洋蓟、美酒，愉快地说说笑笑。而我朝房间的另一头看去，看见导师的名师、一九二八年过世的思瓦米吉。然而当晚他活在世上，就在纽约的一家时髦餐厅里，他和一群朋友在吃晚饭，他们似乎也很愉快。我们的眼神隔着房间相接在一起，思瓦米吉对我微笑，举杯向我敬酒。

而后——相当清楚地——这位生前几乎不会说英语的矮小印度导师，从远处以口形对我默示：享受吧！

105

我已经许久未见赖爷。自从卷入斐利贝的生活，并努力为大姐找一个家以来，我和药师在午后阳台的心灵漫谈时光早已终止。我曾几次在他家稍作停留，只是打个招呼，送他妻子水果当礼物，然而打从六月以来，我们就不曾共度美好时光。尽管如此，每当我想为自己的缺席向赖爷道歉时，他就宛如对于宇宙间各种考验的解答皆已了然于心一般，笑着说："一切都完美运作，小莉。"

我依然想念这位老者，于是今天早上去他家看他。他一如往常笑脸迎人，说："很高兴认识你！"（我永远改变不了他的习惯。）

"我也很高兴'见到'你，赖爷。"

"小莉，过不久你就要离开此地？"

"是的，赖爷，再不到两个星期。所以我今天想过来看你。我想要谢谢你给我的一切。要不是你，我永远不可能返回巴厘岛。"

"你永远会回到巴厘岛的。"他毫无迟疑亦无夸张地说，"你还像我教你的，跟你的四兄弟一起禅坐？"

"是的。"

"你还是遵照你的印度导师所教的那般禅坐？"

"是的。"

"你还做噩梦吗？"

"不了。"

"你对神满意吗？"

"非常满意。"

"你爱新男友？"

"我这么认为，是的。"

"那你得宠他。他也得宠你。"

"好的。"我答应。

"你是我的好朋友，比朋友更好。你就像我的女儿，"他说（不像雪伦……），"我死的时候，你回巴厘岛来，参加我的火葬。巴厘岛的火葬仪式很好玩——你会喜欢的。"

"好。"我又一次答应他，哽咽地说不出话来。

"让你的良知引导你。你如果有西方友人来巴厘岛玩，带他们过来让我看手相。从爆炸案过后，我的银行账户很空。你今天想不想跟我一起去参加小娃仪式？"

于是我参加了六个月大的小娃准备首次碰触地面的赐福仪式。巴厘岛人在孩子出生六个月内，不让他们碰触地面，因为新生娃被视为上天派来的神，你不该让神在满是指甲屑和烟屁股的地板上爬来爬去。因此巴厘岛人在小娃头六个月时抱着他，尊他为小小神明。倘若小娃在六个月内夭折，便举办特殊的火葬仪式，骨灰不摆在人类的墓园，因为这小娃不曾是人类，一直都是神明。但倘若小娃活到六个月，即举办盛大仪式，终于准许孩子的脚碰触地面，欢迎幼子加入人类的行列。

今天这场仪式在赖爷邻居家举办。主角是女娃，已取了"普嘟"的绰号。她的母亲是位漂亮的少女，父亲是同样漂亮的少年，而少年是赖爷某侄儿的孙子，可能是这样。赖爷盛装出席——一袭白色丝绸纱龙（镶金边），一件白色长袖前扣外衣，带有金色纽扣及尼赫鲁式的衣领，这使他看起来像车站搬运工或豪华饭店的小巴司机。他头上裹一条白色头巾。他骄傲地让我看他那戴满金戒指与魔法宝石的手，全部约有七只戒指，每只戒指都具有神力。他带着祖父晶亮的铜铃，用来召唤神灵，他要我为他拍很多照片。

我们一同走路前往他的邻居的宅院。有好长一段路程，而且必会途经繁忙的主街一阵子。我在巴厘岛已待了近四个月，却未看过赖爷离开自家房子。看他走在飞速行驶的车辆与疯狂的机车阵当中，教人感到困窘。他看起来如此矮小、脆弱。在车阵与喇叭声的现代背景衬托下，使他看起来非常不协调。出于某种原因，这让我想哭，但也许今天的我原本就有些激动。我们到达时，邻居家中已经来了约四十名客人，家庭祭坛堆满供品——装满米、花、檀香、烤猪、几只鹅、几只鸡、椰子等的一堆堆棕榈篮，以及在微风中飘动的纸币。大家都以最优美的丝绸与蕾丝装饰自己。我的穿着显得过于随便，身体因骑单车而汗湿，而在这些华服当中，我也意识到自己很显眼的破烂T恤。但他们却照样欢迎我，就像一个衣着不当、不请自来的白种姑娘所希望受到的欢迎那样。人人都热情地对我微笑，而后径自开始坐在附近赞赏彼此的衣装。

仪式进行数小时，由赖爷执行。只有那种有口译人员随行的人类学家才能告诉你所发生的一切，但从赖爷的说明和读过的书上，我能了解部分仪式。父亲在第一轮的祈福中抱着小娃，母亲则抱着模拟小娃的椰子，褓褓中的椰子看起来就像婴儿。这颗椰子像真正的婴儿般受到祝福、以圣水浸洗，而后在小娃的脚首次碰触地面之前放在地上：这是为了骗过恶魔，让恶魔侵袭假娃儿，放过真娃儿。

然而，在真娃儿的脚碰触地面之前，必须进行数小时的吟唱。赖爷摇铃，不断诵唱咒语，年轻父母的脸上绽放出喜悦和骄傲。客人来来去去，转来转去，说长道短，观看典礼一会儿，送礼之后，出发前往另一场邀约。在这场古仪式的礼节当中，却是出奇地不拘礼节，就像后院野餐与礼仪教会的综合体。赖爷对小娃吟唱的咒语十分动听，结合神圣与亲爱之心。母亲抱着婴儿，赖爷在孩子面前挥动一样样食物、水果、花、水、铃、烤鸡的鸡翅、一点猪肉、剖开的椰子……他随着每个新项目为她吟唱一段。小娃笑着拍手，赖爷也笑，继续吟唱。我想象着他所吟唱的句子，自己翻译如下：

　　噢……小娃儿，这是给你吃的烤鸡！往后你会喜欢烤鸡，我们愿你吃很多烤鸡！噢……小娃儿，这是米饭，愿你永远可以随心所欲地吃饭，愿你永远有许多米饭可以吃！噢……小娃儿，这是椰子，椰子的样子是不是很逗趣，往后你会有许多椰子吃！噢……小娃儿，这是你的家人，你没看见家人多么爱你吗？噢……小娃儿，你是整个宇宙的宝贝！你是优等生！你是我们最棒的小兔子！你是我们的小傻瓜！噢，小娃儿，你是开心果，你是我们的一切……

每个人一次又一次受到赐福，用浸在圣水中的花瓣。全家人轮流传递小娃，对她轻柔低语，赖爷则吟唱古咒语。他们甚至让我抱着小娃一会儿，尽管我身穿牛仔裤。我在大家吟唱时，对她低声祝福。"祝你好运，"我告诉她，"拿出勇气。"天气让人浑身滚烫，尽管在阴影下亦然。年轻母亲身穿性感的紧身衣，套着透明的蕾丝衫，正出着汗。年轻的父亲似乎只知道骄傲地咧嘴而笑，其他的表情都不会做，他也在流汗。婆婆奶奶们扇着自己，感觉疲惫，坐下来，站起来，为献祭的烤猪伤脑筋，忙着赶狗。大家轮流关心、不关心、疲倦、发笑、兴奋。但赖爷与小娃似乎共同关闭在他们的经验当中，注意力被彼此所吸引。小娃整天目不转睛地注视着药师。谁听说过一个六个月大的小娃可以在烈阳下不哭、不闹、不睡持续四小时，只是好奇地注视某人？

赖爷的表现很好，小娃的表现也很好。她全程出席自己从神的身份变成人类身份的转变仪式。她把任务处置得很好，已经像一位巴厘岛的好姑娘——沉湎于仪式，相信自己的信仰，遵从文化的要求。

吟唱结束后，小娃被裹在一条长而干净的白床单里，床单远远垂在她小小的腿底下，使她看起来高大、威严——简直是个初次登台的笄龄少女。赖爷在一只陶碗底部画了宇宙的四个方向，然后盛满圣水，将陶碗置于地上。这幅手绘指南针，标示出小娃的脚首次碰触地面的神圣地点。

而后全家人聚集在小娃身边，人人似乎同时抱着她——来吧！来吧！——他们轻轻把小娃的脚浸入盛满圣水的陶碗中，即在那幅整个宇宙方位的魔法图上方，然后他们让她的脚跟首次碰触地面。他们将她抬回空中时，沾湿的小脚印留在她下方的土地上，终于为这个孩子在巴厘岛的大框架中定了位，确立了她的立足点，亦确立了她的身份。大家兴高采烈地拍手。小女孩如今成为我们的一份子，一个人类——进入了这个错综复杂的化身，也将伴随未来所必须承担的风险与欢乐。

小娃抬起头，打量四周，露出笑容。她不再是神了，她似乎并不在乎。她毫不害怕，她似乎对自己做过的任何决定都完全满意。

106

与大姐的交易失败。斐利贝为她找到的地产不知为什么并未交易成功。我问大姐怎么回事，却得到关于契约未谈成的琐碎回答，我想我从未被告知真相。不过真正的重点就只是交易无效。我对大姐买屋的整个情况开始感到恐慌。我想对她说明我的急迫："大姐——只剩下不到两个星期，我就必须离开巴厘岛返回美国。我无法面对所有给我钱的朋友，告诉他们说你的家仍无着落。"

"可是小莉，一个地方如果没有好的神灵……"

每个人对人生的急迫性都有不同看法。

然而几天过后，大姐急急忙忙地打电话到斐利贝家。她已经找到另一块地，这块地很让她喜欢。一片翡翠绿的稻田，在安静的路上，离镇上不远，而且整块地都显露出好神灵的气息。大姐告诉我们土地归某个农人所有，是她父亲的友人，急需现金。他共有七阿罗待售，可是他因为需要很快拿到钱，所以他愿意只卖她买得起的两阿罗地。她喜欢这块地。我喜欢这块地。斐利贝喜欢这块地。图蒂——绕着圈子横越草地，展开双臂——也爱这块地。

"买了吧。"我告诉大姐。

可是过了几天，她依然举棋不定。"你究竟想不想住在那里？"我不断询问。

她再次拖延时间，随后又改变说法。今早她说，农人打电话告诉她，他不肯定还能不能只卖她两阿罗地；他想出售完整的七阿罗地……问题在于他老婆……农人得和他老婆谈谈，看她愿不愿意把地分开出售……

大姐说："要是我有更多钱就好了……"

老天，她要我筹出现金购买整块地。尽管我在想办法如何去筹到另一大笔令人惊愕的两万两千美金，我还是说："我办不到，我没有钱。你能不能和农人商量商量？"

然后，眼神不再看我的大姐编了个复杂的故事。她告诉我说，前几天她去找一位神秘人士，此人进入恍惚状态，告诉大姐必须买这整块七阿罗土地，才能盖一所好的医疗中心……这是天命……神秘人士还说，倘若大姐能买下整块土地，或许哪天能盖上一家不错的豪华饭店……

不错的豪华饭店？

啊。

突然间我成了聋子，鸟儿不再歌唱。我看见大姐的嘴在动，但我不再听到她说话，因为一个想法突然出现，公然掠过我的脑海：她在耍我。

我站起身，和大姐道别，慢慢走路回家，直截了当地询问斐利贝的意见："她真的在耍我吗？"

他不曾对我和大姐的事情发表评论，一次都没有。

"甜心，"他体贴地说，"她当然在耍你。"

我的心沉到谷底。

"但她不是故意的，"他很快接着说："你得了解巴厘岛人的思考逻辑。尽量榨取游客的钱是当地人的生活方式，也是每个人的生存方式。因此她现在要捏造有关农人的故事。甜心，巴厘男人什么时候开始需要跟老婆商量生意的事？听着——那家伙急着卖她一小块地，他已经说愿意卖。但她现在想要买整块地。她要你为她而买。"

我不敢苟同这个说法，有两个原因。首先，我不愿意相信大姐真的会这么做。其二，我不喜欢他的言论底下所蕴含的文化意味，那种殖民者的"白种男性负担"之类的气息，"这些人都像怎样怎样"的父权论调。但斐利贝不是殖民者，他是巴西人。他解释说："听着，我这个南美人在穷困中长大。你以为我不了解这种贫困文化？你给大姐的钱，是她这辈子想都想不到的数量，而她现在有了疯狂想法。在她而言，你是她的奇迹恩人，这可能是她最后一次的大好机会。让老天来评评理吧——四个月前，这个可怜的女人甚至没有足够的钱为她的孩子买午餐，但是现在她竟然想开饭店！"

"那我该怎么办呢？"

"切勿动怒，无论发生什么事。你若动怒，就会失去她，这很可惜，因为她是个了不起的人，而且爱你。这是她的生存手法，就接受这个事实吧。切勿把她看作坏人，切勿以为她和孩子们不是真的需要你帮忙。但你不能让她占你便宜。甜心，我看过这种事情一再发生。在此地长住的西方人往往落入两个阵营。半数人持续扮演游客角色，说：'噢，这些可爱的巴厘岛人，真亲切，真优雅'……却被坑得很惨。另一半人对自己老是被坑感到灰心丧气，于是开始讨厌巴厘岛人。这是可耻的事，因为这会让你失去所有这里的好朋友。"

"但我该怎么做？"

"你得扳回局面。跟她玩些把戏，就像她跟你玩把戏一般。以其人之道，还治其人之身。那么你终究帮了她的忙：她需要一个家。"

"我不想玩把戏，斐利贝。"

他亲吻我的头："那你就不能在巴厘岛生活，甜心。"

隔天早上，我想好计划。我真不敢相信——一整年学习美德、努力为自己追求诚实的生活之后，我即将吐出一个天大的谎言。我即将跟我在巴厘岛最喜爱的人撒谎，而她就像我的姐妹，还曾经为我清洗肾脏。老天，我将要对图蒂的妈咪撒谎！

我走去镇上，走进大姐的店。大姐前来拥抱我，我挪开身子，假装烦恼。

"大姐，"我说，"我们得谈谈。我出了严重的问题。"

"和斐利贝之间？"

"不是，是和你之间。"

她看起来像要晕倒。

"大姐，"我说，"我在美国的朋友们非常生你的气。"

"气我？为什么，亲爱的？"

"因为四个月前，他们给你一大笔钱买房，你却还没有买。他们每天都寄电子邮件给我，问我：'大姐的房子怎么样了？我的钱呢？'他们现在认为你偷他们的钱用作别的用途。"

"我没偷钱！"

"大姐，"我说，"我在美国的朋友认为你在……扯屁。"

她倒抽一口气，仿佛气管挨了揍。她看起来非常受伤，我迟疑片刻，几乎想搂住她，安慰她说："不，不，这不是真话！都是我捏造的！"但是不行，我得演完。但是老天，她现在显得十分震惊。大概没有哪个英语用词比"扯屁"在感情上更能融入巴厘语当中。在巴厘岛说某人"扯屁"是一件很坏的事。在这个社会，早餐前大家都对彼此扯好几十次屁，扯屁在这儿被视为娱乐、艺术、极端的生存法则，然而指出某人在扯屁却是一种骇人的表达方式。这在古欧洲包管会挑起一场决斗。

"亲爱的，"她泪水汪汪地说，"我没扯屁！"

"这我知道，大姐。所以我才这么烦恼。我想告诉美国的朋友，大姐不是扯屁的人，但他们不相信我。"

她将手放在我手上："我很抱歉让你为难，亲爱的。"

"这真的很为难。我的朋友们非常生气。他们说你必须在我回美国之前把地买成。他们说，如果下礼拜你不买地，我就得……把钱取回来。"

现在她看起来不像要晕倒，她看起来像是要断气。我有一半觉得自己是有史以来最可恶的人，向这可怜女人说这套谎言，尤其是她显然没意识到我根本毫无能力取出她的银行存款，如同我毫无能力夺取她的印尼国籍。可是她怎么知道？我让钱神奇地出现在她的存款簿里，不是吗？难道我不能轻而易举地把钱取回吗？

"亲爱的，"她说，"相信我，我正在找地，别担心，我很快就会找到地。请别担心……也许三天内就能解决，我保证。"

"你一定必须这样做，大姐。"我严肃地说，并不全然在演戏。事实上，她一定得做。她的孩子们需要一个家，她即将被房东赶出去。这不是扯屁的时候。

我说："我现在要回斐利贝家。你买了地后打电话给我。"

我转身走出去，明白她正在注视我，但我不愿转头回看她。一路上，我向神提出最诡异的祈祷："拜托，但愿她真的是在跟我扯屁。"因为倘若她不是在扯屁，倘若她尽管有一万八千元进账却真的找不到住的地方，那么我们的麻烦可就大了，而我也不知道这女人是否有让自己脱离穷困的一天。但是如果她是在跟我扯屁，从某个角度而言，就是一线希望。这证明她诡计多端，在这个变动不居的世界里，毕竟不失为好事。

我回到斐利贝家，心情恶劣。我说："要是大姐得知我在她背后密谋不轨……"

"……以谋求她的快乐与成功。"他接着我的话说。

四个小时后——短短四个小时！——斐利贝家的电话响起，是大姐。她喘着气要我知道，事情已办成。她刚刚买下农人的二阿罗地（农人的"老婆"似乎突然间不在乎分开卖地）。结果才知道，所谓托梦、祭司的干预，或测试神灵的辐射值都不需要。大姐甚至已经拿到所有权状，就在她手里，而且经过公证！她还告诉我，她已经订购房屋建材，工人在下礼拜初就会开始盖房子——在我离开之前，让我能看见工程进行。她希望我别生她的气，她要我知道她爱我胜过她爱她自己的身体，胜过她爱她自己的生命，胜过她爱这整个世界。

我告诉她说我也爱她，说我等不及哪天去她漂亮的新家做客，说我希望有那份所有权状的影印本。

我挂掉电话后，斐利贝说："好女孩。"

我不清楚他是指她还是指我，但他开了瓶酒，我们向我们的挚友、巴厘岛的土地所有者大姐祝酒。而后斐利贝说："我们现在能去度假了吧？"

107

我们度假的地方是名叫米诺岛的小岛，位于龙目沿海。在大片延展的印尼群岛当中，龙目是巴厘岛以东的下一站。我从前去过美侬岛，我想让斐利贝看看，他未曾去过那里。

美侬岛对我而言是世界上最重要的地方之一。两年前首次造访巴厘岛时，我独自前来此地。当时我受杂志社邀稿，撰写瑜伽之行，才刚结束两个礼拜有助于恢复活力的瑜伽课程。但在完成了杂志社指派的工作后，我决定延长在印尼的居留，既然我已大老远跑来亚洲。我想做的，事实上是找个偏远之地隐居十天，给自己绝对的隔绝和绝对的平静。

当我回顾从婚姻开始瓦解到终于离婚而获得自由的四年时光，我看见一部详尽的痛苦史。我独自一人来到这座小岛之时，是那整趟黑暗之旅的最低潮期，最底层当中的痛苦。我忧愁的心是一座战场，彼此争斗的恶魔在其中作战。当我决定在前不着村、后不着店的地方安静独处十天，我告诉内心所有混乱交战的想法同一件事："你们这些家伙听好，咱们现在单独待在一起了。我们得想办法相处，否则迟早大家都将葬身此地。"

语气听起来坚定而自信，但我也必须承认——独自搭船前来这座安

静的小岛时，我感到有生以来未曾有的恐惧。我甚至未带任何书来读，
没有任何事可以让我分心。只有我和自己的心共处，即将在荒原上面对彼
此。我记得看见自己的腿因恐惧而发抖，而后我给自己引用了一句我的导
师曾说过的深得我心的话："恐惧——谁在乎？"于是我独自下了船。

我在海边租下一间茅舍，每日的租金只要几块钱。然后我闭上嘴，
发誓直到内心发生变化前，不再开口。米诺岛是我的绝对真理与和解
审讯之地。我挑选了合适的地点，这再清楚不过。岛非常小，很原始，
有沙滩、碧海、棕榈树。正圆形的岛只有一条环岛步道，一个小时内即
可走完整个圆周。小岛几乎位于赤道上，因此日日循环不变。太阳清晨
六点半在岛的一边升起，午后六点半在岛的另一边下山，一年到头皆如
此。一小群穆斯林渔夫及其家人居住在此地。岛上没有一处听不见海
声。这儿没有任何机动车辆。电力来自发电机，仅在晚间提供几个小
时。这里是我到过的最安静的地方。

每天清晨，我在日出时分绕着岛周行走，日落时分再走一次。其
余的时间，我只是坐着观看。观看自己的思考，观看自己的感情，观看
渔夫。瑜伽圣者说，人生所有的痛苦皆起因于言语，如同所有的喜悦。
我们创造言语，借以阐明自身经验，而诸种情绪伴随这些言语而来，牵
动着我们，犹如被皮带拴住的狗。我们被自身的咒语引诱（我一事无
成……我很寂寞……我一事无成……我很寂寞……），成为咒语的纪念
碑。因此，一段时间不讲话，等于是尝试除去言语的力量，不再让自己
被言语压得透不过气，让自己摆脱令人窒息的咒语。我花了一阵子才真
正沉默下来。即使停止说话，我发现自己仍低声响着语言。我的五脏六
腑和语言肌肉——脑袋、喉咙、胸腔、颈后——在我停止出声之后，余
音残留。言语在我脑中回响，就像幼稚园的幼儿们白天离开室内游泳池
后，游泳池似乎仍回荡着无止境的喊叫声音。这些语言脉动花了好一段
时间才消失而去，回旋的声音才得以平息，大约花了三天工夫。而后一
切开始浮现出来。在这种沉默状态中，如今有余地让充满憎恨与惧怕的

一切东西窜过我空荡荡的心。我觉得自己像在接受戒毒的毒瘾患者，浮现的渴望使我抽搐。我经常哭，我经常祷告。尽管困难而可怕，我却知道——我未尝不想待在那里，我未尝不希冀有人陪在身旁。但我清楚自己非做不可，也清楚必须独自进行才行。

岛上的其他游客是共度浪漫假期的几对男女。（米诺岛这地方太优美、太偏远，疯子才会单独造访。）我看着这几对男女，对于他们的浪漫假期有几许羡慕之情，却也明白："小莉，这可不是搞伴侣关系的时机，你在这里有其他任务。"我和大家保持距离。岛上的人并未打扰我，我想我投射出某种恐怖讯号。我的不佳状况已持续经年。你若长期失眠、体重下降、哭泣，看起来也会像精神病患，因此没有人找我说话。

这么说其实不对。有个人天天找我说话，是个小孩，是在沙滩上跑来跑去、向游客推销新鲜水果的一大群小孩之一。这名男孩约莫九岁，似乎是头头儿。他能吃苦而且好斗，我会说他充满街头智慧，倘若他住的岛上果真有任何街道的话。我相信，他充满海滩智慧。出于某种原因，他学会说极佳的英语，可能是骚扰做日光浴的西方人学习而来的。这个孩子注意到我。没有任何人问我是谁，没有任何人打扰我，但是这个坚持不懈的孩子却在每天某个时间跑来坐在海滩上的我的身边，询问："你怎么从不说话？你怎么这么古怪？别假装没听见我说话——我晓得你听得见我讲话。你干吗老是自己一个人？你怎么从来不去游泳？你的男朋友在哪里？你怎么没嫁人？你有什么毛病？"

我几乎要说："滚开，小鬼！你干吗——解读我最邪恶的思考？"

我每天尽量和蔼可亲地对他微笑，礼貌地示意要他走，但他毫不松手，直到把我惹毛。记得有一回我突然对他说："我之所以不说话，是因为我他妈的正在从事一场心灵之旅，你这讨人厌的小无赖——现在给我滚！"

他笑着跑开。每一天，在他激起我的回应后，他总是笑着跑开。我通常最后也笑了，在看不见他的身影之后。我惧怕这恼人的孩子，却又期盼他来。他是这段艰难的旅程途中唯一的喜剧片段。圣安东尼曾叙述自己前往沙漠静思期间遭受各种幻象袭击——恶魔与天使。他说，他在独处时，时而遭遇看似天使的恶魔，有时则发现看似恶魔的天使。当圣人被问及如何区分其差别，他说，只有在那东西离开你身边后，你才分辨得出何者是何者。他说，你若胆战心惊，造访者就是恶魔；你若感到宽心，那就是天使。

我想我知道这小无赖是何者，他总是引我发笑。

沉默不语的第九天，傍晚日落时分，我在海滩禅坐，直到午夜过后才站起身来。我记得心想："这就是了，小莉。"我对自己的心说："这是你的机会。让我看看你之所以哀伤的一切原因，让我看到一切，切勿压抑。"所有哀伤的想法与回忆随之一一抬头，站起身来自报姓名。我注视每一种想法、每一份哀伤，我对它们的存在表示认可，感觉到（并未尝试保护自己而加以阻止）它们的剧痛。而后我对哀伤说："没事。我爱你。我接受你。现在进到我的心里来吧，都过去了。"我真的感觉到哀伤（仿佛哀伤是有生命的东西）进入我的心（仿佛心是真实的房间）。然后我说："接下来是哪位？"于是忧愁现身而出。我看着它，体验它，祝福它，并邀请它也进入我的心。我如此处置曾经有过的每一种哀伤想法——回溯多年的记忆——直到一点东西也不剩。

而后我对自己的心说："现在让我看看你的愤怒。"我生命中的每一段愤怒插曲都一一出现，介绍自己。每一个误解、每一个背叛、每一个失落、每一个愤怒。我一一看见它们，对它们的存在表示认可。我彻底感受到每一个愤怒，仿佛头一遭发生，然后我说："现在进入我的心来吧。你可以在此歇息。现在安全了，都过去了。我爱你。"如此持续数小时，我在这些对立的感受之间摇来荡去——前一刻彻底体验震撼人心的愤怒，下一刻却又在愤怒走进我的心门、躺下来、舒服地蜷伏在兄弟身边、停止争斗之时，体验到完全的冷静。

接着，最困难的部分到来了。"让我看看你羞愧的事。"我向我的心提出要求。天啊，随后我看见这些令人惧怕的事。我卑贱的失败、谎言、自私、嫉妒、傲慢——展现出来。然而我并未逃避。"让我看看你最糟的部分。"当我把这些羞愧部分请入我的心，它们各个都在门口犹豫起来，说："不——你不要让我进去吧……你难道不明白我做了什么？"我说："我真的要你。即使是你，真的，甚至连你也欢迎来到这里。没事了。你得到了原谅。你是我的一部分。现在你可以歇息了，都过去了。"

这一切都结束之后，我已成空。我心中不再有任何争斗。我探查自己的心，审查自己的美德，我看见内心的容量。我看见我的心甚至尚未饱和，甚至在收容那些不幸的哀伤、愤怒与羞愧之后，我的心仍可以轻而易举地接受更多，宽容更多，它的爱无穷无尽。

那时我才明白，这是神爱吾等、接受吾等的方式，宇宙间没有所谓地狱这回事，或许除了在我们自己饱受惊吓的内心当中才有。因为即使一个衰弱、有限的人，也能够体验这种绝对宽恕与自我接受的插曲，那么请你想象——只需想象就好——无量慈悲的神所能给予的宽恕与包容。

我还知道，这段暂时的平静只是一时。我知道我仍未完全解决，我的愤怒、我的哀伤以及我的羞愧最后仍将悄悄回来逃离我的心，再次占据我的脑袋。我知道自己必须持续再三地对付这些想法，直到慢慢决心改变自身的整个生活。我也明白这是艰难、劳累的事情。然而在黑暗寂静的海边，我的心对我的脑子说："我爱你，我永不离开你，我会永远照顾你。"这承诺从我的心里浮上来，我张口拦截它，含在嘴里，品尝它，离开海边，走回我暂住的小屋。我找来一本空白笔记本，翻开第一页——这时我才张口说话，让言语在空气中自由。我让这些话打破沉默，而后用铅笔在纸页上记下巨大的声明：

"我爱你，我永不离开你，我会永远照顾你。"

这是我在自己的私人笔记本上写下的第一段文字。从今以后，它将与我随身而行，在接下来的两年里，我将多次回到它身旁，始终请求协助——也始终能找到它，即使在我最哀伤、恐惧的时刻。而这本浸染了爱的承诺的笔记本，绝对是我熬过接下来几年生活的唯一理由。

108
❦

　　如今，我在完全不同的情况下回到美侬岛。打从上回来过这里后，我已周游世界，搞定离婚，熬过与大卫的最后分手，把变换情绪的所有药物从体内清除，学会了一种新的语言，坐在神的手掌中度过难忘的印度岁月，在印尼药师的脚边学习，为一个急需新居的家庭买了房子。我是个快乐、健康、平衡的人。是的，我不得不留意到自己正和我的巴西情人搭船来到这座美丽的热带小岛。我承认，这几乎是荒诞的神话故事结尾，好比家庭主妇的梦境。（或许也是我多年前的梦境。）然而，使我免于在这充满光辉的神话中消散而去的原因，肯定是这个斩钉截铁的事实——拯救我的人并非王子，而是我自己操控我的拯救——正是我自己，在过去几年间，阻止我倒下。

　　我想起自己读过禅宗信徒的信仰。他们说，同时有两种力量创造了橡树。显然，一切都始于一颗橡实，其包含所有的承诺与潜力，长大而成树木。每个人都了解这点。但仅有一些人认识到，还有另一种力量在此运作——未来的树本身，它渴望存在，于是拉扯橡实，将种子拔出来，希望脱离太虚，从虚无迈向圆熟。禅宗信徒说，就此而言，橡树创造出了自己的橡实。

　　我思量自己近来蜕变而成的这个女子，思量现在的生活，思量自己一直多么想成为目前这种人、过目前这种生活，不再假扮成其他人而不做我自己。我想起到达此地之前所承受的一切，怀疑是不是"我"——我是说，目前这个快乐平衡的我，此刻在这艘印尼小渔船甲板上打盹的这个人——拖着艰苦岁月里的另一个较年轻、较迷惑、较挣扎的我迈向前方。较年轻的我，是充满潜力的橡实，但是较年长的我，是已然存在的橡树，始终在说："是的——长大吧！改变！进化！来这儿跟我碰面，我已完整、圆熟地存在！我需要你变成我！"或许四年前，就是目前这个充分发挥潜力的我，盘旋在蹲在浴室地板上啜泣的那位年轻已婚女子上方；或许就是这个我，在这名绝望的女子耳畔亲切地低语："回床上去，小莉……"老早知道一切都会没事，一切终将使我们在此相聚，就在此地，此时。我始终平静满足地在此等候，始终等她前来加入我的阵容。

而后斐利贝醒来。我们俩整整一下午都打着盹，出入于半梦半醒之间，在这艘印尼渔船甲板上，蜷伏在彼此怀里。海洋晃动着我们，阳光闪耀。我的头枕着斐利贝的胸膛，他说他在睡梦中有个想法。他说："你知道——我显然得继续住在巴厘岛，因为我的生意在这里，而且因为这里离我的孩子们住的澳大利亚很近。我还得经常去巴西，因为那儿是宝石产地，而且我的家人在那里。而你显然得待在美国，因为你在那里工作，而你的亲朋好友也在那里。因此我在想……或许我们该试试共同营造某种在美国、澳大利亚、巴西和巴厘岛四地之间均分的生活。"

我笑了，因为，嘿——有何不可？事情奏效或许不切实际。某些人也许觉得这种生活是绝对的疯狂而愚蠢，但却是与我如此相像的生活。当然，我们就该这么继续走下去。这个想法已经如此熟悉。而我必须说，我也喜欢他诗意的主意。我是就字义而言。经过一整年的探索属于个人、勇往直前的三"I"国家之后，斐利贝建议我有一整套新的旅行学说：

澳大利亚（Australia），美国（America），巴厘（Bali），巴西（Brazil）＝A，A，B，B。

犹如一首古诗，犹如两个押韵对句。

小渔船在美侬岛近岸下锚停泊。这座岛上没有码头，你得卷起裤管，跳下船去，用自己的力量涉浪而过。这么做绝对没办法不变成落汤鸡，也没办法不撞上珊瑚，但这些劳苦却值得，因为这儿的海滩非常美丽，非常特别。于是我和我的情人脱了鞋，把小行李袋顶在头上，准备一块儿从船边一跃入海。

你知道，有趣的是，斐利贝唯一不会说的浪漫语言是意大利语。然而我还是在我们即将跃下时对他说了。

我说："Attraversiamo."

我们过街吧。

后记

Eat Pray Love

最后的感谢与确信

❦

　　在离开印尼几个月后，我再度返回，来探访亲爱的朋友们，并庆祝圣诞与新年假期。东南亚惨遭海啸侵袭才过两个钟头，我的班机已在巴厘岛降落。全球各地的朋友们立即与我联络，关心我的印尼朋友们是否安然无恙。大家似乎尤其担心的是："大姐和图蒂还好吗？"答案是，海啸并未冲击巴厘岛（情感上除外，当然），我看见大伙儿平安无事。斐利贝在机场等候我（未来许多次，我们将在各大机场相会，而这是第一次）。老四赖爷坐在他的阳台上，一如往常，调制医药与禅修。尤弟最近在当地某大度假村接了弹奏吉他的工作，干得不错。大姐一家人在她们漂亮的新屋里过着快乐的生活，房子远离危险的海岸线，高高坐落于乌布的梯田间。

　　带着最大的感激（也谨代表大姐），我要谢谢捐款建屋的每一个人：

Sakshi Andreozzi、Savitri Axelrod、Linda & Renee Barrera、Lisa Boone、Susan Bowen、Gary Brenner、Monica Burke & Karen Kudej、Sandie Carpenter、David Cashion、Anne Connel（她，连同 Jana Eisenberg，还很擅长于最后关头的救援行动）、Mike & Mimi de Gruy、Armenia de Oliveira、Rayya Elias & Gigi Madl、Susan Freddie、Devin Friedman、Dwight Garner&Cree LeFavour、John & Carole Gilbert、Mamie Healey、Annie Hubbard与几乎难以置信的 Harvey Schwartz、BobHughes、Susan Kittenplan、Michael & Jill Knight、Brian & Linda Knopp、Deborah Lopez、Deborah Luepnitz、Craig Marks & Rene Steinke、Adam McKay & Shira Piven、Jonny & Cat Miles、Sheryl Moller、John Morse & Ross Petersen、James & Caterine Murdock（连同 Nick 与 Mimi的祝福）、Jos Nunes、Anne Pagliarulo、Charley Patton、Laura Platter、Peter Richmond、Toby & Beverly Robinson、Nina Bernstein Simmons、Stefania Somare、Natalie Standiford、Stacey Steers、Darcey Steinke、Thoreson姐妹（Nancy、Laura与 Rebecca小姐）、Daphne Uviller、Richard Vogt、Peter & JeanWarrington、Kristen Weiner、Scott Westerfeld & Justine Larbalestier、Bill Yee & Karen Zimet。

最后一提的是，我想感谢我钟爱的泰瑞伯父和黛比伯母在这一年的旅行期间对我的一切帮助，仅仅说是"技术援助"等于贬低了他们的重要贡献。他们在我走的钢丝底下编织了一张网，少了这张网，我绝对写不成这本书。我不知如何报答他们。

然而最后，或许我们不该尝试回报在这世上维护我们生命的人们。或许最后，更为明智的做法是臣服于人类神奇无边的慷慨大度，只需持续道谢，永久不断、真心诚意，只要我们还有声音。

图书在版编目（CIP）数据

一辈子做女孩 / （美）吉尔伯特（Gilbert，E.）著；何佩桦译. — 长沙：湖南文艺出版社，2013.4

书名原文：Eat, pray, love: one woman's search for everything across Italy, India and Indonesia

ISBN 978-7-5404-6076-1

Ⅰ. ①一… Ⅱ. ①吉…②何… Ⅲ. ①随笔－作品集－美国－现代 Ⅳ. ①I712.65

中国版本图书馆CIP数据核字（2013）第052567号

著作权合同登记号：18-2013-147

上架建议：励志·文学

一辈子做女孩

作　　者：（美）伊丽莎白·吉尔伯特（Elizabeth Gilbert）
译　　者：何佩桦
出 版 人：刘清华
责任编辑：薛　健　刘诗哲
监　　制：刘　丹
特约编辑：王　蕾
版权支持：辛　艳
装帧设计：利　锐
出版发行：湖南文艺出版社
　　　　　（长沙市雨花区东二环一段508号　邮编：410014）
网　　址：www.hnwy.net
印　　刷：北京京都六环印刷厂
经　　销：新华书店
开　　本：880mm×1270mm　1/32
字　　数：250千字
印　　张：10
版　　次：2013年5月第1版
印　　次：2016年2月第5次印刷
书　　号：ISBN 978-7-5404-6076-1
定　　价：32.00元

质量监督电话：010-59096394
团购电话：010-59320018